O evangelho
segundo Judas

Sílvio Fiorani

O evangelho segundo Judas

2ª edição revista

EDITORA RECORD
RIO DE JANEIRO • SÃO PAULO
2014

CIP-BRASIL. CATALOGAÇÃO NA PUBLICAÇÃO
SINDICATO NACIONAL DOS EDITORES DE LIVROS, RJ

F546e
Fiorani, Sílvio, 1943-
O evangelho segundo Judas / Sílvio Fiorani. – 2ª ed. –
Rio de Janeiro: Record, 2014.
434 p.; 21 cm.

ISBN 978-85-01-40274-5

1. Romance brasileiro. I. Título.

13-06492
CDD: 869.93
CDU: 821.134.3(81)-3

Copyright © by Sílvio Fiorani, 2014

Capa: Sergio Campante

Texto revisado segundo o novo Acordo Ortográfico da Língua Portuguesa.

Editoração eletrônica: Abreu's System

Direitos exclusivos desta edição reservados pela
EDITORA RECORD LTDA.
Rua Argentina, 171 - 20921-380 - Rio de Janeiro, RJ - Tel.: 2585-2000

Impresso no Brasil

ISBN 978-85-01-40274-5

Seja um leitor preferencial Record.
Cadastre-se e receba informações sobre nossos lançamentos e nossas promoções.

Atendimento e venda direta ao leitor:
mdireto@record.com.br ou (21) 2585-2002.

*Para
tia Palmira,
por seus relatos,*

*e
Toninho, Cida, Milton,
Lourdes, Alaor e Ulisses,
meus irmãos.*

SUMÁRIO

A CASA
13, 20, 39, 153, 181, 220, 232, 235, 259, 273, 281, 291, 300, 355, 404

O EVANGELHO DE FRANCISCO
17, 45, 60, 81, 115, 122, 137, 150, 163, 170, 212, 218, 227, 252, 286, 336

ANOTAÇÕES DE DÉDALO
25, 45, 88, 117, 163, 169, 199, 243, 249, 267, 333, 353, 422, 427

O DIÁRIO DE FRANCISCO
32, 51, 194, 239, 321, 341, 346, 358, 369, 383

ÁLBUM DE RETRATOS
33, 61, 78, 93, 121, 164, 309, 333

PRAIRIE LIGHTS
56, 69, 85, 102, 149, 173, 229, 233

O FIO DE ARIADNE
71, 112, 127, 140, 158, 190, 203, 213, 247, 270, 281, 365, 379, 387, 391,
399, 405, 415, 427

O EVANGELHO SEGUNDO JUDAS
251, 258, 272, 280, 298, 303, 337, 345, 354, 368, 386, 396, 398, 402, 410

O EVANGELHO DE LUÍSA
300

O EVANGELHO SEGUNDO JOÃO
397

FRAGMENTO DE UMA CARTA
426

UM ROMANCE DE DÉDALO
430

Havia histórias de filhos desgarrados,
que eu lia com encantamento.
O que nelas mais valorizava,
o que redimia toda culpa,
era o retorno ao lar paterno.

Hermann Hesse, *Demian*

Espelhos e sonhos são coisas semelhantes;
diante de um rosto, aparece a sua imagem.

Eclesiástico, 34:3

1

A CASA

(...) Dois ou três dias depois da morte de meu pai, nós nos sentamos à volta da mesma mesa em que, desde a infância, nos havíamos reunido milhares de vezes, para as quatro refeições do dia (incluindo o café da tarde, repetição da primeira refeição, hábito que perdurou na casa muito além do tempo em que, um por um, eu e os meus irmãos a deixamos) ou para aqueles serões noturnos em que, logo depois da última novela radiofônica, fazíamos espontaneamente e com um prazer sempre renovado {nos dava prazer então falar e ouvir a respeito do que fazíamos [talvez fôssemos felizes sem que nos déssemos conta (a vida é assim, diria Otília Rovelli, prosaicamente, mas com a propriedade com que conseguia pronunciar mesmo os lugares-comuns, as expressões mais triviais)]}; fazíamos, pois, como que um retrospecto, um reassunto, como se dizia, do que havia ocorrido conosco de mais significativo naquele dia. Isto, no início daqueles serões, porque depois passávamos para assuntos mais variados, desde as vicissitudes pelas quais estivesse passando algum parente ou alguma pessoa de nossas relações de amizade até as velhas histórias familiares que se vinham acumulando de geração em geração. E eu as ouvia com a atenção que mereciam as histórias bem contadas, um talento oral que acabamos por perder; e, num tempo em que a minha memória era ainda um tanto breve, elas chegavam até a mim como se tivessem ecoado num túnel do tempo, como um vínculo que parecia nos ligar aos primórdios da criação, ao momento mesmo em que se havia dado nome às coisas; uma sensação assim, como isto se assentou em minhas lembranças. Eu não era então (deste modo é que me sentia: um sentimento tão precoce quanto confuso) nada mais que um elo dessa corrente de pensamentos, palavras e obras que nos instrumentalizam para enfrentarmos adequadamente (ou da melhor maneira possível, talvez fosse mais justo dizer) os chamados fatos da vida. Procurava compenetrar-me, com a resignação que já tentavam me impor com brandura, da verdade implacável dos Salmos, que nos dava conta de que *o homem era semelhante a um sopro de brisa*, uma entidade breve, e que os seus dias eram *como uma sombra que passava*, nada mais que isso. Assim é que acabávamos por entender ou assimilar a importância de se ter os pés no passado (desde que soubéssemos como ter adequadamente os pés no passado) e por entender também ou aceitar que mais valiosa que a memória pessoal era a memória coletiva dos que nos haviam precedido, esse patrimônio inesgotável cujo valor cresce na medida do tempo, e que nos faz aceitar a verdade essencial dos fatos vitais e os ciclos incessantes da ordem natural. Só muito tempo depois, com muito custo, é que compreendi que, no fundo, se tratava do lento e gradual aprendizado a que todos eram submetidos, sem que disso tivessem consciência, no sentido da aceitação da morte como uma manifestação dos desígnios de Deus e da Natureza, nada mais que isso: a memória sobreviveria; sobreviveríamos, era o que bastava (*ele vive na memória dos seus*, dizia a lápide que minha avó escolhera para ser colocada sobre o túmulo de Giovanni Rovelli, seu companheiro por mais de sessenta anos). Claro que não nos dávamos conta disso. Nem precisava. Nem por isso a realidade haveria de ser outra. Era difícil entender como se passavam nossos fenômenos interiores; também nem precisávamos entender; mas o fato é que eles se processavam sedimentariamente em nós mesmos, de uma maneira secreta, e assim absorvíamos e passávamos adiante, sem contestações, sem dramas existenciais aparentes, os elementos fundamentais desse ato de transmissão ou entrega a que se deu o nome comum, genérico, de tradição, na falta de outro melhor, mais preciso. Era evidente, no entanto, que ainda temíamos a morte e a temeríamos por muito tempo ou para sempre; estávamos apenas começando a aprender a administrar uma certa consciência que tínhamos dela. E era por aquelas vibrações ancestrais que através dos tempos nos chegavam, por aquela gradativa sacralização dos fatos familiares, pelo muito que aprendêramos ali tantas vezes reunidos, que aquela mesa havia acabado por adquirir, acho que até posso dizer, a condição de elemento de um tabernáculo: era ali que, de certo modo, se transmitiam e se conservavam as leis fundamentais de nossos usos e costumes — o código da aliança —, com a exaltação irrestrita, por parte dos mais velhos, da probidade moral e da autoridade — ainda que a prática pudesse eventualmente revelar-se outra —, sem as quais não seria possível nenhuma outra virtude, mesmo que nos dispuséssemos a ser mansos e humildes de coração. Foi ali que, tendo morrido o nosso pai, nos reunimos afinal para a divisão dos objetos da casa (mais difícil que a divisão das coisas de maior valor, como as datas de terra que cada um escolheu na mesma ocasião), com o pesar inevitável de que haveriam de ser daquela maneira dispersos porque prenunciavam a dispersão também das pessoas. Aquilo que pareceu ter sido feito para ser eterno (a coesão familiar, sobretudo) chegava finalmente às vésperas de seu termo. A vida é assim. E eu estava pensando exatamente nisto quando Benito, meu irmão mais velho, colocou sobre a mesa o relógio de bolso que pertencera a meu avô, e que com sua morte passara às mãos de meu pai, num sorteio semelhante àquele que estávamos prestes a fazer, mais de vinte anos depois. O meu avô o havia recebido de seu pai, Domenico Rovelli, no dia remoto em que completara a maioridade, costume familiar que se havia consagrado com toda a sua carga simbólica. Tratava-se de uma máquina do tempo, afinal, que se ganhava no esplendor da vida. O costume fora estabelecido ainda na Itália, e privilegiava os primogênitos masculinos no momento em que entravam em pleno gozo de seus direitos de cidadão, o que se constituía, no entanto, apenas numa enunciação, uma vez que as relações familiares de poder só podiam ser alteradas então na circunstância da morte. Os velhos hábitos peninsulares, porém, tenderam aqui para o abrandamento, embora tenham sido conservados os seus elementos essenciais. Giovanni Rovelli soube, não sei se consciente ou intuitivamente, amoldar-se à nova ordem que se iniciava, às peculiaridades do novo país, abrindo mão daquilo que não ferisse, evidentemente, o fundamento de sua autoridade, ministrando sempre, nas relações familiares, doses equilibradas de desvelo e dominação. Por isso, talvez, eu o tenha mais tarde amado e ao mesmo tempo odiado; mas, entendendo de algum modo o seu estilo natural de governar, eu o admirei em ambas as circunstâncias, e isso pela sua capacidade espontânea de ser despótico, porque conseguia revestir o seu despotismo das necessárias marcas do pioneiro, do homem de seu tempo: a eficiência e o destemor, e ainda a presença de espírito necessária para tomar decisões prontas e firmes mesmo frente às mais adversas situações. Tratava-se daquela postura inquebrantável que não admitia vacilações e que o tornava temível até pelos filhos mais velhos, e fazia, no entanto, com que todo o núcleo familiar permanecesse unido e se sentisse confiante no futuro. Havia sido aquela uma das razões fundamentais da ordem e da aparente paz que havia reinado sempre em seus domínios. E não poderia ser de outra forma porque fora sempre daquela maneira que se garantira fartamente, embora sem luxos, os proventos da casa. Assim, mudavam-se as regras que podiam ser mudadas sem trauma, e assim também o meu pai, embora não fosse seu filho, mas seu genro, havia recebido aquele relógio que, mais que pela qualidade, valia pela sua carga emblemática. Pois eu estava pensando exatamente nisto quando, à semelhança dos demais, apanhei um dos sete papéis numerados que Benito havia lançado sobre a mesa, e não me surpreendi muito ao receber, através dele, o relógio: eu o havia ardentemente desejado, achando mesmo que o merecia por valorizá-lo tanto, e me concentrara no sentido de que a sorte me beneficiasse, intuindo, decerto, a importância que aquele objeto haveria de ter para mim, em minhas reminiscências, cumprindo o seu papel, a ponto mesmo de interferir nelas de algum modo, como agora que o tenho aqui ao lado, sobre a escrivaninha, e consigo ouvir o seu pulsar e me lembro de como veio ter às minhas mãos.

E também naquela noite, através de processo semelhante, recebi mais dois prêmios: o exemplar da Bíblia que pertencera à minha mãe e o seu álbum de fotografias, que ninguém quis que fosse desmontado para uma possível divisão daquelas imagens familiares, como se pairasse sobre todos um secreto temor de ver estilhaçado daquela forma o nosso passado, como se aquilo pudesse trazer consequências indesejáveis, como se fosse uma profanação, uma sensação assim a que tive, e a ideia um pouco mais terrena, que também deve ter pairado, de que aquilo seria o mesmo que despedaçar um livro de histórias encadeadas em que a falta de uma delas impediria o entendimento das outras que viessem a seguir. Senti como se, através do aparente acaso, eu tivesse recebido um sinal; mesmo um aviso, como se dizia, pois não tardaria a dar-me conta da essência de que estavam revestidos aqueles despojos que a sorte e a minha firme vontade, eu imaginava, me haviam destinado: o tempo, o mistério, a memória.

O EVANGELHO DE FRANCISCO
Cartas remotas

Caro Raul, hoje cedo, eu tentei escrever alguma coisa sobre isso que chamamos de tradição. Tentei reavaliar, estimulado pela escrita — só escrevendo, naturalmente, é que consigo organizar um pouco melhor minhas ideias —, o possível significado para mim dessa palavra, isso que se convencionou chamar de tradição, e acho que acabei descobrindo algo que me fez compreender um pouco por que, apesar de todas as vicissitudes de minha infância e da adolescência, sou sempre tentado a me lembrar daqueles tempos com uma certa nostalgia, com uma vaga e, às vezes, incômoda sensação de perda. Pode parecer conservadorismo, pode parecer contraditório, porém é o que penso, que posso fazer? Acho meio difícil explicar a questão; mas, mesmo parecendo contraditório o que vou lhe dizer, penso que uma das virtudes fundamentais da vida que então levávamos era o respeito à ordem. E sei que você deverá estranhar o que lhe estou dizendo: respeito à ordem; mas como deixar de lhe falar sobre esta minha incoerência, de lhe dizer que, na verdade, me encanta lembrar como o mundo, apesar das inevitáveis transgressões, era no geral organizado — pelo menos, aparentemente —, limpo, com todas as coisas nos seus devidos lugares, com suas leis mais elementares absolutamente definidas. Não que na realidade fossem assim, estritamente. É como me lembro. Que trabalho estranho esse que se operou em minha memória. É claro que se tratava de uma ordem cuja substância nós não tínhamos condições de perceber, uma ordem contra a qual acabaríamos por nos insurgir logo depois, sem nos darmos conta de sua verdadeira essência e sua fortaleza: uma ordem rígida em que nos era dada a liberdade de nos submetermos a todos os comandos segundo a nossa própria vontade. Havia ali, porém, valores que inadvertidamente perdemos, sem que tivéssemos feito considerações mais profundas a respeito de sua verdadeira natureza. E o que eu mais gostaria mesmo, neste momento, era escrever uma história que falasse precisamente disto. É curioso como somos levados a privilegiar aquele mundo quando o comparamos com os dias de hoje. Me sinto pela primeira vez absolutamente desencantado; e percebo que isto não se dá apenas comigo e que não tem apenas relação com o sistema ou nenhuma relação com o sistema, pois ele passará; é algo mais profundo e duradouro, ainda que um tanto impreciso para mim, e que tenho tentado sintonizar em vão nisto que começo a escrever nestes dias, procurando não racionalizar muito ou o menos possível.

Outra coisa: talvez você não acredite: de vez em quando, ainda penso no romance sobre Judas, e tenho assim que concordar com você: este será para sempre o meu tema, porque sei de antemão que jamais realizarei tal projeto, por mais que venha a insistir; possivelmente porque necessite desta contradição. Não faz muito tempo, tive a paciência de xerocar os três evangelhos sinóticos, a partir do exemplar da Bíblia que pertenceu à minha mãe, para depois recortá-los em colunas e fixá-los, um ao lado do outro, em folhas de papel sulfite, fazendo coincidir, na medida do possível, os acontecimentos. Uma das poucas coisas que ficaram evidentes, à parte alguns desajustes cronológicos, foi o longo trecho a mais que há em Lucas (do que já não me lembrava), desde o capítulo 9, versículo 51, até o 18, versículo 14, contendo as parábolas fundamentais para mim da dracma perdida, do filho pródigo, do juiz iníquo e a viúva importuna, do bom samaritano e a do administrador prudente. É evidente que eu não recortei os xerox e colei nas folhas de sulfite com a finalidade de descobrir algum fato transcendental a respeito de Judas; foi apenas um artifício que tentei para me motivar, para ver se, a partir da leitura simultânea dos três textos, eu conseguiria ter alguma inspiração, alguma ideia que pudesse aproveitar. Mas essa trabalheira toda deu quase em nada, a não ser a constatação, mais uma vez, da superioridade literária de Lucas e do quanto ele foi arrojado se o compararmos com Marcos e Mateus. A tarefa também serviu, tenho de reconhecer, para abrandar um pouco este tédio inexplicável ou aparentemente injustificável que às vezes sinto, essa sensação de vazio a que sempre me refiro, de inutilidade, esse pequenino remorso por achar que tenho desperdiçado o meu tempo, não fazendo nada que valha verdadeiramente a pena. Preferiria, preferiria mesmo, ser esse cético que você é, sem vacilações, firme como uma rocha na sua falta de convicções. Embora eu discorde dessa descrença toda, continuo a admirá-lo pelo fato de se tratar de uma postura claríssima, serena, que lhe deve ter custado muito, ou ainda custa, sei lá. Você é forte. Acho que é forte. Quanto a mim, tenho de continuar amargando (eis o que diria Otília Rovelli em situação semelhante), amargando o chamado "bicho-da-consciência", e amargando minhas vacilações. Continuo na minha "era da incerteza" se você quer saber. Cheguei a pensar que isto pudesse ser um sinal de maturidade frente às fórmulas infalíveis engendradas em nossos tempos de estudante, mas às vezes (agora, por exemplo) penso que possa ser bem o contrário; porém nem disto estou certo. E, voltando aos evangelhos, uma outra descoberta: eu não havia folheado, desde a morte de Luísa, o exemplar da Bíblia que está aqui, logo ao alcance de minha mão, na estante ao lado; continuei usando o meu exemplar mesmo, por causa das anotações à margem. Não sei se já lhe contei, na divisão dos objetos da casa, me coube por sorteio o exemplar que pertencera a ela, esse volume tão surrado que suas mãos dignificaram; e eu sempre quis ficar com ele, pelas infindáveis evocações que fatalmente me haveria de proporcionar; ela era muito aberta aos pressentimentos, você sabe; tinha um sexto sentido aguçado, sempre a farejar o futuro; acertou em quase tudo; você pode não acreditar, mas ela pressentiu os conflitos que viriam depois; as minhas desavenças com Fabrício talvez lhe tenham parecido inevitáveis; tanto que em Mateus há um trecho que ela teve o cuidado de deixar sublinhado a lápis; é no capítulo 5, a partir do versículo 23: "Portanto, se estás para fazer tua oferta diante do altar, e te lembrares aí que o teu irmão tem alguma coisa contra ti, deixa já a tua oferta diante do altar, e vai reconciliar-te primeiro com teu irmão, e depois vem fazer a tua oferta."

O que eu mais queria neste momento, querido Raul, era compartilhar com você esta descoberta.

Abraço,

Francisco
S.P., 13.5.71

A CASA

A divisão dos objetos da casa de meu pai obedeceu, fundamentalmente, aos mesmos procedimentos de um outro ritual, mais de vinte anos antes, quando haviam sido divididos os bens pessoais de meus avós, o que podia muito bem ser o sinal de que a vida era fundamentalmente a repetição cíclica das mesmas coisas, mudando-se somente os personagens dos acontecimentos e eventualmente o lugar onde os acontecimentos deveriam consumar-se, mas conservando-se a essência dos atos. No entanto, daquela vez em que fomos nós os protagonistas da divisão, havia um dado novo: tivemos a sensação afinal de que o sonho de Giovanni Rovelli desfizera-se definitivamente, obedecendo ao destino fragmentário de sua nova descendência; tratara-se, no fundo, do sonho acerca de uma espécie de reino eterno aqui na América, um reino em que o rebanho familiar jamais se dispersasse porque haveria suficiente fartura para isso, porque a casa do Ibipiú, como a casa das Escrituras, *havia sido construída num monte* (uma colina) e era *fortificada* (sólida) e *não podia cair, nem podia permanecer oculta.* E foi assim que, muitos anos depois, quando aquele projeto que havia sido empreendido para ser definitivo (como se pudesse ser, de fato, definitivo, como se não houvesse outro reino além deste); muito mais tarde, pois, o álbum de Luísa, que também me coubera, acabou por tornar-se uma das fontes fundamentais, embora tardia, de informações a respeito desse mundo que acabou por se extinguir, e matéria de que me utilizaria para supor de que elementos estava constituído o composto daquele sonho que, durante a sua vigência, como é natural acontecer, não pareceu ser sonho e sim o estágio definitivo da vida de todos ali, com seus percalços, suas coisas boas e más, seus anseios e resignações, as ousadias, os comedimentos, os planos, as desistências, o desvelo, a indiferença, o amor e a solidão, essa massa contraditória de obras e de sentimentos que constituíam, enfim, o esplendor da única vida que julgávamos possível neste mundo, com todas as suas carências e satisfações ou os sucedâneos. Muitos anos depois, o álbum de Luísa Rovelli montara, privilegiando, mais que o passado, o nosso futuro — fornecendo-lhe um ordenado e eficiente instrumento de recordações —, constituiu-se como que numa última reverberação das luzes desse universo tão pleno de esperanças e tão transitório. E da autoridade de Giovanni Rovelli, de quem emanou o fundamento, pode-se dizer, dessa pretensa eternidade, o álbum de minha mãe guarda um precioso reflexo: o seu ar austero, uma austeridade que, em certos momentos, nos avassalou, e da qual restam hoje poucos sinais além de sua materialização na foto que ali está, uma imagem cuja essência — como acontece com toda foto — é constituída apenas de minúsculos grãos de sal de prata, atingidos, uns mais, outros menos, pelos raios de luz de um certo dia do ano de 1908. Dele, de seu passado remoto, o que sei é que, quando deixou a Garfagnana com destino ao Brasil, não veio diretamente para o então povoado de Conceição dos Sete Montes do Ibipiú, chamado depois de Buritipuã, e mais tarde Boa Vista da Onça, que ali havia um vale e um ribeirão com esse nome, tributário do Ibibiú, e por último Ouriçanga, como o nome foi afinal oficializado, ao sabor de uma estranha volubilidade onomástica, uma insatisfação que permeou os cidadãos desde uma certa manhã do início do século, quando o engenheiro Olof Rude Lundstrom, semeador de cidades, munido de seu inestimável teodolito — causa então de mistério e pasmo —, traçou as coordenadas do que haveria de ser o novo espaço urbano.

Giovanni Rovelli havia tentado a vida, segundo sua expressão, em meia dúzia de outros lugares, inclusive as Embaúbas, não muito longe dali, onde conheceu Elisa Avigliano, vêneta de Lendinara, imigrada na mesma época, com quem se casou. Havia andado de um lado para o outro feito um cigano — como diria muito tempo depois a velha Elisa —, mas só conseguiu fazer dinheiro em Ouriçanga, onde esteve entre os maiores plantadores de café, rivalizando até mesmo com o coronel Eurico Matoso, com quem manteve divisa de propriedade, um pequeno e sinuoso córrego perdido em meio a um extenso lamaçal, que chegava a mudar de curso durante as pesadas chuvas de verão, origem de longos, numerosos e apaixonados conflitos: uma história intrincada de altercações, polêmicas e, claro, muitas demandas judiciais, que tia Otília conseguia relatar, lance por lance, pormenorizadamente, se houvesse tempo, descendo a um universo molecular de minúcias, de detalhes insignificantes que podiam, em certas circunstâncias, provocar o enfado de seus interlocutores, mas que a mim — depois que comecei a me interessar mais seriamente pelo passado familiar e a entender a real importância daquelas migalhas do tempo — causaram um encanto sempre crescente, maior à medida que aquele processo de particularização radicalizou-se com o passar dos anos, chegando, não seria despropositado dizer, ao átomo, à essência dos fatos, àquilo que só a literatura, eventualmente, nenhuma outra ciência, se propõe a tratar. Nunca pude saber o que tinha vindo antes: se o exercício narrativo, a vocação para aquele tipo de relato ou se sua prodigiosa memória ela mesma, que para sua expressão foi necessitando, mais e mais, conforme avançavam a idade e a experiência, de um discurso crescentemente complexo, de maneira a abrigar dois, três ou mais fios narrativos, que para a compreensão de seu verdadeiro espírito precisavam de uma exposição simultânea, um fio ajudando o entendimento do outro, justificando-se entre si, apoiando-se todos eles no pressuposto, é possível, de que todo ato humano podia ser memorável, ou pelo menos causar interesse, desde que a sua substância fosse eficientemente exposta. Claro que Otília Rovelli jamais se deu conta inteiramente desse processo interior. Forjou intuitivamente o arcabouço de sua memória; mergulhou no passado sem propósitos definidos ou alguma intenção aparente, movida apenas pelo prazer que sentia em proceder àqueles exercícios, por uma paixão mesmo, procurando ater-se à camada residual dos fatos, àquilo que se registra incessantemente e se esquece, onde podia encontrar eventualmente o significado mais profundo das coisas. Porém, mesmo que não chegasse a esse resultado, o que era frequente suceder nessa espécie de jogo de tentativas na exploração do real sentido dos acontecimentos; mesmo assim, restava sempre o encanto do estilo; sim, o encanto do estilo, por que não?, essa particularidade oral única, inimitável, a marca pessoal que Otília Rovelli conseguiu imprimir em seus relatos.

Custei a perceber os mecanismos e o fundamento de seus exercícios de memória, e os motivos pelos quais ela podia relatar, horas a fio, sem nenhum sinal de cansaço, monocordiamente, sem a mínima perturbação de ritmo, aquela parte infinitesimal da história da humanidade, de que fora testemunha. Só pude entender melhor aquela tarefa de resgate muito tempo depois de ter deixado Ouriçanga, e, de uma maneira mais clara, quando, num momento de insatisfação e de falta de perspectivas, fui aventurar-me de certo modo na Europa, aos vinte e poucos anos, e quando, ao fim de um ano de ausência, senti — o que hoje pode parecer desconcertantemente óbvio — que, por mais que me distanciasse, não me livraria jamais de minhas periódicas perturbações de espírito — se este é o nome do que eu verdadeiramente sentia —, aquela confusão mental que me vitimava, me trazia tanto desconforto, e que nem mesmo hoje sei explicar direito, nem pretendo explicar. O distanciamento físico nada representava diante daquele estado de angústia aparentemente injustificável; ao contrário, o único caminho para o seu possível abrandamento talvez fosse o de mergulhar incondicionalmente no meu próprio passado, e defrontar-me ali com os meus mistérios. E essa coisa óbvia que geralmente não se pensa quando se tem vinte e poucos anos, eu pensei naquela ocasião apenas porque, quando passei pela Itália, caiu-me nas mãos a história de Svevo a respeito de Zeno Cosini e da viagem dele ao próprio passado, a conselho do doutor S., seu médico, que o estimula a iniciar tal empreendimento com uma "análise histórica" de sua propensão para o fumo. "Escreva, escreva", lhe diz o doutor S., "e verá como chegará a ver-se por inteiro". E eu pensei que a minha imediata identificação com Zeno quando jovem tinha a ver somente com o fato de ele ser, como eu, um doente imaginário, um hipocondríaco, com a particularidade também de fumar muito e querer ver-se livre do cigarro a qualquer custo, sem ter a força de vontade necessária para isto. Animado por aquele exemplo, cheguei a fazer anotações em um caderno de capa dura que mantinha sempre ao alcance da mão, num dos bolsos externos de minha mochila, mas logo percebi que havia um outro nível de identificação possível com aquele personagem pleno de bom senso, mas desprovido de ânimo; isto porque havia também minha propensão para algo mais grave, para um sentimento quase incessante que pode eventualmente ser a soma de outros sentimentos, aos quais se costuma dar um nome genérico, impreciso, que muitas vezes não revela quase nada do que vai por dentro da alma: culpa; palavra em que me baseei, no entanto, para ver se me estimulava a continuar meus registros enquanto seguia fumando compulsivamente. Senti então que iniciava um caminho de regresso, e que aquela experiência haveria de tratar-se, em sua essência, de uma experiência pessoal com base na paixão (sim, paixão; pronunciei para mim mesmo essa palavra); uma experiência que mudaria radicalmente o curso de meus acontecimentos, e que resultaria, entre tantas outras coisas, no fato de eu estar aqui neste momento, de novo em Ouriçanga, escrevendo isto que escrevo, olhando de quando em quando através da janela, como para ter tempo de respirar, testemunhando assim, também, este momento de um dia de janeiro em que, depois de uma manhã densa e abafada, uma enorme tormenta cor de ardósia se anuncia e cobre o céu, com o vento sul começando a enlouquecer as árvores.

Anotações de Dédalo

Partindo de um tema central, de um tronco, que podia versar tanto sobre um ataque de apoplexia que tivesse tido um desfecho fatal ou um caso mais prosaico de coqueluche que tivesse acometido, muitos anos antes, alguma das crianças da casa, Otília Rovelli arquitetava suas narrativas na forma, talvez não fosse impróprio dizer, de uma árvore que crescia a partir do rebento e depois do caule, mergulhando até as últimas consequências no fato que se havia proposto a relatar, com todas as suas variantes e efeitos colaterais (os galhos), suas interligações com outros fatos acontecidos; e assim, do tronco, da coqueluche ou do ataque de apoplexia, a narrativa poderia derivar para o preço desastroso a que chegara uma saca de café, vinte anos antes ou mais, numa das crises periódicas do produto, pois fora nessa ocasião que uma outra criança da casa pegara sarampo, e fora tratada pelo doutor Nepomuceno de Almeida Rangel, com o sucesso de sempre, fato este que poderia dar ensejo, eventualmente, a que ela se lembrasse de algum acontecimento atinente aos tempos em que o médico havia chegado a Ouriçanga para iniciar uma carreira lendária, pois não ficaria registrado na lembrança de ninguém um caso sequer em que ele tivesse se equivocado com algum diagnóstico, fosse para dizer "isto não é nada, logo passa; são os males do crescimento", ou para anunciar alguma morte iminente, um evento entre inúmeros mais graves que tia Otília havia registrado entre as ramificações da árvore familiar da memória. E a morte lembrada, aquele galho de tristes evocações podia, dependendo da boa vontade de minha tia e da disposição que pudesse perceber no seu interlocutor, chegar mesmo à filigrana (as folhas), uma vez que aquele velório de que havia participado se afigurava com uma riqueza de detalhes verdadeiramente tentadora, e aí já não se conseguiria dizer se o estímulo básico estava sendo a importância para ela do fato narrado, com seus detalhes, ou se uma espécie de teste a que se submetia com constância, não só para demonstrar aquele seu talento incomum, mas para provar para si até que extremos podia chegar a sua recuperação do passado, o que muitas vezes devia assombrar ela mesma. Foi esta, pelo menos, a imagem que guardei de tudo quanto me revelou naqueles tempos em que sua paciência lhe permitia dissertar sobre incidentes os mais comezinhos, interminavelmente. Sua obsessão proustiana pelo detalhe, pelo viés das coisas, pelos elementos celulares que a ligavam emocionalmente à vida pregressa da família, possibilitava, não raro, o resgate de pormenores preciosos. Mais de trinta anos depois do casamento de meus pais, Otília Rovelli era capaz ainda de percorrer a nossa casa da rua Engenheiro Lundstrom e apontar os objetos que a minha mãe ganhara na ocasião, e dizer quem os presenteara, um por um, desde as coisas de maior valor, como um certo serviço de chá de porcelana ganho de uma prima em segundo grau chamada Tosca, dotada de uma beleza lendária, até os mais fúteis bibelôs. Recordava-se de tudo como se tudo tivesse acontecido no dia anterior: "Parece que foi ontem." Repetia sempre o lugar-comum, que, em seu caso, expressava uma verdade pessoal em toda a sua plenitude. E, a continuar a imagem forjada para ilustrar a estrutura de suas lembranças, da maneira como afloravam, espontaneamente, pode-se dizer que se lembrava até mesmo dessas folhinhas insignificantes, mas que reunidas, muitas e muitas delas, chegavam a formar uma planta frondosa, como uma tipuana, a árvore generosa e acolhedora de seu passado. E ninguém, que se saiba, jamais a surpreendeu esquecendo-se do fio central, do tronco, ainda que a semente da qual germinara o relato tivesse sido a mais comum entre as comuns, pois ela podia retornar sempre ao caule, sem vacilações, à coqueluche, ao ataque apoplético, ao preço do café, ao bibelô, ao que fosse, para reempreender a subida a galhos mais altos; e isto, a menos que fosse interrompida por alguma razão inadiável. No entanto, conseguia, sem a mínima dificuldade, retomar a árvore no dia seguinte ou dias depois, a partir do ramo ou da pequenina folha em que tivesse interrompido sua ascensão, e continuar dali o seu inventário. Claro que suas árvores jamais germinavam e cresciam apenas segundo a sua disposição pessoal: o seu empenho dependia do empenho de quem a estivesse ouvindo, de suas sinceras e convincentes manifestações de curiosidade, das interjeições de espanto, de reprovação ou desalento, essas mesmas expressões que eu lhe dirigia com uma constância sempre maior à medida que crescia o meu interesse, e que permitiriam que Otília Rovelli plantasse mais sistematicamente naquele meu presente, numas férias de verão que passei inteiras em Ouriçanga, um bosque de plantas variadas, umas ao lado das outras, arbustos, plantas maiores, sem poupar nada, nem ninguém; a terra verdejante de nossos antecedentes, afinal; inteira, o campo onde Giovanni Rovelli apascentara suas ovelhas, com aquela esplêndida massa de vegetação de toda a espécie, com as ervas do vício e da virtude, como não poderia deixar de ser: o joio e o trigo, como na parábola sobre o "Reino", que era semelhante, como ensinavam as Escrituras, a um homem que semeou boa semente no seu campo. Mais tarde, ao retomar as anotações que eu fizera a partir daquelas conversações, reavaliando tudo o que acontecera e o que aconteceu depois, eu seria sempre tentado a rever essa parábola entremeada, invariavelmente, dos episódios de nossas vidas: de fato, depois de semeada a boa semente, enquanto todos dormiam, o inimigo viera e semeara o joio, e, ao crescer o trigo, apareceu também a erva daninha, e os servos do proprietário lhe perguntaram como podia ter nascido o joio entre o trigo se ele lhes havia dado boa semente. E ele respondeu que fora um inimigo que fizera aquilo. Os servos então perguntaram se ele não queria que fossem por entre as plantas para arrancar o que não prestava; ele respondeu que não o fizessem, para que não acontecesse que, ao arrancar-se o joio, fosse arrancado também o trigo; e disse-lhes mais: que deixassem as plantas crescerem juntas até a colheita, quando então ele diria aos ceifeiros que arrancassem primeiro o joio, e o atassem em feixes para ser queimado, e em seguida recolhessem o trigo ao celeiro. Fora assim que as coisas haviam acontecido num primeiro tempo, e a imagem que me costumava vir de nosso passado era de fato a de um bosque em que havia plantas de toda espécie, ervas daninhas até mesmo; e isto pelo que eu me lembrava por mim propriamente, e pelo que tia Otília me relatara. Em certos períodos posteriores de minha vida, a imagem poderosa sugerida por esta parábola incluiu em sua abrangência os meus receios acerca do futuro, disso que ela sugeria como o tempo da colheita em que seríamos premiados pelo estado de graça ou deixados à margem do caminho para o "Reino", com nossos remorsos, nossa contrição, até que retomássemos a trilha redentora ou nos perdêssemos de vez.

Quando os fatos de que tive conhecimento através de tia Otília já se haviam assentado em mim de uma maneira que às vezes pareciam ter feito parte de uma vivência pessoal, como se eu, de fato, os tivesse vivido, consegui afinal iniciar verdadeiramente, com algum proveito, o meu diário, o que antes, em inúmeras outras tentativas, me parecera impossível, desde aquele providencial encontro que tivera com o personagem Zeno Cosini, e procurara, também eu, empreender uma viagem ao passado, ao redor de algumas de minhas obsessões, o que não havia resultado senão num caótico amontoado de pequenas anotações sobre fatos que revelaram não ter a menor importância. Cometera o erro básico de julgar previamente o valor dos acontecimentos, pondo assim em alerta meus receios e minhas defesas. No entanto, a partir das conversações com tia Otília, pude constatar que o método mais eficiente era mesmo aquele demonstrado por ela, e que se baseava na livre associação, na espontaneidade, na falta de qualquer compromisso com a ordem aparente das coisas.

"Tenho pensado com frequência como seria salutar se eu conseguisse escrever, com um mínimo de verdade, um diário." Comecei, portanto, o meu exercício confessando a mim mesmo esta minha fraqueza. "Vejo através da janela do trem a repetição aparentemente infinita de uma paisagem com montanhas e ciprestes e pinheiros mediterrâneos." Era a segunda vez que eu viajava pela Itália, já sem mochila, um tanto mais circunspecto talvez, um tanto desprovido de ânimo; ou, melhor, sem o entusiasmo juvenil da primeira vez. E registrei a visão de uma paisagem que parecia nada ter a ver comigo. "Estou só." Foi o que acrescentei, lembrando em seguida, e escrevendo-a, a frase repetida tantas vezes por

Raul Nepomuceno Kreisker, tomada de seu poeta preferido, pelo menos naquele período: "O mundo é para quem nasce para o conquistar." Não procurei refletir por que me lembrara daquela frase logo naquele momento; mais que isso, deixei-a espontaneamente de lado, para ir registrando frases ou simples palavras ao acaso, nomes de pessoas, de livros, os pratos de que gostava, os objetos que costumavam ficar sobre minha mesa de trabalho — esta —, árvores, acidentes geográficos, músicas, num caos apenas aparente, pois algumas linhas abaixo aparece uma nova frase de Pessoa, como posso hoje verificar, tomando de novo o caderno: "O mundo não foi feito para quem sonha que pode conquistá-lo, ainda que tenha razão", e constato que esta é sequência da outra, ainda que no momento em que a escrevi eu imaginasse pertencer a uma outra poesia, não sabia qual. E mais palavras e expressões aparentemente desconexas, e mais uma frase: "Assim vivíamos em Terralba, divididos entre bondade e maldade igualmente desumanas", resquício de uma leitura entusiasmada de um dos livros de Calvino. Novas palavras, novas frases. Pude assim começar o meu diário, porque iniciei com ele a busca de meu ritmo interior e ao mesmo tempo o ritmo de uma voz oculta que até então eu jamais ouvira. Sem o saber, estava iniciando simultaneamente a busca de uma possível conexão entre os fatos mais triviais do passado, ou com aparência de triviais, e a necessidade de escrever o romance sobre Judas. Mas nem por isso eu o escrevi; digo já que não o escrevi, e já nem pretendo escrevê-lo. Não cheguei (não consegui) nem mesmo a imaginar mais concretamente a maneira como haveria de levar a cabo tal pretensão. Nada consegui a não ser aproximar-me de meu apóstolo, e dele tornei-me, penso, ainda mais solidário, embora os seus enigmas não tenham feito mais que crescer em minha consciência. É o que posso dizer por enquanto, neste momento em que me proponho afinal a organizar as anotações que fiz depois, entremeadas ao diário, tratando do que tantas vezes discuti com Raul Kreisker sobre o assunto, o que ouvi dizer, as leituras paralelas, as descobertas pessoais, possíveis a partir das seguidas leituras dos evangelhos; um resumo, enfim, do que representou para mim, em diferentes tempos, a figura de um jovem de minha idade chamado Judas Bar Simão, esta heresia pessoal. Mas era inevitável que eu começasse a pensar depois se a verdadeira questão não estaria em um outro personagem que, cerca de dois mil anos depois, imagina, em meio à sua desesperante solidão provinciana, se não seria já o justo tempo de se resgatar a imagem daquele seu semelhante; se não seria o caso de escrever sobre ele um romance. E, quem sabe?, se não seria o caso também de que esse personagem fracassasse em sua pretensão de redimir Judas, filho de Simão Iscariotes, imaginando em seu lugar um outro projeto: a história de como se originara tal pretensão e de como também esse projeto se mostrara irrealizável. Eu estava ainda, e não sabia, numa espécie de limbo, não conseguindo entender como poderia ter importância, mesmo para mim, a história desses fracassos superpostos que ameaçavam repetir-se como uma fatalidade, infinitamente.

Logo depois daquelas férias de verão em que me propus a ouvir mais atentamente os relatos de Otília Rovelli, tendo percebido a estrutura de seu discurso, ou melhor, tendo-o visualizado na imagem da árvore, a tipuana, e o método espontâneo das livres associações, eu tentaria usar do mesmo artifício para recobrar a lembrança de certos fatos pessoais e tentar entender outro perturbador enigma com o qual me havia deparado num dado momento da adolescência: um mistério chamado Raul Nepomuceno Kreisker. E pude então recuperar de uma maneira um pouco mais clara (baseado de início em dados aparentemente insignificantes) certos momentos decisivos. Recordei-me, deste modo, de uma forma vívida, do momento em que proferiu a sua fria indagação: "Você está mesmo certo de que sabe quem foi Judas Iscariotes?" Era aquela sua maneira habitual de negar as coisas: perguntando. "Você sabe mesmo?" Desafiou-me com uma pergunta que em outra ocasião e em uma outra situação poderia ter parecido banal e inconsequente. No entanto, pela maneira como foi feita, e, mais que isso, pelo momento em que foi feita, a indagação de Raul, com toda a sua carga de frieza e sua oportunidade, fez-me estremecer. Eu acabara de ler *O Legado de Judas* e estava ainda sob o impacto daquele texto de Dion Galland em que pela primeira vez eu via exposta uma tentativa de descobrir quem teria sido o verdadeiro Judas Iscariotes, a partir, entre outras coisas, de contradições encontradas nos próprios textos evangélicos; e a tentativa também de esclarecer o sentido oculto do anátema milenar que pesava sobre o apóstolo. Nunca havia lido algo semelhante; nunca me atrevera a pensar que algo assim pudesse existir. Ainda que, anos depois, no final daquele processo iniciado nos últimos anos de minha adolescência, eu acabasse por não concordar com grande parte das teses ali defendidas, aquele livro teria sobre minha consciência um efeito devastador.

"Você está mesmo certo de que sabe quem foi Judas Iscariotes?" A indagação de Raul foi desferida justamente no momento em que, com um certo alívio, eu me julgava de posse de uma tese redentora definitiva a respeito daquele personagem, o que viera mitigar um pouco o desconforto que eu sentia ao pensar no tempo enorme de sua condenação, algo vagamente aparentado do remorso, uma sensação na verdade indefinível que eu imaginava que talvez nem tivesse nome porque pensava que fosse exclusiva, um monopólio meu; não uma sensação intensa, porém constante, fina, com o temor sobreposto que eu sentia de que ela fizesse parte de mim, um dado inalienável, próprio, e que me coubera por natureza; uma sensação recorrente, relacionada com certos atos meus ou com certos fatos que eu presenciara, e que se intensificava um pouco mais quando me lembrava de como havia sido difícil, impossível mesmo, ressentir-me alguma vez com aquele personagem, como era esperado e necessário. Mas Raul, embora eu não o tivesse esclarecido suficientemente a respeito de minhas inquietações, possuía já alguma consciência daquele meu processo mental. "Você sabe mesmo?" A pergunta foi feita numa hora silenciosa, perto da meia-noite; estávamos ainda na praça de Ouriçanga, vindos do bar próximo onde iniciáramos aquela discussão, e havia no ar, pairando sobre nós, porque já era abril, aquele clima meio soturno que a Paixão nos trazia todos os anos, um tempo mágico que nos fazia mergulhar inexoravelmente no passado daquele fato tremendo. A velha história de sangue e desespero parecia então ter-se passado no dia anterior, pois a imagem que me ocorria era a de uma noite milenar em que havíamos acordado várias vezes sem termos vislumbrado alguma luz, contristados mas esperançosos, certos de que logo viria o sábado ensolarado da ressurreição.

"Você sabe mesmo?" Me lembro como se fosse hoje: confuso, golpeado por aquela seta inesperada, senti uma repentina e aguda sensação de angústia, um desalento inexplicável, como se estivesse isolado do mundo com minha incapacidade de compreender o tema que Raul propunha provocativamente. Nossos mecanismos interiores são mesmo rápidos e incontroláveis, e até hoje não sei que confusas associações eu devo ter feito em seguida, com a velocidade de um raio, para me lembrar e fixar-me justamente na passagem de Mateus que para mim acabou, daí em diante, por significar a mais extremada expressão do desalento humano, da solidão, do abandono à própria sorte: Judas, depois de consumada a condenação de seu mestre, arrepende-se e volta ao templo para devolver aos sacerdotes e aos anciãos as trinta moedas de prata, o que negaria em parte o senso de cupidez, motivo exclusivo, segundo o evangelista, daquele ato execrável. "Pequei, entregando sangue inocente", teria dito, em meio ao desespero. A impiedade dos sacerdotes gelou, decerto, o seu coração: "Que nos importa", lhe disseram. "Isso é contigo." Ele atirou as moedas ao chão, e foi enforcar-se. Creio que por esta passagem, é que talvez eu me tenha feito com o passar do tempo um devedor de Judas. E dele me lembraria daí em diante todas as vezes em que, por razões as mais variadas, fui golpeado por alguma sensação de culpa, esse sentimento angular de nossas existências.

O DIÁRIO DE FRANCISCO

Obsessão, como Raul chegou a definir o que ocorreu comigo em certo período; injustamente, pois, se me atenho ao que esta palavra verdadeiramente significa, teria se tratado de algo que dominou doentiamente o meu espírito, uma ideia fixa; e eu não quero pensar que tenha sido assim. Estava em busca de certas verdades pessoais. Obstinação. Esta talvez seja a palavra mais correta; teimosia, algo a ver com minha herança familiar, com meu pai. Não quero pensar que tudo tenha tido origem nas leituras de minha mãe, com sua voz doce e monocórdia, sentada na beirada de minha cama ou na de Fabrício, escolhendo os trechos bíblicos ao acaso, atendo-se ao cuidado apenas de que deviam conter histórias que despertassem o nosso interesse; e não apenas para que nos iniciássemos naqueles mistérios e eles nos provocassem o mesmo fervor que ela possuía, mas antes, talvez, por um sentido eminentemente prático: tratava-se de um recurso infalível para que eu e Fabrício nos aquietássemos, ao fim de um dia agitado, e dormíssemos e lhe déssemos o primeiro momento de paz. À parte, evidentemente, o prazer pessoal que ela sentia, lendo e relendo interminavelmente aquelas histórias. Mas, ainda que ela não nos tivesse lido nada do que leu, assim mesmo eu haveria de estar aqui a cuidar do ponto central da questão, porque ela parece, às vezes, fazer parte de uma herança pessoal inalienável. E também não se trata do caso de eu estar o tempo todo querendo conjurar tal questão. De modo algum. Paixão; esta pode também ser uma palavra um tanto adequada, sendo que eu também não quero conjurar tampouco nenhuma paixão, mas ter as paixões a meu serviço. E há uma frase de Raul (que assim se redime neste caso) que serve muito bem para expressar o que afinal sinto sobre isto tudo: "Nunca reprimir as paixões, mas transcendê-las; pacificamente, se possível."

Não. Não foi obsessão. Não quero pensar que tenha sido uma obsessão.

ÁLBUM DE RETRATOS

E, assim, tenho frequentemente me ocupado em verificar também se um determinado enigma pode atar-se a um outro qualquer, e este a um outro e outro e outro, para ver se juntos podem me fornecer alguma luz nova. No entanto, se essa luz não surge, ainda assim há algum proveito: sinto sempre que alguma coisa se acomodou em meu espírito: aí então me sobrevém uma estranha sensação de paz. Às vezes, sento-me aqui, e, escrevendo, procuro o fio dessa meada confusa: procuro me lembrar de um acontecimento aparentemente banal, mas que ficou marcado para sempre em minha memória, como agora faço: mexendo, um dia destes, nas minhas coisas, dei com o álbum de retratos que pertenceu à minha mãe, e nele pude rever com a devida atenção uma foto minha dos anos cinquenta. Foi Benito, o meu irmão mais velho, quem bateu a chapa (era assim que se falava). Lá estou eu olhando, da altura de meus sete anos, a câmera; olhando, por assim dizer, a eternidade que se estenderia (que se estende, que se estenderá) para além daquela foto, não tendo noção ainda de que ela dividiria, no instante preciso daquele clique, daquele ruidozinho insignificante, mas instigante; dividiria o tempo (como acontece com toda foto) em duas partes distintas e opostas: o infinito passado e o infinito futuro. Um breve momento, brevíssimo, um átimo, compreendido, assim como a vida, entre duas eternidades para as quais estamos igualmente mortos, mas as quais julgamos diferentemente, privilegiando sempre a que haverá de vir, lamentando não poder vivê-la, assim como, ao sermos fotografados, privilegiamos o futuro, procurando nos projetar dentro dele, dando a ele instrumentos de recordações. Lá estou eu sem saber ainda que aquilo que a fotografia estava fixando poderia um dia ser repetido mil vezes em folhas de papel brilhante, sem que existencialmente pudesse se repetir uma única vez (ah, a magia da fotografia); lá estou eu, imerso na tremenda complexidade da infância, sem ter prestado ainda atenção, portanto, às coisas óbvias, ou aparentemente óbvias, que muito mais tarde me assoberbariam, me tomariam tanto tempo; lá estou, diante do grande mistério da fotografia, ao qual se acrescentam sempre outros pequeninos mistérios estáticos, magicamente estáticos. E ali estou num momento em que não tinha tido que clamar uma única vez pelo cordeiro de Deus, porque a minha vida era então uma página quase em branco. Não sei se por acaso ou não, logo ao meu lado, naquela esquina, havia, amarrada a um poste, uma tabuleta daquelas em que os cinemas do interior anunciavam os filmes do dia, feita de folha-de-flandres, coberta de negro, com letras brancas de alvaiade, fixando de pronto um outro momento mágico que ocorreria horas depois e que se perderia por muito tempo na minha memória, na memória de outras pessoas, como tantos outros momentos assim: HOJE, ÀS VINTE HORAS. Logo abaixo vinha a mensagem que se originara em um lugar tão distante, tão diferente, havia tanto tempo, e que ali adquiria a condição de um fenômeno local, um fenômeno que simulava a vida, que repetia (ah, a magia do cinema) a realidade concreta vivida por um grupo de atores, técnicos, trabalhadores de toda a espécie, um diretor, espécie de deus provisório, que anos antes haviam criado aquela história de desencontros que ali se anunciava: A FLOR DO LODO. Era este o filme: A FLOR DO LODO, com Ray Milland. Se acreditarmos que nada acontece por acaso, como muitos acreditam; que há sempre um roteiro prévio para tudo, e que há também um deus permanente e implacável, senhor de todos os destinos; se pensarmos assim, é de se imaginar a intuição poderosa que teria levado o meu irmão mais velho a escolher aquele local para aquela foto, um ato cujas consequências continuam se estendendo até os dias de hoje; e continuarão se estendendo sabe-se lá até quando? Intuição, sim, porque estou certo de que ele não tinha mesmo consciência de que com aquele gesto estava capturando o momento em que várias correntes de tempo se cruzaram: A FLOR DO LODO. A mensagem ganha hoje, finalmente [porque estou aqui e agora escrevendo (ah, a magia da literatura)], a dimensão de um código, de uma senha que me fornecerá certamente a chave de muitos mistérios pessoais; que é por isso talvez que eu insista, que tantos insistam em escrever tanto. Porque aquela esquina já foi modificada, é praticamente outra, e a folha-de-flandres e tudo o mais já foi consumido pelo desgaste a que todas as coisas, tudo, todos são submetidos incessantemente, mas a foto eu a tenho ainda comigo, e nela ainda posso ler: HOJE, ÀS VINTE HORAS — FLOR DO LODO — com Ray Milland, e ver que há mais mistérios ali contidos além do que podia (pode) supor minha imaginação. Porque era um domingo, porque muita gente havia passado por aquela esquina aquele dia, sem cogitar se aquele lugar era um lugar especial, porque nunca se pensava ou se devia pensar numa coisa dessas, não vinha jamais ao caso; porque, de resto, aquele não era mesmo um lugar especial. Era uma esquina. Porque ali estava passando uma pessoa, ao fundo, naquele preciso momento; saindo da foto, já com um pé fora dela. E porque, também, logo à direita, meio recuada, encostada no batente de uma porta, havia uma outra pessoa, à qual foi dado ser testemunha daquele prosaico (não para mim) ato de fotografar. Prosaico, assim foi porque assim lhe deve ter parecido. Ou não. Porque, hoje, quando posso rever com mais cuidado a fotografia, com uma percepção possivelmente um pouco mais elaborada, pelo menos mais atenta que aquela que eu possuía lá do outro lado, da eternidade que se estendia para além daquela foto (o seu passado; e o meu passado), que se havia estendido, estava se estendendo; hoje, portanto, quando posso afinal rever de uma outra maneira aquela fotografia, chego a achar que aquele homem ali parado guarda uma desconcertante semelhança com um ator chamado Ray Milland. Desconcertante porque nem me atrevo a pensar nas infindáveis ilações que disso eu poderia talvez tirar; nem me atrevo tampouco a pensar no possível significado para mim desse fato, dessa terrível e inquietante coincidência.

2

A CASA
O diário de Francisco

Tiro do álbum a velha foto e a exponho à luz da manhã para examiná-la em seus detalhes. Penso em mim no momento em que Benito bateu a chapa, e me vejo com a capacidade ainda de olhar o mundo apenas interrogativamente, isento talvez de julgamentos, querendo apenas compreender a essência das coisas, com alguma perplexidade, às vezes, e um constante desamparo. Penso também nesses seres em que nos transformam as fotografias, e que, numa fração de segundo após o clique, se dividem no que efetivamente continuam sendo e naquilo que projetavam para si naquele momento em que a imagem foi captada: o ser da realidade e o ser da fantasia que estamos criando continuamente para nós mesmos quando pensamos no futuro. O encontro jamais acontece. O momento da foto: lembro-me de um sentimento então constante: uma certa inconformidade com o tempo que ia passando, tendo já uma possível consciência de que não vivíamos, na verdade, senão que a vida se exauria continuamente; e a memória que guardei de quando pensei as primeiras vezes mais detidamente na morte é a de que a tinha para mim como uma passagem para o nada! "Eras pó, e ao pó tornarás", como haviam mandado escrever no alto do portão de entrada do cemitério de Ouriçanga. E, sendo assim, talvez possa dizer que a minha história, dali em diante, foi a história de alguém procurando constantemente uma saída para este enorme impasse. Tudo tinha um termo, e o que terminaria primeiro era aquela espécie de paraíso da infância (o melhor dos mundos possíveis, acho que eu já sabia), com sua paz aparente e suas linhas retas e a sua segurança, com seres que consolavam ternamente outros seres diante de seus grandes impasses: ah, a doce Luísa. E devia sentir, embora não conseguisse formular para mim aquilo que eventualmente também me angustiava, um temor antecipado de ter que sair de Ouriçanga um dia, de deixar aquilo tudo, o nosso mundo ordenado e limpo (assim me parecia), para enfrentar o incerto, o desconhecido. No entanto, minha paixão pelo passado familiar (se há alguma conexão entre uma coisa e outra) só se revelaria bem mais tarde, quando fiz o meu primeiro caderno de anotações, quando fui para Jaboticabal, ao concluir o ginásio, depois de um período traumático no Colégio Agostiniano de Engenheiro Schmidt, que era supostamente católico e de onde (apesar de toda a truculência com que era comum tratar-se os internos menos dóceis, a título de fortalecer neles os valores básicos do cristianismo) consegui sair (talvez porque fosse apenas aparentemente flexível) com minha fé juvenil intacta, uma esperança ainda sem limites no meu destino e no destino daqueles que me cercavam, essa fé cega, sem fronteiras, que costuma ser a virtude mais evidente das chamadas grandes almas, mas que, frente à realidade dos fatos, acabamos, em nossa esmagadora maioria, por perder, porque a consideramos, um dia, inútil, um nada junto à ordem prática das coisas. Vivia já a minha grande trégua com relação ao fenômeno da morte, e penso que saí com minha fé intacta apenas porque havia dito e repetido tantas vezes quantas haviam sido necessárias que Deus existia e que, se existia, todo homem estava obrigado a prestar-lhe culto e veneração conveniente; estava obrigado, equivalia dizer, a praticar a religião; porque havia repetido, também incansavelmente, que só a Igreja Católica era a verdadeira Igreja de Cristo, porque era, entre outras coisas, santa, posto que tinha por fim santificar os homens, conduzindo-os à vida eterna; assim, exatamente, como proclamava o padre Jesus Bujanda, em seu manual a respeito das verdades que nos falavam de Deus e de suas obras, de sua essência, de seus atributos, e sobre o fato tremendo de que tudo sabia, absolutamente, até mesmo a respeito de quaisquer de meus atos secretos e solitários, a minha busca irrefreável de prazer, a chamada concupiscência da carne, o nome dado a sentimentos circunstancialmente belos que, no entanto, nos impediam de obter a graça da eternidade. Creio, creio, creio, eu repetiria mil vezes se fosse preciso, temeroso, apenas para que não suspeitassem de um sentimento que eu possuía, e que hoje poderia continuar chamando de fé, e que lá não se reconhecia como tal, e que me impediu que eu me corrompesse tão cedo. Confuso, deixei depois de alguns anos aquele lugar, sem ter a noção exata da natureza do vínculo que poderia haver (crendo porém intimamente que devia haver algum vínculo) entre as verdades pretensamente divinas do manual de Bujanda e o método, não prescrito no manual, para transmiti-las. Não guardo desse período uma bela lembrança sequer, um único momento em que tivesse podido dizer: sou amado. Antes, posso enumerar interminavelmente as vezes em que me senti imerso na solidão de quem se encontra em uma terra estranha e hostil, sem poder ser compreendido, sem merecer um gesto de misericórdia, como se tivesse cometido um delito grave, sem ter tido consciência dele, com aquela mesma sensação de desamparo que imaginaria em Judas no momento em que, movidos pela dureza de seus corações, os sacerdotes do templo lhe disseram: "Isso é contigo"; ou como aquela sensação que deve ter experimentado um garoto de minha idade, que se chamava Bosco (este, de fato, seu nome), e que ousou uma vez esquivar-se à missa diária a que éramos obrigados a assistir, e cuja ausência foi notada, para sua desgraça; esse mesmo Bosco de cujo sobrenome não me lembro (por onde andará?, como terá se arranjado posteriormente com sua fé?), mas cuja imagem ficou particularmente gravada em minha memória, mais que em qualquer outra ocasião, no momento em que padre Félix o impelia, em meio à missa, espancando-o, desde a entrada da capela até o altar, diante do qual o obrigou a prostrar-se; ali, exatamente, onde o celebrante continuava, imperturbável, o santo sacrifício, e onde, pouco antes, ao iniciá-lo, dissera: em nome do Pai, do Filho e do Espírito Santo, subirei ao altar de Deus; ao que, fervorosos, havíamos respondido: ao Deus que alegra a nossa juventude.

* * *

E, assim, Jaboticabal representou para mim, ainda que me pesasse da mesma forma o distanciamento familiar, um ar renovado de liberdade. Foi nesse tempo que comecei a conhecer melhor Raul Nepomuceno Kreisker; a partir, inicialmente, do convívio involuntário que tivemos por morarmos num mesmo internato, e por termos vindo de um mesmo lugar, e depois por um interesse fundado, contraditoriamente, no quanto éramos diferentes. Próximo dali, na mesma rua, a uns quinhentos metros, se tanto, havia um internato de moças dirigido pelas irmãs Ursulinas, e nele morou, na mesma época, minha prima Adriana Elisa Rovelli, a quem pensava conhecer muito bem, mas que, naquele novo contexto, me pareceu ter vivido em Ouriçanga uma espécie de personagem, naquela montagem teatral da vida cotidiana, com a cenografia determinada por nossa avó Elisa, a direção incontestável de Giovanni Rovelli e o texto baseado naquilo que devíamos ser, embora nem sempre fôssemos. Adriana Elisa revelou-se então uma outra pessoa, sem a doce resignação com a qual me habituara a vê-la: uma criatura tida como exemplar entre os quatro irmãos, respeitosa, obediente, temerosa de emitir qualquer opinião, excessivamente magra para os padrões ali considerados normais, uma vez que se consumia, ainda que ninguém soubesse, naquele propósito de não deixar aflorar em nenhum momento os dados de sua verdadeira personalidade, as suas paixões. No entanto, ali, distante afinal da casa, pôde comprazer-se em ser ela mesma (ao contrário do que ocorria comigo, mergulhado — obsessivamente, talvez — nas rememorações da infância; libertado da prisão anterior, mas carente do calor familiar, uma sede que as férias do verão precedente não haviam sido suficientes para mitigar). Longe do olhar vigilante de tantas pessoas mais velhas, Adriana pareceu renascer, pareceu ter dado início enfim à sua verdadeira vida, à vida que estava de fato destinada a viver; foi tomada por um novo vigor, uma certa alegria de viver, cuidou-se mais, passou a se vestir melhor, a falar de si, a ter algum projeto, o que a levou fatalmente a arranjar os primeiros namorados, e a ser finalmente uma garota como as demais, deixando para trás aquele personagem taciturno de antes, que parecia primar pelo desencanto. A transformação operada em minha prima naquele ano surpreendeu, evidentemente, a família, que relutou, de certa forma, em aceitar aquele que se acreditou, num sentido inverso, tratar-se de um personagem em que a verdadeira Adriana se transformara; mas, aos poucos, as pessoas da casa dariam conta da perenidade daquele fenômeno, e haveriam de comprazer-se também elas com o desaparecimento da figura anterior que tantos cuidados havia inspirado com sua fragilidade, sua saúde sempre débil. Mas não haveriam de perceber inteiramente as transformações ocorridas, e isso porque, como seria natural, minha prima não se revelaria totalmente a eles, que nada ou quase nada saberiam sobre a maneira com que ela passou então a se relacionar com os rapazes. Claro que naquele período inicial não se revelou inteiramente nem a mim; eu tinha sempre a sensação, pelo menos, de que ela não se revelava; imaginava isto, para ser mais exato; e, como ela havia lido com particular entusiasmo aquele *Chocolate pela Manhã* que na escola andava de mão em mão, e que ela me emprestara, guardei de Adriana a momentânea e equivocada imagem que a assemelhava à eternamente insatisfeita Courtney Farrel, a heroína do livro. A partir de uma maior aproximação, no entanto, eu logo constataria que minha prima não estava transgredindo tanto assim as convenções. Havia rompido o seu silêncio, apenas isto. Também ela pôde conhecer melhor Raul Kreisker naquele período. Ali chocaram-se e romperam-se inicialmente os cristais afiados na infância, que já ia um tanto distante: o egoísmo, as naturais carências afetivas, os conflitos originários possivelmente da impotência que havíamos sentido em nossas casas para expressar nossas individualidades, nossos anseios e desejos, uma vez que podíamos ter sido amados, mas uma criança era uma criança, um ser em formação, por isso incompleto, que não tinha voz, não podia ter voz, opiniões ou paixão, uma circunstância que só mudaria em parte no tempo da geração seguinte. Não sei se foi apenas por isso, mas o certo é que nossa convivência foi, no começo, um tanto difícil. Não consigo me lembrar agora, no entanto, de nenhum incidente cuja particularidade possa ilustrar com propriedade tal período. Penso que basta dizer que nossa aproximação foi lenta, e que é possível que tenham tido base aí a razão de sua solidez e a força do vínculo que só conseguimos estabelecer porque tivemos cedo a intuição dos frutos que obteríamos, a ponto de nos dispormos a aparar, com uma paciência incomum para aquela idade, as arestas pessoais que teriam tornado impossível nossa convivência.

Embora Adriana sofresse as limitações impostas pela disciplina de seu internato — estar de volta à casa no máximo até as nove horas da noite, por exemplo —, nós a víamos diariamente porque pertencíamos, os três, a uma mesma turma do primeiro ano do Clássico do Instituto de Educação Comendador Dante Pugliese. Não houve nada, então, que não tivéssemos discutido, preservando-se certos segredos pessoais, evidentemente, aqueles assuntos nos quais só ousávamos pensar em nossos momentos de solidão. Posso dizer que, com tais exceções, pudemos passar Ouriçanga a limpo; o nosso curto passado, quero dizer. Estimulado por aquelas escavações, eu retomei o caderninho em que havia feito alguns registros anteriormente (esse hábito que eu retomaria tantas vezes) e nele passei a fazer anotações sobre os fatos mais significativos que aqueles nossos exercícios de conversação iam permitindo recuperar, e tudo sem outra pretensão além daquela de ter um dia um instrumento que me desse a satisfação de recordar por recordar, sem grandes aspirações, algo apenas para consumo próprio, mesmo porque não julgava que me viesse ser possível um dia fazer o que eu entendia por um verdadeiro caderno de memórias, já que pertencia à classe de cidadãos comuns, e não ao pequeno grupo daqueles que, pela postura e pelo que afetavam saber, pareciam ter sido os únicos feitos verdadeiramente à semelhança de Deus, pretensos detentores do monopólio da espiritualidade e do verbo, e, deste modo, da verdadeira expressão do pensamento e da língua, a cuja culminância jamais poderíamos aspirar; essa imagem que, certamente sem ter consciência disto, um determinado professor do Instituto acabou por nos transmitir, sempre a pontificar o seu saber e a sua capacidade de se lembrar de longos trechos do que considerava o apogeu da língua, o que teria sido correto se não nos tivesse tentado impor os seus modelos e se tivesse tido consciência de que, em muitos anos, o mundo mudara, e com ele as necessidades de expressão, e que já não havia sentido — se fosse o caso — preencher um despretensioso caderninho de notas, começando por dizer assim, como um certo conselheiro Aires fizera setenta anos antes: "Ora, bem, faz hoje um ano que voltei definitivamente da Europa. O que me lembrou a data foi, estando a beber café, o pregão de um vendedor de vassouras e espanadores."

O EVANGELHO DE FRANCISCO

Você está mesmo certo de que sabe quem foi Judas Iscariotes? Raul Kreisker teve sempre a noção exata — pelo menos é o que ainda hoje penso — do peso que essa pergunta havia tido sobre mim, e teve depois, em graus diferentes, em diferentes períodos de minha vida. E, ainda naquela noite remota, ele enunciou, pelo simples prazer, talvez, que possuía em enunciar enigmas, uma frase que mais tarde repetiria, e que acabaria por confessar não ser sua, mas tirada de um texto de Rudolf Steiner: "Podemos aprofundar sempre o mistério daquilo que ocorreu na Palestina; por trás dele existe o infinito."

ANOTAÇÕES DE DÉDALO

Tecer, eis a palavra que me ocorre. Eu havia interrompido o trabalho para ir à cozinha apanhar uma xícara de café, diante do impasse de que não havia nenhuma razão evidente a unir a nota anterior, sobre Steiner, a esta, como se isto fosse absolutamente necessário, com esta sensação que tenho tido ultimamente de que nada deve ser gratuito, tudo deve ter um sentido, até o fato de chutarmos uma pequenina pedra em nosso caminho, deixando naquele lugar por onde cruzamos a nossa marca pessoal, mais um vestígio, ainda que insignificante, de nossa passagem pela vida. Tecer. A palavra que me ocorreu, e que, embora não seja estritamente própria, fez-me lembrar, ato contínuo, numa sucessão caótica de imagens, de uma colcha de retalhos da casa de meu avô, feita por Otília Rovelli a partir de pedaços hexagonais de tecidos, tão disparatados, a considerar o desenho e a qualidade, mas que, colocados um ao lado do outro, compunham uma espécie de retrato de um certo período da história familiar. E é de se imaginar que, se perguntada, tia Otília pudesse dizer a origem de cada hexágono, a quem pertencera o retalho de camisa ou de vestido, e em que ocasião a camisa ou vestido haviam sido usados pela primeira vez. Tecer ou atar, justapor, costurar; talvez não seja muito diferente o que estou fazendo agora, desejando uma coerência evidente e impossível entre um fragmento e outro, uma ordem com certeza jamais cogitada por Otília Rovelli; nem por ela nem por minha avó Elisa, ambas sempre mais próximas do rádio, na hora das novelas; sempre absorvidas por algum trabalho manual; ouvindo, pois, histórias; contando, depois das novelas, histórias (interminavelmente), minha avó engendrando as minúcias vênetas de suas colchas e toalhas *all'uncinetto*, recordando-se em voz alta, mais que contando histórias, eventualmente; exercitando também ela a sua vasta memória (como se cada ponto fosse um pensamento, uma evocação), passando adiante os capítulos mais antigos e que começavam por adquirir já, em certos casos, os primeiros sinais da lenda, porque estavam mais próximos de nosso gênese, como me parecia, com a sensação que eu tinha às vezes de que eram tão antigos aqueles fatos segundo as minhas escalas de tempo que faltava pouco para que se pudesse chegar ao momento da Criação; não havendo, também, por parte da velha Elisa, outro propósito que não o do prazer que sentia em recordar por recordar, dia após dia, com as inevitáveis lamentações a respeito dos "bons tempos" precedentes, o privilégio que ela sempre conferia ao passado, à mocidade, expurgando-os dos mal-entendidos e das desgraças eventuais, sem se preocupar absolutamente com a ordem e a importância dos acontecimentos ou a ligação que podia haver entre um e outro. Ali, na casa de meu avô, a necessidade da coerência, no caso, e o receio à contradição pareceram ter vindo ao mundo somente na geração seguinte, em meio àquilo que Raul chamaria muito mais tarde de praga da doutrinação e do racionalismo, e que, segundo ele, destinava-se entre outras coisas a destruir o lado mítico do homem, fazendo-o esquecer o quanto podia ser salutar, eventualmente, falar daquilo que o espírito não podia compreender, e ouvir irrestritamente a voz da paixão e aceitar o acaso e o recordar por recordar, assim como a velha Elisa costumava fazer, ponto por ponto. Tecer. A necessidade de tecer os fatos da vida com a maldita coerência que agora se exige de nós. Por isso eu havia interrompido o meu trabalho. Não parecia haver nenhuma relação entre a nota de Steiner e aquela que me ocorrera a seguir, resgatada das anotações de um outro romance. Há uma tendência, dizia Raul, em outras palavras, em pensar-se que a vida é uma equação matemática, isenta de ambiguidades, como se não fôssemos contraditórios por natureza, como se a própria natureza não fosse contraditória. E a coerência que eu buscava momentos antes não fazia mais que esconder o verdadeiro impasse contido na anotação que eu fizera. Dou-me conta agora de que no momento em que a havia escrito eu continuava a fingir uma consciência excessivamente estranha para o meu antigo herói, esse Francisco eu-mesmo e ao mesmo tempo meu alter ego, e que eu tenho procurado domar, para que não teime em se parecer tanto comigo, este paradoxo; para que não venha aqui e tome o meu lugar ou me confunda ao invés de esclarecer, esta contradição de que dou conta precisamente neste momento. E me aborreço mais uma vez ao lembrar-me de que também em um outro livro eu fingi uma outra consciência para o meu herói. Assim, retomo-o, e, com desconforto, releio:

"Nasci na casa de meu avô Eurico. Não a da fazenda, mas a que ele teve na cidade, e que foi de tal maneira reformada para absorver modernismos, ou o que se imaginava ser modernismo, que parece outra; é agora feia."

Não, isto não aconteceu, pois nasci na casa do velho Nanni.

"No entanto, enquanto o meu avô esteve ali, foi a maior e mais bonita em toda Ouriçanga — pelo menos era assim que eu a via —, com palmeiras-reais ao redor, e ainda xélias, cariotas, pinangas e as prosaicas arecas-bambu; palmeiras de várias espécies, resquício de uma predileção brasileira dos tempos do Império, quando os antepassados da família estavam ainda solidamente assentados lá para os lados de Mococa, e o meu bisavô Herculano ainda estava vivo."

Sim, a casa existe e existiram as palmeiras e ainda a família, porém nada disso tinha a ver diretamente comigo, mas com meu primo Remo Rovelli Matoso, por quem nutri, na infância, uma secreta admiração por ele ter um pé, pelo menos, bem plantado aqui nesta terra. Tia Emília, a mãe dele, havia sido a única filha de Nanni Rovelli a se casar com um brasileiro de verdade. No começo da República, os Matoso haviam enfrentado uma grave crise financeira, e se transferiram de Mococa para uma propriedade nos arredores de Ouriçanga, que era então um território parcamente desbravado, com terras a bom preço e excelentes para o café, com muita mata remanescente e poucas fazendas, isoladas umas das outras, sendo que Ouriçanga, a velha Buriti, chamava-se ainda Nossa Senhora da Conceição dos Sete Montes. Só uns dez anos mais tarde é que o doutor Lundstrom implantaria o novo traçado da cidade, dando-lhe uma ordem geométrica, preparando-a para a nova era de progresso iniciada com a chegada da Estrada de Ferro da Companhia Melhoramentos. O velho Herculano Matoso morreu em poucos meses, tendo a direção de todos os bens passado para o filho mais velho, Eurico, que com os demais herdeiros constituiu uma sociedade que durou cerca de vinte anos. Eurico Matoso soube gerir com um sucesso incomum o que havia restado do patrimônio familiar. Tanto que, alguns anos depois, mandou erguer na fazenda, ao lado da sede antiga, de taipa, uma nova, de alvenaria, bem mais ampla, com todo o conforto que na época se podia ter. Mas isto ainda não o satisfez. Quando a cidade traçada pelo doutor Lundstrom começou a ser erguida, construiu, na rua principal, uma outra casa, em tudo igual à de Mococa, que havia sido também toda cercada de palmeiras, e ali foi morar definitivamente, deixando na fazenda os dois irmãos e suas famílias.

* * *

Foi mais que um casamento a união entre Hércules Matoso e Emília Rovelli. Foi uma espécie de tratado de paz entre as duas famílias. As incertas divisas rurais de muitos anos antes haviam dado origem a um número incontável de conflitos e, é claro, custosas demandas judiciais. Porém, o velho Eurico e meu avô começaram, depois de trinta anos de desavenças, a apresentar sinais de cansaço. Não possuíam mais o vigor de antigamente, sendo que o coronel Eurico havia já iniciado a sua decadência financeira, sem ter tido, como Giovanni Rovelli, a virtude admirável de amoldar-se às crises cíclicas do café. "Eles nunca perderam a pose", diria bem mais tarde Elisa Avigliano para explicar por que os Matoso haviam se precipitado para a ruína.

Quanto às desavenças, havia também a verdade de que as questões de divisas nunca haviam representado, frente à extensão das propriedades, um valor que justificasse tanto dispêndio de energia, emoção, tempo e dinheiro. E o certo mesmo é que meu avô e o coronel, mais do que dos litígios em si, haviam estado na verdade a cuidar de seus orgulhos feridos. Foram ainda adversários políticos, embora o velho Nanni nunca tivesse se empenhado em tal assunto como o coronel Eurico. Certa vez, minha avó explicou a questão com toda a simplicidade de que era capaz, dizendo que o que havia acontecido era que um odiava o presidente, a quem chamava de ditador, e o outro achava que ele havia feito a Revolução de Trinta para salvar o país do caos em que estava mergulhado.

Ao morrer, o velho Eurico deixou comprometido por uma hipoteca o único bem familiar que havia restado: a casa da rua Engenheiro Lundstrom. Assim, Hércules Matoso e tia Emília, que estavam ali desde o casamento, não permaneceram na casa por muito mais tempo. Cerca de um ano depois, mudaram-se para a propriedade de Giovanni Rovelli. Os demais membros da família Matoso fizeram o que muita gente estava fazendo naquela época. Foram para a Alta Araraquarense começar tudo de novo.

* * *

49

Há ali um outro trecho verdadeiro, ainda que eu continuasse, naquele momento, a fingir para o meu herói uma consciência que não era exatamente a minha:

"No convívio de minha avó Elisa é que começam os fatos de que posso me lembrar, a partir de imprecisas imagens de um amplo pomar de jabuticabeiras, de frutas de muitas espécies, e da casa que ela reformava constantemente e procurava, na medida do possível, tornar confortável, pensando, decerto, que, se não fosse assim, a família correria o risco de dispersar-se. Embora o meu avô fosse autoritário no trato da fazenda, foi a velha Elisa quem decidiu as sucessivas reformas da casa. O grupo familiar ainda coeso chegou a dezessete pessoas, e a construção a dezenove peças. Não só os filhos de Giovanni Rovelli haviam permanecido ali. Com os casamentos, a eles vieram juntar-se dois genros e duas noras, e isso não apenas por força de um hábito peninsular, mas porque a fazenda crescia quase sempre, depois das abundantes colheitas de café, absorvendo aos pedaços as propriedades ao redor, havendo a necessidade, segundo o meu avô, da firme presença familiar em todos os cantos. Eram poucos então os plantadores que podiam rivalizar-se com Nanni Rovelli, e nenhum certamente desfrutou na época de tanto prestígio e confiança nas casas bancárias da região. Para as famílias de proprietários que vieram juntar-se à de meu avô, os casamentos sempre representaram uniões vantajosas sob todos os pontos de vista. Por isso, não era difícil concluir-se para qual casa seria mais justo que os noivos se dirigissem depois de casados.

Tio Remo, o irmão mais velho de minha mãe, casara-se com tia Lília, filha de um calabrês chamado Beraldo, que usava um brinco pequeno de argola numa das orelhas, era aferrado às suas tradições regionais e notável pelo quanto blasfemava contra a Virgem, o Pai, o Filho e o Espírito Santo.

A minha mãe vinha em segundo lugar. Depois dela, havia tia Emília, que se casara com Hércules Matoso. Vinha então o tio Augusto, casado com tia Catarina, a segunda filha de Beraldo. Foram todos casamentos consentidos, prevalecendo as escolhas pessoais, o que nem sempre acontecia entre a gente que conhecíamos. O casamento de tia Otília, no entanto, foi o que causou mais agrado na família. Tio Beppe, o marido dela, era filho de Aspásio Pardini, originário, como o meu avô, da Garfagnana. Não podia haver motivo maior de alegria. A festa, segundo minha mãe, foi a melhor que se teve na casa. Nem por isso houve alguma boa estrela a sacramentar aquela união, que, não obstante todas as esperanças, estava fadada a um trágico destino.

Surgiu então uma geração de nomes cruzados das avós e dos avôs, dos tios, tias, pais e mães que aqueles casamentos haviam ligado indissoluvelmente. Com os nomes duplos da nova descendência, juntaram-se na mesma casa nada menos que cinco joões, quatro elisas, quatro luísas, três augustos e três otílias. O costume ancestral de homenagear-se as pessoas da própria família deu origem, como não podia deixar de ser, a bizarras combinações como João Aspásio, Elisa Margarida, Remo Elísio, João Fabrício (meu irmão), Adriana Elisa, Augusto Nicomede, que chamávamos de Beraldinho porque era escrito o outro avô dele, sem contar o hábito de falar palavrão ao mínimo pretexto. O meu nome foi dos poucos a fugir à regra. O Francisco veio da devoção de minha mãe, e José foi porque ela gostava muito."

Quando deixamos a casa do velho Nanni, me pareceu que eu havia passado ali uma eternidade, e, no entanto, não completara seis anos. E desse momento me lembro bem de duas coisas: a derrubada da mata de sete alqueires, a nossa última reserva, que ficava a cerca de um quilômetro da sede, na direção do poente; e as medidas de economia que já se impunham na casa: a proscrição do vinho nos dias de semana, entre outras, para fazer frente à nova crise que se manifestava.

O DIÁRIO DE FRANCISCO

Por trás do mistério daquilo que havia ocorrido na Palestina, havia o infinito, a imagem para mim de uma extensão noturna do tempo, infindável, absolutamente distante, e que no entanto não impedia que aquele fato repercutisse no fundo de minha alma, se não fosse preciosismo expressar-me assim. Era esta a imagem que me ficara do que havia sentido naquela noite em que ouvira a frase de Steiner, e ficáramos, eu e Raul, a pensar naquele passado de quase dois mil anos; uma eternidade, queria dizer, pois estávamos ainda num momento em que os quinze anos precedentes eram suficientes para abarcar quase tudo aquilo que podíamos recobrar em nossa memória. Me lembro bem de que havia por essa época um primo em segundo grau de minha mãe, que possuía uma loja de tecidos e armarinhos ali mesmo na rua Engenheiro Lundstrom, a uns cem metros se tanto de nossa casa, e que desfrutava de um prazer sempre renovado em contar episódios a respeito de como ali havia chegado, visto e vencido, até atingir o objetivo a que se propusera inicialmente de montar aquela loja, a Casa Olinda, de que tanto se orgulhava. Depois que os filhos, já adultos, passaram a se encarregar da operação do estabelecimento, ele pôde dar-se o merecido luxo afinal de botar uma cadeira na calçada em frente à loja, sentar-se nela inclinando o espaldar contra a parede, numa posição mais confortável, e assim ver, com uma serena e evidente satisfação, a vida passar à sua frente, claro que com a lentidão a que estava condenada então a vida ali em Ouriçanga, na época em que mais uma crise cafeeira abatera-se sobre o lugar, reduzindo o movimento da rua Engenheiro Lundstrom ao mínimo indispensável a que não houvesse a fatal extinção de seu comércio e de tudo o mais, como se os que tinham vindo para ali logo no início tivessem vindo para nada, o que pode ter sido talvez o segredo mais recôndito da resistência sem limites de alguns àquela depressão econômica que passava por ser a mais impiedosa de todos os tempos. E, segundo o que posso lembrar, esse parece ter sido o período do qual as pessoas costumavam guardar, contraditoriamente, as melhores lembranças: um momento em que a cidade se viu com ela mesma e o seu próprio destino em perigo, necessitando por isso, é possível, exaltar o restante de suas fibras, aquela parte final de antigos sonhos pessoais que corriam o risco afinal de jamais serem realizados. Havendo-se consigo mesma, como se estivesse em seus últimos dias, sem estar a reboque de nada, a cidade se ateve, acho que seria justo dizer, aos seus fundamentos emocionais, alguma coisa assim, agravando-os, elevando-os ao paroxismo, elevando ao paroxismo também a sua ligação nostálgica com um passado de projetos e aspirações. No entanto, ainda que na iminência de um desastre que acabou por não se verificar (houve em seguida o necessário renascimento), a vida então possível foi marcada pelo encanto das exacerbações: por amores trágicos, por relações familiares particularmente tempestuosas, pelas comoções que as eventuais mortes causavam, pelo júbilo dos nascimentos (a vida continuava o seu curso, afinal), pela renovada fé a marcar os atos religiosos, pela intensa comoção que a série de filmes estrelada por Yvonne Sanson e Amedeo Nazzari causou, pela fidelidade irrestrita que se devotou ao pranteado e aparentemente interminável drama radiofônico de *O Direito de Nascer*, um original de Félix Caignet, pelo arrebatamento poético que acometia os cidadãos no momento (uma da tarde, a hora mais escaldante e desoladora) em que era levada ao ar a *Crônica da Cidade*. Foi, em todos os sentidos, um tempo pleno de paixões. Por essa época, Maria Elisa, minha irmã mais velha, conheceu numa quermesse um rapaz pelo qual se apaixonou de imediato, perdidamente, e que viu a partir de então, sem faltar uma única vez (salvo quando as condições das estradas absolutamente não permitiam), todos os fins de semana, pois ele era de uma cidade próxima, cujas luzes podiam ser vistas de Ouriçanga, bastando que se olhasse à noite para o poente. Não obstante a rigorosa assiduidade daqueles encontros de amor, houve motivo ainda para a troca, em dois anos e meio, que foi o tempo que conseguiram resistir ao casamento, de cerca de setecentas cartas, no elevado estilo amoroso da época, com todos os eufemismos de que se era então capaz, com todas as juras de amor eterno a que tinham direito, com toda a fantasia que, nestes casos, devia marcar os projetos de vida em comum. Mas nem toda a grandiloquência necessária a esses arroubos incontroláveis da paixão foi, logicamente, bastante para preencher os milhares de páginas escritas em preciosa caligrafia escolar. Entre comentários sobre as fitas e os livros românticos da época, entre eles o inevitável *Amar Foi Minha Ruína*, de Ben Ames Williams, que ele lhe presenteou com uma dedicatória de página inteira; entre promessas de fidelidade eterna e tudo o mais que forjaram para elevar aquela relação a uma condição romanesca, eles trocaram entre si informações que ao final compuseram, detalhadamente, a crônica comezinha de duas famílias parecidas entre si nos mínimos detalhes, prova de que a natureza humana não era assim tão variada quando dependia de uma mesma condição social. Apenas as desgraças é que as faziam às vezes um pouco diferentes. Documentos inestimáveis, foram essas cartas que, a partir do momento em que Maria Elisa franqueou-me sua leitura, pois o tempo as imunizara de possíveis mal-entendidos, me permitiram mais tarde recuperar o exato momento em que apanhei sarampo, os cuidados prescritos pelo doutor Nepomuceno em virtude de pequeninas complicações, o Sal de Epsom, a Solução de Dobell, e coisas do gênero, a releitura de Ben Ames Williams, que fizera Maria Elisa cair novamente em prantos, os pequenos conflitos entre as pessoas da casa, o cardápio de um almoço, num dos aniversários de meu pai, os pequenos deslocamentos das pessoas da casa às cidades próximas para compras extras ou para visitas a médicos especialistas, a instâncias, é claro, do próprio doutor Nepomuceno, as jabuticabas que amadureciam duas vezes por ano na casa de meu avô, um canteiro de prímulas e pervincas que Maria Otília, minha outra irmã, havia semeado e cultivado com desvelo, o polvilho que secava ao sol, as chuvas torrenciais, as tempestades que para desespero dos amantes bloqueavam as estradas no auge do verão, o calor inclemente, o frio de junho, as geadas que danificavam os cafezais, o granizo, as secas, o gado golpeado pelas intempéries, e outros detalhes da vida, aparentemente insignificantes, mas que se constituíam, um ao lado do outro, no fundamento da vida; insignificantes, sim, mas marcados sempre pela paixão das pessoas, paixões que acabariam por sucumbir, logo depois, frente ao que se teria como uma grande revolução dos costumes e a modernização dos hábitos. Estávamos, e não sabíamos, na iminência de iniciar um novo tempo. Aquelas cartas de amor despretensiosas com relação aos grandes fenômenos da vida social e política do país, a tudo que não dissesse respeito diretamente àquela relação, registraram também, como não podia deixar de ser, fatos mais graves que, em certo sentido, mudaram de vez o rumo dos acontecimentos (como se prefere ainda dizer: o curso do destino), como, por exemplo, a evolução em certo período, nos mínimos detalhes ("Hoje a temperatura dela baixou um pouco. Ela comeu algumas frutas. Mamãe reza sem parar."), do estado de saúde de minha avó Elisa, em meio ao temor generalizado de que ela pudesse nos deixar ("nos deixar", assim estava escrito), como de fato nos deixaria para sempre, pouco tempo depois. E como faria tia Otília a esta altura faço eu agora, retomando o fio da meada, aquele primo em segundo grau de minha mãe, em sua cadeira inclinada contra a parede, pôde assim ver, com um prazer sereno e evidente, a vida passar com lentidão sob seu olhar, e começou a recordar, com uma insistência crescente, uma outra crise, um tempo talvez semelhante àquele, começando, invariavelmente, eu me recordo, por dizer que aquilo havia tido lugar vinte anos antes; era sempre assim, vinte anos antes, que tudo parecia ter acontecido, tudo o que ele se dispunha a recordar; "vinte anos atrás", dizia, começando com algo semelhante ligando as duas épocas, um fato que o fazia lembrar de outro fato ocorrido quando era moço e que havia tido consequências parecidas, assim como se ele estivesse, através de um mecanismo interior qualquer, querendo demonstrar que a vida não passava de uma repetição cíclica das mesmas coisas: sob certos aspectos, o mundo parecia evoluir, mas o homem e os seus atos eram fundamentalmente os mesmos. Era o que intimamente parecia querer dizer. Hoje, trocados os papéis, imagino que, sendo ele quem era, com aquela sua fixação, poderia muito bem estar aqui, neste ciclo de agora; não escrevendo, como eu, é claro, mas sentado, acomodado nesta cadeira o melhor possível, olhando para fora através do vidro da janela, vendo a vida passar, dizendo a alguém que porventura estivesse a ouvi-lo basicamente as mesmas coisas determinadas pelas paixões, as obsessões e os desesperos de antigamente (da mesma maneira que a literatura, que bate repetidamente nas mesmas teclas do amor e da morte), acrescentando apenas, de quando em quando: "vinte anos atrás"; e esse primo em segundo grau de minha mãe, que se chamava João, pareceu então não ter vindo ao mundo senão para dar testemunho de que a vida era uma sucessão de fatos que se repetiam e se repetiriam para todo o sempre. *Nada havia de novo debaixo do sol.* Viver um ciclo era viver todos os ciclos, me pareceu querer dizer o tempo todo. Talvez fosse a melhor maneira que havia encontrado para enfrentar o mistério inaceitável da morte. Talvez. É o que chego a pensar. É o que me recordo.

PRAIRIE LIGHTS
Cartas tardias; a viagem

Caro Raul, você me disse algo certa vez que, embora eu não tenha compreendido plenamente, ficou aprisionado em minha alma de uma maneira intensa, e eu soube desde logo que jamais esqueceria suas palavras, tal a impressão que me causaram: "É bom que a consciência receba ferimentos com gravidade. É isto que a torna verdadeiramente sensível ao remorso." Estou quase certo de que você já nem se lembra do que disse, o que é natural porque você não disse isto para si mesmo, mas para mim, para que me servisse, e a mim cabe pois a tarefa de recordar tais palavras, ainda que continue a não poder explicar nem a mim mesmo o seu sentido, apesar de elas continuarem me ferindo como um punhal cheio de brilho. Você se referia a algo sobre as cartas de Van Gogh a Theo, cuja leitura lhe havia resultado dilacerante, segundo me pareceu. Acho que entendo intimamente o que você quis dizer, no entanto ainda hoje não posso tratar com objetividade algo tão complexo e que tem a ver com o universo de meus mitos. E não me abalo com isto. Quero dizer: não me abalo com o fato de não poder decodificar a frase, e a minha relação com ela demonstra eloquentemente a propriedade com que você, seu demônio, a atirou sobre mim. Penso às vezes se essa propriedade não adviria do fato de ela ter lhe servido antes. Penso hoje, no entanto, que, se nos é impossível entender os fundamentos de um fenômeno, devemos renunciar a fazer dele um problema pessoal. E nisto acho que você concorda plenamente comigo. E devo ainda lhe dizer que o seu velho pronunciamento tem-me rondado mais que nunca, e às vezes imagino que isso tenha a ver com o fato de eu não ter produzido quase nada nos últimos meses; mas, contraditoriamente, chego a imaginar, ao mesmo tempo, que seja algo a respeito do que farei em breve (ou algo que necessito fazer), ainda que eu não tenha a menor ideia do que possa ser. Gostaria de escrever neste momento alguma coisa que me afetasse como um desastre. E aqui eu me adianto a uma possível observação sua: não, meu caro Raul, não se trata de uma apologia da desgraça. Desastre é algo mais amplo. E é estranho que eu queira isto, "ferimentos em minha consciência", mas, se tivesse tido uma vida sempre tranquila e feliz, talvez não tivesse feito grande parte do que fiz, não teria tido esta vida que tenho, com todas as suas insatisfações, mas que eu não trocaria por nenhuma outra, porque, de resto, ninguém, pelo que sei, nunca está disposto a esse tipo de troca, por mais infeliz que seja. Se tivesse que ter escolhido o meu destino segundo a felicidade possível, talvez tivesse ficado lá mesmo em Ouriçanga, onde parece estar o barro de que fui feito, onde aconteceram as coisas que hoje verdadeiramente importam. Não posso conceber que haja alguém que escreva pelo simples fato de estar feliz. E antes que você faça qualquer observação malévola, qualquer ironia, já lhe digo que não é, tampouco, porque são infelizes que certas pessoas escrevem. A felicidade pode ser um desestímulo, o que não quer dizer que a desgraça seja um fator indispensável. Nem uma coisa nem outra. Acho que o fundamento do ato de escrever está sempre em algo que antecede o estado de infelicidade, mas não me peça que lhe esclareça isto, pois não tenho a mínima ideia de como é que esse fenômeno se processa. E repito: gostaria de escrever algo que me afetasse como um desastre, lamentando muito ainda não ter podido fazer isto. Não seria o caso agora de avaliar se o que escrevi e publiquei valeu para alguma coisa. Só posso dizer que, em cada momento, dei de mim aquilo que podia dar, sem querer enganar ninguém, fornecendo, pelo menos, produtos honestos, como diria a nossa Júlia Zemmel; e, deste modo, fui me descobrindo, fibra por fibra, pouco a pouco. Pouco a pouco, também, fui percebendo minhas necessidades fundamentais e sabendo das condições indispensáveis para tocar para a frente os meus projetos. Ralf Caleb me provocava, não sei se você se lembra, acusando-me às vezes de passar uma certa frieza para os textos, e eu lhe dizia que isto independia de mim, pois eu não concebia que se pudesse escrever sem emoção, e que eu não escrevia jamais sem que alguma paixão me motivasse. Sentia, no entanto, que era preciso filtrar a emoção, transformá-la, em benefício da clareza, da ordem, da exatidão, desse tipo de higiênica beleza que é — sinto — um dos primados kafkianos: uma maneira cristalina de chegar ao coração do outro. Eu não queria dizer com isto que toda a literatura devesse ser assim. Tratava-se de uma preferência pessoal. Eu não me identificava com aqueles autores que se empolgavam tanto com o tema, que se deixavam levar pelos sentimentos, permitindo que o teor dramático se transferisse do fato narrado para o texto, tomando assim o lugar do leitor. Sei lá, é mais ou menos isto. Encontro sempre uma certa dificuldade em tratar desse tipo de coisa, mas acho que era assim que eu pensava. Devo ter mudado, no entanto, porque não consigo mais teorizar a esse respeito. Sei apenas alguma coisa sobre as minhas necessidades quanto à ficção. Há tanta coisa para ler que o melhor mesmo é dar preferência àquilo que nos toca verdadeiramente. Não tenho mais paciência para ficar imaginando o que significa para mim a literatura, nem para analisar o rumo que estão tomando as coisas que escrevo. De que adianta isto? Kafka e Proust, que nos pareciam tão diferentes, continuam por aí, e a pertinência deles continua a crescer à medida que nos distanciamos mais e mais de nossas chances de libertação. E o que faço? Sento-me aqui, e escrevo o que me dá na telha, e pronto, tendo sempre a perspectiva de que as conclusões da paixão são as únicas dignas de fé. Ainda ontem, acrescentei mais algumas páginas ao que chamo, na falta de outro nome, de "diário", onde tenho misturado alguma fantasia (o que é inevitável) a fatos acontecidos. É um texto que me soa agora nostálgico demais, fala de solidão, de muita solidão, e nele aparecem, casualmente, João Staurengo, um parente colateral de minha mãe, que era dono da Casa Olinda (você se lembra dele?), e Maria Elisa nos tempos em que escreveu as cartas de que já lhe falei. Penso em passar à máquina esse trecho para lhe mandar uma cópia.

Bem, mas o que eu queria mesmo dizer é que no último ano consegui, finalmente, um mínimo de paz e as condições materiais básicas para trabalhar com um pouco mais de eficiência, sem muita ansiedade, com alguma segurança, tendo dado pelo menos uma relativa liberdade aos meus processos emocionais, aprendendo a aceitá-los. Relativa liberdade, apenas relativa; e quanto isto me custou. Assim, não tenho tanta certeza se fiz bem em aceitar o desafio de vir para cá neste exato momento. Uma possibilidade como esta de conhecer um novo país e viver durante quatro meses num lugar aprazível e tranquilo, com muita vegetação, ar puro, com todas as facilidades, com tudo à mão, pode parecer irresistivelmente sedutora, ainda que tenhamos antigas restrições com relação a esse país, velhos ressentimentos. Mas tal sedução pode ser colocada em xeque se você imaginar minha situação atual. Sabendo tudo o que você sabe das coisas, esta viagem e suas possibilidades podem não parecer tão atraentes assim. E, se você levar em conta que, surpreendentemente, todas estas condições tidas como favoráveis (posso fazer o que quiser, quando quiser, da maneira que quiser) não me têm levado a produzir muita coisa além de pequeninos acréscimos no "diário", você haverá de convir que seria normal eu suspeitar ter cometido um erro de média gravidade, pelo menos, ao ter decidido vir para cá. Não pelo lugar, repito, nem pelas coisas que acontecem aqui, mas pelo que me ocorre intimamente. As pessoas encarregadas do programa de que participo na universidade dão o sangue para que nos sintamos bem. Alguns deles acreditam de uma forma entusiástica no que estão fazendo e desempenham suas tarefas com uma honestidade e um desprendimento comoventes.

Mudando de assunto: não imaginava que Adriana fosse sentir tanto minha falta. Curioso, não é? Ou não? O que é estranho é que, apesar disso, ainda não recebi resposta da carta que mandei a ela.

Você não devia ter me contado, de modo algum, do vinho que tomaram juntos, "falando sobre o nada"; ainda mais ouvindo o sexteto de Brahms, nosso hino. Comemoravam minha ausência, é? Traidores. A continuar assim, sou capaz de deixar tudo e voltar correndo. VOCÊS NÃO ME CONHECEM. Mas, falando a sério, aqui não tem (que pena) dessas coisas, essa capacidade de se falar com entusiasmo e inesgotavelmente sobre qualquer assunto, mesmo que ele não tenha a mínima importância (essa admirável falta de objetividade que cultivamos como se fosse uma qualidade), apenas para exaltar nossas paixões.

Largue mão de ser preguiçoso e fale-me do que anda fazendo. Ou não fazendo.

Much affection. Beijo na Adriana

F.R.
Iowa City, 15.9.75

O Evangelho de Francisco

Numa outra noite, naquele mesmo lugar, pouco menos de um ano depois, creio, pois havíamos passado para o segundo ano do Clássico, e estávamos ali em Ouriçanga outra vez, por causa dos feriados da Páscoa, Raul Kreisker, iluminado pela sua já inquebrantável descrença, lançou ainda sobre mim uma outra frase desconcertante, e que só muito depois [porque a evoquei com observações que julgava pertinentes (eu havia lido então o chamado Quinto Evangelho, o texto apócrifo atribuído a Tomé)] ele admitiria não ser sua, mas de Ernest Renan: "É preciso afinal oferecer aos homens um evangelho aceitável." Havia sido de Raul que eu ouvira, algum tempo antes, a primeira referência a respeito de Renan. Foi através de suas leituras precoces — suas armas — que ele teve inicialmente o poder de desnortear-me, tendo feito uso, sem cerimônias, desse poder naqueles tempos; fazendo-o claramente na maioria das vezes; não para derrotar-me, e sim, penso, para que eu não me entregasse tão cegamente às minhas convicções, essa capacidade que eu tinha (e que se atenuou com o tempo) de me entregar sem restrições a qualquer ideia redentora que visse pela frente. É o que concluo hoje, depois que tudo aconteceu, crendo estar a caminho de compreender pelo menos em parte o tremendo fenômeno da morte dessa espécie de entidade corruptora dos crentes que ostentou o nome terreno de Raul Nepomuceno Kreisker. Penso, também, neste momento em que os paradoxos se chocam, concordando entre si, que a sua deliberada tentativa de desmantelamento de minha fé (ou aquele sentimento a que eu dava o nome de fé), apesar de estremecer momentaneamente o universo de minhas crenças, de aguçar os meus conflitos interiores (contribuindo também isto para meu momentâneo distanciamento dessa mesma fé), possibilitou mais tarde que eu me reaproximasse de meus antigos fantasmas, exorcizasse alguns deles e aceitasse outros (com um saldo de que talvez não possa me queixar), através de um processo labiríntico de afirmações e negações do qual Raul Kreisker deve ter tido o tempo todo plena consciência.

ÁLBUM DE RETRATOS

"É bom que a consciência receba ferimentos com gravidade." Releio a carta escrita há menos de um ano, e me espanto ao notar que o mundo, visto com os olhos deste dia, seja tão diferente para mim, ainda que objetivamente continue o mesmo, ou quase o mesmo. Entre a data da carta e este exato momento, há um enorme abismo, essa dimensão desconhecida da existência em que Raul Nepomuceno Kreisker se perdeu. Em que o perdemos. Um século. Parece ter transcorrido um século, e passaram-se apenas onze meses e quase duas semanas, enquanto o tempo que desfrutamos juntos, desde quando verdadeiramente nos aproximamos, parece ter (se corro o pensamento por ele) a dimensão de um átimo. A vida vista assim parece um nada. A juventude é um transe. No entanto, teimamos sempre em superestimar o futuro, como se houvesse nele tempo para fazer tudo o que queremos fazer. Não há futuro que comporte os sonhos somados de cada um; e continuamos a sonhar ininterruptamente, que é esta a nossa maneira mais usual de privilegiar o futuro, o momento que virá, e nunca o presente; que é essa a diferença, dizia Raul, entre a nossa vida e a chamada vida primitiva, em que se privilegia sempre o momento que se vive e se tem prazer de viver, e não essa coisa inexistente chamada futuro, que a ninguém pertence, e ao qual é dedicada a acumulação dos bens e dos sentimentos.

"Gostaria neste momento de escrever algo que me afetasse como um desastre." Esta carta minha que releio, e que me foi devolvida depois da morte dele, é apenas uma pequenina migalha do transe que vivemos, um retalho entre outros que tento ordenar, crendo, querendo crer que esteja a caminho de esclarecer para mim o fato básico que levou Raul, em um dado momento, a consagrar ao seu futuro o maior desprezo que é possível consagrar. E, de repente, porque tento pensar no fundamento desse seu ato, este retalho liga-se inesperadamente a um outro bem mais antigo, sem que eu saiba se vem mesmo a propósito, pois me lembro de uma outra foto do álbum de Luísa, tirada na escadaria do Grupo Escolar Professor Salvador Gogliano. Ao rever o álbum, recentemente, dei-me conta de que me esquecera completamente de muitos dos que haviam estado ali, perfilados, a fazer pose, um grupo então coeso, impávido, varonil, ou imaginando-se ou querendo ser, precisando ser impávido, varonil, a reboque desses termos anacrônicos que os nossos queridos hinos nos traziam, e que nós tentávamos aceitar com aparente doçura, com o inocente desprendimento de que éramos então capazes. E acho que aquele era o dia da Independência, a julgar pela pose, pelo arranjo da foto, com a bandeira paulista e a brasileira hasteadas ao fundo. É bem possível que tivéssemos apenas acabado de cantar o hino apropriado ou fôssemos cantá-lo em ato contínuo. "Mal soou na serra ao longe nosso grito varonil." Como eu achava bonito isto, como achávamos bonito. Ainda hoje, esse verso grandiloquente, de ingênua beleza, que nós procurávamos cantar com toda a verdade que nos era possível, com toda voz, todo empenho, me sugere uma manhã improvável, esplêndida e fresca, com sua atmosfera de sonho ainda mal tocada pelas reverberações dos primeiros raios de sol, num campo muito verde, pontilhado de árvores generosas, assim como aquelas que se vislumbravam através de um outro verso de uma outra inevitável poesia: "Olha estas velhas árvores, mais belas que as árvores novas, mais amigas", elementos de um mundo irreal de sonhos impossíveis, com as folhas da relva ainda molhadas pelo orvalho, e aquele cheiro matinal que eventualmente, a caminho da escola, nos beatificava, nos punha em estado de graça. Ah, como eu amava com fé e orgulho a terra em que havia nascido, absolutamente certo de que não veria país nenhum como este. "Você que teve a felicidade de nascer num país como o nosso tem a fortuna à sua frente", como dizia o professor Henrique Ricchetti, logo na primeira lição do *Infância*, quarto grau primário. "Estude, seja aplicado, a fim de poder tirar o maior proveito desta terra rica e dadivosa." Como acreditávamos nisto; como precisávamos acreditar. E li então, num outro livro, que era um exercício de exaltação o que uma vez tivemos de fazer, algo talvez próximo do delírio: "Há um frêmito, um tremor de ternura envolvente, por toda a natureza pensativa; nas folhas que murmuram, no hálito da tarde, nas águas dormentes, que esperam receber no seio escuro as estrelas divinas; e, desde os igarapés do norte às meigas coxilhas do sul, canta uma voz imponderável, misteriosa, que põe os corações suspensos." E o que eu lia a respeito desse mundo idílico, eu lia com toda a minha esperança, pensando que nada haveria de abalar-me em tal sentido. Guardei comigo o livro do professor Ricchetti. Cuidei para que não perecesse, e hoje posso pegá-lo da estante, abri-lo em qualquer página, ler um trecho qualquer, e reencontrar nele o eco altissonante de um mundo irremediavelmente extinto, ou que jamais provou ter existido. E ali estamos nós, na fotografia, confiantes, certos de que haveríamos de brilhar, todos, sem exceção. De grande parte eu consigo lembrar ainda o primeiro nome, embora os sobrenomes dancem entre um e outro, uma mistura variada e deliciosa de topônimos, *nomi di mestieri*, nomes étnicos, antigos apelidos — *nomignoli*, como ainda se dizia —, de praticamente todas as procedências peninsulares, misturados com alguns sobrenomes brasileiros, um ou outro árabe ou espanhol. Há ali também aqueles a quem eu não consigo identificar de modo algum, por mais que me esforce. Seus rostos, eventualmente, parecem evocativos, familiares, mas é sempre como se os tivesse vagamente conhecido, como se eles jamais tivessem pertencido àquele grupo coeso, como se eles tivessem se intrometido na foto bem na hora do clique, sem que o fotógrafo tivesse percebido. Por que a memória acabou por elegê-los para o esquecimento?, se éramos tão iguais, brancos, católicos, sem exceção — não podia, não havia jeito de haver exceção — membros, todos, de uma mesma classe social, ali solidamente assentada a partir do sonho extravagante do doutor Lundstrom, que muitos anos antes, secundado pelos avós de nós todos, havia traçado, com o rigor que lhe era peculiar, as coordenadas do novo espaço urbano. Por que os vejo agora como se jamais tivessem existido?, como se jamais tivéssemos feito juntos, ombro a ombro, aquelas penosas descrições-à-vista-de-uma-gravura. Por que os vejo assim?, enquanto a outros posso ver como se tivesse estado com eles ontem; e isto, mesmo que não tenhamos desfrutado de uma convivência muito estreita. No entanto, há algo que me estranha mais, me estranha muito. É que ali, bem no meio da primeira fila, há um garoto cujo nome não lembro e que, não obstante isso, é mesmo a minha cara; sem tirar nem pôr. Como foi possível, naquele tempo, eu não ter notado a sua presença? Como foi possível ninguém ter percebido a espantosa semelhança que havia entre dois garotos de mesma idade na classe do quarto ano primário de 1954? Ou será que só o tempo permitiu que tal semelhança se tornasse afinal perceptível? Ou será ainda que apenas eu esteja vendo agora as coisas deste modo? Quando a retomo, retirando-a das cantoneiras, olho e olho a fotografia, e às vezes me assusto me reconhecendo mais nele do que naquela figurinha do outro lado, na extremidade esquerda de outra fileira, onde me habituei a me localizar. Não que sejam (sejamos) absolutamente iguais. Isto não. Há diferenças; pequenas diferenças, se bem que em sua maior parte elas não sejam físicas, mas de uma outra ordem que nem sei explicar direito, e que só o tempo, talvez, tenha permitido vislumbrar, para que disso eu pudesse tirar alguma lição. O meu semblante é o de quem se distrai com aquele clique mágico, o semblante de quem presta excessiva atenção ao fotógrafo — ou indevida atenção, sei lá —, à câmera, e assim se prende àquele preciso momento, querendo parecer o melhor possível, para dar ao futuro o melhor de sua imagem (ou sua imagem mais fiel?). Ele não. O outro consegue até hoje imprimir uma singularidade na fotografia, sobressair-se nela, exaltar-se em meio àquele grupo tão igualitário. Ele está compenetrado, decerto — sem o saber, é possível —, da eternidade que se estenderia para além daquela foto. Ele não se importou com o fotógrafo. Embora o seu olhar seja frontal, direto, ele não parece estar olhando para a câmera. Confiante, olha o futuro através da pequenina lente que captou, naquele dia remoto, a nossa imagem.

3

Prairie Lights
Cartas tardias; a viagem

Caro Raul, acabo de receber o seu cartão, tão lacônico. Foi minha vez de ficar preocupado. Mandei uma carta a você, segundo os meus registros, no dia 29 de setembro. Estava estranhando que não me respondesse. Antes, logo no início, eu havia enviado um aerograma. Mas vamos ao que interessa. Aqui estou; mais assentado, aproveitando mais minha permanência neste espaço mágico que é a pradaria, mas com saudades sempre maiores de você, de Adriana (ela teima em não responder às minhas cartas), da família em geral, de todo mundo. Você não sabe o quanto me faz falta aquele cantinho de minha casa que tantas vezes desfrutamos (e que Adriana costuma chamar, com alguma propriedade, de santuário), em meio a despojos familiares, livros, cartazes, a foto do meu pai quando jovem — com quem sinto que me pareço cada vez mais —, a minha máquina Erika, o desenho do Lorca feito pela Yolanda Mohalyi, e que ela me deu num de meus aniversários, o meu retrato pintado pela Vera Motlis, a gravura de Ouriçanga feita pelo Flávio Yzaar, o cartazete do *A Yank at Oxford*, que Belisa me deu, com o Robert Taylor se dirigindo a uma atriz desconhecida, não identificada, dizendo "I wish we could be together like this always", os meus lápis tchecos — os melhores —, as minhas canetas, a latinha de manteiga *Aviação*, onde costumo colocar clipes e outras miudezas. Céus, como é que eu não tinha percebido que tudo isso era tão importante para mim. São meus caros retalhos, reflexos do restante das coisas, um retrato meu e da vida que consegui organizar a tanto custo. Não sei se você entende: não foi o lugar, ou a situação aqui, a razão do meu choque ao chegar; o lugar é belíssimo, de uma beleza serena, organizado, como me conviria neste momento; a situação é objetivamente ótima. Mas foi um susto mesmo o fato de eu ter passado de um estado de quase completo domínio da situação para um outro totalmente desconhecido. Os últimos anos aí em São Paulo podem não ter sido ideais, mas estão entre os melhores de minha vida, só perdendo talvez para um certo período idílico de minha infância — eu devia ter quase seis anos —, quando deixamos a casa do velho Nanni e fomos morar na rua Lundstrom. Não consigo me lembrar de um momento verdadeiramente infeliz que eu tenha então vivido. Você, com esse seu ceticismo que tão bem conheço, certamente dirá que me esqueci providencialmente das vicissitudes. Pode até ser, mas o que importa neste momento é aquilo de que efetivamente me lembro. Tem uma fotografia minha tirada por Benito mais ou menos nessa época; é uma foto seis-por-nove, batida com a codaque dele. Quando me vejo ali, ao lado de uma tabuleta de cinema, me comovo com a minha serenidade, porque (ainda que eu fosse feliz naquela época) tratava-se, sem que eu soubesse, de uma serenidade infundada; a paz de quem ignorava absolutamente as tormentas que viriam. E fico então a me lembrar de mim mesmo naquele exato momento, incorrompido (tanto que pareço ser outra pessoa); fico tentando imaginar que sonho estaria passando pela minha cabeça; e tentar imaginar isso, levando em conta tudo o que aconteceu depois, me causa uma certa angústia, um dó mesmo daquele garoto ali, com a roupa tão limpinha, a alma tão limpa. E então você, como bem o conheço, poderá bradar: "autocompaixão, olhe aí." Não creio que seja. E se for, o que é que tem? A quem eu estaria magoando com isto?

Há uma história estranhíssima que ouvi há alguns dias, e que ia lhe contar, mas acabei me alongando demais, é tarde e amanhã bem cedo, na universidade, tem algo que eles chamam de *panel discussion*. Tema: *Fantasy and Reality*. Coincidência: a coisa estranhíssima que ia (vou) lhe contar tem a ver com este assunto, com a mistura dessas duas coisas. É a respeito de universos paralelos, o que tanto o intriga.

Me escreva logo; nem que sejam algumas linhas para dizer: estou vivo.

Francisco
Iowa City, 8.10.75

O FIO DE ARIADNE

"A vida é assim: uma coisa puxa a outra", costumava dizer, ao mínimo pretexto, tia Otília, e digo também eu agora, pois, se voltar minha memória no sentido de recapitular tudo o que se passou desde aqueles tempos em que eu ainda frequentava o Grupo Escolar Professor Salvador Gogliano, sou tentado a fazer uso de um mesmo tipo de expressões vagas, para dar vazão decerto ao meu atávico fatalismo, e dizer que a história de Raul Nepomuceno Kreisker pareceu evoluir no que teria sido o seu sentido natural, num encadeamento inevitável de fatos cuja origem se perde em certos acontecimentos da infância, de parte dos quais fui testemunha. Mas, se eu fosse pensar como pensa minha prima Adriana Elisa, ou levar em conta o que ela diz — às vezes, com uma irritante insistência —, eu diria algo um pouco diferente: que a vida de Raul evoluiu como se tivesse sido previamente determinada; como se tivesse seguido aquela carta astral de que tivemos conhecimento algumas semanas depois de sua morte (as previsões astrológicas; essa fantasia que nos vitima, mais dia, menos dia, e que, à parte o destino, fala de características de nossa personalidade nas quais acabamos por nos reconhecer, ainda que sejamos descrentes e ainda que o espectro de possibilidades dessas previsões seja tão amplo que dificilmente não haveria um pequeno espaço onde nos abrigar com um mínimo de conforto). Me lembro: naquele período, estive uma noite em casa de Júlia Zemmel e eu lhe falei da carta astral que Adriana mandara fazer. Com os dados que lhe forneci, Júlia traçou linhas, signos, números, para ver se os dados se confirmavam, e começou por dizer que Raul tinha o Sol e Vênus, "dois astros pessoais altamente significativos", na parte inferior do zodíaco, correspondente ao eu subjetivo; e a Lua, na parte superior, que corresponde ao eu objetivo, àquilo que as pessoas deixam transparecer. Os três astros assim posicionados lhe haviam proporcionado, disse Júlia, um intenso conflito entre o que ele projetara ser, ou havia mostrado ao mundo, e o que ele havia sido em essência. Pensei então comigo que, se tivesse de traçar dele um perfil, partiria exatamente desse dado básico. Sua morte demonstrara o quanto havia sido intenso tal conflito. No entanto, logo fraquejei quanto a essa primeira convicção, pois pensei: não estará acontecendo também comigo a mesma coisa?, ainda que eu possa ter um mapa astral totalmente diferente; não estará acontecendo também o mesmo com Adriana? [Apanho neste exato momento o meu "diário" (não aquele caótico amontoado de pequenas anotações que iniciei quando do primeiro contato com o personagem Zeno Cosini, mas aquele inspirado nas conversações com Otília Rovelli, e iniciado na minha segunda viagem à Itália, e que chamei então — porque estava num trem quando o comecei — de "diário de bordo", e que continuo preenchendo segundo minhas necessidades, lembrando sempre do conselho terapêutico do doutor S. a Zeno Cosini: "Escreva. Escreva, e verá como chegará a ver-se por inteiro"; e tendo em conta também que a ninguém pertence o monopólio da espiritualidade, nem o da língua, como parecia querer demonstrar aquele professor que tive no Instituto; nem preciso, para conhecer-me por inteiro, repetir a forma escorreita do conselheiro Aires, porque há muitas maneiras de nos fazermos entender claramente, até a nós mesmos); sim, o meu "diário"; abro-o e nele releio algo que escrevi no período imediato àquele desastre: "Testemunho nestes dias um fato que me surpreende: a obsessão com que Adriana fala de Raul, a sua inconformação, a sua maneira compulsiva de buscar uma explicação para a morte dele. Era de se esperar que viéssemos a nos sentir arrasados, num primeiro momento, atônitos e depois inconformados, e mais tarde carentes de sua presença, essa sucessão de sentimentos tão comuns numa situação semelhante.

Tenho vivido intensamente tal processo; sinto, porém, que com Adriana ele atingiu um grau de exacerbação que não posso compreender".]

Júlia disse muitas outras coisas naquela noite; falamos muito de Raul, naturalmente, como falaríamos dele ainda muitas vezes, sem termos a pretensão de esgotar os mistérios por ele deixados, ou avaliar inteiramente as consequências de sua passagem pelas nossas vidas, como esta de eu estar ainda aqui a escrever sobre ele, sobre o que Júlia disse a seu respeito, sobre o que Adriana sentiu e como reagiu à sua morte. Dias antes de minha ida ao apartamento de Júlia, Adriana me procurara para mostrar a carta astrológica que ela encomendara a uma das maiores autoridades no assunto em toda a cidade, segundo me garantiu. Havia dito então várias vezes a sua frase predileta naquele período tão difícil: "Nada acontece por acaso." Embora eu julgasse a sentença meio vazia de sentido, tinha de reconhecer que certas previsões haviam-se confirmado, ou coincidido com a realidade; e não apenas com relação a Raul. Também a história de Adriana parecia ter evoluído no sentido da confirmação de precoces prognósticos, a partir daquelas previsões sucintas e possivelmente grosseiras que as chamadas "revistas de amor" traziam, para irrestrito prazer de minha prima, ainda em meio à adolescência, vivendo ainda em casa de meu avô, sem ter desabrochado para a sua verdadeira vida, mantendo-se no casulo de sua fragilidade à custa de seus sonhos secretos e da crença que teve então que desenvolver — instrumentalizada pelos horóscopos e por aquelas histórias idílicas — num futuro em que pudesse expressar livremente suas paixões.

Bem ou mal, obsessivamente ou não, com credulidade ou um certo ceticismo, cada um à sua maneira, procurávamos, por caminhos diferentes, minha prima e eu, alguma coisa que justificasse aquela morte tão prematura, e concluímos, ambos, que a vida de Raul, de uma forma ou de outra, havia evoluído naturalmente em direção àquele desfecho inevitável. Iniciamos com isso o nosso exercício de aceitação, reconstituindo, com todos os pormenores que julgamos pertinentes, a sua história; aquilo que havíamos presenciado de sua vida, somando as duas faces dessa moeda um tanto contraditória: o que havia sido para mim e para Adriana essa entidade (segundo a expressão usada mais tarde por um certo professor Endríade Piero Carlisi) chamada Raul Nepomuceno Kreisker. Lembro-me de algo relativo à infância dele: "A criança de escorpião — dizia a carta astrológica encomendada por Adriana — costuma ser em ponto reduzido aquilo em que se transformará ao crescer. O nativo de escorpião vive a sua verdadeira natureza desde o início de sua existência." Penso sempre nisso quando revejo a foto de 7 de setembro de 1954, e reencontro Raul, com o seu semblante marcado por uma espécie de fria limpidez, como se estivesse já ali se municiando de seu ceticismo para enfrentar adequadamente a hostilidade e a incompreensão que julgava haver à sua volta. Está ali o mesmo Raul que haveríamos de conhecer um pouco melhor, cinco ou seis anos mais tarde: é um olhar um tanto severo o que ele dirige à câmera e ao seu futuro. É o mesmo semblante que aparentou em seus últimos anos, tão mínimas parecem ter sido as mudanças em sua fisionomia; o mesmo rosto que recuperei na memória enquanto Adriana lia aquela biografia póstuma feita por alguém que sequer o havia conhecido, mas que perscrutara o seu destino no céu, tendo em vista a configuração das estrelas no momento em que ele havia nascido. Para Adriana, mais que para mim, aquelas dez folhas de papel almaço justificavam quase tudo o que havia acontecido, e isto não apenas porque ela acreditasse sem restrições nos dados contidos naquele texto de baixa qualidade, cheio de eufemismos, quase vulgar, mas também porque ela necessitava apegar-se a qualquer coisa que a ajudasse a aceitar a realidade daquela morte tão próxima. Era a primeira vez que um fato daquela natureza ocorria fora do âmbito familiar, com alguém que queríamos muito, com uma pessoa cuja presença em nossa vida não fora determinada pelas relações de parentesco, e sim um caro produto de nossa escolha. Aquele desaparecimento era, pois, uma experiência nova, que nos proporcionava uma sensação de desalento jamais experimentada, em meio à qual me veio à memória um período atormentado de minha infância em que haviam sido constantes as minhas crises diante do fenômeno da morte, um processo angustiante e possivelmente longo (me pareceu então longo, pelo menos), e que depois cessou, não porque eu tivesse equacionado aquela questão crucial para a minha consciência, mas porque consegui deixá-la de lado, esquecê-la momentaneamente, relevá-la, porque orei com intensidade e pedi a Deus que me ajudasse a esquecê-la. Foi bem no período que se seguiu à morte de minha avó Elisa, logo depois de passada a comoção que o fato causou, como se não se acreditasse que o mundo pudesse continuar em órbita ante tamanha desgraça, o que não seria muito desprovido de senso a julgar pelo desespero de minha mãe, muito maior que o desespero que era comum esperar-se mesmo numa circunstância como aquela. É possível que o descontrole emocional de Luísa Rovelli diante da morte de minha avó é que me tenha levado àquela que penso ter sido a minha primeira crise existencial. E a consternação de minha mãe foi maior mesmo que a que seria natural esperar-se de uma pessoa tão sentimental como ela, tão apegada à casa e à família, tão desvelada. E estava claro que eu não ficaria imune àquela comoção. Assim, durante a longa crise por que passei, imaginei muitas vezes a que ponto poderia chegar o desespero de Luísa Rovelli diante de minha própria morte. Por certo não resistiria ao golpe. Era o que eu pensava; eu, o predileto. E por um processo já de absorção de alguma parte do temperamento de minha mãe (um processo baseado na imitação, na assimilação do modelo) me dividi naqueles dias entre sentimentos contraditórios, envolvido previamente na culpa por aquela falta — a morte — que eu haveria de cometer um dia. Ficava sem saber o que haveria de ser pior: se morrer antes, deixando-a assim imersa numa angústia talvez insuportável, ou morrer depois, premiado por uma vida mais longa, mas tendo de arcar com o peso de uma dor semelhante àquela que eu presenciara pela morte da velha Elisa. Foi deste modo que os fatos se passaram, sem que ninguém de nada soubesse, pois a ninguém revelei minhas angústias, nem mesmo a ela, Luísa, a quem desejei na ocasião poupar dessa circunstância de estar diante da escolha entre uma e outra morte igualmente inaceitáveis. Era aquele um dos fios apenas da teia de sentimentos e obsessões que envolvia a vida familiar. O processo de imitação, no entanto, era amplo, e nele acabaram enredados, é claro, não só este modelo, mas o de meu pai, de meus irmãos, de minhas irmãs e sabe-se lá quantas pessoas mais, dando origem ao intrincado labirinto de influências que fez a variada riqueza daquele tempo tão cheio de ambiguidades, e fez também com que eu, não obstante tantas vicissitudes, acabasse me recordando dele gratificado, tendo-o como o momento em que tive o meu aprendizado espiritual elementar.

Aquele momento de crise que se seguiu à morte de minha avó me pareceu, durante sua vigência, interminável, mas é possível que não tenha passado de umas poucas semanas; o que parecia haver era aquela suposta eternidade que costuma marcar a adolescência enquanto a vivemos. Assim, a minha angústia momentânea não chegou a comprometer aquele período de tantas lições. Poucos anos depois, eu já teria adquirido pelo menos alguma compreensão acerca de certas contingências da vida; o entendimento de que mesmo a eventualidade da morte daqueles que nos eram mais próximos poderia ser defrontada de diferentes maneiras, dependendo das circunstâncias em que essa fatalidade pudesse ocorrer. Foi o que constatei ao termo da longa enfermidade respiratória de minha mãe, depois de um longo período de intensos sofrimentos impostos não só pela natureza do mal que a vinha afligindo, mas também pelo martírio provocado pelos medicamentos que, de acordo com os preceitos que bem conhecemos, lhe eram ministrados a título de recuperação das partes afetadas de seu corpo, e que, no entanto, com seu resíduo devastador, resultavam numa ação paralela nefasta que atingiria outros órgãos e a levaria finalmente à morte. A pretexto de um pretenso surto civilizatório, também a medicina havia começado a transformar-se para amoldar-se aos chamados "novos tempos", como ali ficariam registrados os anos subsequentes à Segunda Grande Guerra e o início dos anos cinquenta, antes que mais uma crise econômica se abatesse sobre Ouriçanga. Foi então que uma nova medicina começou ali a substituir radicalmente os velhos conhecimentos terapêuticos, os métodos de resguardo, as ervas, os emplastros, os clisteres, as fumigações, as ventosas, a hidroterapia, o antigo *Chernoviz*, o *Conselheiro Médico do Lar*, de Humberto Swartout, as velhas tisanas que o doutor Nepomuceno costumava prescrever, a arnica, a emulsão de Scott, a violeta de genciana, um arsenal enfim cuja nomenclatura, por boas razões, somos hoje levados a recordar com nostalgia. E talvez não tenha sido por acaso que justamente nessa época as *Seleções do Reader's Digest* foram invadidas, no entremeio dos libelos da guerra fria, por conselhos, esclarecimentos e testemunhos a respeito das maravilhas curativas da quimioterapia e das "fascinantes descobertas" desse rendoso campo da ciência médica, que progrediu, em grande parte, à custa de muitos martírios, à semelhança daquele que me foi dado presenciar. Talvez as tisanas e as velhas terapias do doutor Nepomuceno, se não tivessem contribuído efetivamente para livrar Luísa Rovelli daquele mal, a teriam poupado pelo menos dos males adjacentes oriundos do uso indiscriminado de tantas drogas, e lhe teriam permitido morrer com o mínimo de paz e recolhimento que merecia. Foi deste modo, pois, que um dia ela descansou, segundo a expressão de tia Otília, e foi assim também que, dado o seu intenso sofrimento, a morte de minha mãe ocorreu em condições bem diferentes dos prognósticos de minha infância; e diferente, por isso, foi a maneira que encontramos para aceitar o seu desaparecimento e absorvê-lo com inesperada resignação. A vida é assim, como diria também Otília Rovelli. E, voltando ao fio da meada, era a primeira vez que o fato acontecia fora do âmbito da família, com alguém cujo convívio havia partido de nossa livre escolha, de nosso próprio desejo, com um semelhante na verdadeira acepção da palavra, alguém de nossa idade e que tinha feito conosco, ombro a ombro, as velhas descrições-à-vista-de-uma-gravura, alguém que conhecia a maioria de nossos segredos. E por ser assim um semelhante é que nos sentimos como se tivéssemos morrido um pouco também. Ele morreu, e nós morremos também em sua memória, nas confidências que lhe havíamos feito, na rigorosa atenção afinal que dele havíamos tido, no desapiedado ceticismo que dele merecêramos e que nos atingia num primeiro momento, mas que possuía a qualidade de nos fazer reagir e seguir em frente, com mais ardor, em nossas argumentações, até o seu esgotamento, para assim constatarmos a fragilidade delas ou a firmeza daquilo em que empedernidamente acreditávamos. Diferente, também, foi a maneira que tivemos de desenvolver para aceitar as circunstâncias em que se deu o seu desaparecimento e compreender, pelo menos em parte, a sua decisão final a respeito do seu próprio destino. Acabamos por adotar, naturalmente, a prática que a maneira de ser de Raul nos havia deixado sugerida: a do paroxismo. Apesar do quanto nos feria aquele método, tentamos passar sua vida a limpo, notadamente a partir dos tempos do Clássico, quando de fato nos aproximamos. Esgotada nossa memória, passamos a usar os artifícios de que podíamos dispor: até mesmo a carta astrológica que Adriana Elisa encomendara, e que, embora eu não aceitasse como algo verdadeiro, continha, coincidentemente, um retrato bastante aproximado do que Raul havia sido.

ÁLBUM DE RETRATOS

A releitura do "diário" me induz a lembrar novamente de uma certa carta a Raul, parte dessa espécie de roteiro que lhe fui enviando, com minhas aspirações, meus sonhos, minhas incertezas, minhas decepções, meus temores, minhas fantasias e, às vezes, o meu rancor, por julgar-me incompreendido, por julgá-lo injusto e até impiedoso, sem ter condições de entender a descrença com que ele encarou em determinado momento a direção de meus projetos; as cartas a Raul, esse roteiro que, por sua vontade, voltou-me às mãos numa ordem impecável.

Vou até o arquivo e apanho o texto de que me lembrei e o releio, detendo-me na mesma frase da leitura anterior: "Talvez você não acredite, mas, de vez em quando, ainda penso no romance sobre Judas." Fico então tentando imaginar o verdadeiro mistério que se esconde por trás desse fato, desse Judas que ressurge de tempos em tempos, e que me pede o seu resgate, ainda que "saiba" que não lhe darei de mim nada mais que o meu mistério, minha perplexidade e a consciência também de que esta é — e será, quem sabe?, para todo o sempre — uma tarefa muito acima de minhas possibilidades. Digo isto porque a identificação através da culpa seria uma resposta simples demais. Ou não? Nada é certo, a não ser que foi este mistério e minhas contradições que basicamente me ligaram a Raul, desde uma noite remota e silenciosa de Ouriçanga em que ele me desafiou com sua pergunta, vinculando indissoluvelmente o seu nome a esta obstinação pessoal. E, continuando nesta associação inevitável de ideias e imagens de nosso passado comum, lembro-me novamente do dia 7 de setembro de 1954, que uma foto em preto-e-branco, seis-por-nove, tornou memorável. Deixo a carta de lado, vou até o armário, apanho o álbum de Luísa, abro-o, e ali estamos nós. É na última fila, no topo da escadaria, que está Raul, um rosto semelhante aos outros; sem nada de particular, quero dizer, sem mistério; lá está ele, parecendo não querer ver possivelmente futuro algum, sem se preocupar tampouco (esta é a impressão) com o fotógrafo. Parece estar ali apenas porque lhe haviam dito, pouco antes, que para ali se dirigisse. Talvez não estivesse da mesma forma se importando com o fato de que teria em breve nas mãos uma cópia daquela fotografia, daquele instrumento de recordações que poderia privilegiar também o seu futuro. Ali está Raul, sem nenhum enigma evidente, a cabeça erguida, altivo, mas sem denotar orgulho, ostentando a inequívoca limpidez de seu semblante. Sim, limpidez; é a palavra que me ocorre, ainda que aparentemente vaga, toda vez que revejo sua imagem, aquela fria limpidez que ele haveria de ostentar para sempre, um ar tranquilo, sereno, produto já talvez do menosprezo que haveria de devotar o restante de sua vida às coisas compreensíveis ou fáceis de ser decifradas. Muito mais tarde, já nos tempos de universidade, ele começaria a colecionar, para um fim impreciso, não declarado; começaria a compilar, para ser mais exato, o que chamaria meio que brincando de "meu diário secreto", na verdade um álbum de anotações e recortes sobre fatos insólitos, abrangendo relatos de sonhos, histórias de crimes insolúveis, ocultismo, prodígios, clarividência, essas coisas. "É uma espécie de antologia de fatos que, pelo seu caráter, acredito que jamais poderão ser explicados", disse ele uma vez. Nunca me revelou nada a respeito do futuro daquelas anotações e recortes; e mais tarde, como eu insistisse em saber a real finalidade daquilo tudo, respondeu evasivamente: "É para meu prazer particular." Declarou-se sempre um cético a respeito de Deus e da sobrevivência da alma, mas o fato é que devia ter sobre estes assuntos uma visão pessoal, particularíssima, que não revelava a ninguém por temer decerto pela fragilidade de suas crenças. No entanto, contraditoriamente, tinha um especial interesse por relatos sobre os chamados casos de vida após a morte; mas ressalvava: "As pessoas que acreditam na eterna sobrevivência geralmente não se interessam pelos assuntos referentes ao outro mundo, ou fingem não se interessarem. Comigo acontece o contrário: não acredito que haja um outro mundo, mas ele me interessa." No entanto, os fatos demonstravam que não era bem assim o que devia pensar. Será que procurava deliberadamente mostrar-se contraditório? Acabei por concluir, em seus últimos tempos, que havia mais caos que ambiguidade em seu pensamento. Emitia sempre os seus conceitos fragmentariamente, o que chegou a me parecer proposital, mas que agora [juntando tudo o que sei e pensei, com a paz que nos deixou afinal com sua morte (também eu sou ambíguo), e a paz que conquistou para si, talvez] me parece muito mais o caos de uma mente aberta a todos os fenômenos. Não esse caos de que costumamos ter ideia, mas essa aparente confusão que na verdade pode esconder uma rigorosa ordem secreta. Talvez por pensar assim é que, paradoxalmente, eu veja hoje naquela foto de 1954 uma imagem de limpidez e retidão; expressão, é possível, de uma organização interior que ele se obstinou em nos ocultar. Ali estamos nós. Não havíamos ainda nos percebido. O nosso encontro; ou talvez fosse mais justo dizer, o nosso confronto inicial se daria cerca de cinco anos depois, no início do Clássico, e culminaria na vigília que faríamos durante a Semana Santa em Ouriçanga em que relemos os evangelhos com "olhos de ver" e, afinal, começamos a perceber algum sentido oculto no texto de João. Era a primeira vez que eu, estimulado pela presença de Raul, me permitia uma leitura mais atenta e mais crítica daquele evangelho tão diferente dos demais. Era um deus encarnado e proclamado ali como aquele que arcaria com o peso dos pecados do mundo o que surgia diante de mim, com toda a sua onisciência e poder, mas também um homem que se faz instrumento desse deus; um homem com suas contradições e seu arrebatamento; um iniciado em práticas gnósticas que pouca gente compreendia: estivera no mundo, o mundo fora feito por ele, mas o mundo não o conhecera. Viera para o que era seu, e os seus não o haviam recebido. E emergia dali, também, um discípulo que se dizia testemunha ocular dos fatos mais importantes daquele relato, e que havia escrito aquelas coisas, e que arrogava para si o privilégio de ter sido o ser mais próximo entre os mais próximos do Rabi, "aquele que Jesus amava", como João autorreferia-se, nunca usando o próprio nome; emergia dali também um João notável pela dureza dispensada a Judas, filho de Simão Iscariotes.

O Evangelho de Francisco
Anotações

Cultivo, pois, o hábito de reler cartas e anotações, para ver se me estimulo a seguir em frente nesta viagem no tempo, e me deparo novamente com algo que escrevi há quase dois anos, em uma outra carta: "Judas Iscariotes. Tenho que concordar com você, meu caro Raul, este deverá ser para sempre o meu tema, porque sei de antemão que jamais realizarei o meu projeto, porque necessito desta contradição". No entanto, eventualmente, por breves momentos, eu alimentava esperanças de que uma luz ainda sobreviesse e eu intuísse finalmente o discurso de meu personagem, e sentisse estar finalmente de posse de sua voz, para, com toda convicção, começar por dizer: "Eu, Judas, filho de Simão, morto duas vezes, pareço ter tido mais vidas do que as que me tiraram, até mesmo esta que me deu o meu Mestre, e que a mim pretendia dar antes mesmo que eu o soubesse, muito antes mesmo de dizer: aquele que come do meu pão levantou contra mim o calcanhar". Assim, como pensava que seria próprio iniciar a verdadeira história desse apóstolo, a sua vida oculta. E ainda sob o impacto da morte de Raul, tornei a pensar no projeto, mas logo concluiria que, naquele momento, não se tratava senão de uma maneira a mais que eu estava buscando para exacerbar meus sentimentos com relação àquela perda, ao vazio que eu e Adriana sentíamos à nossa volta, para elevar nossa consternação ao seu limite, para assim poder esgotá-la e superá-la, para que nossas vidas pudessem seguir seu curso. A primeira anotação desse período talvez sintetize a conspiração de silêncio que envolveu esse personagem inatingível:

"Sempre o último na lista dos apóstolos, Judas Iscariotes havia sido, segundo João (13:29), o tesoureiro do grupo, uma distinção que o seu Mestre lhe outorgara, decerto por inspirar confiança, e não pelo contrário. Jesus não era dado, é de se imaginar, a esse tipo de contrassenso. João, no entanto, acusa Judas de furto, pois, tendo a bolsa comum, roubava o que ali era colocado (12:6); mas estranhamente ele conserva aquela incumbência até o final: durante a última ceia, o Rabi lhe disse que fizesse depressa o que tinha a fazer — a suposta traição —, e os que estavam ali não compreenderam por que dizia aquilo. Como era Judas quem cuidava das finanças do grupo, alguns pensaram que o Rabi lhe ordenara que comprasse o necessário para a festa que teriam ou que desse dinheiro aos pobres (13:27-29).

Judas teria revelado o paradeiro do Cristo, vendendo esta informação aos sumos sacerdotes e aos anciãos por trinta peças de prata, conduzindo os guardas ao Horto das Oliveiras, aonde o Mestre se dirigira depois da ceia para orar junto com os outros apóstolos. Chegando à sua presença, chamou-o de Rabi, mestre, e o identificou com um beijo. Mateus menciona apenas a cupidez como motivação de Judas (26:14-15), mas Lucas, revelando-se mais condescendente, nega o livre-arbítrio no caso, atribuindo sua ação à entrada de Satã em seu corpo (23:3) e, à semelhança de Marcos (14:10-11), não diz que ele tenha pedido alguma recompensa, senão que os sacerdotes se alegraram com a denúncia e resolveram dar-lhe dinheiro (22:5).

João, o que mais se ocupou de seu anátema, é o único a sustentar com clareza que Jesus sabia previamente quem o trairia, dizendo: 'Nem todos estais puros', tendo sido o próprio João quem colheu a denúncia, revelando-a com acentos dramáticos através de uma cena em que procurou mostrar também sua precedência junto ao Mestre, superando, naquele momento, até Pedro, tão importante nos demais evangelhos. Jesus perturbara-se interiormente e dissera que um entre os presentes o entregaria. Os discípulos entreolharam-se, atônitos, sem saber a quem se referia. E estava ao lado do Mestre 'aquele que Jesus amava (13:23)', e Pedro pediu-lhe que perguntasse a Jesus a quem ele estava se referindo. João, 'reclinando-se sobre o peito do Rabi', lhe faz a pergunta, e obtém a resposta: 'É aquele a quem eu der o pão que vou umedecer no molho'. Tendo umedecido o pão, ele o dá a Judas, que o toma e sai imediatamente. Era noite (13:21-30). Ficaram ali os demais, ainda em meio à ceia, reclinados, 'na grande sala provida de almofadas' (Lucas 22:12)".

Tentei muitas vezes imaginar essa longa noite de Judas, esse Judas que emerge das páginas de João de maneira tão sombria, essa entidade que pode ser em parte verdadeira e em parte criação. O primeiro personagem a abandonar aquela celebração deixa o convívio dos seus companheiros para tornar-se, depois de seu Mestre, a figura mais importante da tragédia que se seguirá. Sem ele, os acontecimentos teriam sido bem diferentes, e o livro de João talvez nem tivesse sido escrito. E, sendo assim tão importante, é de se estranhar o fato de os evangelistas fornecerem dele informações tão escassas, não lhe dedicando senão poucas linhas, algumas delas contraditórias, como as que se referem à sua morte, sobre a qual se conservaram várias tradições. Segundo Mateus (27:3-10), ele teria se arrependido ao saber que o seu Mestre fora condenado à morte, e devolveu então o dinheiro recebido pela delação, enforcando-se em seguida. Nos *Atos dos Apóstolos*, que teriam sido relatados por Lucas, há, no entanto, a informação: 'Ele era contado entre os nossos e recebera sua parte neste ministério. Ora, este homem adquiriu um terreno com o salário da iniquidade e, caindo de cabeça para baixo, arrebentou-se pelo meio, derramando-se todas as suas entranhas. O fato foi tão conhecido de todos os habitantes de Jerusalém que esse terreno foi denominado, na língua deles, Haceldama, isto é, *Campo de Sangue* (1:18-20)'. Mateus, porém, dá uma outra versão sobre o encaminhamento da recompensa devida à traição: os chefes dos sacerdotes recolheram as moedas atiradas ao chão, mas não se atreveram a depositá-las no tesouro do templo porque se tratava de '*preço de sangue*'. Tendo deliberado em conselho, usaram a soma na compra do 'Campo do Oleiro', para sepultamento dos estrangeiros. Por isso é que aquele lugar teria sido chamado *Campo de Sangue* (27:6-8).

Lembro-me do quanto me comprazia então constatar tais contradições. Elas pareciam abrir um caminho. Havia nas entrelinhas daqueles textos um Judas que eu começava a reconhecer. Ainda que mais tarde eu acabasse por concluir que a intuição e a fantasia eram as únicas vias possíveis a me conduzir em direção ao meu personagem, continuei minhas anotações, entremeadas, significativamente, do diário. E foi por estarem ali, mescladas aos meus registros pessoais, que elas sobreviveram. Assim, hoje eu posso abrir o velho caderno e me lembrar de que havia lido não sei onde que Papias, bispo de Hierápolis, Frígia, no século II, autor dos *Esclarecimentos sobre as Palavras do Senhor*, deixara registrados detalhes macabros sobre a morte de Judas, para mostrar, é possível, que as profecias do Antigo Testamento haviam sido cumpridas literalmente.

No período passado em Iowa, eu relera grande parte dessas anotações, imaginando que o distanciamento talvez me desbloqueasse e me iluminasse a intuir a voz de Judas. Cheguei a escrever algumas laudas, mas sem chegar a um resultado que me convencesse de que estava no caminho certo. Não escrevi com proveito senão cartas, a maior parte delas a Raul, estas mesmas que agora procuro ordenar à minha maneira, tentando encontrar um sentido para elas em meio aos demais papéis, pois são, de alguma forma, um reflexo dele, uma vez que as escrevi iluminado por aquilo que eu julgava que pudesse causar-lhe interesse. Pensei inicialmente em reuni-las sob o título de *Pequenas Contribuições para o Diário Secreto de Raul Kreisker*, mas acabei achando, penso, um título melhor.

PRAIRIE LIGHTS
Cartas tardias; a viagem

Caro Raul, chama-se *Mayflower Residence Hall* e é um prédio comprido de oito pavimentos e fica numa das pontas da cidade e daqui do último andar eu posso ver muito bem aquilo que chamam de *prairie* e que um dicionário que tenho define como *wide-area-of-level-land-with-grass-but-no-trees*, donde você deve concluir que daqui de cima eu posso ver uma grande extensão de terra, um mar de terra americana, e então você não achará nada despropositado terem chamado de *Mayflower* este prédio de equivocada arquitetura e corredores kafkianos, visto que ele não está muito longe de parecer um barco meio desajeitado pairando sobre esse mar de vegetação baixa que há lá fora. Mesmo à noite fico impressionado com a amplidão desse espaço enorme que tenho diante de mim, com o acréscimo dos mistérios noturnos e de suas particularidades. A propósito, na direção noroeste, lá longe, muito longe mesmo, lá para os lados onde tem uma cidadezinha chamada Oskaloosa, há uma pequenina luz azulada que pisca sem parar, a noite inteira, e muitas vezes eu apaguei as lâmpadas do meu quarto para poder ver melhor essa luzinha azul incansável e é nessa situação que os mistérios da noite parecem aumentar, com a sensação que começo a ter de que há mesmo uma espécie de universo paralelo tangenciando o universo real e ordenado que é o da vida desprovida de grandes acontecimentos desta pequena cidade perdida em meio a este território enorme que eles chamam de *Midwest*. O que posso dizer também é que acabo de constatar mais uma vez que os prodígios normalmente só se revelam àqueles que por eles se interessam, e aqui entro no verdadeiro mérito desta carta que há dias eu queria escrever e não achava jeito. Trata-se daquele fato estranho que eu anunciei na carta anterior e não lhe contei porque me havia alongado demais. Lembra? Bem, o fato é que, em um contato informal que tive com estudantes da universidade, cheguei a revelar o meu gosto pelas histórias sobre o estranho, o bizarro, o desconhecido. Disse até que estava fazendo, nesse sentido, um álbum de recortes de jornais (comecei-o logo que cheguei aqui; lhe mostrarei quando voltar; acho que é algo parecido com o que você estava fazendo; desculpe-me por estar me apropriando assim de uma ideia sua). Foi o que bastou para que, dois dias depois, eu fosse procurado por um rapaz muito magro e pálido, com óculos de lentes grossíssimas, vestido com exagerada (talvez cultivada) displicência, chamado Rupert Fowler, em nada parecido com esses garotões tratados com as indefectíveis e generosas rações diárias de salsichas, *bacon*, ovos, *cornflakes*, presunto, pão e leite vitaminados. Mas, ao contrário do que sua aparência poderia fazer supor e embora deixasse transparecer alguma tensão, Rupert não era nada tímido, e disse-me sem muito rodeio que estava me procurando apenas para relatar — como se isto fosse para ele um dever, uma missão — certo fato ocorrido ali mesmo na cidade, três anos antes. Sentamo-nos junto à janela, eu com meu caderno de notas na mão, podendo, porque já era noite, ver ao longe, lá para os lados de Oskaloosa, a luzinha azul de sempre. Rupert Fowler contou-me então que no dia 14 de dezembro de 1972 — fez questão de precisar a data — tomou emprestado o carro do pai e deixou o bairro de Coralville, onde morava então com a família, e dirigiu-se a uma certa casa da Kirkwood Avenue, na área sul da cidade. Tratava-se da visita anual que fazia, às vésperas do Natal, a Júlia Moses, a médium espírita que o havia curado de uma grave doença no início da adolescência. Mais ou menos pelo meio do caminho, o carro começou a falhar, e Rupert conseguiu, com muito custo, chegar a uma oficina mecânica que ficava nas proximidades. Estava ali há menos de meia hora quando alguém de dentro do escritório gritou: "Tem algum Fowler aí? Rupert Fowler?" Achando naturalmente aquilo muito estranho, Rupert entrou no escritório. "Telefone para você", lhe disseram. Devia ser engano. Como alguém podia saber que Rupert

Fowler estava ali naquele momento? Do outro lado da linha, Linda, a irmã casada de Rupert, estranhou o rumor de vozes e o barulho que vinha da oficina. "Vocês estão com visitas em casa? Eu não reconheci a voz da pessoa que atendeu." Rupert, é claro, ficou confuso, não conseguiu entender o que estava acontecendo. "Linda, você sabe que eu não estou em casa. Você quem ligou para cá. Que brincadeira é essa?" Foi então a vez de Linda surpreender-se: "Não faça piadas, Ruppy; eu acabo de ligar para casa. Logo que atenderam, eu pensei que tivesse errado o número ao fazer a ligação. Nem sei por que resolvi insistir."

Como é comum acontecer em tais casos, mais do que acreditar no fenômeno, difícil mesmo foi aceitá-lo como um fato; muito mais se considerarmos que foi daquela maneira que Rupert Fowler ficou sabendo que Júlia Moses havia falecido ao entardecer, poucas horas antes. Linda havia tomado conhecimento de sua morte casualmente, através de uma amiga.

Terminado o relato, Rupert me pareceu sereno, como se estivesse aliviado por ter cumprido uma importante obrigação. Encontrara afinal alguém interessado na história a ponto de fazer anotações num pequeno caderno. Ele saiu logo em seguida. Não tinha outra história além desta para contar. Não o vi mais. Enquanto nos levantávamos para nos despedir, olhei mais uma vez, incidentalmente, lá para os lados de Oskaloosa. A luzinha azul estava acesa. Claro que não tem nada a ver uma coisa com a outra, mas é muito estranho que bem naquele momento ela tivesse perdido a sua intermitência. É possível até que tenha sido apenas impressão minha, sei lá, mas o que posso dizer é que ficou acesa por um período além do habitual. Foi pouco, coisa de segundos a mais, porém o suficiente para que eu percebesse claramente o fato. Quando Rupert Fowler foi embora, ela já havia voltado ao ritmo de sempre.

Raul, meu caro, mando a você o meu afetuoso abraço sabendo que este é o tipo de história que pode verdadeiramente lhe interessar. Não deixe de me escrever sobre suas impressões. Na próxima, lhe falarei um pouco a respeito deste outro universo — ele também tem coisas muito interessantes —, o universo da vida cotidiana aqui bem no meio deste espaço amplo e mágico que é a pradaria. E, por falar em coisas interessantes, certas pessoas daqui até que têm um refinado sentido voltado para o poético. Na outra ponta desta mesma Dubuque Street, tem uma livraria excelente que se chama *Prairie Lights*. Isto mesmo: *Prairie Lights*. Não é bonito?

Francisco
Iowa City, 21.10.75

ANOTAÇÕES DE DÉDALO

Releio a carta que escrevi há tão pouco tempo, onze meses se tanto, e hoje aquele mundo em que Raul vivia me parece tão diferente, embora no universo visível pouca coisa tenha mudado. Fico pensando onde colocá-la nesta sequência de papéis e de memórias que vou recobrando, uma vez que ela acabou por merecer uma dupla significação: porque era dirigida a Raul, e porque, por uma instrução deixada a Emma Kreisker, o texto acabou voltando postumamente às minhas mãos: um gesto revelador de Raul, que com isto me faz lembrar o que disse uma vez como resposta às minhas repetidas manifestações de impotência diante do projeto de Judas: "Pare de se lamentar. Isso não fica bem em você, de modo algum. Não combina com você." Ele me surpreendera em casa, um pouco antes, numa tarde de sábado, em meio ao trabalho, com esta mesma mesa repleta de papéis e livros espalhados por todo canto, eu não sabendo o que fazer com tudo aquilo. Raul me censurou ainda pela minha desorganização, dizendo que também aquela confusão toda não combinava comigo, e que era um certo gênero displicente o que eu estava fazendo meio inconscientemente. E, sobre minhas recorrentes lamentações, acrescentou algo que naquele momento tinha uma absoluta propriedade: "As histórias literárias na verdade não são feitas; elas existem por antecedência, elas se fazem por si, se tornam inexoráveis e têm que ser escritas. São pequenas desgraças que costumam acontecer com certas pessoas." Fez uma pausa longuíssima, como para avaliar bem o resultado em mim daquilo que dissera, e continuou: "Se você está tão perturbado assim, é porque o romance já existe. O que você deve fazer é parar de lamentar-se, sentar aí para escrever, para dar voz aos seus demônios, e não para se queixar e criar artifícios que o livrem dessa tarefa."

Tento mais uma vez, portanto, dar uma ordem ao caos do passado: às cartas, às anotações, às memórias que elas suscitam, aos registros mais recentes, e constato que não é de modo algum pela cronologia ou por alguma outra ordem evidente que tudo isto deverá encontrar o seu sentido. Li em algum lugar ou devo ter ouvido de alguém que o caos é uma palavra inventada para indicar uma ordem que não se pode compreender. Sendo assim, organizar algo aparentemente confuso poderia ser o mesmo que desfazer a sua ordem secreta e possivelmente mais profunda. Meu amigo Flávio Yzaar disse, com uma propriedade que eu não conseguiria aqui reproduzir, que os arquitetos tendem, por sua própria natureza e por deformação profissional, a estabelecer o controle das cidades, como se fosse cada uma um único edifício, mas o fato é que a mítica torre de Babel, como se sabe, jamais chegou a ser construída. Penso então que a cidade espontânea, como foi o núcleo inicial de Ouriçanga — antes que o doutor Lundstrom refizesse o seu traçado —, é expressão de uma desordem apenas aparente; e sempre me sinto melhor, mais seguro, nessas localidades cujo crescimento confuso teve como base as necessidades naturais das pessoas. Assim, eu sei que não poderia organizar com proveito os fatos de minha memória segundo as leis que conheço; minha memória: essa cidade intrincada, de múltiplos caminhos, inesperados cruzamentos, becos sem saída: este meu labirinto e seus habitantes reais e imaginários. É mais sensato, penso, deixar-me levar por essa voz interior que ora me induz a rever anotações, ora apanhar livros já lidos ou o álbum de Luísa ou as cartas ou o "diário" ou retomar trechos desses mesmos registros, como o que agora apanho, e que escrevi há cerca de seis meses, a propósito de uma outra carta a Raul. Nele falo, entre outras coisas, da paciência que tive certa vez de xerocar os três evangelhos sinóticos, para em seguida recortá-los em colunas e fixá-los em folhas de papel sulfite, fazendo coincidir os acontecimentos, artifício que me levou à cogitação de um fato novo:

"Mateus, além de ser o único evangelista a sustentar ter sido a cupidez o motivo exclusivo do ato de Judas, é também o único a especificar a quantia de trinta moedas, 'salário da traição', segundo ele; e o faz por duas vezes (26:15 e 27:3). Teria Mateus, com isso, pretendido dar uma feição aos fatos de maneira que parecessem estar de acordo com os textos atribuídos a Zacarias? Com efeito, há no livro do profeta o oráculo: 'E eu lhes disse que, se isto fosse bom aos olhos deles, me dessem o meu salário; se não, deixassem. E eles pesaram o meu salário: trinta siclos de prata. E Iavé me disse que lançasse ao fundidor esse preço esplêndido com que fui avaliado por eles. Tomei os trinta siclos de prata e os lancei na Casa de Iavé, para o fundidor' (11:12-13)."

4

ÁLBUM DE RETRATOS

O álbum de Luísa Rovelli tinha uma capa de gosto discutível (claro que não para aquela época e naquele lugar), com uma despropositada paisagem suíça protegida por uma sobrecapa de celuloide. Havia uma montanha ao fundo, um lago, um chalé à beira do lago, sem nada a ver, portanto, com o que vinha dentro. Pode-se dizer que ali estava, em imagens, a história da família, cada foto desvelando um capítulo ou uma sequência de cenas da memória, começando por um retrato de alguém que a minha geração não conheceu, a não ser pelas histórias que dela se contavam; e, claro, também através dessa mesma foto que tanto me impressionava pela sua antiguidade. Lá pelo fim do século passado, *nonna* Giuditta, minha tataravó, concordou, depois de muita insistência dos familiares, em posar para a posteridade: temia, a exemplo de muita gente de seu tempo, o desgaste de sua imagem; tinha receio de que por meio daquele misterioso processo de aprisionamento da realidade lhe fossem abreviados os seus dias. E aquela foi a única exceção que permitiu, abrindo mão, segundo acreditava, daquele brevíssimo momento de sua vida. E teve depois um grande elemento a fundamentar o seu temor ingênuo e primitivo: não tendo tirado outra foto além daquela, pôde morrer em vésperas de completar cem anos. Hoje, quando olhamos a velha imagem tão rica de informações sobre uma época heroica em que se desbravou o sertão do Ibipiú, mais do que a sua imagem ancestral, o que podemos ver são os olhos que, muitos anos antes, haviam testemunhado um tempo em que a península sequer havia sido unificada, estava ainda longe disso, e o senhor da Garfagnana era ainda, embora possa parecer fantasia, a Sua Alteza Real Francisco IV, Duque de Modena, Reggio, Mirandola, Massa, Carrara, Guastalla, Arquiduque da Áustria, Príncipe Real da Hungria e da Boêmia etc., etc., etc., assim, exatamente, com três etecéteras, como constava dos documentos familiares mais antigos. Mais do que a imagem ancestral de Giuditta Curtarello Rovelli, aquela foto representou sempre, para toda a família, um vínculo inestimável com um passado remoto, com os fatos mais antigos que se mantinham guardados em nossa memória coletiva, pois ela havia nascido em meio a um universo que começava a convalescer da grande comoção napoleônica. Ao posar para a foto, Giuditta Rovelli não olhou para a câmera, como era esperado que fizesse, como era comum que se fizesse. Apesar do temor em ser fotografada, ela conseguiu, no momento preciso, ter o semblante sereno de quem observa com condescendência o mundo à sua volta. É um olhar distante o que se vê, dirigido ligeiramente para um ponto acima da câmera (provavelmente uma Globus de fole, com caixa de madeira envernizada). Giuditta Custarello Rovelli sacrificou, segundo lhe deve ter parecido, uma pequena parcela de sua vida apenas para que, muito tempo depois, alguém pudesse empunhar o seu retrato e mostrá-lo e dizer, muitas vezes com uma sensação de perda, com uma certa melancolia: esta era minha mãe ou esta era a minha avó ou esta era a minha bisavó ou esta era *nonna* Giuditta, esta é a foto de "alguém que eu não conheci; só a muito custo ela consentiu em posar para a posteridade; temia o desgaste da própria imagem", o desgaste do tempo a que estava originalmente destinada a viver. Muito tempo depois, eu posso tomar nas mãos o seu retrato, e dizer "esta era *nonna* Giuditta, sobre quem ouvi tantas histórias", e exclamar, comovido: vejo os olhos que viram Sua Alteza Real Francisco IV; vejo os olhos que viram um mundo irremediavelmente extinto.

Três páginas adiante, uma outra foto preciosa: o meu avô se fez fotografar ao lado de Elisa Avigliano e todos os filhos. É uma foto Graziani. Minha mãe ainda não se casara; estava prestes a fazê-lo, e esta é a sua última imagem junto à família reunida, um fato que jamais se repetiria, último testemunho de sua vida naquela casa que deixaria para um futuro de mudanças radicais, nem sempre ou quase nunca felizes, e cujas vicissitudes ela enfrentaria com firmeza e resignação — a grande marca deixada — e uma doçura que talvez não tenhamos testemunhado em mais ninguém. Olho aquela foto e sempre penso: qual o segredo de tamanha paciência, de tanta temperança? Não nos lembraríamos jamais (nós que ainda não havíamos nascido, os seus sete filhos, e que pertencíamos ao incerto futuro daquela foto) de um momento em que tivesse erguido sua voz ou tivesse tido um gesto ligeiramente rude, ou tivesse cometido alguma indelicadeza. Não era dada de modo algum, a esse tipo de manifestação. Foi exemplar na prodigalidade com que amou a família, um sentimento que, por vezes, chegou a tocar os limites da obsessão. E quem não teve privilégio de conviver com uma alma assim dotada poderá imaginar que se trate, sim, de um personagem real, mas depurado de sua imperfeição pela ótica seletiva que o tempo deve ter fornecido aos que estiveram em estreito contato com ela, e que a amaram incondicionalmente. Mas não. Ainda que isto seja raro acontecer, muito mais num universo como aquele, marcado pelas intempéries e pela dureza das relações dos primeiros tempos, o caráter de Luísa Rovelli primou pela integridade, pela serenidade, pela justiça e pela absoluta incapacidade de odiar, o que, em geral, não costuma fazer a grandeza da maioria dos personagens literários que conhecemos, embora ilumine outros personagens, modifique seus destinos. E ela está ali na foto; e, sempre que a vejo, sinto que se distingue das demais figuras, não apenas por uma certa claridade que parece irradiar, mas também por um fato aparentemente comezinho: enquanto os demais olham para a lente, para a eternidade que se estenderia a partir dela, Luísa Rovelli, na iminência de deixar o caro universo de sua família, olha ligeiramente para baixo, aparentando não querer ver o seu futuro, como se pressentisse, com o seu aguçado sexto sentido, o quanto a abateria a desgraça daquela separação. No entanto, dela não se poderia a rigor dizer ter vivido em santidade, uma vez que é certo que não tenha lutado por isso, pois tinha uma natureza em si boa, tendo já recebido assim o seu prêmio; e sei hoje, pelas Escrituras, que a inclinação ou a vocação para o vício é que produzem o prêmio pelo esforço em livrar-se do mal, e permitem, deste modo, que se alcance a verdadeira virtude: "Vale mais um pecador convertido que noventa e nove justos que não precisam de conversão." Como me custou aceitar esta verdade; e ainda me custa, em algumas circunstâncias.

Não se contando as tormentas eventuais, o mundo ali, por essa época, até que era harmônico, e dele tia Otília trazia gratas recordações. Revendo, certa vez, a foto, ela se pôs a discorrer longamente a respeito de certos detalhes, alguns dos quais o processo em preto-e-branco não pôde registrar: estavam de vermelho, ela e minha mãe, e ainda Iolanda, a irmã mais nova, então uma criança de pouco mais de dois anos, que morreria aos sete, de uma crise de apendicite, por faltarem ali então os recursos médicos adequados, uma desgraça contra a qual minha avó clamaria por julgar, e com razão, não merecê-la, expressando-se em altos brados, como se estivesse à beira do desvario, para que todo mundo soubesse da injustiça que se cometera; assim: entregando-se a uma reação natural, fazendo o que qualquer mulher como ela faria em situação semelhante, não obstante fosse tão religiosa e fosse aconselhada em tais casos a resignação, surpreendendo de certo modo os familiares porque até então distinguira-se, mesmo nos momentos mais adversos, pelo comedimento e pela circunspecção. Mas ali, naquela foto, o seu olhar expressa a infundada serenidade de quem não pode prever os infortúnios que virão: olha, pois, confiante para a câmera. Revendo a imagem daquele grupo ainda coeso, tia Otília podia discorrer longamente também a respeito da moda que então grassava entre as mulheres, à qual nem mesmo Ouriçanga ficara imune, um fenômeno que tem naquela foto um eloquente testemunho nos decotes redondos, nas mangas soltas até os cotovelos, o talhe largo dos vestidos terminados pouco além dos joelhos, atados na cintura por faixas de tecido (a de tia Otília, de veludo; a de minha mãe, de cetim, com um enorme laço em seu lado esquerdo), além de outros pequeninos detalhes cuja importância, na foto, continua a crescer à medida que o tempo passa e aquela imagem parece tornar-se um reflexo mais e mais pungente do espírito de uma época: meu tio

Afonso, com cinco anos, se tanto, veste um terninho de corte militar, olha com acanhamento para o fotógrafo e segura uma bola na mão; tio Remo, um pouco mais velho que ele, não se esforça de maneira alguma por esconder ao futuro o seu mau humor, a contrariedade por ter sido colocado num dos extremos da fotografia — sem nenhum destaque, lhe deve ter parecido —, já quase fora do pano de fundo com desenho de colunas ecléticas e parapeitos com balaústres e vasos transbordantes de flores. Foi, segundo tia Otília, bem no tempo em que o meu avô comprou o Chevrolet de seis cilindros, um modelo 1928 popularmente chamado de "Ramona", que marcou o início de uma nova era para a família, sendo a demonstração de que Giovanni Rovelli havia chegado finalmente ao estágio da abastança. Tinha havido o precedente do trole de uma parelha e dois bancos com estofamento de couro, em que meus avós e pessoas da família se acomodavam para a missa do domingo de manhã e as visitas do domingo à tarde, a reboque de duas éguas tordilhas, mantidas apenas para aquele fim. O trole marcou um ciclo que se iniciara com a vinda da família para o Ibipiú, e estava ainda, bem conservado, em estado de novo, quando foi comprada a "Ramona", com raios de madeira nas rodas, lataria azul-cobalto, capota de lona bege e celuloide nas cortinas de enrolar. "Ela foi muito estimada por nós", costumava dizer minha avó, expressando o grande apego que devotava às coisas da casa. Ela chorou quando meu avô resolveu vender o carro, quase vinte anos depois.

Dias antes da entrega do carro ao seu novo proprietário, Elisa Rovelli fez questão de ser fotografada ao lado dele, e esta imagem restou como uma preciosa marca de um tempo que recordamos com uma nostalgia sempre maior. Os nossos velhos carros, que o longo uso e as intempéries acabaram por deteriorar, estavam entre as coisas que aquele universo contraditório parecia ter de melhor. Havia, então, pode-se dizer, um claro componente afetivo entre o homem e a máquina, e assim rever um modelo igual àquele em que andamos há tanto tempo atinge em cheio o nosso incurável saudosismo. E ali está a "Ramona" em mais uma daquelas inestimáveis fotos seis-por-nove do álbum de Luísa. Com todo o friso e cintilância a que tínhamos então direito, ela posou, por assim dizer, junto à minha avó, parecendo, mais que uma querida máquina, uma espécie de animal doméstico, dotado de sentimentos; um animal dócil e resignado.

O apego à "Ramona", no entanto, não impediu que a família amasse o veículo seguinte, um Chevrolet 48, motor em vê, oito cilindros, comprado também novinho em folha. Quase não fazia barulho, tinha rádio, era luxuosamente revestido por dentro, lataria azul-celeste, muito friso, as formas arredondadas e generosas. Um carro possante; enfim, um artigo de superior qualidade, como se dizia. "Quando Vossa Senhoria fizer o primeiro passeio no maravilhoso, novo e diferente Chevrolet 'Fleet Master' — dizia a propaganda —, será preciso dispor de muito tempo, porque uma hora de viagem neste elegante e belo automóvel parecerá apenas um breve momento." Pura expressão da verdade. No dia em que o trouxeram da Agência Saccomanni, de Três Divisas, não foi direto para a fazenda. Ficou estacionado cerca de uma hora na rua Engenheiro Lundstrom, num local estratégico, para que as pessoas pudessem vê-lo e tocá-lo: a maravilha das maravilhas.

A estima pelo novo automóvel jamais se compararia, é claro, à que a "Ramona" desfrutara, mas todos acabaram gostando muito dele. Era mesmo um carro excelente, confortável e seguro, podendo-se ir muito mais longe com ele, e a muito mais lugares, embora não se fosse. Quanto ao tratamento, foi o mesmo que havia recebido a "Ramona". Permaneceu o tempo todo tão cintilante como quando havia saído da Agência Saccomanni, sem que tivesse sido trocada uma única peça, com o estofamento intacto, sem arranhões na lataria; em estado de novo.

O meu avô morreu lá pelos tempos em que estavam construindo Brasília, sem compreender por que se jogava tanto dinheiro fora erguendo uma cidade num deserto, bem no meio de uma enorme extensão de terra fraca que não servia, a rigor, para nenhuma cultura. Era com desalento, movimentando negativamente a cabeça, que lia todos os dias as notícias a esse respeito. Giovanni Rovelli admirava-se com o apoio quase irrestrito dado por senadores e deputados àquele desvario, sem ninguém que o combatesse com verdadeira energia. Havia então poucas vozes discordantes, praticamente nenhuma oposição ao que classificava de loucura sem retorno. E o que mais o incomodava era a absoluta falta de espírito prático que via em toda aquela movimentação ufanista. Reconhecia naquele presidente pelo menos um talento: "Fala muito bem." O que mais lhe causava pasmo era a falta de razões práticas para tanto entusiasmo, para tanto dispêndio de dinheiro. Acreditava apenas na espontaneidade dos movimentos migratórios, à semelhança do que ocorrera ali mesmo, durante a ocupação do Ibipiú, para a qual não houve a necessidade de ninguém com a pretensão de organizar coletivamente o destino das pessoas. Tinham vindo para ali, uma família após outra, unicamente porque as terras eram ainda baratas e excelentes para o cultivo do café, acrescentando-se o fato de que, com a chegada dos trilhos da Companhia Melhoramentos do Ibipiú, se teria para todo o sempre a garantia de escoamento da produção, fizesse sol, fizesse chuva. Giovanni Rovelli não podia compreender que se construísse uma nova capital sem o arcabouço de um transporte que, desde a Itália, ele sempre tivera como eficiente e praticamente infalível. Quanto à decantada expressão "cinquenta anos em cinco", *slogan* da grande campanha que se fazia no sentido de se convencer a nação da necessidade daquela obra e de tudo o mais que se fazia paralelamente às pressas, não importando de forma alguma o quanto isso custasse, observava que era a primeira vez que ouvia tal disparate, essa ousadia de se querer mudar as escalas do tempo. Por essa época, João Fabrício, meu irmão, e Gianni, um rapaz italiano de Três Divisas, recém-imigrado, que namorava minha irmã Maria Otília, pegaram carona num caminhão que ia para Brasília com uma carga de cimento. Eram ambos entusiastas daquela epopeia que, à semelhança de meu avô, eu não conseguia ver com bons olhos; não porque eu tivesse uma opinião formada sobre o **assunto**, mas porque costumava levar em conta o bom senso característico do velho Nanni. Levaram cerca de três semanas para ir e voltar ao Planalto, enfrentando as estradas primitivas de então, correndo os riscos naturais de um território em desbravamento, e viram os esqueletos de concreto e aço do que seriam pouco mais tarde os palácios da cidade, e testemunharam muitas outras coisas: o roubo, a prostituição, a miséria pelo caminho, e a prodigalidade com que se despendia o dinheiro necessário para que fosse possível mudar as escalas do tempo, para tentar mudar o imutável, segundo a concepção de meu avô. Trouxeram um testemunho pessoal eloquente que não surpreendeu Giovanni Rovelli, e a informação mais trivial de que, pela carga de cimento, um pequenino grão naquele areal infindável de corrupção, o dono do caminhão em que viajaram havia recebido cerca de vinte vezes o valor que normalmente, e já com um lucro considerável, se deveria pagar pela carga, o que foi suficiente, soube-se depois, para que o beneficiado sobrevivesse todo um ano em Três Divisas sem ter precisado despender suas energias com nenhum outro tipo de trabalho.

Giovanni Rovelli morreu antes que pudesse dar-se conta da pompa com que se inaugurou a nova capital, como se dali em diante ela fosse centralizar os destinos de um enorme reino no período de seu esplendor. Meu avô amou o Brasil, diferentemente de Elisa Avigliano, que jamais se conformou com o fato de estar condenada a viver o restante de seus dias distante de Lendinara. Ele procurou, desde o início, adaptar-se ao seu novo espaço o melhor que pôde, procurando adotá-lo sinceramente como sua nova pátria. Nunca ninguém o surpreendeu fazendo comparações entre os dois países ou enumerando as vantagens e desvantagens de se viver em um ou em outro, como era comum que se fizesse. Não, absolutamente. Também nunca disse nada que desabonasse a sua vida anterior. Ocorria apenas que, quando falava da Itália, falava com uma serena melancolia, com uma certa carga nostálgica, mas fazendo sempre crer que isso era apenas porque passara ali a sua infância e o início da adolescência, não se tratando, suas rememorações, de uma queixa senão a respeito de um passado que transcorrera como um transe, um breve momento de esplendor que se fora e que ele mal sentira ter desfrutado. A idade não havia então mudado, mas pelo menos adoçado de certa forma a sua autoridade. Comprazia-se em rememorar aquilo que minha avó chamava de águas passadas, o que antes ele jamais fizera, e sorria, condescendente consigo próprio, ao lembrar-se de algum erro do passado, algum bom negócio que por algum erro de avaliação havia deixado de fazer. O certo é que enfrentou a realidade de sua nova terra da melhor maneira possível, com senso prático, sem queixas, procurando ver sempre o que havia de positivo naquela nova situação que lhe pareceu, desde o início, irreversível. Claro que o seu sucesso como agricultor o levaria a valorizar sempre mais e mais a sua pátria de adoção, mas, não importando a razão essencial de seus sentimentos, o que é inegável é que acabou por amar francamente o Brasil, fazendo questão, durante a Segunda Guerra Mundial, de dar entrada ao seu pedido de naturalização. A cidadania brasileira só lhe foi concedida, como costumava acontecer, depois de uma obstinada luta para vencer os trâmites burocráticos tão próprios deste seu novo país, mas em momento algum ele desanimou ou chegou a criticar a maneira abusiva com que eram comumente tratadas as pessoas com pretensões semelhantes. Cerca de cinco anos depois, a perseverança com que enfrentara o descaso e a inoperância das autoridades foi premiada com um texto de aproximadamente dez linhas que lhe causaria grande emoção. Num envelope assinalado com as armas da República, chegou afinal às suas mãos o despacho dado conta de que o Ministro da Justiça e Negócios Interiores, em nome do Presidente da República, resolvera (quanta honra, ainda que se tratasse de praxe), em conformidade com as leis vigentes, conceder-lhe todos os direitos outorgados às pessoas nascidas no país. Por isso, quando se começou a construir a nova capital, foi com direitos de cidadão brasileiro, orgulhosamente, que ele pôde criticar aquilo que julgava no mínimo um disparate. Mas não chegou a ter o desgosto de ver nas páginas dos jornais e revistas de que maneira o país foi novamente sangrado em seus recursos financeiros; daquela vez, para que se procedesse à inauguração do que, com justiça, se alardeava como a maior realização do Brasil em todos os tempos. Morreu alguns meses antes que isso acontecesse, tendo a sua vida como brasileiro sido, assim, tão breve.

A velha Elisa viveu uma vida muito retirada depois disso. Como o Chevrolet lhe trouxesse recordações, ordenou que fosse recolhido à garagem por algum tempo. "É só até terminar o luto", disse. O luto durou dois anos. Num inverno rigoroso, com as geadas queimando impiedosamente os cafezais, ela foi tomada por uma aura sombria. Morreu antes de terminar a estação. O automóvel ficou recolhido mesmo depois disso. Elisa Avigliano havia recusado inúmeras ofertas de compradores. De gente de Ouriçanga, e mesmo de pessoas de fora. Até que desistiram de comprar o veículo. Não fazia nem três meses que ela morrera, um desconhecido, pessoa maneirosa, pretensamente elegante e educada, fez uma oferta, a seu ver, por certo, irrecusável. O carro estava então sob a custódia de tia Otília, direito inerente à sua permanência na casa. Ela procurou ser gentil com o forasteiro. Serviu-lhe café passado na hora, com as infalíveis brevidades de polvilho, mas foi incisiva, definitiva: "É objeto de estimação. Não está a venda." Não se tocou mais no assunto; pelo menos, nos dez anos seguintes, pois tia Otília manteria o carro no mesmo lugar, intocado, até mudar-se para a cidade, quando, por sua ordem, ele foi rebocado e instalado sob um telheiro, no quintal da nova casa. E ali permanece, em seu silêncio, como um animal ainda resignado e dócil.

Prairie Lights
O diário

Qual o verdadeiro propósito de tantas cartas escritas a Raul? Não sei em que parte deste inventário, deste diálogo comigo mesmo, disto que eu chamo de diário, surgiu-me a pergunta feita por uma certa voz interior, a voz de um fragmento meu, espécie de entidade que tentei depois exorcizar, porque a imaginei dispensável. E respondi: na maioria das vezes, eu lhe escrevi a partir da perspectiva daquilo que julgava que o pudesse interessar: no geral, o que poderia chamar de crônica de mundos paralelos, que, coincidentemente, estava interessando também a mim naquele momento. E estou quase seguro de que igualmente as cartas que escrevi a Adriana, no verão de 1975, foram, em grande parte, escritas com base nessa perspectiva, e que, da mesma forma que ocorreu com relação a Raul, deve ter-se tratado muito mais de minha visão particular a respeito de seus interesses do que da realidade em si, daquilo que podia de fato motivá-la, ou, quem sabe?, daquilo que eu gostaria que fosse de seu interesse. Mas acontece que não estou absolutamente certo disso. Estou seguro apenas quanto ao fato de a perspectiva ter sido a mesma com relação a ambos. No fundo, deve ter-se tratado de um subterfúgio em busca do interlocutor de que necessitava naquele momento, com alguma desesperação, se esta palavra não é excessiva. Daí possivelmente o laconismo de Raul, maior que o habitual; daí, também, talvez, a razão das poucas respostas que obtive de Adriana. Há, a propósito, pelo menos uma acusação de certa gravidade formulada por Raul em uma mensagem a Adriana, escrita naquele mesmo verão, e cuja leitura ela só me franquearia depois da morte dele: "Santo Deus, escreve como que para si mesmo", dizia ele naquilo que não chegava a ser propriamente uma carta, mas um bilhete que não resisto à tentação de reproduzir, de apropriar-me, ainda que não esteja certo da legitimidade disto, por tratar-se de uma confissão feita exclusivamente a Adriana: "Uma última indiscrição, meu pássaro: quem é Maximiliano?" [Quanto a mim, já digo que não cheguei a perguntar a ela de quem se tratava, e isto porque pensei desde logo (desejei que tivesse sido assim, talvez) que se tratasse de nosso velho conhecido Max Demian, da parábola de Hesse, por quem minha prima se apaixonara como se fosse um ser vivo e que citava como se fosse um amigo; mas já não tenho certeza se era mesmo esse Max, e temo agora, nem sei por que, indagá-la a esse respeito.] "Quem é Maximiliano?, o nome garatujado tantas vezes no velho caderno colegial que você não costuma mostrar a ninguém, e que deixou sobre a escrivaninha. Um novo namorado? Já lhe digo que nada comentarei com Francisco a esse respeito, se é este o seu desejo; não se preocupe; e isto se é que ele haverá de interessar-se neste momento por tal informação, ou por qualquer outra coisa que não seja aquele Judas de que se serve para justificar o injustificável. Santo Deus, escreve cartas como se escrevesse para si mesmo, e crê firmemente que é a mim que as escreve. Na última, falava de uma luz azulada, ou melhor, não falava de luz alguma, mas certamente de uma fantasia; tratava-se de uma história de fantasmas, algo assim, em que, sem que ele soubesse, o mais importante talvez fosse o pano de fundo: a sua solidão tão evidente, uma desoladora visão das pradarias e de um ponto azul inatingível, e sua indecifrável mensagem noturna." Pensando melhor, é mais provável que eu não estivesse em busca a rigor do interlocutor ideal, mas tentando dialogar comigo mesmo, com minhas vozes interiores, procurando, necessitando enfrentar-me, afinal; e, sendo assim, também as cartas a Adriana haveriam de refletir algo que acontecera comigo naquele período, num momento em que começava a ter para mim os primeiros sinais de que Judas não passava mesmo de um produto de consumo próprio, mais valioso para um processo autoterapêutico do que para uma história propriamente dita. "Escreva. Escreva, e verá como chegará a ver-se por inteiro." As palavras do doutor S. a Zeno Cosini continuavam a ressoar em mim sempre que pensava em tal assunto. Desenvolvi então a ideia de que não conseguiria levar adiante nenhum outro projeto de trabalho sem antes fazer uma reavaliação do que ocorrera comigo até aquele momento culminante em que Raul havia posto termo à sua vida. Iniciei, portanto, esta tarefa de exumação, e assim me lembrei inevitavelmente das cartas que escrevera a Adriana, pensando naquilo que elas poderiam conter de revelador de meu estado emocional no período passado em Iowa. Mas, infortunadamente, não pude recuperá-las. Adriana não se preocupara em guardá-las ou as havia guardado em algum lugar que absolutamente ignorava. Não tinha por hábito dar alguma ordem aos seus papéis, e é claro que a pouca importância dispensada ao que eu lhe escrevera com tanto empenho chegou a me causar um certo ressentimento, embora nada lhe tenha dito. Recordo-me, pelo menos, do assunto de uma das cartas: era a respeito de um setor da mitologia de nossa adolescência; isto porque a cinemateca de Iowa City, que era ligada à universidade, estava levando uma grande retrospectiva dos dramalhões americanos dos anos cinquenta, por um interesse mais sociológico, imagino, do que por qualquer outro motivo. Eram os mesmos filmes que eu vira na adolescência, num período de que me lembro com um agudo sentimento de nostalgia, quando Ouriçanga, estagnada, viu-se consigo mesma, isolada, com o seu destino em perigo, vitimada por aquela que se teria como a maior crise de todos os tempos, marcando-se então a vida ali pela necessidade de se exaltar o restante das fibras pessoais e pelo encanto das exacerbações, pelas paixões incontroladas. Foi o tempo em que Maria Elisa leu o *Amar Foi Minha Ruína* e escreveu suas cartas de amor, e também aquele em que Maria Otília cultivou o seu canteiro de prímulas e pervincas, e se apaixonou por Gianni, com quem se casaria pouco tempo depois. Minhas irmãs deram então o tom dramático da vida em família: sensibilizadas pelas relações amorosas, nunca riram ou choraram com tanta facilidade, ouvindo as novelas radiofônicas ou assistindo às histórias de desencontros que Hollywood produzia em grande quantidade para o sofrimento e as alegrias momentâneas de moças como elas: choravam no cinema — chegavam em casa com os lenços molhados entre as mãos, os olhos vermelhos — e choravam eventualmente nos dias seguintes, lembrando-se, lance por lance, das desgraças testemunhadas, para contá-las à minha mãe. Pude rever algumas dessas tragédias durante a retrospectiva, até mesmo uma a que eu assistira em reprise por duas vezes, e que se chamava *Tudo o que o Céu Permite*. Me lembrava de quase toda a história. Era sobre um sujeito bonito, atlético, muito alto, muito jovem, sobriamente elegante, inteligente, que era jardineiro por vocação, um papel interpretado por Rock Hudson, que se apaixonava por Jane Wyman, a bela viúva, um tanto madura, de um médico de grande prestígio; mas os filhos da viúva, um rapaz e uma moça, se opunham obstinadamente ao casamento, porque ela, a mãe, era muito mais velha que o jardineiro, e diziam que seria indigno um casamento assim, e chegavam até mesmo a insinuar que o jardineiro podia ser na verdade um oportunista, o que dava origem a uma situação constrangedora, com todo mundo sofrendo muito. Porque revi aquele filme é que tentei nos dias seguintes remexer as anotações que levara na viagem, as mesmas que eu só retomaria com alguma eficiência depois de voltar para casa. Mas ali, sentado naquele posto de observação do oitavo andar do *Mayflower*, a escrivaninha ao lado da janela, eu podendo olhar, de quando em quando, para aquele espaço mágico da pradaria, tentei pelo menos rever o que teria representado para nós aquela insana sucessão de fantasias que aparentemente nada tinha a ver com Ouriçanga, mas que nos atingia de uma forma pungente; muito mais, é claro, os seus produtos mais trágicos. Revendo o velho filme de Rock Hudson, dei-me conta afinal de que ele não havia sido um grande ator, mas havia desenvolvido um estilo próprio, chegando a brilhar no papel do hipocondríaco de *Não me Mandem Flores*, e pôde assim transformar-se num daqueles símbolos engendrados para assolar a nossa adolescência. E falo dele mais especificamente porque vi ainda outros filmes seus na retrospectiva e ele me pareceu estar fazendo sempre o mesmo papel: um personagem que o verdadeiro Roy Scherer Jr., de Winnetka, Illinois, deve ter assumido para desfazer-se, é possível, mais que de um nome inadequado à vida artística, de um passado indesejável que queria a todo custo esquecer. Foi o que fiquei pensando quando li a biografia dele no folheto da programação e dei-me conta de sua infância infeliz e fiquei pensando se não daria uma boa história esse assunto de personalidades superpostas, de personagens desempenhados na vida real. Lembro-me de certos atores e das figuras que representaram, e só posso concluir que, embora a passagem daqueles seres da fantasia pelas telas tenha sido rápida, assim como um breve transe, eles nos deixaram algumas centelhas de seu brilho pessoal, ou dos personagens que haviam decidido encarnar no mundo real para o restante de suas vidas. Roy Scherer Jr., de Winnetka, Illinois, não esteve entre os melhores atores que pudemos então conhecer, mas soube criar para si uma marca inconfundível, um nome talvez melhor, uma vida mais aceitável para Rock Hudson, o seu personagem na própria vida, este estranho paradoxo, alguém incorruptível, leal e honesto, dotado de uma cativante perplexidade, um tanto tímido, sempre muito asseado, imaculadamente limpo de corpo e alma, e cujos antecedentes pouco conhecíamos; nem precisava: via-se logo que era um excelente rapaz, digno de toda confiança.

É quase como se eles tivessem passado por Ouriçanga. Eles nos privilegiaram com momentos inesquecíveis que parecem ter feito parte de nossa própria vida. Sim, nos privilegiaram. De que outra maneira poderia ter chegado até nós o eco de certas palavras de Thornton Wilder?: a fala de uma peça sua que eu só leria muitos anos mais tarde; como poderíamos ter deixado de nos identificar com tais palavras, ao serem pronunciadas por uma atriz chamada Martha Scott, assumindo o espectro de Emily Webb, em *Nossa Cidade*; a Emily a quem é concedida a graça de retornar por um dia à vida e rever sua casa e sua família provinciana, a vida simples mas aprazível que continuavam a viver; como esquecê-la no exato momento em que aquele dia termina e ela tem que deixar de novo o caro universo doméstico, tendo reconhecido afinal as virtudes daquela vida anônima? Como esquecê-la ao referir-se a uma cidade e a uma família tão parecida, no fundo, com a nossa?: "Adeus, adeus mundo, Grover's Corners, mamãe e papai. Adeus ao tique-taque dos relógios e aos girassóis de mamãe. E à comida e ao café. E às roupas passadas a ferro e aos banhos quentes e ao dormir e acordar. Oh, terra, és maravilhosa demais para alguém te compreender. Pode alguma criatura humana entender a vida enquanto vive, minuto por minuto?"

O brilho de Hollywood, no entanto, não foi suficiente para seduzir a geração dos imigrantes nem a primeira geração nascida aqui, a geração de meus pais. O verdadeiro entusiasmo familiar continuou sendo devotado às películas italianas que eram eventualmente exibidas; entre elas, os musicais de Gino Bechi, e a série estrelada por Yvonne Sanson e Amedeo Nazzari. Foram estes os únicos espetáculos que fizeram com que minha avó Elisa se movesse de seu reino nos últimos anos de sua vida, e isto para ter o prazer de sofrer por alguns momentos com os desencontros e as desgraças generalizadas a que Yvonne Sanson era infalivelmente submetida, tendo como causa básica, quase sempre (pelo que me lembro, ao menos), a sua paixão irrefreável e proibida pelo senhor Nazzari, invariavelmente casado e bem-posto na vida. Tais desventuras eram, no geral, agravadas pela presença, naquelas histórias, de um repulsivo cidadão protagonizado por Folco Lulli. Como o odiamos. Anos depois, haveríamos de ter direito a alguma distensão, uma vez que o fim desse período acabaria marcado pelas figuras controvertidas e cativantes de Dom Camilo e do prefeito Peppone.

O fechamento do Cine Polytheama, em cuja fachada se conservara sempre a grafia original, tão complicada para mim, foi o grande sinal da gravidade daquela crise. Foi como se mais uma janela para o mundo se fechasse, uma possibilidade a menos de se sonhar. Por esse tempo, meus irmãos mais velhos já estavam casados. Benito e Agostinho haviam ficado ali mesmo na cidade, sendo que as moças eram também de Ouriçanga. Ambos já tinham filhos. Daniel, que se casara com uma moça de Três Divisas, ficara, atendendo a um apelo de meu pai, trabalhando com ele, e fora morar no quinto de terras que minha mãe havia recebido de herança. Maria Otília e Gianni moravam em Três Divisas, e Fabrício estava prestes a ir estudar geologia em Ouro Preto, e brilhava como o melhor aluno de matemática em sua classe do Científico. Só Maria Elisa é que fora, em prantos, para bem longe, para uma cidade nascente da Noroeste. Casara-se com aquele rapaz que conhecera numa quermesse e que morava numa cidade próxima cujas luzes podiam ser vistas de Ouriçanga. Ela deixou nossa casa externando vivamente o seu desconsolo, levando o enxoval prestimosamente preparado para aquele que deveria ter sido o momento mais feliz de sua vida, como proclamara tantas vezes em suas cartas exaltadas, como se estivesse sendo consumida por uma paixão devastadora, procurando talvez deliberadamente assemelhar-se às heroínas de tantas novelas de rádio e tantas fitas de cinema. Havia levado consigo, numa caixa de papelão, todas as cartas que recebera durante os dois anos de namoro e noivado, às quais juntaria depois as cartas que ela mesma havia escrito, intercalando umas às outras, que passaram assim a se constituir no grande romance de sua vida. Mas aquele que sonhara como o capítulo final de sua história de amor era apenas um capítulo intermediário, pois a partir dali, diferentemente do que havia imaginado, se iniciaria uma nova etapa de aspirações e de ansiedade a respeito de uma possível maneira de retornar a Ouriçanga ou pelo menos de viver mais próxima da cidade, uma vez que sentia muita falta de tudo e de todos: da nossa casa, da penteadeira sobre a qual dispusera sua coleção de bibelôs, de nosso quintal e de suas árvores frutíferas, de Tejo, nosso cachorro fox paulistinha, da família toda, e, claro, em particular, do primeiro filho de Benito, nascido dois anos antes, o primeiro neto, uma espécie de príncipe, parecia, um delfim que crescia junto à família; e sentia falta, desesperadamente, de minha mãe, como numa sequência dramática daquele romance iniciado com suas cartas de amor, e que continuava a ter expressão nas candentes cartas enviadas a Luísa Rovelli, em que seguiu dando vazão ao seu espírito eternamente insatisfeito, à sua inconformação, sua marca de antes, quando sonhara deixar de vez Ouriçanga em busca de novos horizontes, a sua marca de sempre.

A Maria Otília, o destino parecia ter reservado uma carga mais leve, além do que, dotada de um espírito mais realista, não se havia entregado a nenhum devaneio. Ela sempre conseguiu ater-se melhor que Maria Elisa aos fatos concretos, e ver de uma maneira mais clara o sentido prático das coisas. O seu lado poético, se seria justo usar no seu caso esta palavra, ela o havia expressado na feitura das inúmeras peças de seu enxoval, enriquecendo-as minuciosamente de complexos bordados, de crivos e de guarnições de crochê, num processo longo e meticuloso de espera, até se casar com Gianni e ir morar em Três Divisas, tão próxima dali, tendo o privilégio assim de rever a casa e a família quase todos os fins de semana. Depois, eles se mudariam para mais longe, mas nem assim Maria Otília daria mostras de alguma insatisfação. Resignada, parecia, podia se dizer que fora sempre o oposto de Maria Elisa. Com o seu casamento, as pervincas e as prímulas que naqueles últimos tempos ela havia cultivado com desvelo acabaram por perecer, um dado melancólico que a mim me mostrou de uma forma eloquente que os tempos mudavam irreversivelmente, e talvez para pior, diante do fato de que nos dispersávamos, nós que nos havíamos amado tanto, nós que havíamos sido felizes, possivelmente, sem que disso nos tivéssemos dado conta. E, voltando à inconformação de Maria Elisa, suas cartas a minha mãe acabaram por se tornar, de certa forma, uma prova de que os sonhos e sentimentos humanos pareciam, no fundo, ser exatamente os mesmos, não importando quando nem onde as pessoas vivessem. Dizendo o que dizia, da maneira como dizia, lamentando-se da perda de uma espécie de estado de graça que era aquele de viver ao lado de pais e mães e irmãos e irmãs numa casa boa, ordenada, confortável e limpa, Maria Elisa pareceu então estar experimentando o mesmo sentimento de desamparo da infortunada Emily Webb, em *Nossa Cidade*. Tendo perdido, pois, a graça de viver ali, acabou por dar-se conta daquilo que o nosso universo tivera de melhor, apesar das adversidades; um mundo bom e justo como lhe devia parecer, mas por demais contraditório para ser compreendido facilmente. Era como se também ela clamasse: "Oh, terra, és maravilhosa. Pode alguma criatura humana compreender a vida enquanto vive?"

Maria Otília cultivou o seu canteiro de flores no quintal durante um período de pouco mais de um ano, mas a impressão que ficou foi a de um tempo muito maior, parecendo às vezes que o canteiro sempre estivera ali. Sempre, como deve ser entendida a palavra sempre em toda a sua plenitude; este ímpeto que tenho de ser grandiloquente quando falo desse fato, dessa nota colorida que minha irmã colocou em nossas vidas, esse evento que, na ordem das coisas, poderia ser classificado de banal, mas que restou como um símbolo, com os seus dois lados, como acontece com todo símbolo: com seu lado evidente e com seu sentido secreto destinado a que só a nossa alma possa assimilá-lo; e esta parte, como explicá-la? Sim, Maria Otília ocupara aquele pedaço de quintal com relativa brevidade, mas ele acabou definitivamente marcado, para quem o olhasse com mais atenção: ali haviam estado as pervincas brancas e as prímulas rosas e amarelas de minha irmã, que floresceram abundantemente, único dado supérfluo, se é justo dizer isto, em nossa data de terra repleta de árvores frutíferas. Quando ela se casou, o canteiro era ainda um exuberante testemunho de sua dedicação. Depois disso, minha mãe dispensou um certo cuidado àquelas plantas, mas não a mesma atenção que haviam merecido antes, e isto com o pesar de não poder fazer melhor do que fazia, por absoluta falta de tempo: o casamento de minhas irmãs havia resultado para ela numa enorme sobrecarga de trabalho, aliviada apenas em parte por uma empregada doméstica contratada logo depois. As pervincas e as prímulas definharam, minguaram e desapareceram em questão de meses. Ficaram apenas os tijolos semienterrados que haviam guarnecido os canteiros. Minha mãe lamentava a ausência de minha irmã sempre que olhava naquela direção; e lamentava também a falta de Maria Elisa sempre que recebia dela alguma carta. Lisetta, a filha mais nova de tia Otília, já se havia casado também, e também tia Otília lamentava frequentemente sua ausência. Nesse tempo, eu já estava estudando no Colégio Agostiniano, e minha mãe devia deplorar o fato de eu ter precisado sair de casa para estudar, por não haver ali escola além do primário, comprometendo assim aquele meu presente em nome de um futuro de aspirações e incertezas. Foi, pois, um tempo pleno de lamentações. Depois da morte de Raul, quando eu e Adriana fomos levados, inexoravelmente, a passar a limpo o nosso passado, tivemos ocasião de lembrar, com minúcias, aquele período de separações em que a solidão em nossas casas aumentou e adquiriu para minha mãe aspectos de gravidade. Também eu e minha prima lamentaríamos mais tarde, em nossas rememorações, a perda daquela espécie de paraíso familiar, com sua aparente harmonia, esquecendo-nos providencialmente do que pudesse ter tido de negativo, lastimando-nos por não termos compreendido aquela parte de nossa vida enquanto a vivíamos. Nas férias escolares, era comum eu surpreender minha mãe e tia Otília (elas se viam, pelo menos, duas vezes por semana; uma retribuindo a visita da outra) falando inesgotavelmente das virtudes de suas filhas e de seus genros, só das virtudes, queixando-se por estarem afastados, procurando — tia Otília mais que minha mãe — aparentar uma resignação que estava claro que não existia, repetindo, de quando em quando, o-que-se-há-de-fazer, a-vida-é-assim, Deus-sabe-o-que-faz, à maneira de verdades transcendentais, como se fossem chaves que explicassem os acontecimentos inaceitáveis.

O FIO DE ARIADNE

"Nada acontece por acaso." Foi algo assim, um lugar-comum como este que Adriana pronunciou naquela tarde, brandindo a carta astrológica de Raul Kreisker feita cerca de um mês depois de sua morte por uma certa Madame Ivette, um nome talvez mais próprio para cartomante que para estudiosa dos astros, e que nunca cheguei a conhecer, mas que, segundo o testemunho de Adriana Elisa, era uma autoridade muito respeitada em sua atividade. Pois essa mesma Madame Ivette afirmava, me disse Adriana, que a astrologia era uma ciência-arte, assim mesmo, me lembro bem, uma ciência-arte destinada a estudar a sintonia existente entre o homem e o universo cósmico. E, para salientar a honestidade com que Madame Ivette tratava do assunto, minha prima proclamou que ela não era, em absoluto, dogmática, mas sensivelmente aberta aos fenômenos, e sempre fazia questão de deixar claro que os astros indicavam tendências, mas não as determinavam. O livre-arbítrio e o esforço pessoal podiam muito bem mudar o rumo dos acontecimentos. "Os astros inclinam, mas não determinam." Era esta, com efeito, a frase que a astróloga usara para iniciar a carta astrológica de Raul, explicando que aquele horóscopo havia sido elaborado em função da posição do Sol, da Lua, de Mercúrio e Vênus, no momento e local exatos do nascimento dele. O ascendente havia sido também analisado, por se tratar da "base da personalidade".

* * *

Havia ali detalhes que não correspondiam à realidade, mas havia grandes coincidências. Claro que a transformação e a renovação não eram, de modo algum, marcas de Raul Kreisker, pelo menos daquele Raul que se dava a conhecer aos que o cercavam. Ele cultivava hábitos pessoais arraigados, um apego obsessivo às próprias coisas; não necessariamente aos bens de grande valor, mas aos seus pequenos objetos, aos seus livros, aos seus troféus, às suas ideias, à sua casa, ao seu canto, àquela espécie de santuário onde tão poucas pessoas entravam, nem mesmo a empregada que Emma Kreisker tinha a seu serviço. Cuidava ele mesmo da limpeza periódica do quarto, tarefa que desempenhava com um rigor raro para a nossa idade. Jamais fez alguma modificação na disposição dos móveis e dos objetos. Mesmo as mais insignificantes mudanças lhe teriam custado um enorme esforço de adaptação. Talvez almejasse um universo de leis definidas às últimas consequências e imutáveis, dias tediosamente iguais e lentos, o tempo fluindo perceptivelmente, ainda que procurasse demonstrar que cultivava o paradoxo e o contrassenso (ou será que sou eu que estou sendo levado a vê-lo deste modo, agora que tudo se consumou, construindo artificiosamente para ele — para colocar sob sua responsabilidade — as contradições e as ambiguidades, porque necessitei que ele tivesse sido assim).

Madame Ivette acertou, no entanto, ao revelar que ele estava, contraditoriamente, entre as pessoas que tendiam a acreditar com mais facilidade na reencarnação, nas dimensões desconhecidas, na vida extraterrestre, coisas assim, crenças contra as quais ele lutou, ou pareceu ter lutado o tempo todo. E foi por isso, justamente, que eu me lembrei — enquanto Adriana continuava a ler o texto em voz alta — das férias de julho (devíamos estar no primeiro ano do Clássico) em que Raul apareceu com aquela antologia de absurdos chamada *Crônica de Mundos Paralelos*, de um sujeito chamado Guy Tarade, que nem ele mesmo sabia direito quem era. O livro poderia até ser fascinante, se bem escrito e se fosse encarado como uma obra de ficção. De qualquer maneira,

Raul tinha uma intuição muito aguda, e conseguia tirar, mesmo de trabalhos daquele tipo (destinado, ao que parecia, fundamentalmente, a um fim comercial), tudo o que necessitava para as suas divagações, atendo-se sempre àquilo que imaginava estar contido nas entrelinhas daqueles relatos prodigiosos. Ele estava então vivamente interessado em tudo o que se relacionasse com a perpetuação da memória. E num trecho qualquer do livro de Tarade ele encontrou algo que lhe pareceu precioso sobre as experiências que um neurofisiologista canadense chamado Wilder Penfield estava fazendo para provar a existência da memória absoluta. O fato, a ser verdadeiro, a ter-se passado tal como estava relatado no livro, devia ter sido fascinante. Um paciente fora submetido a estímulos cerebrais através de microeletrodos, o que lhe havia causado um tipo de alucinação, sem que ele tivesse, no entanto, perdido plenamente a consciência. "Sei que estou muitos anos recuado no tempo", ele começou a dizer. "Estou no metrô em movimento, estou sentado, e diante de mim há alguém lendo um jornal. Consigo ler a manchete. É algo que já se passou comigo uma outra vez. É a segunda vez que me encontro na mesma situação." O doutor Penfield pediu-lhe então que detalhasse mais o que via, e o paciente leu, sem vacilação, a manchete e descreveu a foto de um acidente ferroviário acontecido trinta anos antes.

Experiências como esta haviam levado Penfield à conclusão de que tudo o que a memória grava, grava para sempre, nos mínimos detalhes. Dependendo de estímulos adequados, seria possível reaver-se a lembrança integral do passado, sem escapar nada, como acontecera com aquele Funes, de Borges, que "não recordava somente cada folha de cada árvore", mas também do lugar e da situação em que as observara, em toda a sua plenitude. Anos depois, por um meio estranho, inesperado, eu teria razões de sobra para crer em tal possibilidade; e foi através de um vidente chamado Endríade Piero Carlisi, que conheci por insistência de Adriana. O professor Carlisi não usava microeletrodos, é claro. Ele não era um cientista. A recuperação da memória, neste caso, pressupunha um aparato de outra ordem.

O Evangelho de Francisco
O diário

Quando fizemos a releitura dos evangelhos, em 1962, eu, imerso ainda em minha credulidade, continuava a não ter nenhuma ideia sobre o possível sentido oculto daqueles textos; não aprendera sequer, ou não me atrevera, a compará-los em busca de incoerências. Mas, ao fim daquele exercício a que nos propusemos, a frase de Steiner, ainda que em si mesma nada me tivesse ensinado — era mais uma sentença de retórica que um ensinamento —, teve a virtude de estremecer-me. Devia haver nos chamados textos sagrados muito mais mistério do que eu imaginara, e que minhas leituras arrebatadas não me haviam permitido vislumbrar. Eu aprendera, havia muito tempo, que aqueles livros só podiam ser lidos em meio à exaltação ou beatificamente, à maneira de Luísa Rovelli, uma postura que, a continuar indefinidamente, acabaria me levando, talvez, ao esgotamento de minha fé; do que eu imaginava então que fosse fé; fé, essa disponibilidade em aceitar inquestionavelmente certos enigmas da vida; esse equívoco tão comum. Pode ser que Raul tenha lançado ao ar aquela frase apenas por lançar, ou pelo prazer que eventualmente sentia em pontificar nossos diálogos com autores de quem eu jamais ouvira falar; por um certo pedantismo até, e para me deixar assim meio sem fôlego, sem poder articular de imediato a defesa de minhas convicções, que na verdade não eram convicções, mas uma capa protetora de que me servia para não angustiar-me ainda mais diante do desconhecido. No entanto, mesmo que ele tenha atirado sobre mim aquela frase com uma pequenina carga de leviandade, ela foi oportuna e, por mais retórica que tenha sido, frutificou de algum modo em leituras menos piedosas, e na constatação afinal de certas verdades ali expostas de forma indireta, mas que eu, por meus temores, não podia perceber, como o fato cristalino de que Judas Iscariotes havia tido, a partir do chamado de seu Mestre, autoridade para expulsar demônios, e o poder de curar todas as enfermidades, e o que era mais extravagante: o poder de ressuscitar os mortos.

Segundo Mateus, Jesus elegera doze de seus discípulos e os investira dessa enorme força espiritual, e eles eram Simão, depois chamado Pedro ou Cefas, e André, seu irmão; Tiago e João, filhos de Zebedeu; Filipe e Bartolomeu, a quem João chama de Natanael; Tomé e Mateus, o publicano; Tiago, filho de Alfeu, e Judas Tadeu; Simão, o zelote, e Judas, filho de Simão Iscariotes. E a eles recomendou que não tomassem o caminho dos gentios, nem entrassem nas cidades samaritanas, e que se dirigissem apenas às ovelhas perdidas da casa de Israel.

Quantas vezes havia passado pelo mesmo trecho sem atinar com este fato assombroso. Era de se pensar nas inúmeras vezes em que Judas devia ter feito cegos enxergarem, mudos falarem, leprosos livrarem-se de suas feridas, e outras tantas em que pôde, pois isto dependia apenas de sua vontade, aliviar o desespero dos que se sentiam possuídos por espíritos imundos, pois deve tê-los encontrado com frequência porque infestavam os caminhos por onde passava o Rabi. Teria ele feito, em alguma ocasião, alguém voltar à vida? Jesus não o teria investido de tanto poder para nada.

Ali estava, afinal, uma das portas que poderiam abrir-se para o mistério infinito do que ocorrera naqueles dias na Palestina. Pensando pela primeira vez num possível resgate, para mim, da figura de Judas, pude imaginar que ele havia tido, aos olhos de seu Mestre, uma alma tão receptiva quanto a de seus companheiros, do contrário não teria sido convocado para o mesmo ministério e investido do mesmo poder dos outros.

* * *

Os doze apóstolos foram escolhidos para assimilarem o ensinamento do Mestre e para serem depois enviados dois a dois (Marcos 6:7), com a missão de anunciar a "boa nova" sobre o "Reino" que haveria de ser estabelecido. A escolha das duplas deve ter tido como base alguma identificação pessoal, uma vez que é generalizado o sentimento de que nada acontece por acaso nos evangelhos. Pedro foi relacionado por Mateus junto com André; e este era seu irmão. Com Tiago e João aconteceu o mesmo: eles eram filhos de Zebedeu. O nome de Filipe ficou ligado ao de Bartolomeu porque devia ter com ele relações de amizade antes do chamado de Jesus, pois o convidara a juntar-se ao grupo, numa passagem registrada por João (1:45-49). Também Judas Tadeu, mencionado por Mateus ao lado de Tiago, filho de Alfeu, tem com ele alguma forte ligação: por duas vezes é identificado como Judas de Tiago (Lucas 6:16; Atos 1:13). Haveria então algum fato que identificasse Judas e Simão para terem sido designados para pregarem juntos? O que se sabe de Simão é que era um zelote. Teria sido este o fator de aproximação entre ambos? Em caso afirmativo, esta seria uma informação fundamental a respeito de Judas. Os zelotes compreendiam uma seita notável pela ferrenha oposição, maior que a de qualquer outro grupo, à Roma pagã e ao seu politeísmo. Formavam um partido político agressivo cuja preocupação com a pureza dos preceitos religiosos e o destino de seu país os levou a desprezar todos aqueles que buscavam a paz e a conciliação com as autoridades romanas. Uma ala radical decidiu-se pelo terrorismo, praticando atentados contra os invasores e contra aqueles que se haviam colocado notoriamente a serviço deles.

ANOTAÇÕES DE DÉDALO

Releio a anotação feita há tanto tempo, à maneira de uma grande descoberta; com a afetação, parece, de um estudioso do assunto, e sinto que me diz hoje pouca coisa. Se Judas tinha o poder de fazer milagres, de ressuscitar os mortos e expulsar demônios, se foi zelote como Simão, qual a verdadeira importância disto? É certo, no entanto, que os meus pequenos achados tiveram a virtude, pelo menos, de pouco a pouco apontar-me o fato de que o grande enigma de Judas talvez estivesse além do desvendamento de sua verdadeira identidade e de seu caráter. Mas eu me comprazia, com uma certa inocência, em somar pontos a favor daquele personagem, um semelhante com quem me sentia inexplicavelmente solidário. Comprazia-me sempre que podia anotar em meu caderno dados como este que também releio:

"Há ainda a variante de que ele não teria traído a um Deus, pois não reconhecia em seu Mestre a sua divindade; e nisso não teria cometido nenhuma singularidade, uma vez que o próprio João deixou o testemunho de que Ele estava no mundo e o mundo havia sido feito por meio dele, mas o mundo não o havia reconhecido. Viera para o que era seu, e os seus não o haviam recebido (1:10-11). Segundo Marcos, nem a própria família pôde reconhecer inicialmente a verdadeira natureza do poder do Rabi: pouco depois de ter feito os primeiros milagres e de ter investido os doze apóstolos de sua missão, e tendo se dirigido à casa de Pedro, uma multidão o seguiu até ali, e não o deixava por causa dos milagres que ele podia fazer. Houve afinal necessidade de que a multidão se alimentasse, e não havia comida para todos; e, quando as pessoas de sua casa souberam o que estava acontecendo, saíram para detê-lo, dizendo: 'Ele está louco' (3:20-21)."

5

ÁLBUM DE RETRATOS

(...) *Estou certo de que ele não tinha mesmo consciência de que com aquele gesto estava capturando o momento em que várias correntes do tempo se cruzaram: A FLOR DO LODO.* Revendo aquela foto do álbum de Luísa, cheguei inicialmente a pensar que aquele homem ao fundo, encostado no batente da porta, testemunhando incidentalmente o ato de fotografar, possuía uma desconcertante semelhança com um ator chamado Ray Milland, que, horas mais tarde, apareceria na tela do Cine Polytheama, com a sóbria elegância que lhe era característica e a comedida paixão com que dava a vida aos seus personagens. E, depois, durante aqueles dias em que me dediquei ao meu "álbum de família", não ao de Luísa, mas àquele que eu estava fazendo por escrito, tendo como roteiro o outro, repassei muitas vezes aquele primeiro texto, preocupado fundamentalmente com a exatidão das palavras e o encadeamento das frases, com a expressão o mais fiel possível daquilo que eu sentira ao rever a foto, como querendo, no fundo, controlar minha emoção, conseguindo, com o meu possível excesso de zelo, pairar acima do conteúdo do que havia escrito, evitando talvez deparar-me com suas lições, mas pensando também que, se eu tivesse, logo no início, decifrado aquele primeiro enigma, é provável que não tivesse escrito nada mais naquele período; não teria escrito muita coisa do que escrevi. E não teria lido e relido tantas vezes aquele mesmo texto, para só perceber, muito lentamente, um outro enigma, que acabou se sobrepondo ao primeiro: a figura encostada naquele batente de porta foi, pouco a pouco, se assemelhando à antiga figura de meu pai, quando era ainda o juiz inquestionável de nossos atos. Mas não se tratava de uma semelhança física, isto não. Era o jeito, a postura, a maneira de estar logo ali, testemunhando (ou julgando?) o ato de fotografar. E assim, vendo a fotografia tantos anos depois, vendo-a melhor, constato que ele, com um mesmo olhar implacável, me vê e vê, ao mesmo tempo, o meu irmão mais velho atento ao visor — me vendo —; vê quem me vê, pois; vê também a máquina, domina a cena e os seus bastidores; e, mais que isso, olha através da objetiva o porvir, e assim, sempre que revejo a foto, sou ainda visto, de certo modo, por ele. Mas o estranho mesmo é que não há propriamente uma semelhança física; é mesmo uma questão de postura, a maneira de se posicionar para que o olhar abranja tudo. E o seu olhar poderia parecer indefinível para qualquer outra pessoa, um olhar vago. No entanto, mais parece estar ali para cumprir o seu papel e manter sua autoridade. Fico então tentado a repetir que nem me atrevo, pelo menos por enquanto, a pensar nas infindáveis ilações que disto eu poderia tirar; nem me atrevo a pensar no possível significado para mim deste fato, ou destes fatos superpostos, e de seu inevitável conteúdo de inquietações.

O Evangelho de Francisco

A aparição ali da sombra de meu pai, ou do que eu identifiquei como a sombra de meu pai, podia ter sido para mim um caminho aberto à compreensão do antigo receio que eu tinha de sua presença em certas circunstâncias, ainda que, impassível, ele não fizesse nada, não me dissesse nada; um temor até, como se ele, com a sua onisciência, estivesse sempre pronto a proferir o seu veredicto a meu respeito, perscrutando a minha alma, eu sempre pronto a ser condenado, cumprindo com antecedência uma pena por alguma culpa imprecisa, por algo indefinível e ruim que eu tivesse feito e de que não tivera consciência. Se aquilo era bom ou ruim eu não sabia, ainda não sei. O consenso familiar, no entanto, era o de que tinha que haver a sua autoridade incontestável porque precisávamos dela, precisávamos que ele fosse de fato o nosso pastor, para que nada nos faltasse, para que um dia pudéssemos repousar em verdes pastagens, para que ele nos conduzisse por águas tranquilas, como no salmo fundamental que um livrinho aparentemente inofensivo nos ensinara a "rezar", aquele *Ofício Divino* tristemente célebre de Hildebrando Fleischmann que tantas vezes manuseáramos no Colégio Agostiniano; a "rezar" como se estivéssemos nos referindo ao "corpo místico de Cristo", mas que podia também referir-se naturalmente à figura paterna, ao verdadeiro senhor então de nossos destinos, com seu desvelo, mas com seu julgamento severo, a sua irresistível autoridade, nos guiar por *caminhos justos por causa de seu nome*. Penso que o salmo expressava assim o que costumávamos sentir em nossa casa; era algo que eu sentia, pelo menos, com a liberdade que me era dada de escolher espontaneamente aquele jugo, sem que fosse preciso que nem ele nem ninguém me dissesse nada. Tratava-se da autoridade necessária, talvez possa dizer, para que mais tarde estivéssemos em concordância com aquele mundo tão contraditório, justo e injusto ao mesmo tempo. A autoridade e a proteção foi o que, sem o saber, ele nos ofereceu, o rigor e o amparo, esses dois polos e a sua harmonia oculta, o divergente que consigo mesmo concorda, o receio a meu pai e a segurança advinda desse receio; o seu cajado e a sua força e as verdes pastagens e as águas tranquilas, as nossas comedidas esperanças. E, apesar de tudo, eu haveria de recordar daquele mundo de sua onipotência como um mundo bom, reto e desfrutável, com suas vicissitudes eventuais, mas com suas compensações, a felicidade também eventual de ter os pés no chão e dizer: este é e sempre será o meu lugar; o chão que garantia a nossa sobrevivência e a nossa coesão, a terra admirável de tantos sonhos.

Muito depois, quando eu já havia deixado a universidade e estava trabalhando, e a velhice já havia adoçado o seu temperamento, tive dele uma afabilidade que só não me espantou porque surgiu e se desenvolveu mansamente, meio assim para que eu não me surpreendesse tanto com o fato de afinal ter sido eleito para alvo de sua atenção, substituindo deste modo Daniel, que havia sido até então o predileto. Pudemos assim, nos períodos que passei em Ouriçanga, falar de quase tudo. Claro que com as naturais interdições, lembrando-se ele com frequência da parte da infância que passara em Pisa, sob a tutela de minha bisavó Maria, período do qual trazia gratas recordações. Pude me ver então como uma reprodução dele; me reconheci em suas pequenas idiossincrasias, em certos gestos, nas suas antigas obsessões: o modelo enfim no qual eu recusara a me reconhecer. Por esse tempo, mandei fazer uma reprodução de uma foto dele, quando jovem, pouco antes do casamento, e coloquei-a num porta-retratos, e me surpreendi com o número das pessoas que me reconheciam fisionomicamente nele, algo inesperado, pois sempre tivera comigo o fato de estar, em todos os sentidos, muito mais identificado com o lado materno de minha origem. Ele devia ter-se dado conta dessa semelhança antes de mim, e neste fato possivelmente deve ter tido origem em parte a sua disposição de lentamente aproximar-se. Quando decidi, mais tarde, construir para mim uma casa num terreno que havia feito parte da velha propriedade de Nanni Rovelli, bem na linha em que ela havia margeado a cidade, meu pai demonstrou inesperado entusiasmo, e talvez tivesse visto nisso o prenúncio de que eu acabaria voltando definitivamente para Ouriçanga. Deve ter sonhado com tal possibilidade, ainda que a minha situação naquele momento apontasse para um outro destino. O que eu estava então querendo era ter um pé em Ouriçanga, ter algo meu ali, algo que eu tivesse conquistado por meus próprios meios. Quando a casa ficou pronta, ele me presenteou com algumas coisas que lhe haviam pertencido desde a juventude, e a mais preciosa foi a bancada de marceneiro diletante em que fizera alguns móveis de nossa casa da rua Lundstrom, produtos de uma paixão temporária, mas exemplos de acabamento, de sobriedade e de refinado bom gosto. Mas não foi esse pai convertido à docilidade e à compreensão e a uma tardia generosidade o que eu vislumbrei naquela foto que Benito havia tirado, mas a sombra dele, aquele outro de quem ele mesmo devia lembrar-se decerto com estranheza, um ser que tivesse vivido uma outra vida e não aquela que ele viveu em seus últimos anos, marcada pela sua atenção por aquele filho mais novo, no qual afinal se reconhecera e que continuaria vivendo depois de si, com o seu temperamento, com algo de seu caráter, com uma parte de seu espírito talvez, estando ali possivelmente o segredo da verdadeira perpetuação. Não, não foi esse pai o que eu vi na foto, mas aquele da infância mesmo, com o seu poder e a sua onisciência e a sua voz e o seu olhar de juiz, aquele que verdadeiramente ajudou a forjar em mim este ser que sou, e não o que eu imaginava que seria, no momento mágico daquele clique com que foi aprisionada a minha imagem. E sempre que revejo a foto e o reconheço naquela figura um tanto sombria encostada no batente da porta, me vendo e vendo quem me vê, sinto-me ainda visto por ele, e dele não posso me lembrar senão quando estava em seu pleno vigor e não éramos senão as suas dóceis ovelhas. Olho a foto e sou levado sempre a lembrar-me das vezes em que me senti solitário e desvalido diante dele, temendo ter cometido algum delito de que não tivera clara consciência; essa mesma sensação de desamparo que intuí depois em Judas no momento em que havia procurado os sacerdotes para devolver-lhes as trinta moedas de prata, e eles, insensíveis ao seu arrependimento e ao seu desespero, lhe disseram: "Isso é contigo." Claro que custei a perceber com mais nitidez o real sentido de minha solidariedade para com aquele apóstolo desesperado, e nem sei ainda hoje em toda a extensão o verdadeiro teor de minhas identificações com esse mito que me é tão caro; e por que, exatamente, sou levado a insistir nesta tentativa de resgatá-lo de seu anátema, revendo de quando em quando, como uma obsessão definitiva de minha vida, as anotações feitas há tantos anos, esperando que em algum momento a luz se faça sobre mim; anotações como esta, datada de 8 de janeiro de 1970, e iniciada com a advertência: *para não me esquecer.* Eu acabara de ler mais uma vez o texto de João, e havia crescido em mim a suspeita de que houvera uma irreconciliável oposição pessoal entre ele e Judas, um incurável antagonismo, algo que me transparecia a partir do fato de aquele evangelho ter revestido de uma incomum dramaticidade dois eventos cruciais relativos ao meu apóstolo: a unção em Betânia e o momento, durante a última ceia, em que o Mestre disse: "Um de vós me entregará." Estando uma vez, com os demais, em casa de Lázaro, em Betânia, e vendo que Maria, irmã deste, derramava sobre os pés do Rabi perfume de nardo, tão caro, Judas, julgando-se por certo coerente com o que aprendera do Mestre, perguntou por que, em vez de se desperdiçar o perfume, não se vendia o produto para dar-se depois o dinheiro aos pobres. O mesmo acontecimento é relatado por Marcos e Mateus, que falam, no entanto, de um protesto coletivo dos discípulos contra aquele ato de dissipação. Apenas João o atribui exclusivamente a Judas, e diz que Maria ungiu os pés do Mestre, e não a cabeça, conforme está em Marcos e Mateus, que também não se referem a Maria, irmã de Lázaro, mas a uma mulher indeterminada. João diz ainda que, depois de ungidos os pés do Rabi, Maria os enxugou com os seus cabelos, revestindo a cerimônia de sensualidade e de uma inverossímil extravagância. João procura ainda agravar o papel de Judas, julgando severamente sua intervenção: ele opusera-se ao desperdício apenas porque tinha sob sua guarda a bolsa comum e a roubava.

Comentando com Raul tal passagem, cerca de dois anos depois de tê-la anotado, creio, ele me apontaria com agudeza um outro momento de João que julgava ainda mais grave: o ato que ele chegou a chamar de anticomunhão, em que via uma certa intenção demoníaca por parte do escritor daquele evangelho: respondendo à pergunta do próprio João sobre quem o haveria de trair, disse-lhe o Mestre que era aquele a quem ele ia dar o pão que umedeceria no molho. "Tendo umedecido o pão, ele o dá a Judas, filho de Simão Iscariotes"; esta estranha eucaristia: "Depois do pão, entrou nele Satanás."

João é também o único a não mencionar o beijo de Judas, que teria sido, segundo os demais evangelistas, a senha combinada para que os guardas prendessem o Rabi. E isto eu também apontei a Raul numa de nossas infindáveis discussões a respeito das pequenas e grandes diferenças entre os evangelhos e as possíveis intenções de seus autores. Quis saber o que ele achava que podia significar a ausência do beijo em João. "É uma boa pergunta", disse, "mas não para mim, mas para você, que vive agora a dizer que tudo tem um sentido nesses textos, cada palavra, cada ponto, cada vírgula. Eu, por mim, acho o contrário: o que me estranha mais é a menção do beijo em todos os outros evangelhos. Por que o beijo?, e não algum outro sinal. E mais: se o Cristo era a figura notória que se procura mostrar, por que a necessidade de identificá-lo? Ele estava constantemente rodeado de gente. A multidão sempre o seguia, ele havia pregado no templo e expulsado os vendilhões, causando enorme agitação; havia feito curas e milagres abertamente e ainda polemizado com os sacerdotes. Havia sido recebido à porta da cidade com honras de grande profeta. Por que o beijo? Por que a necessidade de que Judas o identificasse? Há muito mais mistério aí do que você pode supor".

O FIO DE ARIADNE

Adriana Elisa chegou, naquela tarde, bem no momento em que eu revia as velhas anotações sobre os evangelhos, tentando me lembrar o mais fielmente possível dos comentários de Raul a respeito delas. Estava fazendo novas anotações e num primeiro momento pensei em mostrá-las à minha prima, mas logo percebi que a ocasião era inoportuna. Ela estava inquieta, alvoroçada. Claro que não acreditei naquilo que disse assim que entrou. Ou melhor, nela até que acreditei; o que eu não acreditei foi no fato em si; no prodígio, se esta é a palavra certa. Ela estava mesmo muito inquieta. E não seria para menos se fosse levado em conta que estivera, segundo lhe parecia, diante da prova incontestável de que havia uma outra vida além desta, uma espécie de universo paralelo, com todas as repetições e possivelmente todas as coisas boas e más comuns a este mundo, já ele tão cheio de mistérios, de adversidades. Não pude mesmo levar em conta nada do que disse, muito mais quando assegurou que a descrição que o tal professor Endríade Piero Carlisi fizera era rigorosamente a descrição de nosso avô. "O velho Nanni. Pois sim", eu lhe disse, e perguntei, com ironia, por que ela não havia aproveitado a ocasião para tentar saber por que ele tivera o mau gosto de nos pregar aquela tremenda peça, morrendo bem em vésperas de completar oitenta anos, repentinamente, sem dar a mínima importância aos preparativos que a família estava fazendo para a festa. Mas, avaliando melhor a circunstância, logo me arrependeria do gracejo por julgá-lo um tanto grosseiro. Tratava-se para Adriana de assunto muito grave, fazia parte da realidade dela; ela necessitava, pensei, crer naquilo, e merecia assim um mínimo de respeito. Não acreditei que o prodígio tivesse se verificado, mas me interessei em saber detalhadamente o que ocorrera na casa do professor Carlisi. Adriana ouvira falar dele através de algum companheiro de trabalho, e o procurara para "tentar estabelecer", foi assim mesmo que disse, "um contato com Raul", o que considerei logo um absurdo e um indício também de que minha prima continuava a recusar-se, depois de cerca de seis meses, a aceitar a realidade dos fatos. Jamais imaginara que ela fosse reagir daquela maneira ao desaparecimento de Raul. É certo que havia sido uma relação de amizade um tanto profunda a deles, mas, ainda assim, não justificava aquela obsessão de minha prima em falar dele o tempo todo, uma ideia fixa, algo que ia muito além do que era comum esperar-se mesmo numa situação como aquela. É meio difícil de explicar: a morte de Raul desnorteou-me a mim também, mas, como sempre acontece, nossas reservas morais e emocionais costumam sempre ir além do que é comum esperarmos, e a tendência natural é a de irmos aceitando, gradativamente, mesmo os eventos mais trágicos, aqueles para os quais nunca ninguém julga estar preparado para suportar; além do que, não havia em tudo o que eu presenciara nos últimos anos da vida de Raul dados que justificassem aquela absoluta incapacidade de Adriana em aceitar o fato de que o havíamos perdido, definitivamente; e, muito menos, as fantasias que passou a engendrar para convencer-se de que seu espírito permanecera entre nós, alguma coisa nesse sentido; que ele nos ouvia, que continuava a acompanhar de perto o curso de nossas vidas, que se tornara, em outras palavras — porque teria ascendido a uma condição superior de existência —, um juiz de nossos atos e até mesmo de nossos mais secretos pensamentos, aprovando-os ou desaprovando, com uma onisciência quase divina. Não que ela dissesse isso explicitamente. Era o que eu podia depreender daquela situação obsessiva. O fato é que Adriana exacerbava as escalas de suas crenças, mesclando-as às suas fantasias para que possivelmente servissem a alguma necessidade pessoal cujo teor eu desconhecia. O seu estado emocional me surpreendia, e eu pensava às vezes se a sua ligação com Raul não havia sido possivelmente mais forte do que até então eu imaginara, ou tivera uma substância que eu não havia percebido. Ela falava interminavelmente das virtudes dele; dissertava sobre elas omitindo qualquer dado que pudesse ferir, mesmo que levemente, a sua imagem. E a repetição de tais dissertações começaram a me causar um certo incômodo; não pela repetição em si, propriamente, nem por aquele martelar constante, aquele discurso monocórdio que parecia não ter fim (ouvir falar de Raul, claro, haveria de agradar-me; eu sentia ainda uma funda necessidade de falar dele com alguma constância, de entender o seu inaceitável destino, avaliar o que havia significado para nós a sua conflituosa amizade, as suas provocações, aquela sua maneira, que em certos momentos nos exasperava, de negar previamente tudo, forçando-nos sempre a nos agarrar às nossas convicções até as últimas consequências, fazendo afinal com que essas convicções ou sucumbissem diante de seus argumentos, ou se fortalecessem ainda mais, prolongando indefinidamente nossas polêmicas; porque tínhamos energia suficiente para isso); não, não era aquela disponibilidade constante de Adriana em exumar a vida de Raul Kreisker que me incomodava, mas o que aquele estado emocional poderia eventualmente demonstrar; que a sua amizade por ele havia tido um teor um pouco diferente daquele que eu testemunhara. E eu nem sabia, e é quase certo que intimamente nem desejasse saber, por que me desagradava tanto a suspeita de que algo tivesse acontecido entre eles sem meu conhecimento, um algo impreciso que eu não me atrevia a imaginar o que pudesse ter sido. Eram sentimentos confusos que eu não procurei tornar claros para mim, defendendo-me, inconscientemente, de certos fantasmas particulares. Dado o grau de intimidade que desfrutávamos, eu podia ter-lhe simplesmente perguntado o que havia acontecido; cheguei quase a perguntar-lhe, mas na última hora tive receio. Eu estava ainda bastante sensibilizado pela morte de Raul, e achava, não sabia por que, que a resposta de Adriana haveria de piorar as coisas. Hoje, pensando em tudo o que aconteceu, concluo que foi melhor assim. Fui premiado pela minha involuntária prudência.

Adriana havia procurado o professor Carlisi ansiosa por aquele "contato", mas, em vez de Raul Kreisker, havia sido o velho Nanni quem comparecera, por assim dizer, àquela sessão, inesperadamente; e, apesar de o professor nada saber a respeito dele, e saber muito pouca coisa sobre Adriana — era a primeira vez que ela o visitava —, descreveu-o, segundo minha prima, com uma espantosa riqueza de detalhes, servindo ainda de intermediário para uma mensagem dando conta de que nosso avô estava muito saudoso da família, mas que, de resto, estava bem, quase feliz até, naquela sua nova existência. Não disse nada de revelador, portanto; não deu conselhos, como no geral se espera em tais situações. Embora o objetivo da ida de minha prima à casa do professor Carlisi não se tivesse cumprido, ela entusiasmara-se com o poder dele, tendo para si a certeza de que o aparecimento de Raul naquela casa era apenas uma questão de tempo. Por isso, voltaria ali outras vezes. Sua credulidade não me causava surpresa. Mais dia, menos dia, dependendo apenas das circunstâncias, todos nós, ou pelo menos a maioria das pessoas que conhecemos, que tiveram a mesma formação sentimental, acabamos por precisar crer em coisas jamais supostas, dando eventualmente aos prodígios um leve verniz científico, para justificar nossa queda, apelando para a existência das chamadas forças psicobiofísicas, para poder, afinal, com um mínimo de conforto, acreditar na possibilidade do milagre. Foi o que aconteceu naquele período mais crítico da enfermidade respiratória de minha mãe, quando os medicamentos, que durante tantos anos lhe haviam sido ministrados a título de debelar o mal que a afligia, começaram a comprometer outras partes de seu corpo, antes sadias, como o seu coração: colocando-a em risco de vida. Não vacilei então em procurar a médium que tio Afonso me indicara, e que, segundo ele soubera, operava milagres num bairro pobre da zona norte de São Paulo. Eu trabalhava ainda como repórter na sucursal de um jornal do Rio, e havia feito, pouco mais de um ano antes, algumas matérias sobre parapsicologia. Entrevistara vários especialistas no assunto, inclusive um padre jesuíta que fazia muito sucesso na época, espécie de *showman* do setor, e que, com o intuito de combater o espiritismo e outras manifestações que julgava desvios da verdadeira fé, fazia ruidosas demonstrações para provar que fenômenos como aparições de fantasmas, casas assombradas, movimentos inexplicáveis de objetos, pancadas misteriosas, possessões, coisas assim, não passavam de manifestações do que chamava de "forças físicas da mente". O milagre existia, ele não negava, mas era produto ou do verdadeiro cristianismo ou de energias que as pessoas comuns, em sua maioria, ignoravam. Para demonstrar isto, ele conseguia, sem invocar espíritos ou quaisquer entidades celestes, movimentar objetos a distância, deter o movimento de relógios e operar muitas outras proezas. Dizia-se — mas isto ele negou com veemência, declarando-se ofendido — que enfrentava casos de possessão com bofetadas, eficientemente, pois garantia que, no geral, se tratava apenas de manifestações de histeria. Sua grandiloquência, no entanto, aquele ar de autoridade suprema que afetava, a sua obstinação em investir o tempo todo contra aqueles que julgava inimigos de sua igreja me impressionaram negativamente, e eu fiquei tentando imaginar o que podia estar se escondendo por trás daquela sua luta encarniçada em defesa do que considerava a verdadeira fé, sem nenhuma complacência, como se ele fosse o detentor exclusivo de todas as verdades a respeito de Deus e do caminho para a salvação. Mas o fato é que, a seu modo, desenvolvera um poder que ninguém se atrevia a contestar: hipnotizava com desenvoltura plateias inteiras, conseguia produzir estalos em mesas, como nas experiências espíritas de tiptologia, lia pensamentos, havia curado (cura não é milagre, fazia questão de esclarecer) vítimas de paralisia, explicando que aquele mal, no caso, não era produto de alguma anomalia física, mas um estado profundo de morbidez. Menciono-o entre as sete ou oito pessoas que entrevistei na ocasião por ter sido a única que, apesar de toda a ambiguidade, era capaz de demonstrar na prática a existência desse campo de forças que nos cerca ou nos possui (ou possuímos?) e do qual custamos a ter consciência, a aceitar, a dominar. Era assim, afinal, da maneira como ele demonstrava, que também eu podia aceitar o milagre. Esperançoso, fui então levado a crer, porque isso me confortava de uma maneira inesperada, na cura de Luísa Rovelli, malgrado todas as evidências em contrário. Me vali, pois, daquilo de que me podia valer naquele momento.

Chamava-se irmã Diva a médium que o meu tio me indicara, e eu a procurei, pois, com a fé que me era então possível, acreditando, querendo acreditar, que no fato de ser iletrada e humilde é que residia basicamente a sua capacidade em liberar espontaneamente suas energias, podendo assim realizar as curas que lhe haviam granjeado tanto prestígio. Tratava-se de um último recurso diante de uma situação desesperadora. Intimamente, bem lá no fundo de minhas convicções, talvez eu já estivesse me preparando, na verdade, para o pior. O agravamento do estado de saúde de minha mãe acabaria por levá-la à morte em menos de um ano, em meio a um tormento que não merecia, levando consigo a sua aura boa, aquela luz que irradiara durante toda a vida, desde pequena (contava-se), e que se enfraqueceu apenas nos últimos tempos, diluída num alheamento com relação à vida, vencida pelo cansaço da luta contra tanta adversidade.

Compareci, contrito pela minha falta de fé anterior, com um fervor recente, às "intervenções espirituais", como irmã Diva chamou aquelas tentativas infrutíferas de interferir no curso do destino, feitas a distância, sempre à noite, por intermédio de seus caros espíritos, seus guias, que, no momento do transe, se deslocavam a grande distância, até Ouriçanga, em meio à noite silenciosa, para pelo menos confortar a alma desconsolada de Luísa. E eu lamentava, de quando em quando, o fato de o mundo não ser como irmã Diva o imaginava, dócil ao desejo das almas mais virtuosas, sem me preocupar, não querendo me preocupar com o fato de que aquilo se chocava frontalmente com minhas convicções. Talvez ali é que eu tenha começado a não temer meus paradoxos. Desejei, na ocasião, ardentemente, um mundo espiritual impossível em que a passagem exemplar de minha mãe pela terra tivesse a sua ressonância e a sua merecida recompensa. Que triste pensar que ela não haveria de ter por prêmio uma vida longa e uma velhice feliz por nos ter amado tanto, por ter sido estritamente boa e justa para com todos os que haviam cruzado o seu caminho, parecendo, através de seus olhos límpidos, estar em permanente estado de graça. Mas, se as "intervenções espirituais" de irmã Diva não resultaram em alguma melhora de seu estado de saúde, pelo menos me levaram a mudar um pouco minha rígida postura diante das pessoas que acreditavam inquestionavelmente naquele tipo de prodígio, ou precisavam acreditar, em certas circunstâncias. Por isso é que mais tarde eu pude encarar com um mínimo de compreensão a experiência por que passava Adriana. E posso já dizer que o aprofundamento daquele processo e o papel que nele desempenharia o professor Carlisi acabariam por me surpreender muito além do que me era então possível imaginar. Como eu esperava, não tardou que Adriana me procurasse para dizer que havia finalmente conseguido comunicar-se com Raul. E, como eu já contasse com aquilo, não me espantei como da primeira vez, quando relatara a "aparição" do velho Nanni. Mais que isso, procurei, conscientemente, tratar minha prima com uma certa benevolência, imaginando, meio pretensiosamente, que podia entender muito bem a raiz daquele processo que a levava a insistir tanto no propósito de restabelecer um elo irremediavelmente rompido. E é estranho que me ocorra, neste mesmo momento, dizer que, com a morte de Raul, senti como se tivesse sido rompido também um de meus vínculos fundamentais com Adriana, algo penoso de explicar, difícil mesmo, complicado: uma sensação, um vago sentimento que, apesar de tudo o que aconteceria depois, eu ainda não tenho absolutamente claro para mim, e creio que jamais terei. Do que eu não tenho dúvida é que a partir de nossa aproximação com Raul, nos tempos do Clássico, houve uma mudança radical no meu relacionamento com minha prima. Foi como se até então eu não a tivesse de fato conhecido. Foi o momento em que comecei a transpor afinal o círculo rígido ditado pelas relações familiares, e pude chegar mais perto dela, da verdadeira Adriana, bem diferente daquele personagem que interpretara na casa de Nanni Rovelli. Foi uma aproximação incentivada, certamente, pela presença de Raul. Não sei dizer com exatidão de que maneira se dava o fenômeno, mas era inexplicavelmente estimulante ter Raul por perto quando conversávamos; eu sentia um certo orgulho por ele testemunhar o nosso vínculo de família e aquela amizade que afinal surgia. Nos habituamos, com o tempo, a falar de praticamente tudo. Ele, menos, claro; preferia, quase sempre, emitir suas contradições, desferir suas perguntas sempre pertinentes, mas não falar de si. Tivemos que nos acostumar logo com os seus longos silêncios, suas reticências, suas respostas escassas, curtas, ambíguas. Aprendemos a dar importância à maneira quieta, mas atenta com que participava de nossos diálogos, interferindo nas conversações sempre com aquele senso de oportunidade que foi uma de suas melhores marcas.

Eu julgava, pois, que conhecia profundamente minha prima, mas ela me surpreendeu com aquela sua busca quase desesperada de uma prova, por mínima que fosse, de que em algum canto do universo Raul Kreisker ainda vivia. Nas semanas imediatas à morte dele, o nosso estado de choque e o nosso desalento, em vez de nos unir, como seria de se esperar numa situação assim, nos haviam separado momentaneamente. Deixamos de nos ver com tanta frequência, como se algum encanto tivesse sido quebrado em nossas relações. Porém, a partir do momento em que Adriana vislumbrou aquilo que julgava uma possibilidade viável de restabelecer nosso contato com ele, mediante a intervenção do professor Carlisi, voltamos a nos ver com a mesma frequência de antes. Um novo laço haveria de nos unir outra vez. Foi assim que aquele desconforto inicial que eu havia sentido ao supor que algo se passara entre ela e Raul sem o meu conhecimento deu lugar a um sentimento mais reconfortante, uma natural curiosidade em saber com detalhes o que podia ter ocorrido entre ambos. Apenas eventualmente, e por brevíssimos momentos, me sobrevinha um pequenino ressentimento, algo próximo do ciúme, uma fina e delicada agulha que me tocava a pele, parecia, toda vez que me surpreendia diante de algum sinal de que aquele algo verdadeiramente ocorrera, tornando evidente o fato de que eu não tivera completo domínio dos acontecimentos; que fora excluído em determinado momento. Mas o empenho de Adriana em reconstituir as antigas relações com Raul — como se isto fosse possível — me impelia logo em seguida a outros sentimentos mais intensos. Já no início, apesar da maneira segura com que eu imaginava como devessem se passar os fenômenos na casa do professor, criei grandes expectativas a respeito das lições que, por meio dele, eu poderia vir a ter: ele era um perscrutador de almas, desse domínio subjacente ao nosso corpo de que não tomamos conhecimento senão em casos extremos ou por vocação, esse território etéreo em que as desgraças repercutem antes de repercutir em nosso corpo e nos prejudicar. Alma, isso que neste preciso momento sou levado a chamar de alma, sem me preocupar com esta possível impropriedade, essa coisa que nos anima; isto. Adriana abrira um novo caminho, ainda que confuso, por onde se estenderia um fio rumo ao desconhecido; uma linha que me enredava inapelavelmente, indicando-me um caminho sem retorno.

Tendo lido alguma coisa sobre sessões mediúnicas, eu havia ficado com a noção de que o fato básico se dava a partir da possibilidade exaustivamente comprovada de se detectar o pensamento alheio e de se absorver as energias emanadas das pessoas. Me lembrava sempre das matérias que fizera para o meu jornal sobre o assunto. Havia muita gente defendendo esse ponto de vista; tratava-se de uma ideia difundida entre os chamados não crentes, que não viam nada de sobrenatural naquele tipo de fenômeno. Lógico que o assunto possuía os seus meandros, era complexíssimo, mas, para meu consumo pessoal, a coisa havia ficado mesmo assim, na superfície, simplificada; o suficiente, porém, para que eu compreendesse e aceitasse o entusiasmo de Adriana diante das promessas do professor. E não sei por que, desde o início também, eu tive comigo que Piero Carlisi não podia, de modo algum, ser um charlatão; isto, mais por intuição do que por qualquer informação que Adriana me tivesse dado. Havia a possibilidade de leitura do pensamento, e ele devia interpretá-la à sua maneira, em benefício, como sempre acontece, de seu proselitismo. Já da primeira vez que Adriana tocara no assunto, eu tivera comigo que ele captara no pensamento dela a imagem de nosso avô e tudo quanto ele dissera: mensagens que naquele momento minha prima estava desejando ouvir. A aparição de Raul havia sido um pouco mais breve que a do velho Nanni. Adriana disse que o professor o havia descrito sem muita minúcia, e que ele, Raul, não quisera revelar o próprio nome, da mesma maneira como ocorrera com o nosso avô. Porém a breve descrição feita pelo professor havia tocado naquilo que era essencial nele, em pontos fisionômicos que não haviam deixado nenhuma dúvida a respeito de sua presença. E, diante da insistência de Adriana para que se identificasse, respondera bem à sua maneira, perguntando: seria necessário mesmo que ele dissesse seu nome?, a descrição não teria sido suficiente?; o seu nome havia sido um acessório que possuíra momentaneamente, e dele já não necessitava, sequer gostava dele, nada lhe significava, não o havia escolhido. À semelhança do que ocorrera com nosso avô, Raul, a considerar-se como verdadeira sua presença ali, comparecera à casa do professor Carlisi apenas para dizer que tudo estava bem, que se sentia aliviado, tranquilo, que afinal encontrara a paz que tanto buscara em vida. Não fez, portanto, nenhuma revelação surpreendente.

O EVANGELHO DE FRANCISCO
O diário; anotações

Ainda que não se tratasse de seu espírito imortal (ou alma?) ou a parte etérea de seu ser ou seu espectro (que nome dar?), pois eu não acreditava em nada disso, tive receios ao repensar o assunto naquela noite, depois que Adriana foi embora. Por Deus, que me assustei à menção de que ele estivera em casa do professor Carlisi. Sim, havia sido uma espécie de reflexo seu, um lampejo de sua imagem, o que o professor captara na mente de minha prima; grosseiramente assim, como eu pensava grosseiramente; mas, não sei, tive um arrepio, como se ele tivesse deixado para trás não exatamente um lampejo, mas sua sombra; pensei em sombra, logo a seguir; exatamente nesta palavra: sombra. Adriana deparara-se, de qualquer maneira, com algo dele. Sombra, o que quer que fosse, a sensação que tive foi a de que uma entidade estranha havia estado ali; e pensei em entidade exatamente como é correto pensar, como aquilo que constitui a essência de alguma coisa; uma sensação, necessito repetir para mim mesmo, pois era apenas uma sensação; e me assustei, em vez de me alegrar; senti, em seguida, um certo desconforto diante da constatação de que, mesmo morto, ele podia de alguma forma reviver, ou continuar vivendo entre nós, se viver é a palavra, continuava vivendo, este inesperado paradoxo; e, pensando nas imagens que o professor Carlisi podia captar e depois devolver, como que refletidas em sua mente sensível e aberta a todos os fenômenos, cheguei a ter por momentos uma ideia também um tanto incômoda a respeito de uma certa abrangência quanto à morte de Raul, imaginando de repente que não havia sido ele apenas que morrera, mas também nós, que havíamos deixado de ser vistos por seus olhos; o que havia de nós dentro dele, os sentimentos que havíamos despertado nele, a ideia que fizera de nós, esse aspecto de nosso ser havia também desaparecido; e ainda a atenção que nos dispensara, aquela possibilidade de vivermos segundo o seu julgamento, sua dedicação, o que era grave — como comecei a pensar a partir daquele momento — porque ele havia, afinal, investido muito mais que eu e Adriana em nossas relações; e morremos também no amor que lhe foi possível sentir por nós. Pensei, pois, em tudo isso; e, agora que tento reproduzir o que senti na ocasião, tudo me soa meio tolo, meio sem sentido, e digo para mim mesmo: que ideia mais dispensável; mas era uma ideia um tanto familiar, me parecia familiar, e isto porque — me lembro neste preciso momento — as coisas passavam-se mais ou menos assim num poema de Cassiano Ricardo, que me agradara muito na adolescência; *Ode ao Amigo Morto*, acho que era este o título, e que serviu uma tarde para enlevar o meu espírito em meio à solidão de Ouriçanga. "Não é ele o morto", se me lembro bem de parte daquelas palavras, "mas o mundo que desapareceu para os seus cinco sentidos. É o sol, o grande sol pendido que ainda lhe ilumina o rosto. Não foi o sangue que lhe parou de fluir nas veias: foi, antes, o vinho que ficou imóvel na garrafa".

Uma pequena parte de nós, pelo menos, havia perecido com ele; este sentimento. E penso também: privou-nos deliberadamente de seu convívio. E digo em voz alta: "Morreu por sua decisão e nos matou parcialmente naquilo que havia conquistado ou se apossado de nós." E experimento um pequenino ressentimento. É certo que havia deixado em nós algo dele, uma parte de seu ser, mas esta herança nós não tivéramos tempo ainda de avaliar. No entanto, cometera o egoísmo de decidir por si mesmo aquele gesto final, e eu não sabia ainda se isto era direito. Apanhara-nos de surpresa, algo inimaginável porque na verdade não quisemos nos dar conta de que sua vida deteriorava-se e o tornava inacessível a todos os sentimentos. Era isto que eu pensava naqueles dias em que Adriana anunciou que apesar de morto ele andava por aí com sua consistência de espírito. Ainda que para mim o fenômeno tivesse um caráter artificioso, eu deveria estar entusiasmado com a possibilidade de me deparar com a imagem que o professor poderia forjar dele, se eu quisesse. Mas não foi isso o que aconteceu. E houve um momento em que fui levado a dizer para mim mesmo, com um fim impreciso: Raul Nepomuceno Kreisker, seu animal incrédulo. Raul, Raul, Raul. Repeti inúmeras vezes o seu nome, como se estivesse dando voz a um ser estranho dentro de mim ou que me acometia para ajudar-me a me livrar de algo temível que eu haveria de ter pela frente, um perigo iminente. E a voz ainda falou, pela minha boca, pois eu o disse em voz alta: "Raul Kreisker, eu não vou permitir nem mais uma vez que você cruze o meu caminho." Estava temeroso, esta a verdade, diante da perspectiva de voltar a parlamentar com ele, pois eu suspeitava que aquela situação tão extravagante viesse a agravar ainda mais os meus sentimentos, pois ele haveria de ameaçar-me de novo, certamente, com a mesma surrada indagação: "Você sabe mesmo?", revivendo as inquietações que haviam começado a nascer naquela noite remotíssima em que ele a formulou pela primeira vez. A pergunta, aparentemente banal, mudara num certo sentido o curso de minha vida, e estenderia a sua influência até os dias de hoje, até este preciso momento porque estou aqui a bater na mesma tecla de sempre. Eu estava ainda sob o impacto da leitura de *O legado de Judas*, de Galland, onde encontrara pela primeira vez uma tentativa de levantar todas as possíveis contradições existentes entre os evangelhos, algo até então inimaginável para mim, da mesma maneira que não imaginara tampouco que alguém, em sã consciência, pudesse lançar-se ao trabalho temerário de exumar o Judas real, Judas, o Intocável, e tentar, se possível, redimi-lo. Através do *Legado*, que li cotejando o Novo Testamento, acreditei, prematuramente, ter conseguido para mim uma imagem satisfatória de meu personagem, o que podia ter-me permitido algum alívio, mas os sentimentos que me dominavam eram por demais disparatados. A figura de Judas, apesar da pretensa solidariedade que eu lhe dedicava, continuou pairando acima de minha consciência. Li e reli, com toda minha fé juvenil, aquele livro. Foi então importante saber, por exemplo, que Thomas De Quincey não havia considerado a atitude de Judas desleal, mas audaciosa, pois só entregara o seu Mestre para pressioná-lo a definir-se politicamente. De Quincey considerava que Judas devia ter imaginado que Jesus, uma vez preso, haveria finalmente de pronunciar-se, conclamando a população de Jerusalém à insurreição contra os romanos. Goethe chegara a pensar em escrever um livro defendendo tese semelhante. Foi importante também saber que um tal Edmond Fleg, em *A História de Jesus Segundo o Judeu Errante*, um trabalho em que misturava história e ficção, publicado dez anos antes em Paris, criara um Judas ortodoxo, obstinadamente interessado no cumprimento das profecias, desempenhando de forma sacrifical o papel de traidor anunciado, já que sem isto não se consumaria o episódio da Paixão. Seria de se pensar que Judas teria possuído a demência necessária para impressionar-se até o fundo da alma com o oráculo de Isaías nesse sentido, doando também ele sua vida para que tudo se cumprisse.

O FIO DE ARIADNE

Sim, temi momentaneamente que, naquele possível confronto com Raul Kreisker, ele voltasse, mesmo depois de sua morte, a desafiar-me. Mas houve algo em seguida que receei ainda mais, um sentimento que até hoje não posso compreender. Receei que, com sua eterna insistência em abordar o meu personagem, ele viesse a demonstrar afinal que este se tratava também de um de seus grandes temas, se não o maior. Pensei ainda, surpreso comigo mesmo, que tal fato, longe de indicar-me uma desejável identidade, poderia revelar-me afinal que por trás de sua aparente superioridade ele havia ocultado o tempo todo um mesmo tipo de fraqueza, a mesma impotência que eu havia sentido diante daquele enigma de minha adolescência. Mas o temor desta constatação acabaria vencido naturalmente pela ansiedade de ver tudo esclarecido, custasse o que custasse. Eu desejava, acima de tudo, ver-me livre daquele mistério nascente a respeito das possíveis relações secretas entre Raul e Adriana. Aquela suspeita me enredara definitivamente. Convenci-me de que devia mesmo aceitar a sugestão de minha prima em participar pelo menos de uma daquelas sessões em casa do professor Carlisi. Pensava num jogo cruzado de leituras de minha mente e da de Adriana, que possibilitasse ao professor fornecer-me a chave daquele enigma, e de outros, como o fato que teria levado Raul ao ponto de ruptura, aquela pequena gota que o fizera ultrapassar o limite suportável de suas inquietações. Era certo que, intimamente, havíamos, cada um à sua maneira, imaginado que não haveria para ele outro fim possível; mas como imaginar o momento exato e a circunstância do ponto de ruptura. Na verdade, ninguém nunca está preparado para uma coisa dessas; ninguém nunca está preparado para aceitar uma violência assim. Apenas Emma Kreisker pareceu não ter-se surpreendido tanto, assim como se aquele não tivesse sido de fato seu filho — um estranho pensamento que me passou pela cabeça —, mas um ser alienígena que ela havia tido o dever de gerar, imaculadamente, um heresiarca que, embora predestinado, não havia conseguido formular sua doutrina nem cumprir sua missão de abalar os fundamentos de alguma grande fé. "Como posso pensar numa tolice destas neste momento?", pensei. Durante todas as cerimônias a velha Emma manteve-se impassível — resignada, parecia —, mas não porque aquela desgraça não a tivesse golpeado com dureza, mas porque também ela devia tê-la previsto, até mesmo a circunstância e o momento aproximado (era o que parecia denotar, ali, imóvel, em sua aparente serenidade), tendo assim se habituado àquela perspectiva sombria. Havia poucas pessoas ali: amigos chegados, parentes. Nós nos aproximamos dela compenetrados do dever de confortá-la, para fazer exatamente aquilo que se espera de qualquer pessoa numa situação semelhante, mesmo que formalmente, um tanto constrangidos e tensos, sem atinarmos com o que dizer, tudo tão mecanicamente que não dissemos nada a respeito daquilo que verdadeiramente sentíamos; e os lugares-comuns que usamos soaram aos meus ouvidos com uma desconcertante artificialidade. **Sequer** nos demos o direito de sentir o que seria normal que sentíssemos, impedidos por um certo aturdimento, por um desconforto enorme, meio assim como se tivéssemos sido em parte responsáveis por aquele desastre, um desconforto agravado naquele momento pela secura e a severidade que sempre havíamos testemunhado em Emma Kreisker, o que, pensando bem, talvez não fosse secura nem severidade, mas uma impossibilidade natural em expressar sentimentos. Dissemos a ela as mesmas palavras vazias que havíamos antes censurado nos outros, e ela nada disse em resposta, continuando refratária a qualquer formalidade daquele tipo. Trata-se de um dos momentos que mais me custam lembrar e recompor aqui, com o temor de que também neste momento eu o esteja tratando com formalidade, artificiosamente. **Emma Kreisker nada disse**, e também não diria quase nada duas semanas depois, quando a procurei, atendendo ao seu chamado, para que me entregasse a caixa de madeira contendo as cartas que eu escrevera a Raul. Disse o estritamente necessário. Disse que cumpria instruções deixadas por ele. Tratou-me com polidez, mas deu-me apenas o tempo a que eu entrasse pela última vez no quarto dele e de lá retirasse uma foto de Kafka fixada na porta do armário. Eu lhe explicara por que desejava a foto, ela logo compreendera o significado de meu pedido e o atendera prontamente. Ao despedir-me, eu lhe disse afinal o quanto lamentava o que havia acontecido, e ela nada respondeu. Foi então que me ocorreu que aquela sua mudez, o seu silêncio era o silêncio de que já ouvira falar, próprio dos desesperos verdadeiramente grandes.

Quando Adriana me procurou para me falar, pela segunda vez, a respeito do professor Carlisi, esforcei-me por descrever minuciosamente aquele momento (decerto para nunca me esquecer de seus detalhes) em que recebi de volta as cartas. E lhe mostrei — porque me pediu — as que eu julgava mais importantes. Fizemos, alternadamente, uma leitura em voz alta daqueles textos, interrompendo, de quando em quando, tentando imaginar como poderia ter repercutido em Raul certos fatos que eu relatara tendo como perspectiva aquilo que eu julgava que o pudesse interessar. A leitura, é claro, não se esgotaria naquela tarde; nós a continuaríamos nos dias seguintes, mas não havia ali senão o universo que eu imaginara para ele, apenas imaginara: na verdade, uma parte de meu universo particular, na qual eu poderia desvendar, se quisesse, o que havia representado para mim em sua essência um mito chamado Raul Nepomuceno Kreisker, algo que procuro fazer agora, tentando aclarar para mim mesmo estas ideias confusas e persistentes, esse fio aparentemente infindável que, de quando em quando, sou levado a retomar, em meio ao caos de meus pensamentos, de minhas memórias, de minhas atuais aspirações e minhas fantasias. Estávamos usando, naqueles dias, sem termos consciência, o procedimento peninsular do paroxismo, lendo minhas cartas, mas falando constantemente dele, como que para esgotarmos definitivamente o assunto, como se isto fosse possível, para superá-lo, para que pudéssemos depois seguir nossos caminhos, uma espécie de método assimilado na infância, um procedimento cuja eficácia eu havia comprovado pela morte de meu pai. Ao contrário do que ocorrera anos antes, quando da morte de Luísa Rovelli, com relação a meu pai, eu decidi enfrentar a morte de frente, evitando qualquer possibilidade de fuga, entregando-me, a exemplo do restante da família, de corpo e alma, àquele momento, ao mesmo tempo que cuidávamos da destinação de seus papéis e de seus objetos, exumando assim a sua vida a partir de coisas que lhe haviam pertencido, do espaço que havia ocupado em nossa casa e em nossos corações, como se estivéssemos deliberadamente escavando o poço fundo de nossa desesperação. Assim, dois ou três dias depois, ainda que nos tocasse fundamente a sua ausência, pudemos nos reunir com um mínimo de serenidade para dividirmos entre nós os seus pertences.

O método do paroxismo, no caso de Raul, teve um elemento a mais a exacerbá-lo: as sessões em que o professor Endríade Carlisi operava os seus prodígios. Apesar de meus receios, a ansiedade por deparar-me ali com o seu "espectro" acabaria por tornar-se irresistível, o que se somaria à motivação precedente: a perspectiva aventada de que o professor pudesse revelar-me o que havia acontecido entre

Adriana e Raul na minha ausência. Chegara a pensar novamente em dizer a ela tudo o que me passava pela cabeça, e perguntar-lhe o que de fato havia ocorrido, mas logo mudara outra vez de ideia, pois a conhecia o suficiente para saber que, se nada me havia dito espontaneamente sobre o assunto, também nada me contaria, ainda que lhe perguntasse. E pensei também que ela nada me dissera, não porque estivesse escondendo algum fato, mas apenas porque estava esperando o momento adequado para fazer as necessárias revelações. "Adriana, a Bela." Lembrei-me, no preciso momento em que pensava nestas coisas, do atributo que Raul lhe havia imposto; sem que ela soubesse, pois nunca o usara em sua presença. Creio que ela jamais tenha tomado conhecimento disto, e creio também que ele jamais tenha usado tal atributo em presença de alguma outra pessoa. Creio simplesmente porque penso tê-lo conhecido o suficiente para pensar assim. "Adriana, a Bela." Tendo recordado o que ele dissera tantas vezes, logo dei-me conta da justeza do atributo. Por uma atávica e natural interdição, eu jamais havia pensado em minha prima de outra forma que não através do apelo fraternal originado no tempo da infância passada sob a incansável vigilância de minha avó Elisa e de tantas outras pessoas. Guardara de Adriana a imagem imposta de uma irmã de mesma idade. "Adriana, a Bela." Foi naquela tarde que eu descobri em mim, afinal, um resíduo muito antigo de sensualidade com relação à minha prima: alguma coisa muito tênue, no princípio: um novo fio naquele enredo complexo que começava a se articular, formando gradativamente uma teia que, se pensássemos bem, havia começado a ser tecida por Raul, ainda em vida, e continuava a estender-se sobre nós depois de sua morte. Eu não tinha mais argumentos suficientes para não recorrer ao professor Carlisi, acatando a sugestão de Adriana, julgando que a mim, dada a maior proximidade que eu e ele havíamos desfrutado, Raul haveria de revelar-se mais intensamente. De resto, estava vivamente interessado em saber até que ponto ia a capacidade do professor, não em captar o pensamento, mas a memória alheia. Como seria bom se mediante aquele artifício da invocação dos espíritos ele pudesse recuperar o que eu já não podia mais me lembrar do meu passado, ou aquilo que nossos mecanismos de defesa nos fazem esquecer, providencialmente. Recuperar a minha memória perdida. Sabia que isto também era possível.

6

Prairie Lights
Cartas tardias; a viagem

Caro Raul, sua resposta ainda não chegou, mas não resisto ao impulso de lhe escrever novamente. É que o *Des Moines Register* publica hoje, em sua seção de leitores, algo que imagino que possa lhe interessar. O texto, é claro, foi editado e reduzido ao mínimo, como é natural que os jornais façam, mas eu procurei "recompor" a história original. Você me conhece à suficiência para saber o quanto isso me foi irressitível. No entanto, procurei manter-me fiel, pelo menos, ao espírito da história. Pois bem, uma tal senhora Stelle Olcott Fellger, de Muscatine, logo aqui perto, tendo lido uma entrevista publicada na semana passada, em que um certo major Britten dissertava sobre recentes exercícios militares norte-americanos no Caribe, diz que, embora o major não tivesse dito nada sobre o assunto, ela havia recebido, ao ler a entrevista, uma mensagem espiritual que lhe dera conta de que um dos filhos de Britten havia perdido a vida no Vietnã, nos últimos meses da guerra. Continua a senhora Fellger: "Sei perfeitamente como essa tragédia abalou de um modo quase insuportável a vida do senhor e, muito mais, a vida da senhora Britten, mas sei também que, apoiados na inabalável crença que têm em Deus e na justiça divina, ambos acabaram por resignar-se ao vazio que Thomas (era este o nome dele, não é mesmo?) deixou. Sua esposa e o senhor estão em paz, estão bem novamente porque conheceram afinal a consolação em Deus. Mas e o seu filho? Não pode ser que ele esteja desejoso de falar-lhes? Se ele não tivesse ido a guerra alguma, mas tivesse se casado e ido morar em algum outro canto deste país, o senhor não haveria de ter o desejo de receber notícias dele? Pois é; muitos de nossos entes queridos que desencarnaram também sentem solidão. Separado brutalmente do convívio familiar, Thomas pode estar sentindo muito a falta de vocês. Quem sabe, se lá do outro lado, ele não estará se queixando: a prosseguir assim, acabarão me esquecendo."

Meu caro, imaginando que a senhora Fellger não tenha escrito com a finalidade de tirar o sossego da família Britten, fico meio sem saber o que pensar. Há algo em mim que me faz crer nas boas intenções dela, na sua sinceridade. Esses relatos que tocam os dramas familiares continuam sendo enormemente evocativos para mim. Muito mais agora que me encontro aqui neste posto privilegiado de observação. Como eu já lhe devo ter dito, de noite, mesmo em noites escuras como esta, dá para sentir até com mais intensidade como é amplo e misterioso esse espaço que é a pradaria. Olho através da janela lá para os lados de Oskaloosa, e vejo a mesma luzinha piscando sem parar, a luzinha azul de sempre, e que já tem para mim a dimensão de um código.

Caríssimo, o que lhe dizer, além disto, senão lhe prometer escrever algo mais pessoal da próxima vez.

Afetuosamente,

F.R.
Iowa City, 31.10.75

O EVANGELHO DE FRANCISCO
O diário; anotações

Pergunto-me com frequência por que motivo tenho naturalmente resistido a arrolar aqui, entre os meus papéis, as cartas de Raul; as cartas escritas por ele. É certo que foram sempre breves, um tanto lacônicas, bem menos frequentes que as minhas, e parecem, à primeira vista, não revelar quase nada de seu pensamento, de sua personalidade, de seu caráter, contendo mais perguntas do que afirmações. Retomo-as, desde as primeiras, todas escritas num mesmo tipo de papel de seda branco, dobradas rigorosamente *in quarto*, contidas no mesmo tipo de envelope, escritas numa caligrafia uniforme, vertical e arredondada, sem terem jamais apresentado nem uma pequenina rasura ou alguma outra imperfeição, modelos neste sentido de limpeza e correção; reflexos de um espírito obstinado. Havia apenas, vez ou outra — se é que isto possa ser considerado imperfeição —, uma correção de rota em seus pequenos discursos, como que para evitar alguma impropriedade, que era contornada por uma expressão cartorial que em outra pessoa poderia soar como anacrônica, mas que no contexto das cartas de Raul assentava como um recurso de apuro e de elegância: "digo", dizia ele em tais circunstâncias, para expressar em seguida com mais exatidão aquilo que queria ou devia expressar. Havia, invariavelmente, ora no início, ora no fim das cartas, a pergunta infalível: "Você está bem?", o que, em diferentes ocasiões e em meus diferentes estados de espírito, teve para mim um significado diverso, podendo querer dizer que ele sabia, em determinado caso, que eu estava de fato bem e, em outro, que eu estava enfrentando alguma dificuldade emocional. "Sei que você não está bem, mas..." Não, ele nunca se expressaria desta maneira; assim, afirmativamente. Eu ainda não lhe havia escrito desde que me instalara em Iowa City, no verão de 1975; e não lhe havia dito nada, portanto, a respeito do choque inesperado que sofrera ao chegar. No entanto, cerca de uma semana depois, recebi dele umas dez linhas, escritas, imaginei, apenas para que ele pudesse me dizer, no final: "Sei que o Meio-Oeste é um lugar solitário e amplo. Isto está lhe fazendo bem? Você já se acostumou?" Meses mais tarde, em meio à série de cartas em que eu lhe falava de figuras como Rupert Fowler, Júlia Moses, Stelle Olcott Fellger, o major Britten e tantas outras, ele me perguntaria, com uma propriedade para mim, naquele momento, arrasadora: "Belos casos, sem dúvida. Você tem consciência de que eu os acho poéticos, mais que aterradores? Por tudo o que você me confia em suas cartas, e ainda — ouso dizer — pelo seu empenho em me cativar através delas, sinto-me com um certo direito de também lhe perguntar: essa súbita recaída em sua paixão pelo que você chama de 'mistérios' não terá sido um recurso inconsciente para alhear-se desse universo real que tanto o perturbou no início? Julga que é somente a mim que você está escrevendo a respeito dessas tais 'rupturas da realidade', como você costuma dizer com irritante frequência?" Mais tarde ainda, me perguntaria, sobre ele mesmo, algo raro e de certa gravidade: "Você continua imaginando que, no fundo, no fundo, eu tenha uma alma cristã?", assim, como para negar o que eu lhe dissera uma vez. Nas cartas que trocamos na ocasião, falamos do que representara para mim e para ele, na infância, o mito de Judas: um emaranhado de considerações de ambas as partes (sem que chegássemos a alguma conclusão) a respeito de um possível sentido pedagógico consubstanciado na figura de Judas, um elemento inicial de controle de nossas consciências através da imposição do caráter clássico daquele apóstolo e de seu anátema, o que nos causara — nisto concordávamos plenamente — um misto de terror e de repulsa, restando para sempre a sensação de que havíamos sido manipulados de alguma forma, sem que pudéssemos atinar com o objetivo oculto de tal manipulação. O assunto havia invadido nossas cartas porque eu me lembrara de um livro encontrado cerca de três anos antes, num sebo: *A Vida Oculta de Jesus de Nazaré*, de Klaus Harnecker, e sobre o qual Raul me indagara com evidentes sinais de censura: "Você vê alguma seriedade nisso?" "Acho-o curioso, apenas", eu respondera, considerando também eu inconsistentes as referências bibliográficas da obra, a não ser pela menção de *A História de Cristo*, de Papini, e de um outro livro que jamais consegui encontrar, e que possuía um título sugestivo: *Memórias de Judas*, de Petrucelli della Gattina, sobre quem não encontrei em todos estes anos nenhuma outra referência.

A CASA

Talvez Raul tivesse razão; talvez eu estivesse querendo mesmo, inconscientemente, alhear-me daquela realidade que me parecera de início tão perturbadora. Ele observara o fato de uma maneira que julguei meio provocativa, apontando para aquele pequeno desvio de minha personalidade, aquele meu ponto de fuga, mas mesmo assim não chegou a me abalar — talvez ele soubesse que não me abalaria —; tanto que lhe perguntei, na carta seguinte, que mal havia no fato de eu alhear-me daquela forma; era possível que aquele fosse o meu único recurso frente à crise por que passava, o mais saudável, pelo menos, pois através dele eu estava afinal conseguindo equilibrar-me sobre minhas patas, como lhe disse, e com o acréscimo de que aquele material poderia render dividendos literários, alimento possível para novas fantasias. Mas perguntei-lhe também se não poderia ser exatamente o contrário; se não seria o caso de eu ter dado um salto no ar para mergulhar em seguida em minhas reminiscências mais fundas, nos mistérios do inconsciente, uma vez que a carta de Stelle Olcott Fellger me fizera repensar numa parte meio secreta de minha infância, nos velhos arcanos familiares. E, como para encerrar o assunto, eu ainda dissera:

"O que quer que seja, encontro-me a caminho, creio, de alguma serenidade, e de um estado de espírito que me fará ver certamente o lado bom de minha permanência aqui. Gosto cada vez mais do lugar. Há um enorme bosque em frente ao *Mayflower*, com carvalhos centenários, tílias, plátanos, muitos pássaros e esquilos que já se acostumaram com a presença das pessoas; e há as pessoas que eu tenho conhecido e que foram, da mesma forma que eu, convidadas a participar desta extravagante experiência. Pode haver ideia mais alucinada que esta de reunir sob um mesmo teto trinta escritores das mais variadas procedências, e fazê-los conviver por tanto tempo, como se fossem membros de uma mesma turma ginasial? Usar este material em um romance seria pecar mortalmente pela inverossimilhança. Acho que jamais esgotarei em minhas reminiscências futuras os acontecimentos destes dias. E há algo que eu não poderia deixar de lhe dizer, pois se refere ao assunto que tantas vezes tratamos: a maneira que cada pessoa tem de apropriar-se do sentido das Escrituras, de tê-las para si, essa visão particular e inevitável dos fatos. Há um poeta espanhol que ocupa o apartamento bem em frente. Chama-se Luís J. Moreno. É de Segóvia. Dele eu lhe poderia dizer muitas coisas, mas nada do que eu dissesse haveria de ser mais revelador de seu espírito e de seu caráter que estas poucas linhas que escreveu a respeito do enorme desastre que se abateu um dia sobre Sodoma e Gomorra:

La mirada hacia atrás
ha sido castigada ejemplarmente
en la tierna figura de la mujer de Lot.
Sin embargo, esa imagen
irreal de sal, que huía de un desastre,
deseaba indagar, tener noticia.
Tal vez,
entre aquel intolerante cataclismo
perecia el amante
que a su vida monótona
diera sentido intenso, ilusión viva
y así abjuraba ella
dei privilegio de su inmunidad.

Eu dissera, pois, a Raul que a carta de Stelle Olcott Fellger me fizera repensar numa parte meio secreta de minha infância. Com efeito, me lembrei então, de uma maneira vivida, de um episódio que eu não testemunhara, pois não havia nascido, mas que me fora contado tantas vezes que eu o memorizara como se de fato o tivesse vivenciado: era a respeito da morte de tio Beppe. Cheguei a escrever sobre o fato uma vez, e o resultado está numa das pastas de meu arquivo, parte de uma pretendida saga familiar. Foi uma tentativa de me colocar como se eu fosse criança e tivesse convivido com o seu desaparecimento. Fico então tentado a retomar aquele texto para simplesmente transcrevê-lo aqui, mas penso também que talvez seja mais interessante tentar tratá-lo agora a partir de uma perspectiva diferente; da maneira como posso encarar o fenômeno neste preciso momento, e assim ver o que teve a força necessária para permanecer em minha memória até hoje. Posso me lembrar, claro, do início; sei ainda exatamente como comecei: "Dizer a razão por que o tio Beppe se matou não sei se vem muito ao caso. Acho que o mais importante, ou pelo menos mais interessante, muito mais, é falar da maneira como as pessoas da casa ficaram desconfiadas de que alguma coisa de ruim devia ter acontecido com ele!" Do que vinha depois, só me lembro de uma frase ou outra, embora a essência do que eu queria dizer esteja ainda bem viva; o sentido oculto daquele acontecimento, quero dizer. Foi muito estranho mesmo o que aconteceu, e ainda hoje fico pensando se não foi tudo imaginação ou um delírio coletivo. Aconteceu bem no tempo em que a filha mais nova de Aldílio, que era então o *camarada* da fazenda, uma espécie de ajudante de ordens de meu avô, um imediato; a filha dele, pois, ficou grávida sendo ainda solteira, tendo apenas dezesseis anos, fato que jamais havia acontecido, não podia acontecer na área de domínio de Nanni Rovelli. No entanto, aconteceu, e a situação era bem mais grave do que a princípio se pensou. Era agosto, o frio já havia amainado um pouco, havia muito vento e muito pó porque era o auge da estação da seca, com muita folha arrastada pelo chão, redemoinhos, aquela agitação toda das árvores; um tempo poético e pleno de mistérios, e que hoje eu não sei dizer se era bom ou se era ruim; difícil saber. E foi sob esse clima que tio Beppe começou a causar grande estranheza em todos. Tornou-se repentinamente muito calado, como se estivesse a remoer alguma grande preocupação. Não que ele tivesse sido uma pessoa falante; ao contrário, era dos que menos falavam em casa. Minha mãe dizia que ele havia sido assim desde que o conhecera, e continuou assim depois que se casou com tia Otília e foi morar na fazenda. Mas, naquele agosto, todos concordaram que estava calado demais. Era ele quem mais se preocupava com a criação que vivia à volta da casa; com os cachorros, principalmente, que eram sete, de tudo quanto era tamanho e procedência, todos eles vira-latas, referência que meu tio se recusava a aceitar por considerar depreciativa, embora não houvesse outra maneira para designá-los, a não ser a expressão "sem raça definida", que ele encontrara num artigo de jornal, acho que na seção de Théo Gygas, ou no livro dele (ainda tenho comigo o exemplar da primeira edição de *O Cão em Nossa Casa*, que pertenceu ao meu tio, e que mais que uma obra científica parece, em alguns momentos, tratar-se de um trabalho de ingênua poesia de alguém que "tão bem soube entender os cães e foi por eles compreendido", como o editor chegou a acrescentar nas edições que se seguiram à morte do autor, uma homenagem que servia também de legenda a uma foto de Gygas com um de seus cachorros, um pastor belga. Está abraçado a ele, dizendo-lhe algo no ouvido, causa talvez da expressão de ternura daquele cão afortunado. "De todos os animais que conhecemos", escrevera Gygas, "o cachorro é o que mais se uniu a nós. Sejam príncipes que lhe dão farta comida ou mendigos que dormem ao relento e só podem oferecer-lhe uma pequena parte de suas migalhas: idêntica é a sua afeição e dedicação." Sempre que me deparo com a singeleza deste clássico em sua especialidade, é como se eu estivesse lendo algo que o meu tio teria escrito se por uma fantasia alguém lhe tivesse pedido que dissertasse sobre o assunto. "Para o cachorro o tempo parou. O que vale para ele é ainda o coração, e a sua devoção nasceu com sua espécie. Sua alma não conhece nem a malícia nem a falsidade." Assim mesmo; parece uma repetição, embora as palavras sejam outras, daquilo que o meu tio costumava dizer a respeito daqueles sete cães que enchiam de vida e, às vezes, de tumulto o espaço amplo ao redor da casa). Eram todos "sem raça definida", ou "s.r.d.", com letras minúsculas, como explicava o tio Beppe, tentando infrutiferamente introduzir o termo no vocabulário da casa. Era uma expressão técnica, um tanto artificial para nós; e, de mais a mais, não era para ofender que chamávamos nossos cachorros de vira-latas. Mas o que importa é que o fato dava bem a medida de como meu tio considerava os animais, razão também pela qual era a pessoa mais festejada por eles. Durante aquele período em que entrou

156

em crise, no entanto, ele não cuidou dos animais da maneira como até então cuidara; e eles, por sua vez, deixaram de lhe fazer tanta festa. Mais do que a diferença no trato, era como se estivessem a pressentir que alguma coisa de ruim estava para acontecer. E havia o Jalo, nome abrasileirado de um cachorro que o meu avô tivera na Itália, quando criança; aquele Giallo de quem Nanni Rovelli costumava contar casos deliciosos. Dizia o meu avô que eram parecidos — "possivelmente reencarnação um do outro", ele costumava brincar. E o nosso Jalo era um cachorro grande, de pelo médio amarelo (daí o nome), quase dourado, com traços de sua origem *setter*, mas muito bravo. Sobre ele, só o tio Beppe tinha completo domínio. Pois este mesmo Jalo chegou a rosnar várias vezes para ele naqueles dias.

Tia Otília podia estar sabendo o que se passava lá na intimidade dele, mas isso não adiantava nada. Mesmo que ela soubesse, não ia dizer para os outros. Os adultos da casa eram, nessas ocasiões, extremamente reservados. Conversava-se muito, mas nada de intimidades. Foi por isso que o desfecho daquela crise foi tão inesperado, e chocou tanto. Começou por meu tio insistir em ir ele daquela vez a Três Divisas cuidar de tudo quanto devia ser periodicamente tratado na comarca: problemas de banco e de cartório, principalmente. Meu avô acabou concordando e ainda chegou a observar que assim seria melhor, que assim ele se distrairia.

Saiu de manhã bem cedo e não voltou ao entardecer, como devia ter voltado. Ficaram todos apreensivos, minha tia muito nervosa, minha avó invocando entidades peninsulares, com o *Manuale di Filotea* entre as mãos. Por duas vezes houve motivo para que todos se assustassem. Era já madrugada quando, com estrépito, uma pedra caiu no telhado despertando os cachorros, e rolou pela água da frente, saltou sobre o teto do terraço, parecendo ter partido uma telha, e foi cair entre as plantas do jardim. Era um mal sinal. Minha avó não teve dúvidas do que aquilo significava, e caiu em prantos. Tia Otília emudeceu, como em estado de choque. Pouco se dormiu depois disto.

Cerca de uma hora depois, a velha Elisa chamou minha tia, e lhe disse ter ouvido passos no jardim, barulho de pisadas sobre folhas secas; e, um leve toque na porta da frente, a que dava acesso ao terraço. Munido de lanterna, meu pai e o tio Remo saíram para fora e andaram ao redor da casa, mas nada encontraram de anormal. Entretanto, os cachorros continuaram latindo para a escuridão, agressivos e temerosos ao mesmo tempo, recuando e avançando. Jalo, que era o mais valente, foi várias vezes até a primeira porteira e voltou, ladrando e rosnando ferozmente.

As comunicações eram difíceis. Não havia telefone ainda. Ignoro por que meios a polícia foi comunicada do desaparecimento de meu tio. A "Ramona" foi encontrada por uma patrulha, logo ao amanhecer, à beira da estrada de Três Divisas, na subida da Serra das Anhumas, e o corpo, só no início da tarde, a mais de cem metros dentro da mata. Segundo os policiais, o tio Beppe, quando o encontraram, ainda estava com o cano do revólver, um Corzo 38, entre os dentes, apontado para o céu da boca.

O FIO DE ARIADNE

Achei que era natural, inevitável, que nós nos lembrássemos, naquele período, desses casos familiares, dos momentos em que os fatos da vida real de nossa casa e da casa de meu avô haviam sido tocados pelo universo da imaginação e do mistério. Desejei então que esse mundo impalpável existisse de verdade, preferi que eu estivesse errado, e que certas estivessem minha prima e Luísa Rovelli e Otília e a velha Elisa ao acreditarem inquestionavelmente no milagre; que era assim possivelmente que suas vidas adquiriam uma justa dimensão, com um mundo superior a dar sentido às injustiças e às desventuras deste outro, este que tia Otília costumava chamar de vale, o vale de lágrimas da oração;

"isto é apenas um vale", expressava-se quanto à vida transitória que tínhamos de viver, com suas provações. O vale. O nosso vale, forma expiatória de existência que podia ser eventualmente apenas um estágio no aperfeiçoamento do espírito, ainda que com isso não se achasse, ambiguamente, que a morte fosse, nem mesmo para os virtuosos, uma elevação, pois ninguém quase nunca a desejava. Mas era reconfortante imaginar que este vale fosse apenas uma passagem, um crisol, um estágio; um transe, tal a brevidade; e acreditar nisto era acreditar, entre outras coisas, que o tio Beppe, embora não estivesse vivo, desfrutava de um outro tipo de existência e, mais que isso, havia sido dotado, como de certo modo se acreditou, do dom de perscrutar a vida da família, uma vez que anunciara a própria morte e depois, em diferentes ocasiões, enviara sinais previdentes a respeito de eventos bons e maus. Era precisamente esse mundo que Adriana Elisa procurava contatar, crendo também ela, ou necessitando crer, nesse estágio da existência e da consciência em que se encontrava, segundo ela, também Raul. O levantamento das velhas histórias familiares, daquilo que eu chamava de rupturas da realidade, recusando-me a crer no seu caráter sobrenatural, pareceu ter dado um pequeno alento à minha prima, chegou a serená-la um pouco, e eu passei então a ter plena convicção de que a sua entrega incondicional às experiências com Endríade Carlisi não haveria de lhe causar nenhum dano; antes, talvez viesse finalmente a ajudá-la a recobrar o senso da realidade; e isto pode parecer ambíguo, mas era exatamente assim que eu pensava; e o estranho era que a imagem que ela me passava do professor (embora falasse muito pouco de sua pessoa, e sim de seus prodígios e dos métodos que empregava para realizá-los) era a de alguém em quem se podia confiar sem restrições. Tive logo comigo que ele não podia mesmo ser um mistificador, mas alguém que acreditava de fato naquilo que fazia. Chegou, pois, o momento em que fiquei verdadeiramente interessado em conhecê-lo. Claro que desejava testá-lo, mas havia algo além disso: minha natural curiosidade e uma forte expectativa de que ele pudesse trabalhar com eficiência a minha memória e fazer tudo o mais em que eu pudesse acreditar. Ansiei por comprovar os seus dons. Desejei que ele tivesse sucesso comigo. Fiz então Adriana jurar que não havia dito nada a meu respeito, e decidi também procurá-lo sozinho, imaginando que a presença de minha prima pudesse me constranger ou interferir de alguma forma na experiência, um receio impreciso.

O primeiro "teste", sob certos aspectos, foi um fracasso, mas isto, penso, porque eu havia alimentado um excesso de expectativas. Ao receber-me à porta, o professor me pareceu uma pessoa serena, delicada e segura. Devia ter uns setenta anos, era magro, alto, grisalho, tinha barba e bigode bem cuidados e vestia-se com sóbria elegância, mas de uma maneira um tanto anacrônica, como se tivesse emergido, de repente, da década de quarenta, ou um pouco antes disso até; mas acho que se tratava mais de uma sensação minha que de um fato em si; tanto que nem saberia descrever o seu modo de vestir-se. O fato é que, no exato momento em que abriu a porta, pareceu-me ter emergido de um tempo que não era o nosso. Quando nos sentávamos junto à sua mesinha de trabalho, que ficava numa saleta à esquerda do *hall* de entrada, mostrou-se ligeiramente nervoso, quase um nada, e eu só devo ter percebido isto porque estava com minha atenção aguçada, com a vigilância de quem entra em um mundo inteiramente novo e que pode oferecer surpresas a cada instante. Suas mãos estavam um pouco trêmulas no momento em que ia pousá-las, espalmadas, sobre o tampo da mesa redonda. A mesa tinha uma perna central única que se abria num tripé minuciosamente trabalhado; um modelo que os ingleses chamam de *piecrust*. Eu ficaria sabendo depois que se tratava da mesa ideal — por ter aquele tipo de sustentação — para as experiências de tiptologia, a linguagem das pancadas, daquilo que os espíritas costumam chamar de "raps". O professor Carlisi era mesmo uma pessoa que inspirava absoluta confiança, e eu me senti como que na obrigação de deixar, de minha parte, as coisas bem claras, para evitar equívocos. Eu havia procurado explicar, logo à entrada, a maneira como eu acreditava nos chamados fenômenos mediúnicos, mas ele não me parecera ter dado muita importância ao fato, como querendo possivelmente demonstrar que o alcance do seu poder espiritual independia do teor de minhas crenças. Imaginava que ele fosse demorar algum tempo para concentrar-se, orando, fazendo alguma invocação, mas já no momento em que estava para pousar as mãos sobre a mesa, naquele átimo em que as estendeu, disse-me de pronto que alguns espíritos me cercavam. Não posso dizer que me tenha assustado. Me surpreendi, isto sim, com a rapidez com que ele estabeleceu aquele contato. Senti um arrepio percorrer o meu corpo, ao perceber, afinal, que a sala, em sua semiobscuridade, estava fria demais para um dia de verão como aquele. A pesada sobrecortina da janela logo à esquerda estava em grande parte cerrada, mas, através da pequena faixa de luz que atravessava a gaze da cortina propriamente dita, eu podia constatar que continuava fazendo sol. Tive um novo arrepio. Pensei naquele momento que eu devia me portar como se aquilo fosse a coisa mais natural do mundo. Não sei por que eu não queria deixar transparecer ao professor possíveis receios ou tensão. Talvez eu imaginasse que isso pudesse prejudicar o seu trabalho, impedindo-o de ler o meu pensamento ou contribuindo para que ele fizesse alguma leitura equivocada. E, naquele átimo em que o professor ia pousando as mãos sobre o tampo da mesa, tive tempo de pensar tudo isto e ainda de controlar o meu espanto inicial para poder, com tranquilidade, ouvi-lo dizer — as mãos já pousadas — que eram espíritos de aparência familiar os que estavam ali presentes. "Familiares a você", logo explicou. Perguntei-lhe se podia dizer seus nomes. "Deixe-me ver, deixe-me ver", foi dizendo, mas não pôde mencionar um nome sequer. Procurou então descrever os tais espíritos, mas eu não consegui reconhecer ninguém. Eu já havia me acalmado o suficiente para perguntar a mim mesmo como havia podido cometer a tolice de procurar o professor, de ter acreditado que, por intermédio dele, pudesse descobrir alguma verdade oculta a respeito de Raul. Percebendo o meu desapontamento, Endríade Carlisi teve o bom senso de declarar-se vencido e reconhecer que, por mais que insistisse naquele dia, não haveria de obter resultados que me impressionassem. Foi o que, em outras palavras, me disse, com toda a honestidade. "Estou muito cansado", confessou. "Ando muito cansado, muito mesmo. A minha idade já não me permite trabalhar o dia inteiro, como ainda venho fazendo. Embora não pareça, uma atividade como esta requer um enorme esforço, muita concentração. Me agradaria muito, de qualquer maneira, se você voltasse. Não gostaria que ficasse com uma ideia imprecisa de meu trabalho e do que os espíritos podem fazer pelos vivos. Peço-lhe que volte. Embora você se julgue um cético, percebo que tem uma alma receptiva. Há qualquer coisa, uma intuição, eu diria, uma intuição muito forte, pode acreditar, de que você obterá aqui importantes revelações. Senti forças poderosas querendo manifestar-se. Isto eu posso garantir. Senti muita vibração no ar, fluidos intensíssimos, o que nem sempre acontece. Você tem de acreditar no que digo porque é a absoluta verdade. Havia algo, no entanto, impedindo que as forças presentes se manifestassem plenamente. Não quero dizer que o problema esteja aí com você, necessariamente, mas há algo estranho que não posso compreender. Se não fosse assim como estou dizendo, eu não lhe estaria pedindo que voltasse. Por que haveria de arriscar-me a um novo insucesso? O fato é que estes pequeninos fracassos podem acontecer a qualquer pessoa que se dedique a este tipo de missão. Ninguém é infalível. Mas devo lhe dizer: tenho certeza de que voltará." A serenidade com que se expressou, a limpidez do olhar dele, uma certa aura que parecia possuir me fizeram crer que o que ele me dizia era mesmo a mais pura das verdades; ou melhor, que ele não estava querendo enganar-me, mas dizendo realmente aquilo que pensava ou imaginava. E também tive absoluta certeza de que ele seria capaz de operar maravilhas naquela saleta; mas, para isso, teria de contar com um interlocutor verdadeiramente receptivo, o que não era o meu caso. Aquele impedimento a que ele se referira só podia ter como causa a minha maneira de ver as coisas, a perspectiva materialista, para ser prosaico. Fiquei com a impressão de que, comigo, ele não iria conseguir nada. Ao despedir-me, percebi que ele estava muito decepcionado mesmo em não ter podido atender-me adequadamente, em ajudar-me. Disse-me algo então que podia conter a chave daquele aparente fracasso: "A ansiedade é uma prisão. Não se deve ter pressa num caso como este. Há um tempo para tudo."

ANOTAÇÕES DE DÉDALO

Deixei a casa do professor Carlisi decidido a não procurá-lo mais. Era preciso crer no milagre para que o milagre pudesse verificar-se. Pensava assim. Os fatos demonstrariam, porém, que o seu poder era mais amplo do que eu poderia supor. E hoje, avaliando com mais serenidade o que se passou naquele período, penso que eu ainda temia o milagre; receava que o professor Carlisi trouxesse Raul Kreisker à minha presença, ou seu espírito, ou sua alma, sei lá, ou a sua sombra, pois não sabia como me referir àquilo, e receava que, desse modo, ele pudesse continuar me desafiando. O que representava para mim Judas Iscariotes? Era o que Raul talvez quisesse ainda saber; e a resposta, claro, não estaria em nenhum livro que eu já tivesse lido. Eu devia estar temendo, embora não tivesse consciência disso, que ele puxasse o fio da meada, e começasse por me mostrar afinal o motivo por que eu continuava a fracassar em minha tentativa de escrever o romance. O que eu não queria era pensar na essência daquele impasse.

O EVANGELHO DE FRANCISCO
O diário; anotações

Éramos solitários quanto àquele nosso interesse pelas Escrituras. Eu não havia encontrado ninguém além de Raul a quem eu pudesse expor minhas inquietações. Sendo quem éramos, tratava-se de um fato invulgar termos lido com tanto empenho aqueles textos. Eu, pelo menos, tinha a fundamentar-me as constantes leituras em voz alta de minha mãe, com sua voz monocórdia, adoçada pelo acento ainda perceptível de sua geração, lendo sem tropeços, mas como se declamasse uma longa poesia escolar, a começar daquela frase que na infância tive como a primeira a ser escrita em algum livro: "No princípio, Deus criou o céu e a terra." Não sei que repercussões íntimas as leituras noturnas de Luísa Rovelli tiveram em Fabrício, mas a mim, talvez porque fosse mais novo, elas pesaram como uma carga definitiva, boa e má ao mesmo tempo; angustiante, em certos períodos; eventualmente libertadora (e era uma carga; este contrassenso), da qual, sem avaliar seu peso, eu não quereria me livrar, se isso fosse possível. Por quê?, não sei. A ideia que me vem daqueles serões não é, no geral, a da angústia que eu eventualmente sentia diante de um Deus onisciente e implacável, com a sua estranha justiça e suas punições e a disposição de destruir até mesmo cidades inteiras por causa de seu nome, mas a do prazer das histórias em que ele parecia não estar presente e em que os homens transgrediam suas leis, e que minha mãe nos contava, não exatamente para nos apascentar e nos conduzir às águas tranquilas do salmo (talvez também por isso), mas pelo prazer evidente que aquelas leituras lhe causavam.

E a Raul, o que havia a fundamentar o seu interesse pelas Escrituras? Adriana Elisa tem hoje uma resposta que ainda não me atrevo a considerar. Penso que, ao final de tudo, os fatos falarão por si.

ÁLBUM DE RETRATOS

Foi nos últimos tempos em Ribeirão Preto: Raul me procurou para transmitir-me, como disse, meio brincando, "uma mensagem de Judas". Eu morava então numa república de estudantes na parte alta da rua Amador Bueno. Havia um pequeno jardim na frente do sobrado, e uma acácia bem no meio e um banco sob a acácia. Foi ali que nos sentamos. Sei exatamente o dia: 28 de outubro de 1964; isso porque havia um colega na república, que chamávamos de Chacal — já não me lembro de seu verdadeiro nome —, que fazia medicina e tinha uma máquina Kapsa, e nos interrompeu para que nos juntássemos aos demais e privilegiássemos o nosso futuro com a imagem única em que aparecemos todos juntos; à exceção de Chacal, claro, que nos legou este seu sacrifício. Ele não aparece, portanto, na foto que tenho daquele dia, com a data marcada a lápis no verso. E ali está Raul junto àquele grupo também igualitário e coeso, ostentando, mais uma vez, essa limpidez que insisto sempre em ver em seu semblante. Pouco depois, meia hora se tanto, ele recusaria o convite para almoçar, com a reserva habitual, e deixaria aquela casa, e nela a sua imagem aprisionada na câmera de Chacal, para enfrentar, como todos nós, o futuro incerto daquela foto, deixando para trás, em seu passado, o diálogo que o propósito de Chacal havia subitamente interrompido. Falávamos sobre as várias tradições a respeito do destino final de Jesus, tendo como pressuposto a hipótese de que ele tivesse sido verdadeiramente traído, ainda que isso continuasse (e continuaria sempre) inaceitável para mim. Havíamos já considerado o fato de que, se a traição tivesse ocorrido, Judas não teria traído a um Deus, pois talvez não acreditasse na divindade de seu Mestre. ("Nem mesmo os seus acreditavam nele", segundo João.) E Raul então disse que, havendo muito pouca coisa ou quase nada de histórico em tudo aquilo, podíamos cogitar tudo, até mesmo o fato de a traição jamais ter-se verificado, não passando de uma ficção destinada a colocar a vida e a morte de Jesus de acordo com as profecias. Sorriu, provocativamente, e acrescentou: "Gostaria que tivesse sido assim, e que isso pudesse ser comprovado. Imagino que você teria então de buscar correndo um outro modelo." Me aborreci com aquilo que me pareceu uma total incompreensão quanto às minhas preocupações. Disse-lhe que achava uma leviandade o que apontara, e que ele possivelmente não pensava com seriedade no assunto. "Você sabe bem que não se trata de leviandade; eu não procederia jamais assim. Intimamente, pelo menos, você deve imaginar por que lhe desagradou tanto o que eu disse." Meus mecanismos de defesa devem ter funcionado com eficiência, pois não consigo me lembrar do desfecho do diálogo, que havia sido motivado pela descoberta de Raul, no dia anterior, na Biblioteca Altino Arantes — esta "mensagem-de-Judas" que trazia —, de um exemplar em espanhol do Corão; mais precisamente, por algo que encontrara na surata Annissá, a surata das mulheres, revelada em Medina, e que no versículo 157 dizia: "Embora se afirme 'matamos o Messias, Jesus, filho de Maria, o apóstolo de Deus', não é certo em verdade que o tenham matado, nem crucificado, senão que isto foi apenas uma simulação. E aqueles que discordam de tal fato estão em dúvida porque não possuem conhecimento algum, abstraindo-se tão somente em conjeturas; porém, em realidade, não o mataram."

* * *

Quando já me dedicava de uma maneira mais sistemática ao meu diário, anos depois, tendo-o como um dos possíveis roteiros do pretendido romance, eu obteria, através de Renan, a informação de que, entre os primitivos cristãos, nem todos admitiam que Jesus tivesse sido crucificado. Alguns, como Cerinto, falavam de uma intermitência no papel do Rabi como filho de Deus; outros supunham que o corpo de Jesus fora um mito, e que toda a sua vida não havia passado de mera aparência, o que estava em concordância com a concepção gnóstica corrente na época de que o fato de um espírito ter de habitar um corpo material era uma espécie de provação necessária, mas também uma condição degradante, inaceitável para alguém que tivesse vindo para redimir os pecados do mundo.

Cerinto atuou por volta do ano 100, e sobre ele há ainda a informação complementar de Renan de que nascera no Egito e tentara difundir suas ideias fundando uma seita esotérica de judeus-cristãos, cuja existência foi efêmera. O Evangelho de Mateus foi o único texto do Novo Testamento aceito por Cerinto, que ensinava que Jesus havia recebido o Cristo no momento do batismo. Este o deixara antes que se consumasse a Paixão. É, com efeito, de Mateus que vem o grito: Meu Deus, meu Deus, por que me abandonaste?

7

Anotações de Dédalo

Releio a carta que escrevi há cerca de dez meses. Isolo um fragmento do texto, e fico pensando onde colocá-lo nesta sequência de papéis que me têm ajudado a recompor minhas memórias; até mais que isso, têm-me ajudado a seguir viagem na construção disto que agora, volta e meia, chamo inadvertidamente de romance. E o que faço me provoca fortes evocações, naturalmente; o que Raul, à sua maneira, chamaria de "rupturas da consciência". Como me lembro do Francisco que eu era ao escrever o que então escrevia; e como me surpreendo, às vezes, com o Francisco em que me torno a cada dia, à medida que deito no papel estas palavras, um pouco a cada jornada. O assunto tratado na carta era impessoal, sequência da carta anterior motivada por um recorte da seção de leitores do *Des Moines Register*. Já não sei o quanto coloquei de mim mesmo ao relatar a Raul o episódio estampado no jornal. Eu não estava escrevendo para mim, mas para ele, imaginando como sempre aquilo que o poderia interessar, ainda que mais tarde ele viesse procurar convenceer-me de que eu jamais escrevia senão para mim ("Santo Deus, escreve como que para si mesmo, e crê que é a mim que escreve", queixou-se uma vez a Adriana). E assim, ao isolar o fragmento da carta, ele me parece, mais que impessoal ou artificial, uma *pedra de tropeço:*

"(...) Agora que já se passaram duas semanas, o major Britten respondeu, finalmente, à senhora Fellger. Em carta datada de Davenport, ele esclarece: 'O editor teve a bondade de nos enviar o original, e assim pudemos ler o seu texto na íntegra. Talvez nossa reação devesse ter sido outra ao recebê-la se não fôssemos os Britten, e sim uma outra família com formação religiosa diferente. Assim, agradecemos suas intenções, mas, sinto ter que dizer que a sua carta não foi suficiente para abalar a paz que a duras penas conseguimos restaurar em nossa casa. Sentimos ter que dizer também que somos católicos apostólicos romanos, senhora Fellger, e é o que pretendemos continuar sendo até o fim dos nossos dias.'(...)"

O Evangelho de Francisco
O diário; anotações

Se eu não tivesse tentado escrever *O Evangelho Segundo Judas*, não estaria aqui fazendo este registro, enquanto releio antigas anotações. Não teria aprendido o que aprendi, o que pode ser até muito pouco. No entanto, é suficiente para o meu consumo pessoal. Posso confessar, ao menos, que consigo entrar no drama da Paixão e vê-la a partir da perspectiva de Judas. "Pequei, entregando sangue inocente", ele teria dito, corroído pelo remorso, aos sacerdotes do Templo. "Que nos importa. Isso agora é contigo", eles lhe teriam respondido. Atirando ao chão as moedas, Judas foi enforcar-se, sensibilizado pela condenação e a morte iminente de seu Mestre. Morreu antes dele, como se pode supor por Mateus, e não havia previsto as consequências de seu ato: não era onisciente, não possuía o "saber de Deus", não podia ter tido o prévio conhecimento de que, conclamada a opinar, a multidão escolheria Barrabás para renascer para a vida, em detrimento da figura frágil e silenciosa de Jesus. A multidão escolheu Barrabás, mas podia ter escolhido o Rabi, e ter ele sim renascido para a vida. E os anciãos e os sacerdotes haviam persuadido a multidão a que intercedesse por Barrabás e fizesse Jesus perecer, e Pilatos, ainda que contrafeito, atendeu a multidão, dizendo "estou inocente deste sangue", e os que estavam ali assumiram a responsabilidade da condenação e disseram "o seu sangue caia sobre nós e sobre os nossos filhos", sem temerem nenhum arrependimento, sentimento então incomum. E havia, pois, Pilatos, que se eximiu daquela culpa, e havia os sacerdotes e os anciãos e o povo ali presente e ninguém foi enforcar-se. O espetáculo do sofrimento e da morte não repugnava; ninguém ou muito pouca gente tinha em conta o padecimento físico alheio. Impiedades que denotariam a mais extrema vileza de um caráter não tinham naquele tempo muita significação; e, no entanto, Judas, que nada sabia ainda do que iria acontecer, atirou as moedas ao templo e suicidou-se. Entre os responsáveis pela tragédia resta, acima de todos, o seu nome, exaltado por essa circunstância. Sua morte deliberada deve ter sido o único acontecimento invulgar daqueles dias. É isso o pouco que se sabe sobre ele.

"Isso é contigo." Não há em minha memória outra cena em que eu tenha me deparado com tamanho abandono. Sinto-a sempre como o momento angular daquele episódio sangrento. Ou de sua lenda?, pois cheguei a ficar tentado a acreditar, algumas vezes, nas teses alucinadas de certas correntes gnósticas do cristianismo primitivo, dando conta de que o Rabi ainda estava vivo quando foi retirado da cruz, teria sido tratado pelos essênios, seita à qual teria pertencido e na qual teria tido a sua iniciação; teria continuado a ensinar, em relativo anonimato, tendo morrido em idade avançada. Há uma variante guardada por uma tradição oral do norte da Índia sustentando que, tendo sobrevivido à crucificação, ele viveu o restante de seus dias na Caxemira, onde teria casado e tido filhos. Com efeito, em Srinagar, mais precisamente em frente ao cemitério muçulmano da cidade, há uma construção isolada que ostenta a inscrição "Rauzabal": "Túmulo de um Profeta." Dentro, em uma placa de madeira, explica-se que ali está sepultado alguém que se chamou Yuz Asaf, em que não é difícil perceber-se transformados os nomes de Jesus ou suas variantes Iesus ou Iesous, e de José ou Iussef, Assef ou Assaf. Há ainda ali a informação de que, no reinado de um rajá chamado Godapattam, chegou ao lugar um homem com tal nome, dizendo-se príncipe real, garantindo ter renunciado a todos os direitos e poderes mundanos para ser legislador. Dedicou longo tempo às orações e à meditação, pregando a existência de um deus único. Não há nada além desse breve informe. A tradição popular local guarda em Yuz Asaf a lembrança do Cristo palestino, cuja presença na Caxemira não é sustentada apenas pelos guardiães hereditários daquele túmulo, mas também pelos devotos da seita muçulmana Ahmaddya, fundada no final do século XIX por Mirza Ghulam Ahmad.

Mas de que vale saber agora que há uma tumba em Srinagar contendo o corpo de alguém chamado Yuz Asaf, se o nosso destino está se cumprindo, de certa forma, como se aquele túmulo estivesse vazio ou contendo o corpo de uma outra pessoa. O espectro de Judas paira acima de fatos como este, como uma entidade possivelmente necessária, o ortodoxo providencial que haveria de preocupar-se até as últimas consequências com o cumprimento das profecias, desempenhando com a obsessão de um eleito o seu papel. Teria se impressionado de tal maneira com a profecia de Isaías, capítulo 53, que decidira oferecer-se em sacrifício, à custa de sua vida e da vida daquele a quem devia amar, por quem abandonara tudo, casa e família, e a quem seguira por mais de dois anos, e que afinal o distinguiria entre os outros de seu grupo.

Seguidores de certas seitas heréticas do início do cristianismo proclamavam a impossibilidade de se saber verdadeiramente a qual das duas grandes figuras da Paixão Isaías teria se referido:

"Quem deu crédito ao que nós ouvimos? E a quem foi revelado o braço do Senhor? Ele não tinha beleza nem formosura capaz de nos deleitar, e por isso não fizemos caso dele. Ele era desprezado e o último dos homens, um homem sujeito à dor e experimentado nos sofrimentos e uma pessoa de quem todos escondiam o rosto; era desprezado e por isso nenhum caso fizeram dele. E, no entanto, eram as nossas enfermidades que levava sobre si; as nossas dores ele carregava; mas nós o tínhamos como vítima do castigo; nós o reputamos como um leproso, e como um homem ferido por Deus e humilhado. Mas ele foi ferido por causa das nossas transgressões, foi despedaçado por causa de nossos crimes; o castigo que nos devia trazer a paz caiu sobre ele, e nós fomos curados por suas feridas. E o Senhor fez cair sobre ele a iniquidade de todos nós. Foi oferecido em sacrifício porque ele mesmo quis. Com os fortes repartirá os despojos, visto que entregou sua alma à morte, e foi posto no número dos transgressores, mas na verdade levou sobre si os pecados de muitos. Como uma ovelha que é levada ao matadouro, guardou silêncio, e não abriu sequer a boca. Deram-lhe sepultura com os ímpios, o seu túmulo está com os ricos. Após o trabalho fatigante de sua alma, ele verá a luz e se fartará."

PRAIRIE LIGHTS
Cartas tardias; a viagem

Raul, hoje eu reli mais uma vez o capítulo 53 de Isaías, "O canto do Servo", que eu havia transcrito porque sempre me impressionou por sua ambiguidade; e me lembrei de uma interpretação herética que se dava a esse também chamado *Canto do Servo Sofredor*, deixando no ar a dúvida se o objeto do poema teria sido Judas ou Jesus. Não sei se foi na *Britannica* ou em outro lugar que li a referência sobre tal incerteza. Há ali no poema alguém isento de beleza, segundo o profeta. Por isso ninguém "fez caso" de tal personagem, que teria sido desprezado como o "último dos homens". Dele, todos escondiam o rosto. E, no entanto, diz Isaías que sobre ele é que haviam sido depositadas as enfermidades e as dores do mundo. Depois de morto, teria sido sepultado "entre os ímpios"; ou seja, entre os não judeus. O curioso é que Mateus, o único dos evangelistas a mencionar a morte de Judas, diz que ele, arrependido, teria atirado as tais trinta moedas no chão do templo, retirando-se para ir enforcar-se. Os sacerdotes não recolheram as moedas ao tesouro do templo por tratar-se, segundo eles, de "preço de sangue". Por isso, resolveram comprar com elas uma área para sepultamento de estrangeiros. Se teve sepultamento "entre os ímpios", só pode ter sido Judas. O corpo de

Jesus foi sepultado por José de Arimateia em um túmulo novo escavado em sua propriedade, tendo ele obtido, para tanto, uma permissão especial de Pôncio Pilatos.

Mas, caro Raul, não era propriamente isso o que eu pretendia lhe dizer quando sentei aqui diante de minha máquina de escrever, diante de minha janela, diante da amplidão da pradaria, e sim algo menos elevado. Vamos lá: se ainda lhe interessa, a senhora Stelle Olcott Fellger não revidou à carta do major Britten. Pelo menos, nada foi publicado no *Des Moines Register*, e já se passaram quase duas semanas. Estou um pouco surpreso. Não sei por que, dada a imagem que fiz da senhora Fellger ao ler a primeira carta, achava que fosse uma dessas crentes empedernidas — encanzinadas, como diria o nosso caro professor Ricchetti, com o seu precioso vocabulário; lembra-se? —, que não se conformam que haja outras verdades transcendentais além das próprias, e querem de todo jeito que as mesmas sejam produto de consumo geral. Pode ser, também, quem sabe?, que ela esteja assestando suas cartas diretamente, tendo, por algum meio, encontrado o endereço do major ou, o que até seria mais provável, o da unidade militar a que ele está ligado. Assim, ela poderia dar vazão aos seus instintos religiosos — para não dizer outra coisa —, sem que o major Britten pudesse expor publicamente seu pensamento, tendo ele com isso algum benefício publicitário para as suas crenças pessoais. Pensei nisso porque é impressionante como as pessoas aqui têm uma mentalidade desenvolvida a respeito desse tipo de vantagem. Não obstante a flagrante despolitização, as pessoas no geral parecem ter uma noção muito clara de como a opinião pública é frágil e suscetível, e por isso mutável. Mas nem é por esse motivo tampouco que lhe escrevo. O caso levantado por Stelle Olcott Fellger me fez lembrar de uma outra história que, não sei por que, nunca me ocorreu lhe contar, e que ouvi de minha prima Giuliana, quando estive pela primeira vez em Casático, na nossa Garfagnana, terra de meu avô, como você sabe. Era a respeito de uma professora da escola elementar, que ali residira trinta anos antes ou mais, e se fora, deixando atrás de si um longo repertório de casos pessoais, que costumava contar com grande empenho dramático, e que acabaram por agregar-se de certa forma à saga local. Cornélia Capursi, este o seu nome, era uma sensitiva, dizia-se sensitiva, e ali mesmo em Casático ensaiou algumas experiências de tiptologia, através das chamadas mesas falantes, causando assombro em toda a aldeia, notadamente junto àqueles que, por esse meio, teriam conseguido comunicar-se, segundo seus testemunhos, com parentes ou amigos já mortos, recebendo deles orientações sobre como administrar adequadamente e em proveito próprio a vida a que estavam ainda destinados a viver. Cornélia jamais se casara, e isso, como alardeava, não porque não tivesse tido chances nesse sentido, mas por uma decisão pessoal que dizia ter muito a ver com o dom mediúnico recebido ao nascer e, por conseguinte, com a missão a que se julgava destinada de propagar a fé através de seus poderes. Desfrutou, em todo o tempo que ali esteve, do crédito generalizado da população, que ouviu com pasmo os inúmeros casos bizarros que haviam pontilhado sua vida, entre os quais o de um galante cavalheiro que compareceu em espírito a uma sessão realizada em Florença, domicílio anterior de Cornélia, em que esta, sua mãe e Anetta, uma prima, tentavam parlamentar com entidades do outro mundo. "Sou um teu prisioneiro, um servo de tuas graças", lhe disse o visitante, através da voz enrouquecida de Anetta. "Não quero nada com namorados do outro mundo", reagiu Cornélia ao gracejo. "Sou de carne e osso", tornou o visitante. "Sou deste mundo; de Palermo, mais precisamente. Vi seu belo poema e sua foto em *La Scena Illustrata*. Gostei tanto que o que mais desejo é conhecê-la pessoalmente." Disse ainda que havia uma mensagem a caminho. Com efeito, cerca de uma semana depois, chegou às mãos de Cornélia uma carta que havia sido encaminhada à redação da revista à qual enviava, eventualmente, o produto de suas veleidades poéticas. Ao contrário do que ela havia inicialmente suposto, Piero, o visitante noturno, não era espírita. Pertencia a uma tradicional família católica do sul. E Cornélia só respondeu à carta porque se sentiu na obrigação de fazê-lo, e surpreendeu-o com a revelação da mensagem captada em tão insólitas condições. Piero lhe disse, na carta seguinte, que não fizera nada nesse sentido. O seu único ato voluntário havia sido o de enviar à redação de *La Scena Illustrata* a sua carta inicial. Não se sabe se ele de fato acreditou no que espantosamente Cornélia lhe disse. Pelo menos não se declarou incrédulo. Pode ser até que por cortesia. Era realmente muito galante. Pretendia, como chegou a demonstrar, algo muito mais que uma aventura. Tanto que foi sincero, revelando, já na primeira carta, ser casado, embora infeliz, sem laços que o prendessem à esposa que não o das convenções. Como almejasse de sua correspondente algo duradouro — "para todo o sempre", como declarou em seu modo romântico e arrebatado de expressar-se —, preferiu não furtar-se à verdade. Disse concordar que se tratava de uma situação inaceitável segundo os padrões vigentes, motivo inevitável de escândalo, mas que mesmo em tais circunstâncias preferia acreditar até no impossível. "O amor tudo vence", proclamou, finalizando com este lugar-comum uma de suas cartas. Apesar da recusa de Cornélia em continuar, por motivos óbvios, a relacionar-se com ele, ainda que por cartas e mesmo por amizade, Piero não tardou a desembarcar em Florença. Não seria de estranhar que a família de Cornélia não o recebesse. O pai, com muito custo, consentiu apenas que ela o visse uma única vez, e em casa de uma amiga da mais estrita confiança, e somente para que, de uma vez por todas, com a clareza que só seria possível expressar de viva voz, Cornélia pusesse um fim à impertinência de seu pretendente. Piero era moreno e simpático. Cornélia não chegou a revelar se era bonito; talvez, sabe-se lá, por algum excesso de pudor. Era de estatura abaixo da média, mas gracioso, com grandes olhos meridionais, falando com desenvoltura, possuindo uma magnífica voz de barítono. Era gentil, educado, elegante. Um homem fascinante, diria muito tempo depois Cornélia. Manifestou-se de forma lisonjeira, própria de um pretendente apaixonado. A amiga de Cornélia, antes de deixá-la a sós com o visitante, achou um jeito de dizer-lhe reservadamente que tivesse cuidado, pois tratava-se de um tipo verdadeiramente sedutor. Piero discorreu então, com minúcias sobre suas desventuras domésticas, consequência de uma ligação prematura e um tanto superficial. Falou de um quase culto dedicado às duas grandes figuras femininas de sua vida: a mãe e a irmã mais nova, o que impressionou vivamente Cornélia e a fez estremecer ligeiramente em suas convicções. Mas ela se manteve irredutível, como era esperado. Dotado de um caráter marcado pela obstinação, Piero regressou a Palermo alimentando ainda um fio de esperança. Só desistiu de seus propósitos cerca de dois anos depois e de quase uma centena de cartas não respondidas. Através do confronto dos fatos, levado a efeito quando se falaram em Florença pessoalmente pela única vez, teve-se que Piero estivera dormindo no mesmo momento em que, em Florença, Cornélia havia recebido a sua involuntária mensagem. "Sou um teu prisioneiro", havia dito. Na entrevista pessoal, perguntado se sonhara naquela noite, ele nada pôde responder, pois de nada se lembrava.

Não é interessante, Raul? Claro que a história deve ter recebido acréscimos com o passar do tempo; mas que importa?; ainda assim, ela continua falando com eloquência de energias secretas, da força dos sentimentos e de um amor lamentavelmente impossível. Ando fazendo registros sobre isso, temas a serem pensados. Saiba, pois, que há mais coisas que eu gostaria de lhe contar. Aguarde.

Grande abraço,

F.R.
Iowa City, 3.11.75

8

A CASA

Claro que não se tratou de alucinação coletiva. O que ocorreu deve ter tido mesmo algum fundamento na realidade, embora o pessoal da casa continue em suas rememorações a pensar de outra forma, como querendo, na verdade, engrandecer aquele fato. Chego, às vezes, a arriscar algum palpite sobre a maneira como o fenômeno deve ter ocorrido, mas isso prejudicaria o seu encanto. É muito mais bonito pensar, como pensa até hoje tia Otília, nessas forças misteriosas que pairam acima da natureza, essa crença imperturbável, imune ao tempo e à evolução das ideias, e que, em nosso caso, deu origem a tantos relatos plenos de poesia e de esperança, essa maneira tão particular de ver as coisas aparentemente simples, enaltecendo-as com o toque da magia, tornando-as matéria necessária dos longos serões da casa de meu avô e, depois, da casa de meu pai, na rua Engenheiro Lundstrom, atando-se um caso ao outro toda vez que nos dispúnhamos a nos voltar em direção ao passado de uma forma mais intensa, retomando aquela espécie de corrente que nos unia às nossas origens e nos fortalecia espiritualmente. Este, creio, o grande valor dessa nossa herança de presságios, de intuições, da comunhão constante com os nossos mortos e com esse mundo adjacente que sempre nos parecia mais próximo quando estávamos no campo, temido mas exaltado e desejado porque pressupunha o prolongamento de nossas vidas em direção à eternidade: não éramos apenas pó; como isso intimamente nos devia confortar, como precisávamos crer em tal possibilidade. E o temor somava-se assim, contraditoriamente, às nossas satisfações pessoais quando nos dávamos conta de alguma ruptura, ou quando alguma janela se abria na fronteira entre os dois universos de nossa existência. Foi, com efeito, o que aconteceu naquele mês de agosto: os anúncios dessa ruptura vieram em forma de uns gemidos inexplicáveis que começaram a ser ouvidos à noite, algo muito tênue no início, um som impreciso que podia ser atribuído vagamente à voz humana. Foi bem depois da última novela. Como sempre acontecia, o rádio era desligado assim que terminava o capítulo; e, depois dos comentários incidentais das mulheres a respeito daquela história de desencontros, sobrevinha geralmente uma pausa, alguns momentos de silêncio que pareciam estimular as evocações familiares ou o reassunto dos fatos do dia, que embora repetitivos traziam em suas minúcias a sua verdadeira riqueza, os elementos que faziam de cada jornada de trabalho uma jornada particular, uma renovação frente aos fenômenos da natureza, havendo apenas vez ou outra um dia que se distinguisse dos demais por algum fato extraordinário, um incidente, uma morte, um casamento, um batizado, o desaparecimento de algum animal, um nascimento; mas, somados, esses dias eram raros, quase nada frente à extensão dos dias comuns, essa sucessão aparentemente interminável de jornadas parecidas umas com as outras, e que as lições de tédio ensinam a aceitar com resignação e que chamamos de vida cotidiana. E aquela noite podia ter sido apenas mais uma noite de evocações, mas, contrariando o hábito, pouco se falou depois que o rádio foi desligado por minha avó, as mulheres procurando concentrar-se nos seus bordados, nas pequenas costuras, nos arremates, nos chuleios, a velha Elisa imersa nas minúcias de algum trabalho *all'uncinetto*, sua especialidade; o meu avô junto à escrivaninha próxima à janela, repassando o jornal; as crianças já recolhidas; os demais espalhados por outras partes da casa ou no pátio onde havia o poço e sua cobertura, ultimando pequenas tarefas, para em seguida voltarem para casa, depois de desligado o rádio, pois não se mostravam interessados naqueles dramas infindáveis. Só o meu avô permanecia na sala, ouvia as novelas enquanto relia o jornal, mas, em vez de comover-se, costumava sorrir com complacência, ao ouvir as expressões daqueles personagens perdidos em meio aos seus desastres de amor. O tempo já começara a abrandar o rigor de sua autoridade e de seu temperamento. Desligado o rádio, era comum que todos se reunissem para mais um capítulo daquelas inesgotáveis rememorações em que, noite após noite, anos e anos a fio, o passado familiar foi revivido, passado a limpo; e em que, também, novos elementos foram acrescidos àquela novela — ela sim interminável —, ao longo trecho que vinha sendo trabalhado desde que a família se instalara no Ibipiú, ali à margem de Ouriçanga ou Conceição dos Sete Montes, na antiga sesmaria que já havia sido chamada de Boa Vista da Onça, quando a nossa terra ainda "reboava ao tropel dos índios e das feras", a imagem poderosa que eu encontrei um dia no poema transcrito pelo professor Henrique Ricchetti, no *Infância*, quarto grau primário; Boa Vista da Onça, que acabou por soar para mim como um nome pagão e inadequado porque por intervenção de minha avó Elisa fora trocado pelo de Santa Cruz, uma vez que havia sido num três de maio, "dia da Santa Cruz", que o núcleo familiar ali havia chegado, vindo das Embaúbas, pondo fim a um período infrutífero, iniciando-se afinal a arrancada de meu avô em direção à prosperidade. Mas naquele início de agosto o capítulo de então havia sido interrompido por uma razão um tanto grave: a tormentosa relação conjugal de tio Augusto, irmão de minha mãe, e tia Catarina passava por mais um de seus períodos de crise, culminando naquela semana com uma discussão iniciada à mesa do almoço, terminando no quarto deles, chegando ao ponto calamitoso em que minha tia, na impossibilidade de expressar verbalmente toda a sua ira, pois gritara além de suas forças, puxou de um ímpeto a toalhinha de crochê de sua penteadeira, transformando em cacos a coleção de bibelôs que fazia e refazia, mais que por um equivocado prazer estético, para renovar — parecia — aqueles pequenos instrumentos de expressão de seu gênio turbulento. Muito mais tarde, tio Afonso, lembrando-se desse período de tumulto, diria que achava que não havia sido por acaso que o velho Beraldo escolhera o nome de Catarina para aquela filha impetuosa, mas por algum sinal de clarividência, já que ela tanto se assemelhava à filha megera de Batista Minola, na velha comédia cuja história ele me contou na ocasião. E assim, naquela noite de agosto quando o vento próprio do mês já havia começado a soprar e a fazer-se notar com sua consistência de espírito, e a novela havia terminado, e a minha avó desligara o rádio (ela como sempre, para não fugir à regra), e ficaram todos em silêncio, vitimados pelo clima constrangedor imposto por aquela crise de relações; naquela noite é que se ouviram pela primeira vez, segundo minha mãe, os gemidos, ou algo parecido com gemidos humanos, ainda não inteiramente distintos, meio abafados pelo farfalhar das árvores, pelo ruído da folharada que o vento arrastava pelo chão do pátio; gemidos ainda distantes, mesclados de rangidos, de pequenos estalos, aquela confusão enorme dos ruídos das árvores em permanente agitação. Mas isto, no primeiro dia, porque durante aquela semana os gemidos foram ficando cada vez mais claros, distinguindo-se gradativamente dos outros sons, à medida que agosto foi avançando para o seu fim. Naturalmente, meus tios fizeram investigações, andaram por todos os lados, fazendo o possível, decerto, para não se mostrarem receosos, dizendo que devia ser só impressão, que eram sons semelhantes, apenas semelhantes a gemidos humanos, sem conseguirem, no entanto, fornecer uma justificativa aceitável para aquilo. Minha avó, como era de se esperar, foi quem primeiro teve uma explicação para o fenômeno. "São sinais", disse. "É alguém." E daí em diante fez mais uma vez uso de seu repertório de frases para aquele tipo de ocasião, clamando em favor das almas do purgatório, apegando-se ao *Manuale di Filotea*, do padre Giuseppe Riva, repetindo que Deus era grande, sabia o que fazia, lembrando-se com pesar da morte trágica do tio Beppe, dizendo que ele devia estar sofrendo muito para ter feito o que fizera, clamando, "ai, Beppe, meu Giuseppe", chorando em alguns momentos, demonstrando que o amara como a um filho, "figlio mio carissimo, che sará di vu", repetindo frases da oração dialetal que se rezava na Semana da Paixão, embora fosse agosto. Lamentou naqueles dias o que não havia certamente lamentado quando da morte do genro predileto; e era estranho que isso acontecesse, pois já fazia dois anos que a tragédia ocorrera. E era minha avó quem parecia ouvir mais os gemidos; era a primeira, todas as noites, a ouvi-los, quando ainda mal distintos, entremeados aos outros sons noturnos, mal vencendo o ímpeto do vento. "Figlio mio carissimo." Foi repetindo com uma constância sempre maior o chamado da oração destinada aos dias da Semana Santa, quando a família costumava reunir-se, noite após noite, à volta da mesa da sala da frente, para responder às invocações da velha Elisa, que nessas ocasiões usava uma mantilha negra de renda que trouxera de Lendinara, e com a qual seria sepultada cerca de dez anos depois, segundo instruções deixadas. "Figlio mio carissimo, che sará di vu." Finalmente, no último domingo daquele mês, minha mãe iluminou-se a atender ao seu clamor, mesmo julgando inoportuna a oração naquele momento, mas acreditando que assim poderia de alguma forma aliviar Elisa Rovelli em seu sofrimento. "Figlio mio carissimo, che sará di vu, Domenica di Olivo?" Tendo minha avó completado por fim o chamado inicial da oração, minha mãe começou a responder: "Domenica di Olivo, saró come un príncipe, madre mia letissima." "Figlio mio carissimo, che sarà di vu, Luni Santo?" E minha mãe prontamente respondeu: "Luni Santo sarò come un cavaliere, madre mia letissima"; e, cheias de fé, interpretaram, mais que rezaram, aquela espécie de auto, e, quando o concluíram, o vento havia, coincidentemente, amainado, extinguindo assim os sons noturnos que se misturavam com os gemidos, e fazendo cessar ainda os próprios gemidos. Confirmando o que minha mãe havia suposto, Elisa Rovelli pareceu então mais calma, mais reconfortada, e começou a dizer o que sempre dizia quando se sentia diante daquilo que julgava como prova irrefutável de que havia mesmo um outro mundo além do nosso; o definitivo, onde se vivia, como costumava dizer com outras palavras, a verdadeira vida, e se referindo a este mundo de cá dizendo que isto tudo era pouco, que éramos passageiros, não éramos nada: "Como somos pequenos, santo Deus." "Figlio mio carissimo, che sarà di vu, Marti Santo?" "Marti Santo, sarò come un pelegrino, madre mia letissima." Como aquilo comprovadamente a aliviasse, minha mãe não teve dúvidas em continuar a incentivá-la em seu processo de aceitação. Otília Rovelli e ainda tia Catarina, já em parte refeita de sua comoção, dominada já pelo sentimento que vitimava todos diante do desconsolo de minha avó, vieram juntar-se a elas. "Figlio mio carissimo, che sarà di vu, Mèrcore Santo?" "Mèrcore Santo, sarò legato stretto come un agnello che si mena in becaria, madre mia letissima." No intervalo das invocações, minha avó eventualmente ainda repetia: "São sinais", e ainda insistia: "É alguém." Disse afinal que, se era uma má notícia que estava por receber, preferia, por pior que fosse, saber logo, para aliviar-se de tanta expectativa. "Figlio mio carissimo, che sará di vu, Zioba Santo?" "Zioba Santo, sarò tutto batuto, tutto flagelato, madre mia letissima." Uma manhã, Elisa Rovelli disse ter ouvido outro tipo de ruído durante a noite precedente, arranhões no forro da casa, e disse que, da mesma forma que podia ser algum animal, um rato, um saruê talvez, bem que podia ser alguma outra coisa. Na noite seguinte, acordou com a sensação de ter ouvido uma leve pancada na porta da frente, a que dava acesso ao terraço. Levantou-se, cuidando para que meu avô não acordasse, e munida do *Manuale di Filotea*, estreitando-o entre as mãos e contra o peito, foi até a porta e abriu-a com todo o cuidado, com alguma reverência até — assim deve ter sido —, com a satisfação íntima de julgar-se a escolhida para receber uma suposta revelação. Disse que ventava muito quando acordou, mas que, em meio ao barulho das árvores e tudo o mais, havia conseguido perceber perfeitamente os gemidos, mais que nunca, mas o vento fora acalmando enquanto ela se dirigia à porta, orando sem cessar, e, ao abri-la, nada pôde perceber em meio à escuridão. Quando se viu no terraço, o vento havia perdido a intensidade, não era mais que uma brisa fresca, não havendo, portanto, explicação para o que então ouviu: um ruído de folhas estalando, pequeninos galhos rompendo-se com algum ritmo, como se alguém ou algo se distanciasse lentamente, estivesse indo embora. Claro que não devia ser gente, pois do terraço ela podia ver o pátio, onde estavam os cachorros, e eles, como nada percebessem, não latiram. Apenas o Jalo, que continuava sendo o mais aplicado de todos, deu um pequeno sinal de que algo estranho podia estar acontecendo. Veio até o terraço, chegou perto de minha avó e depois voltou-se para onde ela estava olhando, balançou nervosamente a cauda, gemeu e rosnou baixinho, dando mostras de estar contrafeito e receoso ao mesmo tempo. Minha avó, no entanto, não conseguiu perceber nada além daqueles "passos" de algo ou de alguém, e recolheu-se ainda apegada às suas orações. "Figlio mio carissimo, che sarà di vu, Vènere Santo." "Vènere Santo, sarò nel santo sepolcro, madre mia letissima." No dia seguinte, depois do relato do que ocorrera durante a noite, ela procurou isolar-se: foi sentar-se na cadeira de balanço do terraço, e ficou ali um longo tempo remoendo os seus pressentimentos. Minha mãe foi levar-lhe chá, e a surpreendeu repetindo para si, seguidamente, o nome de meu tio. À noite, minha avó fez questão de que a oração vêneta fosse rezada com toda a solenidade possível. Colocou sobre a mesa da sala da frente uma toalha de crochê que ela mesma fizera, com aquele seu gosto pelos desenhos minuciosos, para cuja execução os segredos fundamentais eram a atenção, a memória e a paciência, e sobre a toalha colocou, deitado, o crucifixo que ficava na parede, sobre a cabeceira de sua cama, e acendeu uma vela de cada lado, ela mesma. "Figlio mio carissimo, che sarà di vu, Sabato Santo?", clamou, obtendo a resposta: "Sabato Santo, sarò come un grano di fermento che nascerà dalla terra."

É de se perguntar se ela não alimentou deliberadamente o clima de mistério daqueles dias, almejando, quem sabe?, trazer, ao final de todo aquele processo dramático, um pouco de paz à casa. Ela acabou por exacerbar aquele fenômeno no início insignificante, a ponto de deixar em segundo plano a crise conjugal de Catarina e Augusto. Apesar de seu temperamento tempestuoso, de suas cegas crises de fúria, minha tia não pôde ficar alheia àquele acontecimento cujas escalas minha avó havia conseguido elevar às últimas consequências. Não sei se foi por essa fatal solidariedade que repentinamente temos que buscar dentro de nós diante do perigo ou do desespero, o fato é que, ao contrário do que era comum acontecer, a crise de relações entre meu tio e minha tia não durou muito, e nem teve a costumeira sequela de silêncio que se impunham mutuamente nas crises mais graves, e que podia durar até meses. Reconciliaram-se ao cabo daquela semana, e a minha avó ficou sem saber a que atribuir aquele prodígio: se à insólita situação criada a partir dos gemidos, dos "avisos"; se à força do *figlio-mio-carissimo*; se às orações pelas almas do purgatório; se à interferência de alguma força apaziguadora misteriosa — a interferência do espírito do tio Beppe, era o que queria dizer, decerto. No domingo, fez questão de dar às orações iniciadas uma semana antes a mesma solenidade do dia anterior. "Figlio mio carissimo, che sará di vu, giorno di Pàsqua?" "Giorno di Pàsqua saró padrone de cielo e della terra, madre mia letissima." Desde o dia anterior, os gemidos haviam desaparecido. Haviam começado a atenuar-se no meio da semana, e sumiram gradativamente, e eram os últimos dias de agosto. Aliviada por não ter chegado nenhuma má notícia, e ainda porque o conflito entre Catarina e Augusto tivera um fim antecipado, minha avó respirou finalmente a atmosfera de paz da qual se julgava merecedora. Mas — nada é perfeito — logo perceberia que o silêncio que se abatera sobre a casa era excessivo. Tanto quanto a excessiva turbulência da natureza, temiam-se também as situações de calmaria, prenunciadoras, eventualmente, de grandes tormentas. Não havia mesmo naquele seu mundo lugar para a harmonia absoluta. Estava tudo muito bem, mas devia haver algo em algum lugar, que não estaria certo. No entanto, o que devia no fundo incomodá-la era o fato de que aquela paz, aquele estado de aparente harmonia, a levava a perceber a emanação lenta e uniforme do tempo que a tudo e a todos consumia. Não gostava, claro, de pensar que a vida que ainda lhe restava era curta; dez anos se tanto, pois já havia completado oitenta, e não lhe era dado almejar uma vida muito mais longa. De resto, os gemidos, esta a verdade, haviam distinguido momentaneamente aquele lugar e o haviam dignificado. Mas, cessado o fenômeno, a casa de Nanni Rovelli voltara a ser a mesma; de tijolo e cal, como todas as outras. Para minha avó, no entanto, esses sentimentos não deviam ser assim tão claros, e deviam cruzar sua consciência contraditoriamente, causando-lhe um certo desconforto. Ela havia acabado de viver um momento de exaltação, e ele se findara e todos haviam retornado aos dias comuns, àquela sucessão de jornadas parecidas umas com as outras, com suas lições de tédio.

* * *

Ouvi a história segundo a versão de minha mãe, e, nas diferentes ocasiões em que voltei à fazenda, mesmo muitos anos depois do relato que Luísa me fizera, lembrei-me sempre da história como um dos melhores exemplos do espírito que animava a casa de meu avô, e da força que mantinha viva a coesão familiar. As imagens que eu tinha para mim dos velhos tempos, quando eu nem havia nascido, eram imagens que faziam aquela casa semelhante à que eu vislumbrara nas Escrituras; a imagem, pelo menos, que eu guardara da infância, ouvindo as leituras de minha mãe, a casa construída num monte (uma colina, na verdade) e que não podia cair nem permanecer oculta, uma certa visão grandiosa que desde cedo aprendi a ter daquela construção — por seu tamanho, em si, mas também pela minha pequenez; uma casa grande e despojada ao mesmo tempo, como convinha à parcimônia de meus avós —, tendo eu afinal desenvolvido a ideia de que a sua solidez não estava na maneira como havia sido construída, de boa alvenaria, mas em como, com o passar do tempo, se fortalecera como uma instituição, por tudo o que ali acontecera de bom e de mau, incluídas as celebrações em torno do amor e da morte. Cheguei a me hospedar na casa algumas vezes no período em que tia Otília ficou ali sozinha, velando por aquele patrimônio e pelo espírito que o envolvia, e me lembro de uma noite ter me impressionado vivamente com o barulho das árvores agitadas pelo vento noturno, uma mescla intrincada de ruídos de toda a espécie, e pude, prestando bem atenção, detectar no meio deles alguma coisa ligeiramente parecida com gemidos humanos, alguma coisa muito tênue. Tomado por um certo espírito de investigação, andei, no dia seguinte, pelo pomar até os seus limites, onde estavam as árvores de maior porte. Havia ainda a um canto a mesma touceira de bambu que eu conhecera na infância, estalando ao vento ao roçarem-se umas hastes nas outras, friccionando-se em certos pontos, rangendo, produzindo sons os mais diversos. Fiquei pensando se algum daqueles barulhos não poderia, em determinadas circunstâncias, assemelhar-se a gemidos, esclarecendo assim o prodígio relatado por minha mãe. Mas que importância teria isso?, logo pensei. Em que medida a constatação da verdadeira origem do fenômeno haveria de modificar aquela pretendida lição que minha mãe me transmitira com tanta propriedade?

O fio de Ariadne

Eu nunca havia imaginado o quanto era tênue o limite entre a vida e a morte. Nas últimas cartas a Raul eu tocara por diversas vezes, inadvertidamente, esse limite do qual também ele se aproximara, à sua maneira, para rompê-lo em definitivo alguns meses depois de minha volta. E era basicamente porque ele o rompera que eu me sentava todos os dias junto à minha mesa de trabalho para preencher, pouco a pouco, o inventário pessoal em que procurava registrar os momentos em que os dois planos da existência haviam se tocado em nossa casa, e me surpreendia com o número de vezes em que isso acontecera. Foi o mesmo limite entre a vida e a morte que eu procurei tangenciar, logo depois, em minhas visitas ao professor Carlisi. Me decepcionara com o insucesso da primeira sessão, mas minha decisão em não procurá-lo mais durou pouco. Eu continuava fascinado com a possibilidade de que ele me ajudasse a recuperar os fatos perdidos de minha memória. Acreditava que com sua intervenção fosse possível a visualização de antigas cenas familiares, à semelhança do que ocorrera com o doutor Penfield e seu paciente, segundo o relato de Guy Tarade na *Crônica de Mundos Paralelos*, que tanto fascinara Raul. Voltei à casa do professor alguns dias depois, com uma expectativa renovada também de que Carlisi me ajudasse a desfazer o enigma das relações secretas entre Adriana e Raul. Assim, nos sentamos mais uma vez junto à mesinha redonda de três pés. "Hoje é um outro dia", disse o professor como querendo significar com a frase óbvia que as circunstâncias aquela vez haveriam de ser mais propícias, o que percebi também pela boa disposição que ele deixava transparecer, um ar repousado, uma certa jovialidade mesmo. Tendo em conta possivelmente a maneira como eu via aquele tipo de fenômeno, o professor fez um pequeno preâmbulo; decerto numa tentativa de me colocar mais à vontade, e me tornar mais receptivo — eu sabia que o sucesso de uma sessão como aquela dependia, em parte, do fluido emanado também dos assistentes. "Antes de mais nada", começou, "gostaria de lhe dizer que não importa o tipo de crença que você possa ter. Isso conta, mas conta relativamente pouco; não anula o fato de que estamos, tanto quanto os peixes dentro da água, mergulhados nisso que se costuma chamar impropriamente de Além. Mesmo que você não acredite, a realidade continua sendo a mesma. Talvez você não saiba: o Além é um estado de existência invisível de que desfrutamos mesmo que o neguemos. Não se trata de uma região do universo encolhida no fundo do Empíreo, ou nas distantes regiões azuis daquilo que certas pessoas chamam de Céu. Não é de modo algum um lugar inacessível a quem quer que seja, uma estância perdida no cosmo. Não; isso não. O chamado Além está próximo de nós, está entre nós, está dentro de nós, e, no entanto, pode, circunstancialmente, ser-nos desconhecido porque em determinadas situações estamos fechados à possibilidade de senti-lo." Disse que, uma vez que não éramos sensitivos — ele não se julgava um sensitivo, o que me pareceu estranho — e sim seres comuns e normais, nos cabia o esforço para desenvolver uma disciplina que nos possibilitasse captar o movimento que havia em torno de nós, e de que não tínhamos consciência imediata. Foi exatamente o que disse, me lembro bem: "(...) o movimento que há em torno de nós, e que é resultante de uma ação da vida invisível sobre os objetos que nos cercam." Tais "movimentos", ou forças, podiam dar origem a pancadas, toques de campainha, deslocamento de objetos. "Agindo sobre a matéria inerte", garantiu, "as entidades do espaço conseguem fazer-se entender por sinais convencionais. Graças a um dispositivo simples como esta mesa, podemos entrar em contato com essas inteligências invisíveis, que são como visitantes que, mais dia, menos dia, batem à nossa porta". Havia alguns desenfoques semânticos, vamos dizer assim, naquilo que o professor procurava me explicar, mas num sentido geral eu estava entendendo o que ele queria dizer; por isso, não o interrompi nem uma vez. A facilidade e a simplicidade com que aqueles fenômenos ocorriam é que talvez fizessem, segundo ele, com que os intelectuais recuassem e considerassem aquele tipo de investigação indigna de apreciações mais sérias. "Claro que é um território propício à fraude, mas basta ficar pelo menos medianamente atento para que algum embuste possa ser percebido. Saiba, meu caro, que, para agir sobre nós, as entidades espirituais têm necessidade de se utilizar também do fluido vital emitido pelos médiuns, que devem estar verdadeiramente abertos ao progresso espiritual. O sucesso, neste caso, depende fatalmente de nossa boa natureza; disso você não deve ter nenhuma dúvida." Eu jamais veria os fenômenos da maneira como o professor via. Mesmo assim, não deixei de ficar tocado pela humildade com que se pronunciou e pela propriedade com que expôs suas ideias sobre aquele plano do universo em que costumava transitar com desenvoltura. Tive naquele preciso momento a certeza de que Endríade Carlisi era uma pessoa leal até as últimas consequências. Vi nele, então, a imagem com que o veria sempre: alguém extremamente rigoroso em seus princípios, que agia sempre com uma cristalina limpidez, com franqueza e com a condescendência própria daqueles que parecem ter encontrado finalmente a porta que conduz ao caminho da santidade. Uma voz interior muito clara me disse então: "Confie, e não se arrependerá." Imaginei que, ainda que me mantivesse aferrado às minhas crenças pessoais, ou melhor, minhas descrenças, o meu contato com o professor haveria de ser produtivo. Intuí que, mesmo que eu não viesse a mudar em nada o meu pensamento, sairia enriquecido daquela experiência que mal começava, bastando apenas que eu fosse paciente, sincero e verdadeiro. Havia a sensação clara de que ele possuía algo além de sua doutrina para me legar; uma lição que poderia eventualmente mudar o curso de minha vida. Ele deve ter notado de imediato o efeito de suas palavras e a confiança que nascera em mim, pois sorriu com benevolência, e logo se acomodou o melhor que pôde em sua cadeira, e colocou as mãos longas e brancas sobre a mesa, a palma esticada, voltada para a superfície, sereníssimo: "Você não precisa fazer nada", disse. Sorriu de novo: "Aqui, quem deve se concentrar sou eu, não é mesmo? Fique à vontade, pense em coisas elevadas e agradáveis, ou não pense em nada, se preferir, se conseguir. Não espere muita coisa. Teremos apenas aquilo que nós merecemos, nada mais." Respirou fundo, fechou os olhos por um brevíssimo momento. Percebi, como da outra vez, que a sala ficara repentinamente gelada, e senti, de novo, um calafrio percorrer o meu corpo, e logo a sensação renovada de um súbito relaxamento, como se o calafrio me tivesse liberado da tensão inicial. Pude então suspirar profundamente, sentindo pela primeira vez em muitos dias uma inequívoca sensação de paz. E foi tudo muito rápido: as escalas do tempo ali na saleta pareciam ser outras. Quando ele reabriu os olhos, algo parecia ter mudado em suas feições; parecia ter envelhecido alguns anos naquele breve momento em que se havia concentrado, como se aquele esforço o tivesse esgotado enormemente. Disse-me que os meus amigos haviam voltado, estavam todos naquela sala outra vez e que um deles havia sido escolhido para dar-me prova de que estavam ali. Mas mesmo o espírito eleito não haveria de se comunicar diretamente, e sim por intermédio daquele que o professor chamou de espírito-guia. "O espírito-guia coloca-se à sua disposição", disse. Tratava-se, como explicaria depois da sessão, daquele mesmo espírito que o acometera da primeira vez e que ele havia dito chamar-se Efraim, uma espécie de mentor seu no outro mundo, a entidade que habitualmente se incorporava nele e que o ajudava a parlamentar com outros espíritos. E o que ele queria dizer naquele momento era que Efraim estava a postos, pronto para servir de intérprete entre mim e aquele amigo que outros amigos haviam eleito para transmitir suas mensagens. Fiquei mudo por alguns momentos: não sabia por onde começar; era tanta coisa que eu queria saber. "Pergunte-lhe tudo o que quiser", insistiu o professor. Achei então melhor começar pelas apresentações, como costuma acontecer aqui neste nosso prosaico mundo. E achei também que devia ser cerimonioso: "Quer fazer-me o favor de dizer os nomes deles?" A voz que ouvi em resposta era, naturalmente, a do próprio professor Carlisi, mas estava um pouco rouca, um tanto pastosa. "Ah — disse ele, lentamente —, se me fosse dado ouvir o que dizem, se me fosse dado vê-los, eu lhe diria todos os seus nomes e sobrenomes. Mas nem sempre é assim. Os nomes têm, muitas vezes, o som de sinos abafados." Era estranho aquilo. Eu não podia entender o que Efraim me dizia, e foi isso precisamente o que eu lhe disse. "Não sei se conseguirei lhe explicar", tornou Efraim. "O que compreendo, compreendo por sons que muitas vezes não são os sons das vozes. Compreendo também por sinais. Me proponho apenas a ser o tradutor, o mais fiel possível, desses sons. Não posso lhe oferecer nada mais valioso que a minha estrita fidelidade." Eu continuava não entendendo direito o que ele me dizia, mas mesmo assim decidi não me impacientar e continuar me comportando como se aquela experiência fosse de fato uma experiência diante de forças sobrenaturais, como se em presença de Efraim eu devesse mudar ligeiramente minha postura; como se Efraim não fosse o professor Endríade, e ainda como se eu devesse — sem saber por que —, diante daquela situação, representar um certo papel, como se se tratasse de uma espécie de jogo de cena. E me surpreendi fazendo isso com naturalidade, com toda a minha fé. "Continue, por favor", pedi, como se tivesse entendido plenamente o que ele me dissera. Tive como resposta algo que tornou aquele momento inesquecível: "Há alguém aqui que diz que foi um seu amigo muito próximo, na cidade onde o senhor morou, há longo tempo."

O Diário de Francisco

Eu interrompera a releitura do texto bem no momento em que o professor Carlisi, ou Efraim, como Carlisi preferia [pois dizia que no momento do transe deixava mesmo de ser quem era, perdia completamente a identidade para ser apenas veículo do espírito-guia (o que me foi um pouco difícil de aceitar, a princípio, para poder tratá-lo como se fosse uma outra pessoa, alguém embutido dentro dele, e que eu não conseguia ver, algo muito estranho mesmo)], eu interrompera a releitura no momento em que Efraim me fazia a espantosa revelação sobre a presença ali de um amigo de infância; interrompera porque olhara para o relógio e me dera conta de que em poucos minutos Stella Gusmão passaria para me apanhar. Iríamos até uma certa editora fazer a revisão de textos nossos incluídos numa coletânea de histórias curtas, uma pretendida antologia de paixões desesperadas, algo assim, que absorvera já uma fatia do que eu andava escrevendo, um fragmento em que eu falava das cartas de amor de Maria Elisa. Stella Gusmão — a Arquiduquesa, como Júlia Zemmel preferia eventualmente — passou, com efeito, alguns minutos depois, pontual como sempre, e eu lhe falei, no caminho, a boca ainda meio cheia, mastigando as bolachas que apanhara às pressas, que vinha sentindo uma necessidade crescente em relacionar a montagem de meu livro com os fatos que estavam acontecendo naquele momento, e que nunca imaginara que uma coisa dessas viesse a acontecer, contaminando deste modo o que era ficção ou relatado como ficção. Eu sempre me alimentara exclusivamente do passado, as feridas que o tempo imunizara, e imaginava que fosse alimentar-me de meu passado pelo resto de meus dias, o que podia em certo sentido ser até uma prisão. Stella me disse então algo que não devo esquecer, e que imagino ter conexão com a necessidade que comecei a ter de sintonizar-me com essa coisa que Borges disse não existir: o momento presente, segundo ele, é feito um pouco de passado e um pouco de porvir. O presente em si é como o ponto finito da geometria. O presente em si mesmo não existe. É um dado de nossa consciência, mas não é um dado imediato, e, quando o percebemos depois de um tempo infinitamente pequeno, ele já é passado, deixou de existir. Pensei nisso naquele exato momento e dei-me conta de que a palavra presente era mesmo um tanto imprópria para aquilo que eu queria dizer, aquele ponto com o qual eu necessitava sintonizar-me, e a própria palavra ponto, vejo agora, me parece também inadequada, porque senti, ato contínuo, que se tratava de um espaço, um vácuo que eu necessitava preencher, algo difícil de explicar a Stella porque não tinha aquilo muito claro nem para mim mesmo. É algo que tem a ver — sinto — com o que havia por trás ou na entrelinha do que Stella disse no carro em movimento — entre o passado e o futuro? —: "É estranho, acho que é alguma coisa em que também tenho pensado, mas a mim me vem de uma forma diferente. Não sei o que farei no futuro próximo, mas de uma coisa estou certa: tentarei, a todo custo, utilizar-me de minha própria voz. Sinto uma necessidade premente de fazer isso, sem disfarçar-me de minha heroína, como tenho feito sempre. Eu falo através dela, como se ela fosse o meu alter ego, mas sinto-a como minha heroína, não sei se você entende, e eu fico assim numa situação meio de ventríloqua, como se eu fosse apenas uma parte de mim mesma. Acho que isso tem a ver com o que você está dizendo; acho que sim, sinto que sim. Estou aborrecida com minha heroína. Estou meio farta dela. Quero dar um salto agora. Quero algo que me tire verdadeiramente o sossego. Não quero mais fingir para mim uma consciência estranha, e ficar perdendo tanta energia com isso." O que Stella dizia não era coisa que eu entendesse conscientemente, era algo que ressoava lá na alma, lá onde fica o terreno de nossas vibrações espontâneas. E lá bem no fundo eu senti que havia entendido o que ela dissera. Mas, num outro plano, fiquei pensando ainda nessa questão do presente que não existe, que só existiu, que só existirá, essas coisas. Fiquei achando que no lugar do presente, fazendo o seu papel, havia um outro elemento que eu não sabia que nome devia ter, esse estado de alerta que nos acompanha ininterruptamente na vigília, não sendo — ele sim —, em sua autonomia, nem passado nem futuro, parecendo seguir em seu caminho, imperturbável, incólume, imune ao tempo; esse território em que às vezes nos sentimos estranhos a nós mesmos, como quando nos colocamos diante de um espelho, não nos reconhecendo na imagem diante de nós, nos dizendo eventualmente: como é estranho que eu seja esse que aí está.

"Quero algo que me tire verdadeiramente o sossego. Não quero mais fingir para mim uma consciência estranha." Stella fez então um longo silêncio, como se estivesse remoendo aquilo que acabara de dizer. Tive, não sei muito bem por que, um pequenino receio de que ela reconsiderasse o que havia dito, e foi o que precisamente fez: "É, mas, se pensarmos na literatura também como uma espécie de processo terapêutico, isso pode ser o fim de nossa relação com ela, e não o começo de alguma coisa nova." Não sei exatamente o que pensei a seguir. Só me lembro de que mudamos um pouco o assunto. Stella me perguntou se eu estava trabalhando muito, e eu disse que não o suficiente, que andava muito disperso. Fizemos ambos a apologia do trabalho. Lembrei-me do que Faulkner havia dito numa entrevista: "Noventa e nove por cento, disciplina; noventa e nove por cento, trabalho. Não fique jamais satisfeito com o que você faz. É preciso sonhar, aspirar a muito mais que aquilo que é possível fazer. Não se preocupe em ser melhor que os seus contemporâneos ou antecessores. Procure ser melhor do que você mesmo. Um escritor é uma criatura impelida por demônios, e não sabe o motivo de eles o terem escolhido, e se acha sempre muito ocupado para poder perguntar a si mesmo por que os demônios assim procederam. O escritor é completamente amoral no sentido em que roubará, pedirá emprestado ou esmolará ou furtará de quem quer que seja tudo o que for necessário ao seu trabalho." Fiquei então ruminando o que eu próprio dissera. Não era nada profundo, mas era alguma coisa que dizia respeito a uma entrega irrestrita, sem meios-termos, a abdicações, a coisas a que talvez eu não me sentisse verdadeiramente disposto, e, sendo assim, por que não fazer bem-feita alguma outra coisa. Por que não? Foi o que disse a Stella, me recordando — falando-lhe a respeito daquilo de que estava me lembrando — de uma expressão que o professor Henrique Ricchetti usara no *Infância*, quarto grau primário: "alfaces de Diocleciano." O imperador, depois de ter abdicado do governo, retirara-se para Salona, onde havia nascido, para viver ali uma vida simples, cultivando dedicadamente sua horta. Mas Maximiano foi um dia suplicar-lhe que reassumisse o trono, e ele, recusando-se, lhe disse: "Ah, se visses minhas alfaces."

Mas o que vejo, no momento em que vejo, não me estimula, não me diz muita coisa. É o passado que verdadeiramente me vale, este fato óbvio e banal. Mas por que estou dizendo esta obviedade? Releio o texto sobre o que falamos há quase dois meses, quando interrompi a releitura de um outro texto (no momento em que o professor Carlisi — Efraim, que seja — fazia a espantosa revelação de que eu estava diante de um amigo de infância), e sobre aquela mesma tarde posso lembrar-me de detalhes aparentemente insignificantes: a marca da bolacha que apanhei às pressas na cozinha e que ainda mastigava ao entrar no carro de Stella para irmos à editora fazer a revisão; o tempo do verbo que mudei do fragmento que decidira publicar na coletânea de contos; o exato lugar por onde passávamos no momento em que Stella disse "Quero dar um salto agora", a frase que me ocorre com mais nitidez, estranhamente, dentre tudo o que falamos no carro em movimento; e a expressão "alfaces de Diocleciano", que eu disse quando chegávamos ao estacionamento, e a ideia que me havia ocorrido segundos antes, de repente: "Por que não fazer bem-feita alguma outra coisa?" Posso lembrar-me perfeitamente da imagem que me veio naquele exato momento, pois havia sintonizado Ouriçanga, e nela o meu quintal e a terra [(a sua cor, a sua temperatura ao tato de minha mão, o seu cheiro) uma minúscula fração dela] em que Nanni Rovelli havia cultivado prestimosamente o seu cafezal; estes três mil metros quadrados logo ao meu alcance. E eu saí para o quintal cerca de meia hora atrás e pude ver a distância uma mulher à qual liberei um pedaço do terreno, para que fizesse ali sua horta, do qual já está tirando parte dos proventos de sua casa, uma pequena parte é certo, mas vejo que trabalha ali com gosto, fazendo o melhor que pode. "Alfaces de Diocleciano." Nem sei por que, lembro-me, de repente, de que lemos textos de Pessoa em voz alta, eu, Sandra Coelho, Flávio Yzaar, Millie, revezando-nos, numa noite em que jantamos em casa de Roberto Marchetto. Ocorre-me então a imagem da menina comendo chocolate, deitando fora o "papel de estanho", o ato prosaico que Pessoa elevou à condição de evento memorável. E passo, pois, a saber por que me lembrei de tal fato, uma vez que penso: ainda que, da mesma forma, não possa haver no mundo mais metafísica senão plantar alfaces (ou comer chocolates), continuo aqui, descendo, conscientemente, ao mundo prosaico de minhas relações, escrevendo interminavelmente sobre ele, enquanto lá fora a mesma mulher segue regando as plantas com toda a fé que lhe é possível, assim como a vi, há poucos instantes, o jato de água fracionando-se em um número infinito de minúsculas gotas faiscando ao sol, pois chega até a mim a sua mensagem: o cheiro da terra molhada.

"Tentarei a todo custo utilizar-me de minha própria voz. Estou aborrecida com minha heroína", havia dito Stella no carro em movimento. Eu também andava meio farto do meu herói, e no entanto não me libertaria dele, e tampouco plantaria alfaces tão cedo, e não daria nenhum salto, apenas pequenos passos a esmo, percorrendo, como sempre, o meu próprio labirinto, egocentricamente. E, naquele mesmo dia em que saí com Stella, já estaria, no final da tarde, de volta ao mesmo lugar de todos os dias, com a sensação de que também eu continuava fingindo uma consciência estranha para mim mesmo, aquilo que Stella imaginava já não poder suportar, esquecendo-se momentaneamente do fato de estar aí talvez a razão fundamental de seguir escrevendo, de ter sempre escrito. E, assim, com a sensação de estar de posse, inevitavelmente, de uma consciência que não era exatamente a minha, não retomei o trabalho a partir do ponto em que o havia interrompido. Preferi retomá-lo num outro dia, com mais disposição. Tratava-se de um momento crucial, ao qual eu queria dedicar toda a minha atenção. Pretendia ser o mais fiel possível àquele acontecimento. Coloquei então ao lado da máquina de escrever um rascunho feito a caneta, para passá-lo a limpo e integrá-lo nas *Anotações*.

Anotações de Dédalo

Descartado o antigo projeto sobre Judas, pelo menos na forma como um dia eu o imaginara, que importância haveria no fato de os caimitas terem reverenciado o apóstolo; esses caimitas de quem eu havia colhido informações tão fragmentárias? O assunto tinha a ver com a novela que Júlia Zemmel estava escrevendo, um discurso sôfrego, um fluxo que eu testemunhava na forma de fragmentos que Júlia lia para mim em voz alta, algo com o qual ela estava disposta a comprometer-se até o fundo da alma, mesmo que isso a desestruturasse momentaneamente. Era também uma história na qual se vislumbrava o duplo, ego e alter ego em luta de morte, esse tipo de coisa. Sim, os caimitas. A seita teria florescido, segundo Júlia, no segundo século da Era Cristã, em algum lugar da Ásia Menor, pretendendo ter a chave dos conhecimentos esotéricos do Cristo e do significado oculto de suas parábolas. Segundo Orígenes, eles haviam, na verdade, abandonado inteiramente os ensinamentos de Jesus, primando pela inversão dos valores bíblicos, devotando reverência a figuras como Caim, Esaú e os sodomitas, tidos por eles como portadores de conhecimentos esotéricos imprescindíveis à redenção. Cultuavam também Eva e Judas, e se utilizavam de evangelhos ostentando seus nomes. Blasfemavam contra Deus e o mundo, e negavam com veemência a ressurreição da carne. Acreditavam que a verdadeira perfeição (e a salvação) só era possível com a quebra de todas as leis do Antigo Testamento. A violação dos preceitos bíblicos era um dever religioso. Aurélio Santos Otero confirma a existência de um *Evangelho de Judas*, citando os testemunhos de Santo Ireneu, no século II, e de Santo Epifânio, no século IV, segundo os quais o texto teria sido comprovadamente manuseado pelos caimitas. Sobre eles, Santo Ireneu deixou a informação: "Afirmam que Judas conheceu estas coisas (as profecias?) e que, por conhecer melhor que os outros a verdade, consumou o mistério da traição". Entre os seguidores da *Gnosis*, revela Otero, os caimitas foram os mais libertinos.

9

O fio de Ariadne

Adriana telefonara muitas vezes naquela semana, para dizer, como sempre, a mesma coisa: que sonhara repetidamente com Raul, e que eram sonhos aflitivos em que ele tentava, num evidente estado de desespero, dizer-lhe alguma coisa, movendo os lábios, mas não conseguindo articular nenhuma palavra, caminhando depois em direção a ela com os braços e as mãos estendidos para a frente, a boca aberta, como se estivesse com falta de ar; e ela acordava no momento em que ele estava para tocá-la; e ela dizia, por isso, que alguma coisa muito estranha estava para acontecer, alguma importante comunicação de Raul, algo que ele não pudera dizer enquanto estava vivo, e que com toda a certeza nos surpreenderia muito. Ela não parecia estar minimamente interessada em saber o que eu pensava de tudo aquilo, temendo, é possível, que eu discordasse de sua maneira de ver as coisas. Falava sem cessar, em círculos, voltando sempre ao mesmo ponto: os sonhos; e aquilo me preocupava, e, da suspeita inicial de que alguma coisa estranha havia ocorrido entre ela e Raul, passei à quase certeza de que Adriana tinha algum segredo para me contar, mas não conseguia ou resistia teimosamente a isso. Estive, em alguns momentos, a ponto de lhe perguntar o que acontecera, mas resisti, afortunadamente, a esse impulso, imaginando que ela pudesse estar na iminência de me revelar tudo, e que, se eu de alguma forma a apressasse, ela poderia recuar, defensivamente. Era uma sensação que eu tinha, e eu possuía então um mínimo de confiança em minha intuição. Não havia ousado ainda pensar que o desconforto que eu sentia diante de tal situação pudesse ter algum parentesco com o ciúme ou qualquer manifestação tardia de algum sentimento de rejeição. Me arrependi, sem saber naquele momento por que, de lhe ter contado o que acontecera na minha segunda visita ao professor Carlisi, pois a sua inquietação pareceu aumentar. "Há alguém aqui que diz que foi um amigo seu muito próximo, na cidade onde você morou, há longo tempo", havia dito Efraim, o guia, através da voz modificada do professor. Naturalmente, eu quis saber de quem se tratava, quis saber se já era Raul Kreisker quem estava ali, como eu supunha, mas Efraim não soube ou não quis me responder, talvez por algum impedimento espiritual, sei lá, ou até mesmo por um capricho. Pensei em todas as possibilidades. Com os olhos abertos, mas imóveis, como se não estivesse vendo nada à sua frente, o professor repetia: "Ele está com os demais, e está amparado. Ele está com os demais e está amparado por eles. Ele está amparado, o senhor não se preocupe"; eu notara que Carlisi me tratava mais cerimoniosamente, quando se expressava com aquela voz rouca e pastosa de Efraim, chamando-me de senhor e impondo, me parecia, um certo distanciamento, e isso acontecia gradualmente, à medida que ia imergindo mais e mais no transe; só tornava à informalidade habitual ao recuperar a consciência. "Ele está amparado e diz que o senhor não deve se preocupar com nada. Está em paz. Diz também que sabe do período atormentado pelo qual o senhor vem passando, mas aconselha paciência. Tudo acontecerá no devido tempo, e para o bem de todos. Há um tempo para tudo; para a morte e para a vida. O curso dos acontecimentos não muda da noite para o dia." O professor Carlisi fez então uma longa pausa, com os olhos ainda imóveis, teve um ligeiro estremecimento, as mãos ainda pousadas sobre a mesa, fazendo-a vibrar; tamborilou nervosamente os dedos e, assim, como se tivesse entrado em um transe dentro do transe, aprofundando-se naquela espécie de estado hipnótico, disse: "Um gato, um gato." A voz elevara-se repentinamente; cheguei a me assustar com a súbita mudança, temendo pela sua fragilidade, pelo dano que aquele estado emocional pudesse lhe causar. "Um gato, um gato", repetiu. "Eu vejo um gato." Temi, então, que o professor se descontrolasse, perdesse o domínio da situação, pois ele estava começando a ofegar, como se lhe faltasse a respiração. Procurei no entanto me convencer de que aquilo devia ser uma reação natural numa situação como aquela. Apesar de assustado e da consequente taquicardia que eu estava sentindo, acabei por concluir que, com a experiência que possuía, o professor não haveria mesmo de perder o domínio de seus atos, e me acalmei o suficiente para poder lhe perguntar que gato era aquele, o que significava aquilo. Ainda com a respiração descompassada, o volume da voz acima do normal, ele repetiu várias vezes: "Um gato. Eu vejo um gato", mas, conforme repetia a frase, foi baixando gradativamente a voz e controlando a respiração, "vejo um gato, vejo um gato", voltando ao tom sereno de antes, pronunciando, em seguida, uma sucessão de expressões aparentemente desconexas: "Um trapo pendurado, uma escada, uma árvore muito grande, outra árvore também grande e com frutos amarelos, um celeiro, uma escada que sobe para um terraço", como se estivesse visualizando uma sequência de imagens que não se juntavam umas com as outras. A voz do professor continuou baixando até que ele voltou a expressar-se com sua voz normal, os seus olhos readquirindo o movimento, e ele voltando finalmente a si, para dizer: "Eu sinto muito, meu caro. Estou um tanto confuso. Não leve a mal, mas isto não é incomum acontecer. Apesar da concentração, não consegui permanecer no transe. De qualquer maneira, acho que obtivemos um grande progresso, mas hoje já não podemos fazer mais nada. Estou muito cansado. Embora possa não parecer, este trabalho requer um grande esforço mental. Você não pode imaginar o quanto isto requer de minhas energias. Devo lhe dizer, entretanto, que conseguimos dar um grande passo. Há entidades que foram muito próximas a você e que querem se comunicar. Pode estar certo disso. Existem forças poderosas a seu favor."

Foi o que relatei a Adriana, tentando ser o mais fiel possível aos fatos e às palavras do professor Carlisi. E logo me arrependi de ter-lhe contado o que acontecera, especialmente por ter-lhe mencionado o "amigo muito próximo" a que o professor, ou melhor, Efraim, o espírito-guia, se referira com tanta solenidade. Embora eu pudesse, a rigor, classificar de fracassada também a segunda sessão, Adriana ficou empolgada com o anúncio feito por Efraim, pois não teve dúvida de que se tratava de Raul: "Não pode ser outra pessoa. Quem mais haveria de ser?", ficou repetindo, mais ansiosa ainda que antes, inconformada porque eu lhe dissera que estava pensando outra vez em não voltar à casa do professor. Havia feito novas ponderações, reconsiderando a maneira como eu encarava o trabalho de Carlisi, e chegara à conclusão de que não seria honesto de minha parte continuar aquela farsa, já que não acreditava em almas do outro mundo, e nem acreditava em Deus, ou pelo menos achava que não acreditava. Não me importava tampouco que o professor Carlisi me tivesse dito que poderia operar seus prodígios mesmo assim. E ainda disse que o professor me impressionara muito bem como pessoa e era absolutamente confiável; exatamente por isso que eu devia ser o mais honesto possível com ele. Não queria alimentar suas esperanças quanto a uma minha possível conversão. Eu não podia imaginar que ele estivesse trabalhando apenas para satisfazer os meus caprichos pessoais; não podia admitir que não houvesse uma base de proselitismo no seu esforço por demonstrar-me o poder dos espíritos. E era justo que procedesse assim; era legítimo, fazia parte de seu trabalho, daquela que julgava sua missão aqui nesta vida. Disse a Adriana, afinal, que, embora ela não tivesse ainda se conscientizado, o fato era que não estávamos à procura do espírito de Raul, mas à procura de nossos próprios fantasmas, esses demônios que sempre havíamos possuído e que Raul procurara espicaçar. Claro que ela não entendeu direito o que eu estava dizendo; o assunto era mesmo complicado, mas o que importava — foi o que também lhe disse — era que não havia sentido em continuar aquela busca, como se Raul estivesse ainda perambulando pelo mundo, na expectativa de que fôssemos ter com ele. "Isto é uma loucura", bradei; e ela achando que loucura mesmo era recusar-se a aceitar a evidência de que Raul estava querendo comunicar-se conosco; ela repetindo aquilo que eu acabara de dizer: que o professor Carlisi era uma pessoa rigorosamente honesta; e eu respondendo que estava cansado de saber, mas que não era a honestidade dele que estava em jogo e sim a minha. Minha prima, claro, não se conformou de modo algum com a minha decisão, e continuou insistindo em que eu retomasse as sessões. Tanto insistiu que acabou, por um artifício, me convencendo a mudar de ideia, e a voltar pelo menos mais uma vez à casa do professor. Talvez eu tivesse desejado intimamente ser convencido, transferindo em parte a ela a responsabilidade do que pudesse vir a acontecer. Ela dissera algo que me havia deixado furioso mas que, contraditoriamente, foi o argumento decisivo para que eu mudasse de ideia de novo; dissera que o meu ceticismo podia muito bem ser uma maneira inconsciente e cômoda que eu arranjara para resistir aos fenômenos, para não ter diante de mim as provas irrefutáveis do verdadeiro teor do poder de Carlisi. Esse argumento foi irresistível porque me fez pensar, imediatamente, não na possibilidade de ser contestado em minhas convicções, mas de estar recuando diante de mim mesmo, diante da perspectiva de ter finalmente alguém que pudesse ler o que ia por dentro de minha alma, e decifrasse dentro de mim o enigma de Raul Kreisker. Enigma; o enigma de Raul, foi precisamente esta a expressão que me ocorreu: o que ele continuava significando para mim e o que havia significado. Era algo um tanto estranho; eu sentia que havia em mim uma entidade que se assemelhava a Raul, mal delineada, e que, no entanto, começava a lutar por emergir. Muito esquisito mesmo. Então, pronunciei, involuntariamente, o meu próprio nome, e ele me soou, de repente, como se pertencesse a uma outra pessoa. Senti-me estranho a mim mesmo. Como entender aquilo? Mas pensei também: Seria preciso entendê-lo? Sentia um misto de temor e de remorso pairando sobre os demais sentimentos, sobre as minhas recordações a respeito de Raul (os *flashes* que me vieram à cabeça naquele preciso momento), mas não eram sentimentos muito claros; era apenas algo que me aturdia, me incomodava.

Eu voltaria à casa do professor dois ou três dias depois, já com a sensação de que aquelas sessões haveriam de ter uma influência fundamental no futuro de minhas relações com Adriana. Eu havia apenas iniciado minhas descobertas, até mesmo a constatação daquele fio de sensualidade que minha prima repentinamente despertara em mim. "Adriana, a Bela." Dera-me conta afinal de um fato que relutara em aceitar, inconscientemente. Lembrei-me mais uma vez da designação que Raul lhe consagrara e que então eu imaginava que só tivesse usado em minha presença. Pensei que, se algo realmente acontecera entre eles, devia ter sido nos últimos tempos, enquanto eu estivera em Iowa. Quanto haveria de bendizer ainda aquela viagem, apesar da tragédia que aconteceu depois. E agora, pensando melhor, acho que na verdade eu desejei, naquela tarde, que minha prima insistisse na minha volta à casa do professor, que lançasse sobre mim argumentos irresistíveis, para que eu, finalmente, cedesse ante a evidência dos fatos e vencesse aqueles temores imprecisos, aquela espécie de medo do desconhecido que havia dentro de mim, e me dispusesse a enfrentar a verdade, mesmo que incômoda. E decidi que voltaríamos juntos, contrariando minha própria tese anterior de que a presença de Adriana poderia ser um fator de inibição ou de censura. Pensava já de um modo bem diverso: achava que, tendo diante de si a minha prima, o professor pudesse captar mais facilmente aquele segredo que eu tanto ansiava por descobrir.

O professor demorou a concentrar-se daquela vez. "Nem o mais longo exercício de profissão pode fazer com que sejamos infalíveis", desculpou-se. "Vamos ver, vamos ver." Fechava os olhos e abria-os logo em seguida, com as mãos espalmadas sobre a mesa, até que achou melhor fazer uma pausa: "Às vezes, nossa vontade não é suficiente para que nos concentremos. O querer ardentemente alguma coisa pode ser um fator negativo e impedir que a obtenhamos." E dispôs-se, como era seu hábito em tais ocasiões (foi o que disse), para obter o necessário relaxamento, a contar um velho caso que ilustrava essa momentânea fraqueza da vontade humana frente às determinações espirituais, segundo sua expressão. Disse que uma noite, muitos anos antes — décadas, talvez; creio que disse ter sido em 1922 ou 1923 —, ele se achava ali mesmo em sua casa, no escritório, que era contíguo à saleta em que nos encontrávamos; estava fazendo, como de costume, em uma espécie de diário profissional, as anotações sobre os fatos mais notáveis do dia. Por uma associação qualquer de pensamentos, lembrou então ter lido em uma revista francesa de parapsicologia algo sobre a evocação do espírito de pessoas imersas no sono. Estava hospedado em sua casa, naquele verão, um amigo da família; Accardo, seu nome, Vicente Accardo, que costumava, nesses períodos em que passava na casa do professor, ocupar o quarto ao lado do escritório. "Accardo tinha um sono muito pesado", disse o professor. "A natureza o havia agraciado com o que se costuma chamar de o sono dos justos, e jamais se incomodara com possíveis ruídos. Naquela noite, a porta de meu escritório estava entreaberta, e, mesmo com a porta de seu quarto fechada, eu podia ouvi-lo ressonar, como de hábito. Decidi, então, fazer uma pequena experiência com ele. Procurei concentrar-me em minha própria vontade, da mesma maneira que se faz quando se quer promover o êxtase de um sonâmbulo pelo magnetismo." Eu não entendi exatamente o que o professor queria dizer com aquilo, mas preferi não interrompê-lo. Evocado o espírito de Vicente Accardo, o professor Carlisi, que segurava um lápis, sobre uma folha de papel em branco, sentiu que sua mão movia-se involuntariamente. Depois de alguns rabiscos incompreensíveis, surgiu a primeira frase: "Aqui estou; o que queres de mim.""Antes de mais nada, quero que me digas quem és", escreveu apressadamente o professor. "Vicente, quem mais poderia ser? Não foi a mim que chamaste? O que queres?" O interlocutor mostrava-se impaciente; sua escrita era veloz, o que seria mesmo próprio do temperamento arrebatado de Accardo. "Gostaria que me ajudasses numa experiência, meu caro Vicente. Gostaria que despertasses e viesses até a mim." A mão do professor Carlisi escreveu automaticamente: "Sim"; e ele aguardou então em silêncio, atento a algum possível movimento de seu hóspede, mas Accardo continuava mergulhado no sono, e ainda roncava. Como aquela situação persistisse, o professor invocou o que chamou de seus "espíritos familiares", o que invariavelmente fazia antes de deitar-se. E sua mão então escreveu: "Espera. Não sejas impaciente." O professor esperou por alguns minutos em silêncio, e nada aconteceu. Não tendo obtido nenhuma outra manifestação, decidiu recolher-se. Quando já se dispunha a deixar o escritório, tendo arrumado os papéis sobre a mesa, ouviu Accardo abrindo a porta, e o viu caminhando em sua direção. "Que é que você quer de mim, Endríade?" "Nada", mentiu o professor, só para ver a reação de seu hóspede. "Então por que me chamou, ora?" "Eu não o chamei", tornou o professor. Accardo nada mais disse. Voltou para o seu quarto, deitou-se de novo, continuou a dormir, tornou a roncar. No dia seguinte, não se lembraria de ter levantado durante a noite. Assim que ele deixara o escritório, o professor Carlisi, exultante com a experiência, munira-se outra vez de papel e lápis, e perguntara aos seus espíritos se a demora em verificar-se a prova havia sido devida a uma possível falta de firmeza de sua vontade. "Sim", escrevera sua própria mão. "Vacilaste, ainda que não tenhas percebido. Não te concentraste o necessário. Estavas apenas excessivamente preocupado em concentrar-te."

O professor Carlisi contou a história de uma maneira particularmente eficiente, sem vacilações, o que parecia indicar uma prática advinda das inúmeras vezes em que devia tê-la contado em situações semelhantes, para desculpar-se ou para ilustrar uma razão eventual de insucesso na invocação dos espíritos, e, mais especificamente, para, no final, exclamar de uma maneira teatral: "Ninguém é perfeito; ninguém é infalível." Fez uma longa pausa: "Há algo que não posso compreender, um empecilho, algo que impede qualquer comunicação." E observou que não era raro acontecer que a razão de um impedimento daquele tipo fosse a conjunção desfavorável de duas pessoas. Aludia à presença de Adriana. Disse que, separadamente, não haveria problema nem comigo nem com ela. "Apenas a conjunção é que talvez tenha dificultado os trabalhos. A conjunção", repetiu enfaticamente, como se estivesse anunciando uma inestimável constatação científica.

Não sei se por que a história o ajudara a descontrair-se, o fato é que o professor pareceu mais despreocupado, mais à vontade ao terminar de contá-la, e talvez fosse esta também a função daqueles casos que ele narrava com tanta eficiência. Ele me pareceu mesmo bem mais disposto, tendo dominado a visível tensão com que iniciara os trabalhos. Fechou os olhos e colocou as mãos esticadas mais uma vez sobre o tampo da mesa, repetindo o gesto inicial, e conseguiu entrar em transe rapidamente. Com a cabeça ligeiramente voltada para o alto, disse, com a voz já alterada, característica daquela espécie de estado hipnótico: "Aqui estou." Como eu já me sentisse familiarizado com aquele tipo de situação, perguntei de imediato, sem perder tempo: "Quem está presente?" "O senhor ainda pergunta? Não reconhece minha voz?" "Acho que sim", respondi. "É Efraim?" "Correto", respondeu o guia. "E vamos ao que interessa. Vários de seus amigos estão de volta." Adriana agarrou minha mão por debaixo da mesa, e eu pude sentir que estava nervosa, suando frio, trêmula. "Eles estão nesta sala, ao nosso redor, serenamente. Murmuram entre si." "O senhor pode me dizer o nome deles?" Como da vez anterior, o guia preferiu descrevê-los, e as descrições me pareceram novamente muito vagas, cada uma delas podendo corresponder a duas ou três pessoas de nossa família ou pessoas conhecidas há muito tempo mortas. O mesmo ocorreu com Adriana, segundo ela me contaria depois. Não lhe foi possível reconhecer ninguém. Não conseguindo conter minha ansiedade, resolvi ir direto ao que interessava: "O senhor pode me dizer qual deles é que diz ter sido meu amigo na infância?" O professor fez uma longa pausa, aumentando minha impaciência, fazendo com que Adriana apertasse ainda mais a minha mão. Expectativa infundada, foi com desalento que ouvimos Endríade Carlisi ou Efraim dizer: "Ele não está presente desta vez. É o único que não está presente." Não tive mais ânimo para prosseguir. Estávamos ali havia mais de duas horas. Efraim deve ter percebido nossa decepção, e logo deixou de comunicar-se.

Voltando a si e percebendo o nosso desapontamento, o professor tornou a dizer que ninguém era infalível, que os espíritos não estavam o tempo todo à nossa disposição; que devíamos voltar outras vezes, mas separadamente; não se tratava mesmo de algum problema comigo ou com Adriana; apenas a conjunção é que talvez tivesse dificultado os trabalhos. "A conjunção", repetiria mais uma vez, parecendo querer nos alertar sobre algo que julgava grave. Ele me olhou fixamente quando repetiu a palavra. Queria decerto prevenir-me, particularmente. Foi o que pensei.

O EVANGELHO DE FRANCISCO
O diário

Conjunção. Que secreta incompatibilidade poderá haver entre mim e Adriana? Algo referente a Raul, imagino. Mais exatamente: algo a ver com o que possa ter acontecido entre eles na minha ausência. Continuo imaginando que jamais me atreverei a indagá-la a esse respeito. Continuo pensando que no momento oportuno ela haverá de contar-me tudo; e creio que será no fim dessa "aventura" iniciada em casa do professor Carlisi que tudo se esclarecerá. Algo me diz que será assim.

Minha disposição em ir ao encontro de Raul, nessa que Adriana tem como sua nova existência, me induz a reviver as velhas polêmicas; tem-me impelido à releitura de Renan, inevitavelmente; e Renan me impele à releitura dos evangelhos; assim, numa reação em cadeia. A que levará tudo isso? Vejo um brilho renovado nas teses de Renan sobre a feitura dos evangelhos, que me despertam agora um interesse também literário. Constato, afinal, entre os sinóticos, a superioridade da linguagem de Lucas. No entanto, Marcos me impressiona como documento histórico, no qual é possível sentir-se ainda vívidas as marcas dos acontecimentos. Ali, Jesus pode ser encontrado como um cidadão em toda a plenitude, agindo em favor de sua doutrina, movimentando-se com energia. Os seus grandes pronunciamentos, porém, estão incompletos, o que é surpreendente, pois Marcos, diz Renan, não podia ignorá-los. Qual a razão das omissões? Renan lança a suspeita de que elas tenham sido devidas ao espírito "tacanho e seco" de Pedro, que teria influenciado a redação do texto, razão também da "importância pueril" dada aos milagres. "As curas relatadas por Marcos lembram a ação dos prestidigitadores e os milagres acabam por verificar-se somente depois de algum esforço, por frases repetidas. Jesus opera seus prodígios por fórmulas mágicas." Quando atravessava a região da Decápole, vindo de Tiro em direção à Galileia, trouxeram-lhe um surdo que gaguejava e rogaram que impusesse suas mãos sobre ele. Levando-o a sós para longe da multidão, colocou os dedos em suas orelhas e, com saliva, tocou-lhe a língua. Levantando os olhos para o alto, gemeu e disse: "Abre-te". Imediatamente seus ouvidos se abriram e a língua se desprendeu e o homem passou a falar corretamente. Jesus proibiu-o, porém, de contar a quem quer que fosse o que ocorrera (7:31-36), esse caráter secreto de seu poder, que repetidas vezes procura manter longe do conhecimento público, mas que foge ao seu controle e encanta a multidão: "Quanto mais o proibia, tanto mais o proclamavam, dizendo: *Ele tem feito tudo muito bem* (7:36-37)." Jesus, em Marcos, não é o doce moralista de Lucas; antes, um mago de terríveis poderes. O sentimento que inspira, de início, é geralmente o temor. Há os que se aterrorizam com seus feitos, e, em vez de se converterem, pedem-lhe que se retire. Marcos escreveu o evangelho do mistério e nele se sentem as pegadas do Rabi. Há exacerbações: a indiferença pelo judaísmo, o desprezo pelos fariseus e uma obstinada oposição à teocracia judaica.

O FIO DE ARIADNE

O "diário" traz, em seguida, a transcrição feita, alguns dias depois, de um outro trecho de *Os Evangelhos*. Renan, ainda comparando o texto de Marcos com os outros sinóticos, fala das modificações que precisaram ser feitas nessa primitiva redação grega para que pudesse ser melhor disseminada. De tal revisão é que teriam saído os textos atribuídos a Mateus e Lucas. Lembro-me de que tive por Renan um entusiasmo quase juvenil, imediato, espontâneo. Encontrei-me então quase que irrestritamente com suas ideias. Ele era um semelhante. Podia ser que as suas formulações estivessem ultrapassadas ou que tivessem sido contestadas eficientemente pelos que o combateram dentro da Igreja. Mas para mim isso não tinha naquele momento a menor importância. Claro que meu entusiasmo se arrefeceria mais tarde. Eu teria outras inquietações e perceberia que não pensava exatamente como ele. Mesmo assim, conservaria para sempre um resíduo de admiração porque ele obstinara-se no combate aos dogmas e à rigidez intelectual de seu tempo, e porque, com sua incredulidade, jamais se fechara num sistema, enfrentando inimigos poderosos. Ainda hoje releio com prazer os seus textos sobre o nascimento do cristianismo porque ele soube, mais que ninguém que eu tenha lido, aliar o rigor de sua crítica aos encantos de uma sensibilidade romântica.

* * *

Há, no final da anotação, uma data: 15 de dezembro de 1976, e, por uma estranha associação de imagens, posso lembrar-me de que foi exatamente naquele dia que estive pela quarta vez em casa do professor Endríade Carlisi. Judas ainda pairava sobre tudo o que eu lia, relia e anotava, mas já não se tratava de uma entidade devastadora como chegara a me parecer, como eu imaginara e temera, mas algo de que me nutria espiritualmente, este paradoxo que eu começava a aceitar por julgar que pertencesse à minha natureza. E Judas me remetia constantemente ao passado, a um certo período de minha adolescência, e me impelia, também, ao encontro daquela entidade em que Raul teria se transformado, segundo Adriana, e que o professor prometia trazer à nossa presença. E então eu o procurei novamente. E, para evitar o que ele denominara conjunção desfavorável, fui à sua casa sozinho. Adriana e eu havíamos decidido viver à parte nossas experiências e, para que não houvesse interferências mútuas, decidimos adotar mais uma sugestão de Carlisi: não relataríamos um ao outro os fatos acontecidos em sua casa enquanto não tivéssemos diante de nós a presença de Raul. Foi uma decisão sábia porque, a partir daquele momento, o professor não teve mais dificuldade em se concentrar. Na sessão seguinte, conseguiu entrar em transe com muita rapidez. Não procedeu como antes, não fez nenhum preâmbulo, dirigindo-me apenas os cumprimentos formais. No momento em que sentávamos junto à mesinha redonda, disse-me apenas que tentaria um novo tipo de diálogo com os espíritos, e apresentou um espetáculo de grande beleza, como se naquele dia, contrapondo-se aos insucessos anteriores, ele quisesse demonstrar até onde podia chegar o seu poder, ou melhor, o poder dos espíritos, como ele preferia. Ainda que eu não acreditasse no caráter sobrenatural daquela façanha, cheguei a me assustar; mais que isto, quase entrei em pânico quando o professor iniciou a demonstração. Assim que pousou as mãos sobre a mesa e fechou os olhos, começaram os ruídos, os "raps", como ele os chamava, pancadas delicadas como que produzidas pela ponta de um alfinete sobre uma superfície rígida, que depois se diluíram num som mais envolvente, parecido com o barulho de areia caindo sobre uma folha de papel amassada, e então começaram as pancadas; primeiro, no teto; depois, no assoalho. Para meu alívio, foram lentamente diminuindo de intensidade até que cessaram. Depois de um breve momento de silêncio, tornei a ouvir os toques levíssimos e agudos do início, e eles se multiplicaram, produzindo uma espécie de pipocar. Foi aí que a mesinha levantou ligeiramente do lado esquerdo, baixando de súbito, produzindo um choque contra o assoalho, uma pancada clara, ainda em meio ao som de milhares de alfinetes batendo contra uma superfície rígida. O professor então disse, com a voz dele mesmo, pausadamente: "Seus amigos estão aqui, outra vez." Como eu já tivesse dominado o pânico e não me surpreendesse mais com aquele tipo de revelação, pude perguntar com alguma serenidade: "Eles conseguem me ver?" "Naturalmente", respondeu o professor Carlisi, ou o espírito-guia, pois achei que devia ser Efraim outra vez, embora o transe não tivesse alterado muito a voz do professor. "Conseguem ouvir o que eu digo?" "Claro que conseguem", disse Efraim, prontamente, denotando alguma impaciência. O ruído de alfinetes e os golpes do pé da mesa no chão continuavam, e com uma frequência maior sempre que eu fazia uma pergunta. Lembrando-me do quase fracasso das sessões anteriores, quis saber por que não havia sido possível o aprofundamento dos contatos. Em lugar de responder,

Efraim preferiu perguntar: "A moça que o acompanhou não reconheceu ninguém?" Assim, como se Adriana tivesse estado em presença de alguém que devesse ter reconhecido. "Não, não reconheceu." "No entanto", tornou Efraim, "um dos espíritos que aqui estiveram se fez presente apenas por causa dela". Pensando na possibilidade de que tivesse sido Raul, tive um calafrio. Quis certificar-me de quem se tratava, mas Efraim disse secamente: "Não vem ao caso", e me surpreendeu mais uma vez: "Hoje, entre os seus amigos, há uma pessoa que foi muito importante em sua vida. Está muito feliz com sua presença, e muito agradecido pelo que o senhor tem tentado fazer por ele." Efraim ia dizendo tais coisas como se estivesse fazendo uma tradução simultânea das pancadas de mesa no assoalho e o pipocar de alfinetes. "Ele compreende perfeitamente que o êxito de sua missão não depende exclusivamente do senhor, e que o senhor tem feito com muito empenho o que lhe cabe fazer. Diz, também, que o tem assistido em seu trabalho, e que o senhor não deve esmorecer, deve seguir em frente, e obedecer sempre à sua intuição, sendo esta a melhor atitude porque é a que melhor se harmoniza com o mundo espiritual; é assim que deve ser; é assim que os seus espíritos mais caros podem estabelecer uma comunhão mais estreita com o senhor." Não consegui imaginar quem pudesse ser aquele personagem, e muito menos compreender aquilo que Efraim me dizia, embora suas palavras me emocionassem, estranhamente, como se aquilo tivesse fundamento em alguma coisa que eu estivesse fazendo. Como das vezes precedentes, Efraim preferiu não me dizer o nome daquele que garantia ter desempenhado um papel fundamental em minha formação. Era mesmo muito estranho o que estava acontecendo porque desde o primeiro momento eu tive intuitivamente a certeza de que não se tratava de Raul Kreisker, talvez pelo tipo do discurso, que não correspondia ao dele. Aquilo de agradecer pelo que eu estava fazendo nada tinha a ver com Raul, nem aquela insistência em repetir várias vezes a mesma coisa. Imaginei que se tratasse de alguma pessoa da família. Pedi a Efraim que o descrevesse, e mais uma vez o espírito-guia do professor Carlisi foi enigmático — parecia comprazer-se em proceder assim —: "É melhor que o senhor descubra pelo que ele representou em sua vida.

É a maneira mais própria." Achei, no entanto, que devia ser incisivo, insistir; e mais: achei que devia argumentar com Efraim porque julguei que o melhor mesmo seria usar de toda a franqueza, falar exatamente o que estava pensando; e disse, pois, que, se ele não descrevesse o espírito presente, me seria muito difícil saber de quem se tratava, e que não havia sentido em dialogar com um estranho, uma vez que não teria o que lhe perguntar. Efraim, com uma expressão clara de condescendência, sorriu através dos lábios do professor. Senti que havia aprovado a minha franqueza, mas o perfil sucinto que forneceu em seguida pouca coisa me revelou: tratava-se de uma pessoa de idade avançada. Devia ser alguém da família, mas a descrição servia para várias pessoas de compleição mais ou menos parecida. Podia ser o tio Remo ou o meu avô, podia ser Augusto Rovelli, meu tio-avô, ou ainda outras pessoas. Como eu continuasse a demonstrar claramente minha impaciência, Efraim descreveu uma imagem poderosa, algo que me comoveria profundamente. "Ele está de terno branco de linho", disse, "e tem uma aparência tranquila. Faz um gesto vago, apontando alguma coisa no horizonte. É uma paisagem de pequenas colinas". Os "raps" haviam cessado, e o que o professor Carlisi descrevia era uma espécie de visão. "Vejo uma paisagem com colinas cobertas por uma vegetação viçosa e ordenada; são pequenas árvores de folhas brilhantes, e estão floridas e exalam um perfume agudo; são flores brancas; agora ele caminha e a paisagem muda, há um campo muito amplo; há um campo que se estende a perder de vista, onde o gado pasta serenamente." Elemento após elemento, fui compondo a paisagem em minha cabeça, e pude, comovido, reconhecer nela a velha propriedade rural de meu avô. Primeiro, aquelas plantas, muitos milhares delas, dispostas simetricamente, uma plantação prestimosamente cuidada: um cafezal; e aquele cafezal eu conhecia muito bem. Depois, o pasto de capim pangola em que aquela plantação havia-se transformado, em seguida à crise cafeeira que presenciei na infância. E é espantoso que, mais que a imagem real da velha e querida paisagem, o que me veio à memória foi (porque era efetivamente daquela maneira que Efraim a estava descrevendo) a sua imagem transfigurada no sonho que minha mãe tivera com meu avô, logo depois da morte dele. Tive certeza: era Giovanni Rovelli quem estava ali, ou seu espírito ou a imagem que o professor Endríade Carlisi conseguira visualizar, através de um subterfúgio chamado Efraim, como num delírio, a partir de alguma coisa, de algum elemento — não sei como dizer — captado bem lá no fundo de meu subconsciente; algo que, se não tivesse sido assim, estaria até hoje perdido. Eu já não me lembrava do sonho que minha mãe me contara mais de quinze anos antes. Embora eu não acreditasse no caráter sobrenatural daquela "visão", ela teve o poder de maravilhar-me com sua intensa vibração, com a nitidez com que a senti, com seus preciosos detalhes. Um milagre. Ainda que naquele momento pudesse explicá-la através das leis terrestres mais simples; ainda assim, foi como se eu tivesse presenciado um consistente milagre.

O EVANGELHO DE FRANCISCO
O diário

Eu havia iniciado dois caminhos; duas experiências que não tinham, aparentemente, apenas aparentemente, nenhuma conexão entre si: da mesma forma que a intensa vibração que eu sentia durante as sessões com o professor Carlisi me haviam permitido vislumbrar um universo que pulsava de vida — se o termo não é impróprio —, também a releitura de Renan, para a qual havia chegado o momento justo, me abriu um novo mundo: uma visão nova dos evangelhos de que eu tanto necessitava. Havia ali um Judas criado para tornar-se modelo, a figura indispensável ao complemento da lenda. O grande instrumento na criação de sua história, segundo Renan, ao comentar Mateus, havia sido a analogia tirada do Antigo Testamento. Tratava-se de um processo destinado a suprir as naturais lacunas da memória coletiva. As notícias mais contraditórias haviam circulado sobre a morte de Judas, mas surgiu afinal uma versão que dominou as demais. Aquitofel, traidor de Davi, teria servido de modelo (2 Samuel 17:23). Estabeleceu-se que Judas se enforcasse como ele. Uma passagem de Zacarias (11:12) sugeriu o pagamento dos trinta dinheiros, o fato de Judas atirá-los ao chão do templo e a menção do "Campo do Oleiro", que teria sido comprado pelos sacerdotes com tal soma, "para sepultamento ali dos estrangeiros". Diz também Renan que as necessidades doutrinárias haviam sido outra fonte de interpolações: teria havido, nos primeiros tempos do cristianismo, muitas objeções quanto ao messianismo de Jesus, e elas exigiam respostas adequadas. Nem João Batista acreditara nele, segundo os adversários da nova fé; a própria família o tivera inicialmente sob suspeita. As cidades onde operara seus prodígios não se haviam convertido. Os grandes fariseus haviam escarnecido dele e o haviam insultado: se expulsava demônios, era porque tinha sociedade com eles. Mas houve da parte das primeiras comunidades cristãs soluções para todos esses impasses, satisfazendo-se a necessidade coletiva acerca das virtudes de seu Messias: não havia sido o povo que repudiara Jesus, mas a classe dominante, que, pelo seu habitual egoísmo e seu comprometimento com os usurpadores estrangeiros, não o aceitara. As pessoas mais humildes, no entanto, estiveram com ele, e por isso as autoridades haviam usado de artifícios para o prenderem; temiam as repercussões de seus ensinamentos junto ao povo. Também o nascimento dele e a ressurreição davam margem a controvérsias. Um dado frequente das narrativas hebraicas era o de sustentar o poder divino na fraqueza de seus instrumentos humanos. Era comum que os grandes homens nascessem de pais velhos e até mesmo estéreis. A lenda de Samuel teria originado a de João Batista e a de Jesus, à parte a versão malévola e ofensiva aos cristãos de que Jesus nascera de um escândalo de sua mãe com Pantera, um soldado romano, como foi registrado no Talmude. A contraposição a alusões desse tipo é que deu, em parte, origem à narrativa cristã. Era assim natural que se acabasse por criar uma história permeada da lenda. Aconteceu com Jesus o que aconteceu com grande parte dos homens célebres. Nada se sabe, a rigor, de sua infância pela simples razão de que nada foi registrado no devido tempo porque não se podia prever o seu destino. É comum que a imaginação coletiva cerque esses homens de grandes riscos à medida que assumem a condição de líderes ou heróis. Um relato popular sobre o nascimento de

Augusto e alguns traços da crueldade de Herodes podem ter inspirado o episódio do massacre das crianças. Também havia objeções, naturalmente, quanto à ressurreição. Ninguém, na verdade, testemunhara a volta de Jesus, de corpo e alma, à vida, pois os que o haviam visto depois da morte não o haviam reconhecido. Era uma pessoa de aspecto diferente a que insinuava ser o Messias. Os fariseus sustentavam que os discípulos haviam levado o cadáver para a Galileia. Em oposição a tal informação, surgiu a versão de que os fariseus haviam pago os guardas do sepulcro para que dissessem que o corpo fora roubado.

A CASA

A visão que o professor Endríade Carlisi teve da propriedade rural de meu avô e as imagens descritas por ele ainda me sobrevêm com frequência de uma maneira vívida, como se eu as tivesse visto pessoalmente, como se eu tivesse participado de seu delírio, como se eu, por meus próprios meios, tivesse recuperado aquelas imagens originárias de um dia remoto de minha infância, quando minha mãe contou-me o sonho que tivera na noite precedente. O sonho de minha mãe e a "visão" de Carlisi acabariam integrando-se numa mesma unidade de minha memória, e eu passaria a me lembrar do antigo sonho como se o tivesse de fato sonhado. A divisão que estabeleço agora entre uma coisa e outra é a um só tempo arbitrária e inevitável, não mais que um recurso para conferir uma ordem mínima ao meu relato. Giovanni Rovelli morrera poucos anos antes da velha Elisa e fora sepultado no cemitério de Ouriçanga. Minha avó mandara colocar sobre o túmulo dele uma lápide com uma frase dando conta de que ele continuava a viver entre nós porque vivia em nossa memória, mas claro que ela não estava convencida disto, pois continuou sentindo muita solidão, embora as pessoas da casa não a deixassem sozinha um momento sequer, sendo que tia Otília passara a dormir em seu quarto, em uma cama colocada logo ao lado da cama de casal, para atendê-la no que pudesse ser necessário.

A velha Elisa fechou-se de luto por dois anos, como numa preparação para a sua própria morte, já que perdera a alegria de viver e o prazer de reviver o passado. Não evocou a vida de meu avô, como era esperado que fizesse, o artifício do paroxismo, tão comum, necessário para superar o impasse da morte das pessoas mais próximas; não desejou, certamente, superá-lo; pareceu não querer continuar vivendo, e também não recebeu nenhuma mensagem de meu avô, nem um "aviso", um sonho que fosse, contrariando também o que era esperado. Na verdade o meu avô "reapareceu" poucas vezes, e foi só em sonhos, nos sonhos de minha mãe. "Ele estava de terno branco de linho." Lembro-me muito bem do que ela disse: exatamente o que o professor Carlisi repetiria muitos anos depois em condições tão insólitas. Era o mesmo terno branco que Nanni Rovelli mandara fazer especialmente para o casamento de minha prima Lisetta, e que depois usou todos os domingos para ir à missa. Não me recordo de tê-lo visto nessas ocasiões com outra roupa. "De terno branco de linho", repetiu minha mãe. "Pelo jeito, estava tranquilo. Quis dizer alguma coisa; transmitir alguma mensagem, talvez, mas a voz não saiu. Estendeu o braço, apontando com o dedo alguma coisa no horizonte, mas não se via nada." Uma outra vez, em outro sonho, reapareceu bem no meio do pasto de capim pangola que ele havia feito plantar com sementes vindas do Instituto Agronômico de Campinas. Isto porque havia lido no *Suplemento Agrícola* que aquele capim originário da África do Sul era o melhor que podia existir para o gado leiteiro. Ele estava então descrente do café, a planta mitológica de nossa origem, e que em cerca de cinquenta anos marcara os hábitos e o destino da família, e com a qual até eu mesmo acabei guardando uma especial relação afetiva. Não obstante tudo o que aconteceu, vejo-a sempre generosa; muito mais, é natural, quando está com suas flores brancas e agudamente perfumadas. Tenho meia dúzia de exemplares no canteiro da frente, rentes ao muro, e agora que já é julho e eles começam a florir, eu não tenho como não me recordar de tudo; do que vi e do que me contaram. São recordações inapelavelmente fracionadas, mas que no todo dão-me a ideia possivelmente banal de que a história fundamental do homem talvez seja mesmo a história das relações e dos sentimentos familiares que o impelem a uma luta por vezes desesperada em torno de inatingíveis projetos de bem-estar e felicidade: o que se chama de sonho, mas que é fé, ou seja: a posse antecipada do que se espera, a convicção acerca das "realidades que não são vistas", segundo a Escritura.

Ao mínimo movimento do ar, o fino perfume que vem do jardim entra pela casa. É como se através das frestas das portas e janelas entrasse também um pouco do espírito de Giovanni Rovelli, que eu creio ter amado e odiado a um só tempo, mas que em ambas as circunstâncias admirei com todo o fervor, e acho que pela sua natural capacidade em ser despótico, porque conseguia trazer em seu despotismo as necessárias marcas do pioneiro, do homem de seu tempo: a eficiência e o destemor, e ainda a capacidade em tomar decisões firmes mesmo frente às mais adversas circunstâncias. Tratava-se daquela postura inquebrantável que o tornava temível até pelos filhos mais velhos, e que, no entanto, fazia também com que todo o núcleo familiar permanecesse unido e se sentisse confiante no futuro. Era aquela uma das razões fundamentais da ordem e da aparente paz que reinava na casa que crescia praticamente a cada novo nascimento, com as sucessivas reformas. A cada sentença fundamental proferida, a cada decisão mais grave anunciada, parecia fortalecer-se ainda mais no espírito de todos a incontestável verdade contida nos Salmos: "O Senhor é meu pastor, nada me faltará." E não poderia ser de outra forma, porque havia sido sempre daquela maneira que se havia garantido fartamente, embora sem luxos, os proventos da casa. Me lembro muito bem da longa noite de delírios que precedeu a sua morte, e da visão que teve, entre outras, dos cento e vinte e seis alqueires de cafezais da perdida Carvalhosa (que deixou de comprar por excesso de precaução), as folhas brilhando ao sol, e as flores lançando ao ar um aroma tão intenso talvez quanto o dos primeiros tempos, quando as terras recém-desmatadas nem bem haviam começado a perder a sua integridade natural. No entanto, nos anos precedentes, ele havia se desencantado com aquela cultura. Destruíra grande parte da lavoura para tentar a sorte com a pecuária. Dizia-se que o leite estava gerando grandes lucros em outras regiões do Estado. Dizia-se. Escrevia-se no *Suplemento Agrícola*. E foi assim que minha mãe o viu, depois de morto, em sonhos, tranquilo, caminhando pelo pangola verdejante, aquele espaço solitário e amplo em que havia sido transformada a lavoura de café prestimosamente plantada em covas de trinta centímetros de aresta, como mandava a técnica arcaica com que aquela cultura havia sido introduzida no país: covas com proteções contra a erosão feitas de peças de paineira, as mudas dispostas em quincunces, e sem observar as revolucionárias curvas de nível cujo conhecimento só seria introduzido na região, sob pasmo, muitos anos depois. À semelhança da Ouriçanga de Lundstrom, as plantações obedeciam a um traçado rigorosamente geométrico, retilíneo, assentadas, de preferência, a meia costa, como se dizia, isso porque o alto das colinas podia ser muito frio em junho e julho, e os lugares mais baixos, muito quentes em dezembro e janeiro.

Na terceira vez, minha mãe o viu ainda mais distante, caminhando ainda por aquela imensidão que era o pasto de seus sonhos. Mas então aqueles "avisos", como ela dizia, já haviam cumprido sua função. Não foram necessários mais que três sonhos para que Luísa Rovelli tivesse certeza de que o meu avô estava bem, feliz até, naquela espécie de universo paralelo, com tantas repetições, que era o céu por ela e por tanta gente imaginado.

10

O Evangelho de Francisco
O diário; anotações

Há uma outra anotação, feita há quase cinco anos, quando comecei a pensar mais insistentemente no romance, mas ainda segundo a primitiva forma que o imaginei. Não anotei a data, mas sei que estávamos em meio ao veranico de maio de 1972: uma brisa morna que nos deu inesperado alento:

"Mesmo o maior de todos os pecadores merece ser perdoado, bastando apenas o seu sincero arrependimento. Nem o maior de todos os crimes pode ser um obstáculo à redenção. Lucas enaltece particularmente essa possibilidade e exalta, além do amor ao semelhante, a modéstia como a virtude que mais favorece a salvação. Lucas é o evangelista que despreza com mais empenho a riqueza material, considerando a ligação com a propriedade um mal em si. Ele conta que certo homem de posição perguntou ao Rabi o que devia fazer para herdar a vida eterna. Ele respondeu enumerando os mandamentos: não roubar, nem matar, não levantar falso testemunho, honrar pai e mãe. E o homem disse que era isso que vinha fazendo desde a juventude. Mas o Rabi insistiu em que uma coisa ainda lhe faltava: vender tudo o que possuía e distribuir o dinheiro entre os pobres; este haveria de ser o tesouro que o faria de fato feliz. O proprietário, ouvindo isto, entristeceu-se, pois era muito rico."

Acabo de voltar de mais uma de minhas visitas ao professor Carlisi, e faço o que tenho feito sempre: sento-me aqui e retomo os meus papéis, sentindo uma necessidade imperiosa de ordená-los, complementá-los, da mesma forma que em minhas idas à casa do professor o que tenho fundamentalmente feito é buscar não apenas a recuperação de minha memória, mas a sua ordem oculta. E o objetivo, lá e aqui, talvez seja o mesmo; e, assim, vou acrescentando mais estas linhas ao "diário", estimulado pelas anotações mais antigas, deparando-me com momentos que posso recordar com um sentimento de perda a respeito de mim mesmo, de uma certa ingenuidade que fui deixando aos poucos para trás, à medida que fui perdendo o acesso ao paraíso familiar de linhas retas e definidas que pareciam conduzir diretamente ao futuro que imaginara para mim; momentos como aquele de uma certa manhã, ainda em 1972, em que registrei, com uma satisfação juvenil, a impressão que a releitura de Lucas continuava a me causar:

"Lucas considera um mal a pura e simples ligação com a propriedade. A presença do demônio em seu texto é extravagante e tem ligação com as coisas materiais; e o relato das curas tem algo da crueza de Marcos. A ação de Jesus chega a causar pânico. A bizarra cerimônia da unção em Betânia não é narrada por ele. Há um acontecimento semelhante, numa localidade não especificada. A casa onde a cerimônia é realizada pertence a um fariseu chamado Simão. A cena deve ter sido calcada em Marcos, mas Lucas a utiliza a seu modo, para enaltecer o valor do pecador convertido. Simão convidara o Rabi para comer em sua casa, e, quando este sentou-se à mesa, apareceu uma mulher da cidade, 'uma pecadora'. Sabendo da presença do Rabi, ela trouxera um frasco de alabastro com perfume, e, colocando-se junto ao Mestre, 'começou a chorar e com as lágrimas começou a banhar-lhe os pés, a enxugá-los com os cabelos, a cobri-los de beijos e a ungi-los com perfume'. Surpreso com a cena, o dono da casa pensou: 'Se este homem fosse mesmo profeta, saberia quem é a mulher que o toca, porque é uma pecadora.' Mas o Rabi, percebendo a sua desaprovação, disse a Simão que um credor tinha dois devedores: um lhe devia quinhentos denários e o outro cinquenta. Como não tivessem com que pagar, perdoou-os. Perguntou então o Rabi: 'Qual dos dois o amará mais?' 'Suponho que aquele a quem mais perdoou', respondeu Simão. 'Julgaste bem', disse o Mestre."

PRAIRIE LIGHTS
Cartas tardias; a viagem

Caro Raul, como já lhe devo ter dito, trouxe comigo as anotações sobre Judas, e elas de nada me serviram até agora. Não consigo escrever senão cartas. Tampouco consigo ler muita coisa além de jornais e revistas, e estes velhos registros que sempre espero que me ajudem a encontrar o discurso de que necessito para crer que esteja no caminho certo. Mas o assunto que me motiva a lhe escrever não tem nada a ver com estes meus insucessos. E lhe digo, antes de mais nada, que a ideia do "Reino" nunca foi tão bem expressa quanto na parábola que o assemelha a um grão de mostarda, "a menor entre as sementes, e que, no entanto, quando semeada, germina, cresce, deita grandes ramos e se torna abrigo para as aves do céu". Pois foi este, significativamente, o tema do primeiro dos onze discursos pronunciados pelo Bhagwan Shree Rajneesh, em Poona, Índia, no verão passado. Você já ouviu falar dele? Ele começa a fazer um enorme sucesso por aqui. O volume com os discursos foi publicado recentemente, e vende como água. É curioso ver a propriedade com que ele trata o assunto, apesar de não ser cristão: "Somente quando você estiver silencioso — ele diz —, sem um só movimento de seu ser, é que poderá ouvir Jesus, entendê-lo, conhecê-lo. Poucos o entenderam, mas isso está na própria natureza das coisas; isso tem que ser assim. E quem eram esses poucos? Não eram estudantes ou eruditos; não eram professores; não eram sábios ou filósofos. Não. Eram pessoas comuns: um pescador, um camponês, uma prostituta. Eram as pessoas mais comuns entre as comuns. Como podiam entendê-lo? Deve haver algo especial no homem comum que desapareceu nos homens notáveis."

Eu já ouvira falar de Rajneesh aí no Brasil, pouco antes de viajar. O Roberto Marchetto foi quem me falou dele pela primeira vez. Eu andava encafifado com o duplo na literatura e na História: Caim e Abel, Teseu e o Minotauro, Narciso e Goldmund, o doutor Jekyll e Mr. Hyde, o George Colwan e o Robert Wringhim, do aterrorizante *Confissões Íntimas de um Pecador Justificado*, de James Hogg, que eu havia acabado de ler e que se tornou para mim duplamente significativo porque o troquei com Marchetto pelo *A Harmonia Oculta*, contendo comentários de Rajneesh sobre Heráclito. Havia algo ali acerca da relação entre os opostos, que me impressionou bastante. Heráclito dizia coisas que pouca gente podia entender, dizia que a harmonia oculta era superior à aparente, e que a oposição trazia a concórdia, e que da discórdia nascia a verdadeira harmonia. Ele deixou este testemunho: "É na mudança que as coisas encontram repouso." A harmonia oculta é superior à aparente. Rajneesh tirou enorme partido disto. Logo que cheguei aqui, encontrei *A Semente de Mostarda*, com os discursos do verão passado em Poona, em que ele mostra uma visão lúcida, aberta e criativa dessa parábola básica. Ele diz que, se alguém pretender dissecar a parábola do grão de mostarda, não a compreenderá. "É impossível ver-se a árvore na semente, mas é possível lançar-se a semente à terra. Isto é o que faz um homem de fé, dizendo: 'Está certo, é apenas uma semente, mas com certeza se transformará numa árvore. Encontrarei o solo adequado e a plantarei no campo e a protegerei, estarei esperando e orando; amarei, terei esperança e sonharei.'" A verdade é que a semente tem de desaparecer, tem de morrer para se tornar árvore, "assim como Deus", diz Rajneesh, "que morreu dentro deste universo, e não pode permanecer à parte dele; dissolveu-se nele". É por isso que as pessoas não podem encontrar Deus, mas Ele está em todo lugar, exatamente como a semente está na árvore toda, transformou-se na árvore.

"Deus só pode ser encontrado quando a árvore desaparece. Quando a semente morre, surge o universo, a árvore, o Reino de Deus. Se você estiver procurando esse reino em algum outro lugar que não este, estará procurando em vão. Quem quiser encontrar o Reino de Deus, terá de ser como a semente, e morrer." Pois é, morrer para o Ego, para renascer como algo maior.

Naquele sábado de tempo fechado, com uma atmosfera densa, pesada, um desses dias especialmente tétricos de São Paulo, troquei o livro de Hogg pelo exemplar de *A Harmonia Oculta*. Depois, eu e Marchetto passamos por alguns sebos da cidade; ele à procura de obscuros romances policiais norte-americanos, e eu em busca de tudo o que pudesse encontrar sobre evangelhos apócrifos, enquanto conversávamos sobre praticamente tudo. No entanto, além do que ele me disse a respeito de Rajneesh, não me lembro de quase nada do que conversamos naquele que me vem à memória como um dia extremamente longo, que acabaria por frutificar na minha descoberta de *A Semente de Mostarda*, e de resto, nisto que lhe escrevo. Sei que, ainda assim, como sempre, você achará esta carta impessoal. Talvez tenha razão.

Adriana mandou-me um cartão horrível de Belo Horizonte (que estaria fazendo lá, Santo Deus?). Em cinco linhas, se tanto, ela conseguiu não me dizer absolutamente nada além do exercício de formalidade a que se propôs, apenas para que eu não pudesse dizer que ela jamais se lembra de mim.

E você? Está bem? Sua última carta foi um primor de síntese. QUER ME FAZER O FAVOR DE DIZER O QUE ESTÁ ACONTECENDO POR AÍ?

Grande abraço,

Francisco
Iowa City, 20.11.75

A CASA

A velha Elisa fechou-se de luto por dois anos, e só no final desse período é que voltou a recordar com insistência os tempos passados nas Embaúbas; assim, como se tivessem sido bons e não tivessem se constituído no pior pedaço da vida familiar. Se restaram inesquecíveis aqueles tempos, foi pelas suas dificuldades; e, no entanto, minha avó sempre dizia "bons tempos aqueles", e ficava olhando na direção do povoado enquanto balançava-se sem parar na cadeira do terraço, que era justamente voltado para os lados das Embaúbas, para o lado onde nascia o sol; e então eu perdi a conta das vezes em que a velha Elisa falou em passar um domingo nas Embaúbas: "Um domingo destes preciso ir"; mas nunca achou jeito de fazer o passeio. Não porque o povoado ficasse longe; estava a menos de dez quilômetros de Ouriçanga. As pessoas da casa dispuseram-se muitas vezes a levá-la, mas ela sempre achava uma desculpa de última hora, geralmente motivos de saúde. E era estranho que tivesse deixado de falar de Lendinara, onde nascera e passara toda a infância. Parou, de repente, de contar suas histórias. Mas, no fundo, continuava aferrada ao seu passado, lastimando intimamente — nós sabíamos — a perda precoce daquela espécie de paraíso particular, como o universo de Ledinara foi-lhe parecendo à medida que se distanciava no tempo. E assim o apego às Embaúbas acabou por me parecer não um apego ao povoado em si, mas uma maneira que ela havia arrumado de privilegiar o passado: sem se queixar do presente, pois isso ela jamais fazia, e sem tocar no nome de Lendinara, ela procurava distinguir aquele pedaço de sua história, elegendo-o como um momento melhor que o que estava vivendo. Custei a entender aquele processo que tinha a ver com a inaceitação de seu destino, a inconformação de ver-se fadada a findar seus dias aqui mesmo, um sentimento diametralmente oposto ao de meu avô, que se orgulhava de ter-se tornado brasileiro, como se o documento que lhe garantia tal direito, e que ele brandia ao mínimo pretexto, lhe houvesse ampliado as escalas da existência, como se ele tivesse passado a ter duas vidas, uma vez que jactava-se com constância de ser em Ouriçanga um dos poucos que podiam orgulhar-se de ter para si dois países, dois lugares onde morrer, embora para isso já tivesse escolhido, obviamente, o seu país de adoção.

"Um domingo destes, preciso ir." Minha avó formulou quase que diariamente o desejo e assim mesmo não achou jeito de fazer o passeio. Num inverno rigoroso, com as geadas queimando impiedosamente os cafezais, ela foi tomada por uma aura sombria. "Eu não acabo a estação", disse. Com efeito, pouco antes de o inverno terminar, ela morreu, vitimada por uma complicação circulatória.

PRAIRIE LIGHTS
Cartas tardias; a viagem

Caro Raul, fiquei surpreso com o fato de você já ter ouvido falar de Rajneesh e de *A Semente de Mostarda*. Você nunca me disse nada a esse respeito, mesmo sabendo que podia me interessar. Onde foi que você leu sobre o livro? Pode até parecer piegas, mas foi a primeira vez que um comentário sobre o "Reino" me falou direto ao coração. O que Rajneesh prega é a abertura integral dos espíritos, uma espécie de desarmamento, uma entrega às paixões verdadeiras e ao amor, único caminho em direção ao "Reino", essa ideia redentora de que o evangelho de Lucas fala com tanto lirismo. Você não disse nada, mas sei que continua imaginando que eu esteja em meio a uma nova "recaída", e sei também que não vou conseguir convencê-lo do contrário. Não; não creio para depois compreender, meu caro, mesmo que você ainda pense assim. Hoje estou seduzido pelos mesmos textos, mas como obra terrena e humana; pela mensagem renovadora, mas também pelas suas intenções ocultas e pelas suas qualidades literárias. Sobretudo com relação a Lucas. Tendo em vista o propósito com que o evangelho dele foi criado, a sua realização só podia depender mesmo do ímpeto de um espírito elevado. Escrito, ao que parece, depois de Marcos e Mateus, foi certamente produto de uma necessidade que os dois outros textos não haviam conseguido atender. Ele parece constituir-se numa tentativa de atender aos anseios das comunidades cristãs emergentes que Lucas frequentou. Segundo Renan, ele era moderado, tolerante, respeitoso para com os primeiros dignitários do cristianismo, mas defensor intransigente do acolhimento na Igreja dos pagãos, dos publicanos, dos heréticos e dos pecadores de toda a natureza, diferentemente dos evangelistas anteriores, que se mantiveram neutros, não partidários com relação às facções que ameaçavam a unidade da Igreja em formação. Renan aponta a enorme importância que Lucas dá a uma expressão hoje em crescente desuso: a misericórdia, que ganha fulgurância nas parábolas do bom samaritano, do filho pródigo, da ovelha desgarrada, da dracma perdida, nas quais a posição do pecador arrependido se eleva acima das pessoas justas por natureza, já que a verdadeira falta ou a tendência para o mal é que produzem a verdadeira virtude e o prêmio pelo esforço em resistir às tentações. Essa inclinação faz o homem mais diligente e cuidadoso ao exercitar-se no bem. Foi entendendo dessa forma o caminho para o "Reino" que Lucas escreveu um texto tão audacioso. Ele foi o único a falar da conversão de um dos ladrões, no Calvário. Marcos e Mateus dizem, em vez disso, que ambos insultaram o Rabi. É através de Lucas que nos chegam as propostas mais radicais de Jesus: amar os inimigos, fazer o bem aos que nos odeiam, bendizer os que nos amaldiçoam, orar pelos que nos difamam, oferecer a outra face a quem nos agredir. Amar apenas os que nos amam, que grande virtude haverá nisso? "Até mesmo os pecadores emprestam aos pecadores para receber o equivalente." Há mesmo em Lucas uma exacerbação do gosto pelos pecadores reabilitados. Há perdão imediato para todo delito, não importando sua gravidade. A porta está aberta: a conversão é possível para todos.

Se estivéssemos frente a frente, meu caro Raul, você por certo me torturaria com um longo silêncio, para afinal sentenciar algo como: "Se isso lhe serve, que posso fazer?" Sei também que, apesar de tudo, você responderá a esta carta evasivamente com suas dez ou quinze linhas: o mínimo que sua polidez exige, com um número maior de provocações que de afirmações. Mas tudo bem. Nem por isso vou me conter. Direi sempre o que me vier à cabeça. Sem censuras, se conseguir.

Grande abraço,

Francisco
Iowa City, 30.11.75

A CASA

Foi através de sonhos, pois, que minha mãe teve certeza de que Giovanni Rovelli estava tranquilo, feliz até, naquela espécie de universo paralelo que era o céu por ela e tanta gente imaginado. No caso de minha avó, os anúncios se deram de uma forma bem diferente. Herdeira inquestionável dos despojos familiares do sexto sentido, dos presságios, da premonição, minha mãe percebeu que o seu "espírito" retornara à casa, cerca de duas semanas depois de sua morte. Foi o coroamento de um processo dramático de aceitação.

Apesar do desespero que as mulheres da casa procuravam externar ao paroxismo, como era esperado, os homens da casa mobilizaram-se com eficiência e rapidez, para que o acontecimento tivesse toda a solenidade possível, como se minha avó tivesse sempre desejado aquilo, embora nunca houvesse pronunciado nenhuma palavra sobre o assunto. No entanto mais que a perda de seu convívio em si, tivemos a perda do último vínculo com aquela vertente de nosso passado e com uma terra que não conhecêramos mas que era como se tivéssemos conhecido, com seus rios, seus vales, seus trigais, suas casas feitas de pedra, que era Lendinara, nome que ela parou de pronunciar nos últimos anos de sua vida.

A mobilização em torno daquele desaparecimento, a pompa do funeral — pelo menos ali, não houve um enterro que se comparasse ao dela —, teve como motivo um outro fato que transcendia sua morte: tratava-se do fim de um capítulo básico da vida familiar. Elisa Avigliano constituíra-se, durante os dois anos precedentes, no último remanescente de uma geração cuja memória já havia começado, em Ouriçanga, a misturar-se um pouco com a lenda, pois seus representantes haviam chegado ali sessenta anos antes, para recomeçar suas vidas do nada, para construir um novo mundo, e para, pode-se até dizer, dar finalmente nome às coisas, pois em alguns lugares a natureza parecia estar ainda intacta, e as imagens que me vinham na infância através dos relatos desses tempos eram as de um estado de primitiva exuberância, assim como se tivesse sido concluída em dias recentes a semana da Criação, a poderosa imagem bíblica, quando a terra havia produzido pela primeira vez verdura: ervas que davam sementes segundo suas espécies; árvores que davam, segundo suas espécies, frutos contendo suas sementes, tendo Deus constatado que aquilo era bom: a imagem grandiosa forjada em minha imaginação a partir das leituras em voz alta de minha mãe a respeito de quando houve mais uma tarde e mais uma manhã, e veio o terceiro dia; assim, como se isso fosse parte da mesma lenda que falava do antigo amanhecer em que o engenheiro Olaf Lundstrom caminhou em meio à vegetação que ali proliferava, e traçou as coordenadas do novo espaço urbano. Ainda que desprovida do entusiasmo que marcara sua geração, Elisa Avigliano Rovelli havia feito parte dela e de sua mitologia. Não era portanto de estranhar-se que a comoção em torno de sua morte não tivesse precedentes, parecendo em certos momentos que o mundo não pudesse continuar em órbita, ante tamanha desgraça, como cheguei a imaginar exageradamente, o que não seria muito desprovido de senso a julgar pelo desespero de minha mãe, superior ao desespero que era comum esperar-se mesmo numa circunstância como aquela. No entanto, diferentemente das outras mulheres da casa, procurou externá-lo, não em altos brados, porque isto não era de seu feitio, mas lembrando consigo, em voz baixa, fatos da vida de minha avó, de seus hábitos, de pequenas particularidades de sua passagem por aquela casa, consumindo-se num pranto que parecia interminável, não se sabendo onde buscaria as lágrimas necessárias para chorar o que haveria de chorar diante de tanta minúcia. E quase se consumiu, de fato, naqueles dias, naquele seu propósito talvez consciente de esgotar as possibilidades de sofrer diante da morte de alguém com quem revelou, finalmente, ter tido uma ligação visceral, incomum. Temeu-se, é claro, pela sua saúde, pois continuou não se alimentando direito nos dias seguintes, tendo definhado assustadoramente ao final da primeira semana, tomando a custo as tisanas restauradoras prescritas pelo doutor Nepomuceno. Mas a sua recuperação emocional viria antes do que se esperava, assim como se, dada a intensidade com que expressara a sua consternação, tivesse chegado ao total esgotamento de suas possibilidades de sofrer diante daquela perda irreparável; e, ao fim da segunda semana, já havia adquirido alguma serenidade, ostentando um ar em que se notava com clareza a marca da resignação. No entanto, o seu processo de aceitação estava ainda por ser concluído, pois foi aí que minha mãe disse ter-se dado conta de que o espírito de Elisa Rovelli havia retornado à casa. Ela o pressentiu, desde a primeira vez, na forma de uma lufada de vento que recendia a alfazema, seu eterno perfume. Foi como se a velha Elisa tivesse deslocado o ar com aquele gesto característico seu de jogar aos ombros o xale preto de lã (quantas vezes testemunhei tal gesto; quantas vezes senti o frescor inconfundível da alfazema). Minha mãe a chamou, mas não obteve resposta, e o seu perfume se perdeu na madrugada, parecendo que ela havia saído de casa e ido embora. "Eu tinha certeza de que ela ia mandar um sinal", disse minha mãe no dia seguinte. "Eu não disse?", sentenciou, como a proclamar aos incrédulos do mundo inteiro que havia um forte vínculo entre os dois mundos da existência. Mas, se no caso de meu avô apenas três sonhos bastaram para que Luísa Rovelli se desse por satisfeita, com referência à minha avó o processo de conformação foi muito mais longo, e isso talvez porque a presença dela tivesse sido mais constante e mais próxima de minha mãe, e ainda porque havia deixado marcas físicas mais evidentes na casa e nas coisas da casa. Embora o meu avô tivesse sido autoritário no trato do campo e das pessoas ligadas à fazenda, não dando ouvidos a quem quer que fosse; não obstante isso, foi minha avó quem decidiu as sucessivas ampliações da casa, as constantes mudanças de portas e janelas, a maneira como os móveis deviam ser dispostos e tudo o mais que devia ser feito para abrigar com mais comodidade a família que crescia praticamente todos os anos.

Não é preciso dizer que ninguém, além de minha mãe, chegou a sentir o perfume, e também não é preciso dizer que todos acreditamos nela; mais que isso, até já sabíamos que um fato daquela natureza iria acontecer. Tinha de acontecer porque era esperado que acontecesse; e ainda era esperado que minha mãe fosse a escolhida para receber aquelas mensagens, sendo que foi no fim de julho que houve a primeira manifestação. No mês seguinte, foram recebidos mais três "avisos". Era estranho que Elisa Avigliano só se manifestasse daquela maneira. Minha mãe aguardou em vão que ela reaparecesse também em sonhos. "Gostaria muito", disse. "Assim eu ia ter certeza de que estava tudo bem."

Houve uma única vez um sinal diferente. Minha mãe disse que julgou ter ouvido durante a noite os passos da velha Elisa, com aquele seu jeito de andar, arrastando ligeiramente as chinelas; mas, com o passar do tempo, desistiu de querer sonhar com ela. Acabou por convencer-se de que a alfazema era a mensagem definitiva, e que por ser aquele o perfume predileto, só podia tratar-se de um anúncio alvissareiro. Assim, pouco a pouco, as lufadas de vento carregadas do perfume de minha avó foram cessando. As últimas manifestações se deram nas noites silenciosas e mornas dos começos de setembro, a alfazema se misturando com as exalações das outras plantas, principalmente as madressilvas que, mais de quarenta anos antes, minha avó havia começado a disseminar junto aos alicerces do terraço para que subissem pela balaustrada.

O Diário de Francisco

Eis o testemunho de nossa comoção; e, ao relembrá-la, constato sempre que a morte da velha Elisa continua a estender suas consequências sobre nossos destinos, um fluxo incessante de velhas imagens acerca de sua terna, mas irresistível, autoridade, de seu apego às tradições peninsulares, do vínculo que procurou dissimular em seus últimos dias, mas que continuou evidente — justamente, por aquele seu repentino silêncio acerca de suas origens —, a ligação quase que religiosa com sua província, com o nome, no final, impronunciável de Lendinara (raramente então proferido pelos outros em sua presença, para que as evocações não agravassem os seus infortúnios), que, desse modo, se tornou como que um território quase sagrado de nosso gênese. Esse testemunho que releio é para mim prova de que o mundo deixa de ser o mesmo a cada momento que passa, porque ele é, em certo sentido, a ideia que dele fazemos, melhorado ou piorado, dependendo das venturas ou de nossas eventuais desgraças; e o mundo subsequente à morte de Elisa Avigliano era mesmo radicalmente diferente daquele que até então eu conhecera: o seu desaparecimento prenunciara a dispersão familiar e o início de uma nova era para aquela casa sacudida em seus alicerces morais. E toda vez que releio tal testemunho é a superposição de dois personagens o que vejo: o que testemunhou, aos dez anos, aquele verdadeiro cataclismo, e o que o recuperou em sua memória e o registrou há exatamente sete anos — há ali uma data —; e ambos me parecem agora entidades distintas desta que hoje sou, e que sou porque é diferente neste preciso momento a minha maneira de ver o mundo e a minha história no mundo.

Tenho tratado com frequência da época em que morava-para-sempre (como me parecia) em Ouriçanga, tão bem-sucedido em disfarçar-me em criança, até para mim mesmo, e de mim não me lembro senão como de um personagem de uma outra história, um outro ser, alguém que não cheguei a conhecer muito bem e que sonhava certamente em tornar-se uma outra pessoa, e não esta que escreveria sobre aquele desastre doméstico, e tampouco este que retoma o testemunho daquele que também não podia imaginar com certeza que um dia retomaria tal testemunho, para, sobre ele, finalmente escrever: "Eis o testemunho de nossa comoção"; pois o que acontece é que jamais nos tornamos exatamente aqueles que sonhamos ou imaginamos ser, e, como o tempo vai, pouco a pouco, mudando nossa maneira de ver as coisas, também a maneira de imaginarmos o nosso futuro vai aos poucos se transformando, e em cada momento lançamos ao porvir um personagem novo, um projeto de nossa fantasia, formando uma pequena multidão de seres imaginários e estranhos ao que efetivamente nos tornamos. O encontro jamais acontece, e talvez venha deste fato a razão de nosso espanto ao pensarmos de repente nisto que somos. "Como é estranho que eu seja quem sou", é o que então me pergunto sem ter chance de habituar-me comigo mesmo. Não é raro portanto que, ao pensar na testemunha daquele cataclismo, não me reconheça nela, como se se tratasse de alguém a quem eu não pareço ter dado continuidade, alguém que às vezes receio que ande por aí, com o seu próprio destino, alguém que um dia posou para uma foto, uma chapa batida por Benito, o irmão mais velho, e vislumbrou através da minúscula lente da câmera uma eternidade à qual julgo que não mereço pertencer, alguém que admirava exacerbadamente aquele mesmo irmão porque escrevia a máquina sem olhar para o teclado, e tão rápido quanto falava, alguém cujo sonho, em certo período, não foi outro que não o de igualar-se um dia ao irmão em tal especialidade, julgando-se eventualmente pretensioso quanto a essa aspiração, no que estava certo, visto que jamais se tornaria de fato bom datilógrafo. E, se olho a foto em que ele posou para o irmão, não me vejo nele, e, diferentemente de seus sonhos e de suas aspirações, ele continuou a viver o seu destino, esse nome que se dá às coisas que verdadeiramente acontecem. Mudaram os seus sonhos, ele teve outras inquietações e conheceu outras pessoas a quem também admirou exacerbadamente, e um dia, muito mais tarde, já alheio àquele ser que havia sido, comprou um caderno de capa dura, e nele começou a anotar o que lhe vinha pela cabeça e lhe deu o nome de "diário de bordo" porque estava viajando, e o foi preenchendo com sua má caligrafia, com sua ansiedade crescente, até chegar o dia em que intempestivamente escreveu: "Eis o testemunho de nossa comoção", vitimado já por algo que ele não soube em seu tempo que se tratava de um novo cataclismo, uma outra morte, que, entre tantas outras coisas boas e más, o ajudaria a transformar-se num outro ser que jamais imaginara, este aqui que escreve estas coisas e que certamente muda um pouco a cada página preenchida, e que se surpreende com ele mesmo ao classificar de cataclismo o fato que o leva, afinal, a ordenar o caos de seus papéis, o caos de seu interior; e que vai ao dicionário e se surpreende também com a definição precisa da palavra caos, muito diferente do sentido que a ela vulgarmente se dá, uma impropriedade corrente: caos: vazio obscuro e ilimitado que, mitologicamente, precede e propicia a criação; abismo. E do caos de suas lembranças o que neste preciso momento ele extrai é uma outra anotação do "diário", algo a respeito do personagem central do segundo cataclismo: só muito mais tarde, lembrando o sentido das cartas de Raul Kreisker, dei-me conta de que até mesmo ele esteve possivelmente a caminho de ter seu próprio evangelho, e de encontrar, consequentemente, a chave do "Reino", o reino que estava dentro dele. Eu lhe escrevera sobre mais uma de minhas releituras de Lucas e a impressão nova que o texto me causara; e antes lhe havia escrito sobre a descoberta dos discursos de Rajneesh a respeito das parábolas cristãs; e ele respondera, em ambos os casos, com as suas habituais quinze linhas, se tanto, compostas, como de hábito, mais de perguntas que de afirmações: "Dizer que discordo de tais coisas, que as acho dispensáveis (pelo menos no meu caso), de que adiantaria?" Mas havia alguma coisa nova entre as poucas afirmações dele, como: "Você não acredita em Deus, e no entanto sai em busca dele, e se encanta com qualquer ideia nova nesse sentido. O Cristo é um reformador amável, com suas ideias poéticas, mas não há nenhuma centelha divina dentro dele, e, no entanto, você o venera como a um Deus, e não percebe isso e diz que ele foi apenas um homem. Você vai se surpreender com minha opinião, seu animal crédulo: acho cativante essa sua confusão mental. Penso que, se você continuar assim, jamais se corromperá. Outra surpresa: invejo o seu caos. Já não desfruto desse privilégio de estar confuso." Eu podia ter tomado esta última frase como um sinal de algo muito grave, mas já não me abalava com esse tipo de coisa; com o ceticismo quase biológico de Raul, quero dizer. Eventualmente, ele me parecia um personagem, me parecia que interpretava um herói destinado a manter-se pela vida inteira sobre o fio de uma navalha. Um fato cristalino: ele continuava um leitor atento e devotado, meu crítico em primeira mão, exigente e impiedoso. Em uma discussão muito longa, pouco antes de minha viagem para Iowa, tratamos mais uma vez das contradições e das diferenças existentes nos quatro evangelhos, e eu lhe apontara, com estranheza, o fato de apenas João não mencionar o beijo de Judas. "O que me estranha mais", disse Raul, "é a menção do beijo nos outros evangelhos. Por que o beijo?, se Jesus era a figura notória que se procurou mostrar; por que a necessidade de identificá-lo?" Mas eu continuei achando que havia uma mensagem cifrada em João, cujo texto, pleno de mistérios, continuou me intrigando, mais que tudo, por aquela anticomunhão que Raul apontara uma vez ("Tendo umedecido o pão, Jesus o dá a Judas, e com um bocado de pão, entrou nele Satanás."). João me intrigava ainda pelas reiteradas vezes em que acusara Judas de cupidez; pelos acentos dramáticos que colocara na unção em Betânia, para assim, é possível, comprometê-lo com mais eficiência; por ser o único a informar com absoluta clareza que havia o conhecimento prévio de Jesus quanto àquele que o haveria de trair; e ainda por ter-se referido a si mesmo, não pelo próprio nome, mas como "aquele a quem Jesus amava", sobrepondo-se até mesmo a Pedro na ascendência junto ao Mestre.

Raul acenou-me uma vez com um exemplar de *O Evangelho Esotérico de São João*, de Paul Le Cour, onde acreditava que eu pudesse encontrar a chave de muitos mistérios, mas eu senti um inexplicável receio de ler o livro, avisado talvez por minha intuição de que aquele não era o momento adequado para tal leitura; e fechei-me, em meu temor primitivo, àquela possibilidade de conhecimento. Assim, Renan continuou sendo uma fonte inestimável de informações sobre os fatos que haviam cercado a criação do último evangelho. Ele dizia que o mais provável era que João nada tivesse escrito, e que o texto tivesse sido montado por discípulos seus, que para isso haviam contado com o seu testemunho pessoal. João, aspirando a um grande destino, havia tido, segundo Marcos e Mateus, pretensões de primeiro lugar no "Reino dos Céus", ao lado do irmão, Tiago. E, se leu algum dos evangelhos sinóticos, o que também seria muito provável, deve ter-se melindrado com esta revelação e com a importância insuficiente a ele concedida. Talvez tivesse, segundo Renan, conservado tal vaidade ainda na velhice passada em Éfeso, constituindo-se na última testemunha viva da passagem de Jesus pela terra. Cercado da veneração de seus discípulos, fez como lhe convinha o relato de como os fatos haviam ocorrido.

ANOTAÇÕES DE DÉDALO

Cerinto. Sobre ele, o diário traz uma outra anotação: por causa dele, para combatê-lo, segundo Santo Ireneu, João teria escrito o seu evangelho. Pouco se sabe a respeito desse herege. Uma de suas ideias mais combatidas por João foi a de que Jesus recebera o Cristo pelo batismo, o mesmo Cristo que o deixara pouco antes da morte. Foi um homem despido de qualquer divindade o que morreu na cruz, pedindo que Deus o livrasse de tanta dor. Cerinto negava também que a ressurreição já tivesse ocorrido, e dizia que Jesus ressuscitaria, com toda a humanidade, no dia do Juízo Final. Não se sabe por que sua seita teve uma vida tão efêmera, ainda que houvesse um dado fundamental para o seu êxito: a dificuldade que muitos cristãos sentiam em aceitar que um deus tivesse perecido no episódio da Paixão.

Fiz a anotação no mesmo período em que afinal me dispus, por sugestão reiterada de Raul, a ler o livro de Paul Le Cour. Lembro-me de que lhe falara da forte impressão que a leitura de *Os Evangelhos*, de Renan, me causara, e que este me parecera um texto superior aos outros que ele escrevera sobre as origens do cristianismo, e muito mais interessante, não tendo eu encontrado nele, para meu alívio, a visão um tanto oficial a respeito de Judas, como me parecera em *A Vida de Jesus*. Havia ali o relato fascinante dos bastidores do Novo Testamento, a sua revelação como obra terrena e humana. Eu havia pensado que o texto de Renan pudesse ainda despertar o interesse de Raul, mas ele não chegou a levá-lo consigo, não obstante minha sugestão. Ali em casa mesmo, tendo consultado o índice, leu o capítulo sobre a comunidade joanita de Éfeso, em que se falava da fúria de João contra os hereges, particularmente contra Cerinto, e fez então um comentário agudo a respeito do assunto: "As heresias são as tendências religiosas que, em determinado momento, deixam de prevalecer. Se Cerinto tivesse tido a lucidez de escrever o seu próprio evangelho, como tantos haviam feito, e o tivesse divulgado com suficiente energia e senso de oportunidade, talvez tivesse feito frente ao texto de João. E pode ser que hoje você o estivesse lendo em lugar do outro, em detrimento de um herege chamado João, sobre o qual pouca coisa se saberia, e contra o qual o evangelista Cerinto teria escrito o seu texto. Cerinto teria ficado então na história religiosa como aquele ser monumental que se havia insurgido contra a ideia alucinada de que um deus de enormes poderes deixara-se crucificar por um bando de homens perversos e comuns."

11

O fio de Ariadne

Ainda na mesma sessão eu disse a Efraim, pois Carlisi continuava imerso no transe, que, embora eu tivesse reconhecido, em sua descrição, a figura de meu avô, não conseguia atinar com algum fato que pudesse justificar o agradecimento que ele me fizera. "Tenho descuidado completamente dos meus deveres para com os mortos", eu também disse, "ao que o meu avô daria com certeza muita importância. Claro que me lembro dele com frequência, e da falta que nos fez, mas só isso, nada mais". A razão do agradecimento era, no entanto, óbvia: sentei-me à mesa de trabalho na manhã seguinte para anotar o que acontecera em casa de Carlisi, e me ocorreram muitos fatos notáveis da vida de meu avô; e por isso retomei o que eu mesmo escrevera muitos meses antes, no início daquele fio sobre a crônica familiar a que eu dera o nome A CASA, dando-me conta de que a vida do homem era *semelhante a um sopro de brisa, uma entidade breve*, e os seus dias eram *como uma sombra que passava*, nada mais que isso. E era assim que acabávamos por entender ou assimilar a importância de termos os pés no passado, e por concluir que mais valiosa que a memória pessoal era a memória coletiva dos que nos haviam precedido, esse patrimônio inesgotável cujo valor cresce na medida do tempo, e que nos faz aceitar a verdade essencial dos fatos vitais e os ciclos incessantes da ordem natural. A memória sobreviveria; sobreviveríamos, pois; era o que bastava ('ele vive na memória dos seus', dizia a lápide que minha avó escolhera para ser colocada sobre o túmulo de Giovanni Rovelli, seu companheiro por quase sessenta anos). Não tive então apenas consciência da importância disso tudo como deixei registrado o fato de que eu havia adquirido essa mesma consciência: alguém na família, afinal, ocupava-se de tal tarefa de exumação. Seria este o motivo do misterioso agradecimento que meu avô me fizera? Acreditei que sim. E o prazer de sentir-me reconhecido por Nanni Rovelli veio somar-se à satisfação mais comum que eu havia sentido no início da montagem de meus papéis: um sentimento reconfortante, bom, que um dia me fez lembrar da disposição de Charles Darwin ao iniciar a autobiografia que um editor alemão lhe encomendara, e que eu lera cerca de um ano antes, com enorme prazer. Darwin teve logo consciência de como aquele trabalho o gratificaria, imaginando que pudesse vir a ser um dia do interesse de alguns de seus filhos ou de um neto ou de alguma pessoa das gerações posteriores; haveria em algum dia o interesse de alguém afinal: "pois penso", escreveu ele, "em como teria sido maravilhoso ter lido algo semelhante, ainda que singelo, da parte de meu avô, escrito por ele mesmo, dando-me conta do que ele pensava, do que fazia nas horas livres do dia, e como trabalhava", essas coisas simples e cotidianas que, talvez mais que os grandes atos ou acontecimentos, podem ser o verdadeiro fundamento da vida, o que basicamente nos interessará e emocionará um dia, pois dizem respeito ao trabalho, à vida verdadeira, ao amor e às paixões. Claro que compreendi por que Nanni Rovelli me agradecia: eu estava, pouco a pouco, me tornando o depositário da herança minuciosa de Otília Rovelli, num momento já em que as memórias de um determinado período, as dela e as minhas, começavam por confundir-se, tendo eu às vezes a sensação de ter testemunhado pessoalmente certos acontecimentos por ela relatados, tendo a sensação, eventualmente, de que não havia solução de continuidade entre uma memória e outra, havendo apenas entre esses dois planos da existência como que imagens de um sonho que eu sentia ter sonhado, uma suave passagem entre o que eu havia testemunhado e o que ela me contara, como se estivéssemos imersos num território impreciso entre a vigília e um sonho antigo.

Anotações de Dédalo

A morte pode, eventualmente, ser o fim lógico para uma história pessoal, mas não a soluciona. As mortes engendradas para Judas demonstram isso. Para Mateus, ele teria se arrependido ao saber que Jesus fora condenado à morte, e foi enforcar-se. Nos *Atos dos Apóstolos*, que teriam sido relatados por Lucas, há, no entanto, a notícia de que Judas, estando em um lugar alto, *caiu de cabeça para baixo, arrebentando-se pelo meio, derramando-se todas as suas entranhas*. Em seu próprio evangelho, Lucas calara-se sobre o destino final de Judas. A grande base de seu texto havia sido o *Evangelho de Marcos*, que não mencionava as circunstâncias da morte do apóstolo. *O evangelho de João*, o último a ser escrito, também não menciona o fim trágico de Judas. A única versão para a morte por suicídio é, pois, a de Mateus. E é a que acabou por se consagrar popularmente.

Tenho hoje que concordar, ao menos em parte, com a teoria conspiratória aventada um dia, provocativamente, por Raul Kreisker. Judas teria sido destinado a ser a pedra angular do drama da Paixão. Sem ele, a Paixão não se teria consumado. Por isso, ele ganharia grande importância na memória imediata das primeiras comunidades cristãs. Era preciso então marcá-lo de alguma forma para que não se elevasse acima dos demais discípulos. Era necessário impor-lhe uma "marca de Caim", um destino execrável. Mateus; melhor, os autores do texto a ele atribuído fizeram o serviço. Mas o Cristo havia de fato marcado Judas para ser a "pedra angular", irremediavelmente, sem a qual a equação evangélica não se resolveria. Através de Judas, chega-se a Jesus; através de Jesus, chega-se a Judas. Eis a equação sagrada; o drama da Paixão; a tensão necessária entre o arco e as cordas da lira; a unidade dos contrários; a melodia afinal possível de uma bela história.

E é pelo beijo que através de Judas se chega a Jesus. "Por que o beijo?, se Jesus era a figura notória que os evangelhos procuram mostrar?", desaficou-me um dia Raul. "Por que o beijo, e não algum outro sinal." Não pude lhe dizer o que hoje eu lhe diria se ele ainda estivesse vivo:

Judas poderia ter apenas apontado de longe o dedo para indicar o Rabi, mas cumpriu o ritual, em sequência à eucaristia que seu Mestre lhe ministrara (*tendo umedecido, Ele o dá a Judas; com o bocado de pão entrou nele Satanás*). Eu ainda não sabia naqueles tempos que, desde a antiguidade, o beijo tinha uma significação espiritual, signo de unidade. A encarnação, segundo o simbologista Alain Gherbrant, era tida como "o beijo entre o Verbo e natureza humana". Judas, tanto quanto Jesus, devia entender dessas coisas. Ele teria sido, segundo João, o tesoureiro do grupo, uma distinção outorgada por Jesus, que por certo confiava nele, e não por outro motivo. Porém, João acusa Judas de furto, pois, *tendo a bolsa comum, roubava o que ali era colocado*. Mas, estranhamente, Jesus o mantém na função até o fim. Quando, durante a última ceia, o Mestre lhe disse que fizesse depressa o que tinha a fazer (a suposta traição), alguns pensaram que o Rabi lhe ordenara que comprasse o necessário para a festa da Páscoa, que comemorariam juntos.

Familiarizei-me inevitavelmente com Judas como se o conhecesse (o seu caráter, a sua personalidade), e isso porque me esforcei nesse sentido, para que eu talvez pudesse fazê-lo expressar-se em primeira voz. No entanto, eu não consegui vislumbrar senão o foco pelo qual Judas teria testemunhado os acontecimentos: a sua perspectiva, digamos; seu ângulo de visão. Esta é uma questão pessoal, íntima, é preciso entender. E também ele não me pareceu ter um rosto, nem poderia ter tido um rosto: através dos séculos, o modelo superou o ser humano; este é o fato. E assim, concluí que o meu personagem jamais existiria, não haveria nunca o romance sobre Judas. Eu fora vitimado talvez por um excesso de pretensão. Não obstante isso, eu tinha com ele um vínculo, e queria desatá-lo, livrar-me dele se possível (por quê?, até hoje não sei), e pensei então, pela primeira vez, se a saída para aquele impasse não seria escrever um romance sobre alguém com pretensão semelhante, um personagem que passasse parte de sua vida tentando inutilmente escrever um romance sobre o apóstolo, o único entre os doze a abrir mão de seu poder de curar, exorcizar e ressuscitar; o único a deixar a glória do apostolado, para entregar (admita-se) o seu Mestre e também entregar-se ele mesmo à execração eterna em respeito às palavras dos profetas; e para tornar-se, depois, uma entidade necessária, interdição para alguns: fronteira a ser transposta no caminho da liberdade.

Por trás do mistério daquilo que ocorrera na Palestina, havia o infinito, a imagem para mim de uma extensão noturna do tempo, infindável, e que, no entanto, continuava não impedindo que aquele fato repercutisse no fundo de minha alma. Era ainda esta a imagem que me vinha sempre a respeito daquela noite em que eu ouvira pela primeira vez a frase de Steiner, e havíamos ficado, eu e Raul, a pensar naquele passado de quase dois mil anos; uma eternidade, parecia, pois estávamos, ambos, num momento em que os quinze anos precedentes eram capazes de abarcar tudo aquilo que podíamos recobrar em nossa memória.

Foi assim que um dia eu acabei por dizer a mim mesmo algo parecido com isto: era uma vez um personagem que não se chamava Francisco, mas que era mesmo muito parecido com ele, e que leu e releu os evangelhos, e os leu e releu uma outra vez, para, afinal, intuir neles a perspectiva de Judas Iscariotes e fazer anotações a esse respeito; e, embora essas anotações não tivessem servido ao projeto que imaginara, guardou-as consigo e começou a organizá-las e a mesclá-las com os seus papéis, pois elas haviam se imiscuído em sua vida, e faziam parte dela, quisesse ou não.

O EVANGELHO SEGUNDO JUDAS
Fragmentos

(...) Sobrevivi, e tendo sobrevivido, não fiz mais que exaltar a Palavra, o início do Caminho, a passagem do Mestre, aquele que nos deu o testemunho do Pai das Luzes. O que fui e o que não fui não importa; tampouco importa se no Reino estarei em primeiro lugar ou se estarei à direita ou à esquerda, pois tudo é vaidade e correr atrás do vento, como disse Coélet, rei de Jerusalém. Não há como resistir ao fluxo da vida. O que tem que ser será. Em toda a minha existência não fiz mais que constatar o cumprimento da palavra dos

profetas; e como Coélet pensei um dia em entregar o meu corpo ao vinho para manter-me sob o império da sabedoria, e render-me à insensatez, para discernir o que é conveniente ao homem fazer debaixo do céu nos dias contados de sua vida, e vi também eu que, igualmente, isto é vaidade e correr atrás do vento. *Não há como furtar-se ao saber de Deus, que tudo conhece a respeito dos anos vindouros; não há como furtar-se à sua vontade porque ela está no princípio de tudo, e é imutável e própria, isenta de erro, e foi chamada de Sabedoria. E a minha vida tornara-se fastidiosa. Tudo era* vaidade e correr atrás do vento. *Detestava, pois, a vida. Não havia, porém, como furtar-me a mim mesmo. Sou o que Deus previu que eu seria.*

Antes de todas as coisas, *diz a Escritura,* foi criada a Sabedoria. Tendo-a criado, o Eterno a numerou e a difundiu em todas as suas obras e em toda a Carne. *É isso o que o Rabi veio nos dizer. A Sabedoria é o Verbo. O Verbo que se fez carne e habita em nós. A Lei havia sido dada por Moisés, mas a graça e a verdade vieram pelo Cristo encarnado no homem. E o Cristo, a eternidade da Sabedoria, nos foi dado conhecer pelo testemunho do Rabi. Aconteceu naquele tempo que ele veio de Nazaré e foi batizado por João no rio Jordão, com o que ele sentiu o júbilo do Verbo.*

Antes que a Palavra começasse a ser cumprida, o Verbo o impeliu para o deserto, e Ele ali ficou por quarenta dias como se fossem quarenta anos, sendo tentado por Satanás e vigiado pelas feras. Ao voltar, chamou-nos aos discípulos e, dentre todos, escolheu-nos os doze, dando a todos, sem exceção, a missão de pregar e a autoridade para vencer os maus espíritos, ressuscitar os mortos e curar todas as doenças (...)

O Evangelho de Francisco
O diário

Estávamos ainda em Jaboticabal; foi no final do último ano do Clássico; nós nos sentamos num banco do pátio interno do Instituto, indiferentes à agitação que havia à volta, e conversamos durante todo aquele intervalo entre a segunda e a terceira aula, completamente absortos, com o entusiasmo de que éramos então capazes; e não posso me lembrar de como a conversa começara, para derivar depois para aquele ponto a partir do qual posso recompor com mais exatidão o que se passou. Ali, perdidos na multidão vestida de cáqui, entre o rumor de tantas vozes, tantos diálogos entrecruzados, gritos e risos, travamos um duelo cerrado, mais um capítulo da discussão longa e conflituosa à qual nos atirávamos com frequência, ao mínimo pretexto, mais com os elementos da paixão do que com argumentos verdadeiros; mais por uma inapelável necessidade pessoal de nos afirmarmos emocionalmente do que por um apego sincero às ideias pelas quais nos debatíamos tanto. E ali estávamos, alheios ao mundo que nos cercava, e discutíamos — com a singeleza que nos era possível, mas com entusiasmo, com fé — o que teria de fato representado o cristianismo em suas bases, na sua origem; que grande revolução teria iniciado em seu tempo, antes de desfigurar-se. "Não representou revolução nenhuma." Eis a seta de Raul; eis o que disse intempestivamente, para atingir-me em cheio e tirar-me fora de combate, pois sabia muito bem que aquilo me feria, não porque tocasse numa possível verdade, mas porque abalava o universo de crenças que eu, confusamente, tentava construir para mim, para minhas necessidades. E eu sentia, em minha maneira primitiva de reagir, que era contra mim que ele se insurgia; logo ele, o meu juiz — embora eu ainda não o soubesse —, o meu caro e afeiçoado juiz. Eu temia, possivelmente, que ele me convencesse de algo do qual eu não queria de modo algum ser convencido. As aulas de religião no Colégio Agostiniano haviam deixado marcas comprometedoras em minha consciência, e eu procurava, sem que disso me desse conta, apagá-las de minhas lembranças, buscando uma alternativa que antes eu não pudera vislumbrar diante da dureza daqueles corações farisaicos. Não me havia fortalecido ainda o suficiente para poder execrar *O Ofício Divino*, de Hildebrando Fleischmann, nem o manual do padre Jesus Bujanda — isso só ocorreria alguns anos depois —, mas já não era o Deus preconizado por eles que se imiscuía em meus conflitos pessoais, e nem mais pesava sobre mim o fato tremendo de que aquele

Deus tudo sabia, até mesmo a respeito de meus atos solitários: a minha busca irrefreável de prazer. Havia uma entidade voluptuosa a que eu dava vez já com um certo desimpedimento e que eu sentia transubstanciada em meu corpo toda vez que me punha nu para o banho; e a sentia com mais intensidade quando a água quente escorria pela minha pele e me arrepiava e eventualmente provocava uma ereção espontânea — quanta carência —, o meu sexo erguendo-se até sua plenitude, e eu depois manipulando-o, prolongando aquele prazer e chegando ao orgasmo; ao êxtase, me parecia, pois aquele gozo permitia que eu me alheasse totalmente de meu mundo pleno de culpa; era algo além do espaço e do tempo, uma entrega irrestrita. Ainda que o Deus de Bujanda ou de Fleischmann pudesse estar me vendo naquele momento, que importava? Já não temia nem mesmo o inferno ainda que existisse. Lembrava-me, de quando em quando, já com alguma compreensão, daquele garoto de minha idade que se chamava Bosco, o mesmo que padre Félix, espancando-o, fizera prostrar-se diante do altar daquele Deus que na verdade devia ter alegrado a nossa juventude; e lembrava-me também de Bosco porque fora espancado outras vezes, sem nunca ter se emendado, uma delas porque em seu armário havia sido encontrada a revista de nudismo que exibira tantas vezes a companheiros, objeto do número de masturbações que alardeava, três ou quatro num mesmo dia. Era esse mesmo herege precoce o que eu, aturdido, vira uma vez, logo após a comunhão obrigatória do domingo, mastigando, com desfaçatez, a hóstia que acabara de receber isento de contrição, exibindo aos que estavam por perto o pão branco esmagado entre os dentes, seu sacrilégio, com um ar de triunfo, pois o "corpo de Deus" não sangrara, como se chegava a temer que acontecesse; aquele Bosco que eu, por esse motivo, me acostumara a ver envolto por uma espécie de aura satânica. E, no entanto, acabaria por entendê-lo. Minha compreensão a respeito de sua rebeldia haveria de crescer sempre chegando mesmo à admiração, sendo que acabaria por lamentar não ter tido à época discernimento suficiente para aproximar-me dele, uma vez que, à medida que cresceu o meu entendimento a seu respeito, cresceu também o mistério sobre a origem daquela sua prematura e solitária resistência. Onde teria adquirido força e coragem para tanto? Lembrava-me de Bosco com simpatia e reverenciava sua memória porque também eu já não temia o Deus onisciente de Bujanda, ainda que ele pudesse existir, porque o seu lugar vinha sendo gradativamente ocupado por um outro Deus, um certo pai complacente de que necessitava com certeza, e que, com o tempo, comecei a vislumbrar no legado de Lucas, de onde começava a emergir para mim também uma nova ideia do "Reino". E foi precisamente contra essa ideia que Raul desferiu, naquela manhã, no pátio do Instituto, a sua seta envenenada: "Não se tratou de revolução nenhuma." O cristianismo não viera, segundo ele, para mudar absolutamente nada, mas para ser, logo no nascedouro, instrumento dos poderosos, essa tecla em que ele batia com irritante constância. Já se haviam passado mais de dois anos desde a memorável Semana Santa em que ele lançara sobre mim o seu maior desafio: "Você sabe mesmo quem foi Judas Iscariotes?" Tínhamos já uma certa prática dos evangelhos, algo raro entre as pessoas de mesma idade que conhecíamos. Eu relera os sinóticos com alguma constância, e acho que Raul também, porque pôde então lembrar-se de uma passagem de Mateus, para mim desconcertante; e pronunciou-a de uma maneira que me pareceu arrogante: "Eu não vim para destruir a Lei, mas para cumpri-la." As contradições evangélicas, no entanto — ou aquilo que eu julgava contraditório, pelo menos —, motivo anterior de espanto, haviam-se tornado, com o passar do tempo, paradoxalmente, minha fortaleza contra o assédio de Judas Kreisker, como eu chegaria a chamá-lo, provocando-o, tantos anos depois, referindo-me à entidade, isto que chamo de entidade na falta de outro nome, que ele também devia possuir dentro de si, conforme eu lhe dizia, e com a qual eu imaginava que ele coexistisse de uma forma muito melhor que a minha. Mas eu constataria tardiamente o quanto estava enganado a tal respeito. "Eu não vim para destruir a Lei, mas para cumpri-la." Raul sabia, devia saber, que, se voltasse um pouco atrás no mesmo texto, ou caminhasse um pouco para a frente, haveria de encontrar palavras ou fatos que poderiam negar ou contrapor-se ao seu inoportuno pronunciamento. Mas, muitas vezes, em ocasiões como aquela, não era estritamente a verdade que estava em jogo para ele. Sobrepondo-se a tudo, havia a nossa natural disputa pessoal, um orgulho próprio ainda mal delineado, do que não tínhamos muita consciência, e que tornara inaceitáveis os eventuais triunfos de um ou de outro: ele lançava ao ar suas setas em geral para desestabilizar-me, e sabia que eu reagiria de imediato à provocação, sabia que aquele tema tocava permanentemente as minhas paixões. Então, me provocava; e em nossos duelos, a partir de um certo momento, aquele seu jogo acabava por tornar-se deliberadamente claro, e no fim ele já não conseguia esconder o riso em que eu podia ver a marca de seu calculado sarcasmo. "Eu não vim para destruir a Lei, mas para cumpri-la", repetiu, assumindo, com um certo ar maligno, a frase do Rabi, com falsa solenidade; repetiu-a enquanto eu tentava, com alguma aflição, municiar-me para contra-atacar não a sua possível verdade, mas a sua arrogância, tendo aceitado, portanto, o seu desafio. Tive a satisfação de lembrar-me de uma passagem de Lucas, cujo texto eu haveria de eleger anos mais tarde como o meu predileto, e que já àquela época me encantava pelos seus acréscimos com relação aos demais evangelhos, em particular pelo longo trecho de suas parábolas exclusivas, entre elas a do bom samaritano, a da ovelha e a da dracma perdida, a do administrador prudente, e a do juiz iníquo e a viúva inoportuna, e sobretudo a do filho pródigo, onde estava, me parecia, a essência evangélica. E assumi também eu a voz do Rabi, e lancei contra Raul a minha réplica: "A Lei e os profetas até João. Daí em diante é anunciada a boa nova do Reino, e todos se esforçam por entrar nele com violência." Acho que me pronunciei assim meio como um pregador, não sei, talvez com a voz um tanto elevada, e ainda estava a saborear o meu triunfo quando Raul, depois de um silêncio que, dadas as circunstâncias, me pareceu excessivamente longo, eu quase ouvindo o eco de minha própria voz, temendo mesmo que alguém por perto tivesse ouvido minha frase; assim, nessa contingência, Raul, fingindo-se abismado, boquiaberto, e com sua ironia mais cristalina estampada nos olhos, rompeu afinal o nosso silêncio com uma gargalhada que, não fosse tão espontânea e não fôssemos quem éramos, com o nosso passado comum e nossa linguagem de códigos, poderia ter parecido malévola, como se ele estivesse tripudiando sobre mim; mas eu o conhecia o suficiente para não ter nenhuma dúvida de que o seu riso era um riso em que havia algo de irônico, mas também satisfação por verificar afinal o meu apego àquele tema, e ainda o brio com que eu me havia lançado àquele pequeno confronto. Olhando ao redor, certifiquei-me de que ninguém ouvira o meu pronunciamento, e não pude então deixar de rir também, diante de minha ingenuidade ao entusiasmar-me tanto com aquele pequeno triunfo, ao superestimá-lo; diante do fato final de não ter percebido antes o espírito com que Raul acabara por tratar o assunto. Pude, também eu, rir espontaneamente; rimos juntos embora nem soubéssemos direito, então, a razão de tanta graça. E, quando penso naquele breve momento, naquela espécie de comunhão de nossos sentidos, eu me lembro dele como uma das poucas ocasiões em que pudemos expressar uma espécie espontânea de loucura; expressão, de certa forma, daquela harmonia de contrários que afinal representávamos, uma harmonia oculta, "superior à aparente"; uma oposição que acabava sempre por nos trazer a concórdia, pois vivíamos então a concordância das tensões contrárias, assim como a do arco e das cordas da lira, conforme ensinaria, muito tempo depois, o Bhagwan Shree Rajneesh, comentando os fragmentos de Heráclito, no livro que eu trocaria com Roberto Marchetto por um volume das *Memórias e Confissões Íntimas de um Pecador Justificado*. Intuitivamente, eu já havia aprendido essa lição tão simples; só que não a havia formulado até ler o livro de Rajneesh. No momento em que confrontávamos acaloradamente nossas diferenças, ele já havia começado, sem que tivéssemos tido notícia de sua existência, as suas pregações, se este é o termo próprio. Foi no pátio do Instituto, no intervalo entre a segunda e a terceira aula de um dia perdido do início dos anos sessenta, que nós tivemos a nossa lição prática a respeito do arco e da lira, e assim hoje, em memória daquela nossa inesperada comunhão, eu posso esticar o braço e alcançar, na estante, o exemplar de Rajneesh, para obedecer ao ímpeto que tenho de reproduzir aqui esta formulação tão simples de Heráclito a respeito de uma verdade fundamental que, de hábito, nos parece complexa e nos desnorteia:

A harmonia oculta
é superior à aparente.
A oposição traz a concórdia.
Da discórdia
nasce a mais bela harmonia.
É na mudança
que as coisas encontram repouso.
As pessoas não compreendem
como o divergente
consigo mesmo concorda.
Há uma harmonia de tensões contrárias,
assim como a do arco e das cordas da lira.
O nome do arco é vida,
mas sua função é a morte.

E há algo curioso: encontrei-me recentemente com Roberto Marchetto, e lhe falei destas minhas novas anotações, e das velhas anotações que eu, pouco a pouco, vinha pondo em ordem, intercalando umas às outras; deste meu labirinto e do fio que esperava que me conduzisse de volta desta espécie de abismo que é o passado; e lhe falei também da forte impressão que o livro de Rajneesh me causara, e da descoberta, depois, de *A Semente de Mostarda*, e ele não se lembrava de que, quase quatro anos antes, havia trocado comigo o livro do Bhagwan; lembrava-se, isto sim, com impressionante riqueza de detalhes, da aventura bizarra do *Pecador* de Hogg. No entanto, foi com muito custo que se lembrou de que este livro um dia me pertencera.

O EVANGELHO SEGUNDO JUDAS
Fragmentos

[(...) Que se procedesse com sabedoria para com os de fora, remindo o tempo.
Que a conversação fosse sempre feita com graça, temperada com sal; que se

buscasse a maneira mais conveniente de responder a cada um. Como Ele nos afiançou, ninguém acende uma lâmpada para colocá-la em lugar escondido ou debaixo do alqueire, mas na lucerna. Porque não há coisa oculta que não venha a ser manifesta, não havendo nada em segredo que não venha à luz do dia. A luz do corpo é o olho. Se o olho estiver são, todo o corpo ficará iluminado; e, se não, o corpo todo ficará no escuro. Haverá o dia em que todos compreenderão esta verdade. É preciso ver bem, portanto, se a luz que há em cada um não é treva. É preciso olhos de ver, *disse o Rabi. Disse também que o Reino de Deus era semelhante ao campo de um lavrador. Ele lança a semente sobre a terra e dorme e acorda e se levanta todos os dias, e a semente germina e cresce, sem que ele saiba como, pois a terra por si permite que a semente se torne fruto; primeiro, vindo a erva, e depois a espiga, e, quando o fruto está pronto, o lavrador vai ali com a foice porque é chegado o tempo da colheita. E dizia também que o Reino era semelhante ao fermento que alguém toma e esconde em três medidas de farinha e aguarda que tudo fique fermentado. Assim lhes falava o Rabi; por meio de parábolas, que, em particular, explicava aos discípulos. Estes queriam sinais, queriam entender tudo. É que para eles o trigo só podia ser trigo; o joio, apenas joio. A gente simples do campo sabia que não era assim, e entendiam muito bem tudo o que o Rabi dizia.*

(...)]

A CASA

Com a morte de meu avô e, dois anos depois, a de minha avó, a família começou a se dispersar. O primeiro a deixar a casa foi tio Afonso, que prestou concurso e entrou para o Banco do Brasil, com o que pôde conhecer muitos lugares distantes, inclusive Santarém. Todos julgaram de início tão remota e selvagem a cidade, por estar bem no meio da Amazônia, que a promoção de meu tio para o cargo de subgerente mais pareceu um castigo que um reconhecimento por bons serviços prestados. Mas, segundo os conceitos das pessoas ligadas àquele ramo de atividade, ele estava fazendo uma boa carreira. Por mais incrível que possa parecer, tio Afonso descobriu-se como bancário, interessou-se por aquela profissão, e assim acabou por se transformar afinal numa pessoa dotada de algum entusiasmo, muito diferente daquela figura taciturna e desmotivada de antes, que não fazia nada sem consultar o meu avô, e que lhe obedecia cegamente, muito mais que os outros filhos. Mas, apesar de cumpridor rigoroso das ordens e deveres, nunca havia feito nada com o empenho com que os demais se entregavam ao trato da fazenda. Esta diferença é que talvez tenha sensibilizado minha avó. Como era também o mais novo dos irmãos, a velha Elisa deve ter concluído que aquela era a última chance para que alguém daquela casa tivesse um destino melhor ou um horizonte a mais. Foi insistente, e tanto fez que conseguiu convencer meu avô a enviar tio Afonso a um bom colégio de São Paulo. Antes de terminar o ginásio, porém, ele teve que voltar para casa por causa da Revolução de 32, tendo que se reintegrar, querendo ou não, na vida da fazenda. Dava para perceber claramente, segundo minha mãe, que ali não era o seu lugar. Terminado o conflito, no entanto, muita coisa parecia ter mudado, e a velha Elisa não teve mais argumento bastante para convencer Nanni Rovelli a mandar o meu tio de volta à escola. Quando os meus avós morreram, foi como se tivessem sido rompidos os elos de uma cadeia que o mantinha preso à fatalidade da vida do campo, à qual a família parecia até então eternamente destinada. Tio Afonso escolheu logo uma atividade tipicamente urbana, mas não acredito que julgasse com sinceridade que a carreira bancária dissesse respeito à sua verdadeira vocação. Não sei por que sempre imaginei que ele tivesse tido sonhos mais altos, mas algo o impedira de expandir-se espiritualmente, como talvez tivesse desejado. Como não se casou, foi mais fácil promover-se dentro do banco, pois esteve sempre pronto a ser transferido para onde quer que fosse. Era ainda moço, fazia relativamente pouco tempo que ele estava trabalhando no banco quando surgiu a oportunidade de pegar a subgerência de Santarém, lá pelo final dos anos cinquenta. Não havia nada mais que o prendesse a Ouriçanga a não ser o sentimentalismo familiar, sobretudo de minha mãe, que era muito ligada a ele. A decisão em aceitar a vaga foi tomada sem muita vacilação. Pelo que minha mãe informaria, muito tempo depois, ele já aposentado, deve tê-lo encantado, mais que a possibilidade de promoção, o fato de Santarém estar tão distante e parecer selvagem e perigosa à família. Segundo Luísa Rovelli, tio Afonso parecia querer demonstrar que era mesmo independente e capaz de façanhas que os outros da casa não eram capazes. Mas o que sei é que se dedicou com afinco ao preparo daquela nova etapa de sua carreira e de sua vida. Até hoje não posso compreender direito o que significou em profundidade para ele aquela mudança de destino. Eu não tinha idade para avaliar muito bem o que se passava, apesar do interesse que ele me despertava, e da admiração, pelo fato de ter sido o primeiro a aventurar-se para além do reino de meu avô. Havia, é claro, algum outro tipo de identificação que até hoje não sei precisar. Ele devia estar destinado a uma outra vida, a algo que acabou por não se cumprir, uma atividade baseada em sutilezas maiores que as que envolviam o trabalho no banco, aquela massa fria de papéis que preencheu durante tantos anos, aquele esforço que desempenhou com sucesso para aumentar os depósitos das agências em que trabalhou, que não pagavam quase nada por isto e emprestavam o mesmo dinheiro a juros escorchantes — basicamente para esta finalidade que existiam, afinal —, uma forma oficial de usura que não era em essência muito diferente da "onzena" execrada pelo meu avô, pois era dinheiro que não vinha do trabalho propriamente dito. E o meu tio desempenhou aquela tarefa sem ter aparentado nenhum conflito pessoal. Mas, não obstante tanto empenho, não colocou ali a sua verdadeira alma. Nunca me pareceu que tivesse sido assim.

Quando Afonso Rovelli deixou a casa e foi para Presidente Epitácio ocupar o seu primeiro posto no banco, pareceu ter-se desfeito mais uma das razões fundamentais — talvez a última — da permanência ali de minha mãe. Nós também deixamos a fazenda por essa época. A partilha das terras de meu avô logo se consumaria. Já instalado na rua Lundstrom, meu pai começou a acalentar planos de montar ali um armazém de secos e molhados; assim que passasse a crise de então, claro. Pouco depois, tio Remo e tio Augusto foram morar nas terras que lhes haviam sido destinadas, enquanto tio Afonso tratou de vender a sua parte, argumentando com as vantagens de se aplicar o dinheiro em ações, apólices, debêntures e outros papéis que ele citava com familiaridade, mas que estavam longe de pertencer ao vocabulário do restante das pessoas da casa. Não sei se foi por aí que se iniciou o seu desastre financeiro, pois ele acabaria por dissipar integralmente, em poucos anos, tudo o que lhe coubera da herança.

Tia Otília não saiu da casa porque era ali mesmo o seu quinhão. O suicídio do tio Beppe não arrefecera seu ânimo, sua força de vontade; nem a desanimou a posterior saída de seus filhos da casa, para estudarem e para se estabelecerem, depois, em suas profissões. Soube dirigir com rara energia seus negócios; e teve de ser assim porque seus filhos estiveram sempre longe de se interessar pela agricultura, uma vez que pertenciam já a uma geração de profissões espontâneas sobre a qual não pesou a marca fatal do campo.

Otília Rovelli foi muito ciosa na conservação da casa. Procurou, enquanto pôde, manter todos os cômodos imaculadamente limpos, e mobiliados do mesmo jeito que Elisa Avigliano havia deixado, sem nunca mudar a posição dos móveis. Até a cadeira de balanço de minha avó ficou o tempo todo na mesma extremidade do terraço, perto da janela de seu quarto, de viés, voltada sempre para as Embaúbas. Tia Otília orgulhava-se de ver — dizia isto — que tudo continuava como antes; mas, mesmo com o auxílio de duas empregadas da colônia, a casa era demasiado grande para ser mantida. À exceção das férias escolares, quando um ou outro filho ali passava algumas semanas, tia Otília vivia uma vida muito solitária. Vencida pelo cansaço, começou, depois de alguns anos, a trancar em definitivo certos cômodos e foi assim, pouco a pouco, abandonando as partes menos usadas da casa. Continuou, porém, muito zelosa dos pertences de meus avós. Recusou-se terminantemente a desfazer-se até mesmo do memorável "Fleet Master", que por determinação da velha Elisa estava recolhido na garagem, desde a morte de meu avô, substituído por um carro mais recente. "É objeto de estimação;

não é coisa que se venda", Otília Rovelli dissera, incisivamente, ao último pretendente, que havia oferecido uma boa soma pelo veículo. Nunca mais se tocou no assunto.

Tio Afonso, enquanto isso, perambulava pelo país. Esteve sempre pronto a ser transferido. Morou no Triângulo, na Noroeste, na Alta Araraquarense, no sul de Minas, na Sorocabana e em mais de uma dezena de outros lugares. Mas o que pareceu mesmo mais empolgante foi a sua decisão em aceitar a subgerência de Santarém. Já aos primeiros sinais de que a promoção sairia, procurou informar-se o mais que pôde sobre a cidade e os seus arredores, e sobre a Amazônia em geral. Não sei onde conseguiu aqueles livros todos em francês sobre viagens de naturalistas europeus pela região. Ainda hoje, já aposentado, conserva-os consigo, bem cuidados. Foram, todos eles, escritos entre meados e o final do século passado, como a *Viagem ao Brasil*, sobre a expedição Agassiz, a *Viagem ao Tapajós*, de Henri Coudreau, e *Um Naturalista no Amazonas*, de Henry Walter Bates, que vagou pela selva, dos 23 aos 34 anos, consumindo sua juventude em meio à solidão e ao encantamento. O meu tio possuía ainda um francês meio deficitário de ginásio, mas, com um dicionário na mão, deu um jeito de entender tudo o que interessava. Enquanto preparava a viagem, esteve de licença em Ouriçanga, mas não se hospedou na fazenda e sim conosco, na rua Lundstrom, sob os veementes protestos de tia Otília. Andou pelos quatro cantos da casa, traduzindo, para quem quisesse ouvir, os trechos mais interessantes daqueles diários de viagem. Era bem possível que Santarém tivesse se transformado muito, mas a natureza ao redor não devia ter mudado tanto. Era o que proclamava, era o que esperava, infundadamente, o meu tio, que elegera aqueles livros anacrônicos, é possível, para convencer-se de que estava indo para algum paraíso terrestre. E o maior entusiasmo foi devotado aos apaixonados relatos de Bates, o viajante mais aventureiro, mas também erudito, colaborador inestimável de Charles Darwin. A aparente busca de solidão de Bates, entre outras coisas, deve ter provocado a imediata identificação de meu tio. Trechos e mais trechos foram lidos em voz alta, e eu ouvia tudo aquilo com o fascínio que qualquer pessoa de minha idade ouviria, e hoje sinto como se tivesse conhecido Santarém de verdade, ou melhor, duas Santaréns; aquela dos tempos de Agassiz, de Coudreau, de Bates, e depois aquela de meu tio, que não era paraíso nenhum, e sim um lugar terreno, cheio de contradições e dificuldades — apesar de esplêndido, à beira do Tapajós, talvez o rio mais bonito do Brasil — e que nos chegou através das abundantes e apaixonadas cartas escritas a minha mãe.

Santarém, é claro, não foi importante em si mesma, mas pelo que significou ao tio Afonso, e, por afinidade, pelo que significou a toda a família; a mim, especialmente, sendo uma espécie de marco ou mesmo símbolo por ser o lugar mais distante a que uma pessoa da casa havia chegado no país.

Santarém foi também a grande revelação de que não só a união das pessoas da casa haveria fatalmente de romper-se, como era imperioso que isso acontecesse para que a vida da geração que crescia fosse possível, tomasse o necessário rumo. No meu caso, Santarém foi a demonstração, ainda, de que não apenas o mundo era vasto, com oceanos, continentes, cordilheiras, com Lendinara e a Itália e tudo o mais; vasto era também o país; vasto, com todas as possibilidades então de sonhos e fantasias de um país verdadeiramente vasto. E ainda muito criança, sem suspeitar naturalmente de tudo o que aconteceria, amei com fé e orgulho a terra em que havia nascido, certo de que não veria país nenhum como este.

12

Anotações de Dédalo

Querida Belisa, você tem razão em censurar-me por não ter telefonado para ninguém quando aí estive, mas foi um dia só e eu não queria interromper, como lhe disse, esta experiência de estar me comunicando com vocês somente por cartas durante tão longo período. Senti, de repente, a necessidade deste isolamento, de cultivá-lo com um certo rigor, justamente com relação a você, a Stella, Júlia, Flávio Yzaar, Roberto Marchetto; as pessoas, enfim, que de uma forma ou de outra têm testemunhado esta aventura para mim que é a montagem do calhamaço que está aqui ao lado, este romance sobre um outro romance que um dia eu quis, pretensiosamente, fazer. Sim, senti que, se entrasse em contato com vocês aí em São Paulo, haveria a quebra de algum encantamento. Não queira que eu explique o que há por trás disso, pois eu não saberia explicar. De qualquer maneira, este isolamento voluntário resultou num volume de cartas cujos assuntos acabaram se entrecruzando, se entrelaçando, parecendo, às vezes, pedaços de um romance coletivo. E há ainda o fato de elas terem enriquecido este momento; estes dias, para mim, memoráveis: é a primeira vez, desde o final da adolescência, que eu passo um tempo tão longo em Ouriçanga. Senti uma necessidade inapelável de vir terminar o romance aqui, se posso chamar isto de romance; e vejo que acertei: nestes últimos meses é que consegui afinal aceitar o meu caos interior, para agora poder administrá-lo sem a necessidade de destruir a sua ordem oculta; se você pode entender isto.

Jacinto e Mariana estiveram **aqui** no último fim de semana. Ele continua absolutamente silencioso com relação aos seus projetos literários, algo meio desconcertante porque não dá para imaginar se se trata apenas de pudor ou de algum outro receio indeclarável. Às vezes, penso que ele considere o ato de escrever, enquanto escreve, um assunto estritamente pessoal, que não **trata** em público pela mesma razão que não trata de seus assuntos íntimos nem com os amigos mais chegados. Há algo espantoso, se eu considerar a proximidade que tenho com ele: é a segunda vez que **ele me** surpreende aqui em Ouriçanga, em meio ao trabalho, com toda esta parafernália sobre a escrivaninha, e sequer pergunta o que ando **fazendo**. Responde a perguntas apenas, com brevidade; faz perguntas sobre assuntos triviais, mas nada sobre nossas inquietações. Não é **estranho?** Ele age meio assim como se jamais se tenha defrontado com **alguma** angústia existencial. Você se lembra de quando lhe pediram que **fizesse** uma adaptação para adultos de um conto tradicional infantil? Respondeu: num país onde milhares de crianças morrem de fome **todos** os dias, não me sinto à vontade para reescrever histórias de fadas. Fico pensando no que pode haver por trás dessa negação a respeito das necessidades espirituais que também as crianças têm; esse **direito** que todos **temos** de alimentar o nosso lado mítico. Temo, eventualmente, que este fato tenha conexão com coisas de que, por livre **associação**, eu me lembro neste exato momento: de um certo editor, **por exemplo**, que tinha uma frase para desacreditar os escritores de **minha geração**: não vendem livros porque estão preocupados apenas com o próprio umbigo. Há um claro ranço totalitário por trás disso (não que **este** seja necessariamente o caso de Jacinto). Lembro-me, também, **de** uma noite **em** que nos reunimos em uma mesma mesa de restaurante. Ali estavam Sandra Coelho, Jacinto, Mariana, Laura Stein e um **tal** de Antonelli. Laura e eu ficamos possessos com esse Antonelli, que, apoiado por Jacinto, dizia que os contos de Borges não podiam **prestar** porque eram elitistas (o que será que essas pessoas querem dizer exatamente com elitismo?). Agora que me lembro de Borges exposto assim, execrado, me ocorre algo que quero dizer porque tem que ver com a maneira requintada com que ele expôs temas de nossa transcendência. Trata-se de algo que uma agente literária alemã que esteve em São Paulo, citou-me; uma frase de um escritor muito jovem chamado Handke, Peter Handke: "Não se deve explorar o que é 'santo', mas envolvê-lo pela escritura, narrá-lo, narrá-lo pelo desvio da escritura (apreender o desvio da escritura)." Será que Antonelli poderá um dia compreender uma coisa tão simples como esta?

Quanto ao Jacinto, penso melhor, lembro-me de seu espírito afável e de seu trabalho, e sou levado inevitavelmente a retificar logo o que eu disse: penso, na verdade, que a sua postura quanto ao simbolismo, à alegoria, ao intimismo, não tenha nada a ver com a intolerância inquisitorial dos "antonelis" e assemelhados. Melhor: estou intimamente certo disso. O que costuma dizer não vem verdadeiramente da alma. É apenas provocação, um certo jogo que lhe deve dar prazer em certas situações, geralmente quando estamos em grupos em algum bar, e não em nossas casas, quando costumamos falar com um pouco mais de intimidade do que fazemos.

Recebi, ontem, uma carta de Flávio, dando notícias de vocês todos. Ele está, da mesma forma que você, Júlia, o Marchetto, a Stella, entre as pessoas que, nestes últimos tempos, eu mais tenho vampirizado (você sabe o sentido que Júlia dá a este termo, não?). O Flávio, além de fonte de informação, é um leitor atento e sensível. Vendo a evolução de seus quadros, fico pensando que também a pintura é uma espécie de escavação lenta, uma viagem para dentro do próprio eu. A última retrospectiva da Yolanda Mohalyi foi uma revelação para mim nesse sentido. É fascinante ver como, ao longo de quase quarenta anos, a figura foi se desfazendo e ao mesmo tempo ganhando profundidade, até chegar ao ponto em que só a alma é capaz de apreender em toda plenitude a grandeza de sua arte. Quanta elaboração até chegar a isso. Quanto desprendimento e fé, quanto trabalho é necessário. Ela me disse uma vez que, até um certo momento, havia lutado contra aquele ímpeto em direção à abstração, mas que acabou concluindo que se tratava de um movimento inexorável de sua alma, algo que ela não podia ter a pretensão de deter. Entregou-se, portanto, ao seu destino até chegar àquelas visões cósmicas arrebatadoras de seus últimos quadros: seus êxtases.

Querida Belisa, diante da extensão desta carta, o que posso lhe dizer senão que me fale sem reservas do novo romance? Ando carente de notícias suas. Não demore pra me responder.

Com muito afeto,

F.R.
Ouriçanga, 20.11.77

O FIO DE ARIADNE

O professor Carlisi teve cuidado, o tempo todo, de não deixar transparecer que estivesse querendo me doutrinar. Talvez não estivesse querendo mesmo; pelo menos, conscientemente; e eu acreditava muito no seu caráter, na sua sinceridade, no desprendimento e na retidão necessários para que pudesse sensibilizar-se e assim realizar o seu trabalho com eficiência. Quando aquelas sessões das terças-feiras haviam-se tornado um hábito, ele raramente me dizia que eu possuía mediunidade, que deveria me desenvolver, como havia dito insistentemente no início. Ele raramente se referia aos fundamentos de suas crenças, pensando talvez que, se tivesse de me convencer de algo nesse sentido, teria de fazê-lo através dos meios práticos, dos prodígios que pudesse operar diante de mim. Fazia questão de deixar claro com alguma frequência que, à parte as possíveis revelações que eu viesse a obter, aquelas sessões haveriam de constituir-se em lições também para ele, pois não era esperado que um descrente ou alguma pessoa que acreditasse naqueles fenômenos à minha maneira viesse procurá-lo; e sobre isto disse: "Para o verdadeiro descrente seria um contrassenso procurar-me. Isto nunca aconteceu. E, quanto àqueles que acreditam no que você chama imprecisamente de forças psicobiofísicas, é a terceira vez que alguém me procura. Tenho uma pequena experiência anterior, portanto." A última referência que fizera sobre doutrina não havia sido para me convencer de nada, mas apenas para me informar a respeito de um fato que julgava importante àquela altura: "Estes fenômenos, do ponto de vista que os vejo, têm contra a sua divulgação três adversários irredutíveis: os verdadeiros ignorantes, os espíritas moralistas e os intelectuais. As pessoas ignorantes só conseguem ver os fenômenos como farsas passíveis de serem desmascaradas. Não conseguem ultrapassar essa limitada fronteira, e sentem até prazer, ou só prazer, em negar a realidade dos fatos. Os espíritas, que eu chamo de moralistas, revestidos daquela que julgam sua missão soberana e única quanto à salvação da humanidade, não admitem contestações ou dúvidas, o que haveria de ser para eles produto de manifestações espirituais malignas. Os intelectuais, no geral, dizem que há um manipulador invisível que não é senão o que chegam a chamar de fluido da assistência, que os médiuns captam em benefício de suas façanhas." Não foi preciso, é óbvio, que ele me dissesse em que categoria de adversários eu me encontrava. Eu havia deixado sempre clara minha maneira de ver as coisas. Por isso, achei estranho que ele voltasse ao tema, justamente num momento em que já parecia aceitar plenamente que eu tivesse outras convicções. Disse-lhe, então, que, ainda que eu compartilhasse da opinião daqueles que ele chamava de intelectuais, não me considerava adversário de nenhuma crença, pois não julgava que o meu caminho para chegar à verdade fosse único; jamais havia pensado assim. E mais: considerava aquilo que ele chamava de mediunidade uma possível fonte de conhecimento também para mim. Disse-lhe com toda a sinceridade que não sabia de outra maneira mais eficiente, naquele momento, de se investigar a memória, o passado, e que era justamente por isso que eu estava ali. Assegurei, afinal, que não julgava os seus poderes e os seus conhecimentos menos nobres e admiráveis por considerá-los de uma maneira diferente. Devo ter-me repetido várias vezes, pois queria muito firmar minha posição, achava necessário que o professor acreditasse piamente em mim. Só assim, eu imaginava, ele haveria de dispor de toda a sua força psíquica em benefício daquela escavação que eu começara a fazer ali. O professor me ouviu serenamente, em completo silêncio, deixou que eu me repetisse à vontade, sem me interromper uma única vez. "Muito bem", disse afinal, sorrindo, com sinais de satisfação, evidenciando assim o fato de que havia pelo menos ficado satisfeito com a sinceridade com que eu me manifestara, concluindo, possivelmente, que, embora eu tivesse uma ideia diversa a respeito de tudo aquilo, estava ali com a fé que me era possível. "De fato, é uma outra espécie de fé", disse ele por fim. E, sinal de que não via nenhum empecilho a que continuássemos aquelas experiências, foi o que disse em seguida: "Nem por isso os seus caros espíritos o têm decepcionado, não é mesmo? É estranho, mas sou tentado a ver nisto um sinal de que não se molestam com suas ideias. Quem sou eu então para julgá-lo?"

O Evangelho segundo Judas
Fragmentos

[(...) Estava cercado pela multidão, e aproximou-se dele um homem chamado Jairo, contado entre os principais da sinagoga, e ele se lançou aos pés do Rabi, implorando-lhe que impusesse suas mãos sobre sua filha, que estava à morte. Indo o Rabi com ele, uma multidão se comprimia ao seu redor; e havia uma mulher que por doze anos sofria de um fluxo de sangue, e que havia padecido na mão de muitos médicos, tendo gasto tudo o que possuía, sem nenhuma melhora; antes, piorando sempre. Pois esta mulher enfiou-se pela multidão, aproximou-se do Rabi por trás e tocou-lhe as vestes porque achava que assim ficaria curada. E imediatamente cessou o fluxo de sangue, e ela sentiu-se livre daquele mal. Mas o Rabi, percebendo que uma força saíra dele, parou, virou-se e perguntou quem o tocara, sendo que os discípulos estranharam a pergunta porque havia ali uma multidão a comprimi-lo em sua passagem; mas ele tornou a fazer a pergunta, reafirmando que alguém o

tocara, pois sentira que uma virtude saíra dele; e a mulher, não podendo mais ocultar-se, aproximou-se e prostrou-se aos seus pés e confessou por que razão tocara suas vestes, e ele então disse que a fé é que a curara. Então algumas pessoas vieram a Jairo e lhe disseram que a filha havia morrido. Quando chegaram à casa, viram os flautistas e uma multidão que fazia muito barulho. O Rabi disse que se retirassem, pois a menina não estava morta, mas apenas dormindo. Tomando-lhe as mãos, disse-lhe: menina, levanta-te, *e imediatamente ela se levantou e andou e todos ficaram espantados. Mas ele ordenou que não se divulgasse o que acontecera, e aconselhou que dessem logo de comer à menina.*

(...) E mais uma vez ele entrou na sinagoga de Cafarnaum, e havia ali um homem que tinha uma das mãos atrofiada. Os escribas e os fariseus ali também estavam, era um sábado e eles queriam acusá-lo por fazer alguma cura naquele dia, contra a Lei. Ele perguntou então o que era permitido num sábado: matar ou salvar? Olhou ao redor os que ali estavam, e disse ao homem que mostrasse sua mão; e curou-a, ficando ela sã como a outra. Quando o Rabi deixou a sinagoga, os fariseus começaram a discutir a melhor maneira de assassiná-lo. Sempre alimentaram, pois, esse propósito.

A multidão o seguia, e os enfermos lançavam-se à sua frente, prostravam-se, e os possessos bradavam, em meio à cólera, que sabiam muito bem que ele era o Filho de Deus; mas ele os ameaçava, pois não queria que divulgassem tal fato, dizendo-se Filho do Homem. Jamais se denominou Filho de Deus. (...)]

A CASA

Rosa Rovelli Rovelli assim se chamava porque se casara com Augusto Rovelli, irmão de meu avô; ambos eram seus primos por parte de pai. Augusto morreu poucos anos depois do casamento, deixando Rosa com três filhos. Ela conseguiu manter firmemente as rédeas da propriedade de médio porte que possuíam lá pela metade do caminho das

Embaúbas. Não chegou a ampliar a extensão de suas terras, mas teve a virtude de manter com eficiência o patrimônio que Augusto Rovelli havia conquistado a duras penas. Criou os três filhos sozinha, sem a ajuda dos parentes — recusou qualquer auxílio —, e, assim que eles se tornaram adultos, deixou de vez o trato da fazenda, dedicando-se exclusivamente à sede que, com os sucessivos casamentos de seus filhos, começou a encher-se de crianças. Além do trabalho doméstico, voltou a dedicar-se com fervor aos seus espíritos, seus guias, e continuou a causar em nossa família o costumeiro desconforto; em minha avó Elisa, principalmente, pois, entre todos os parentes, incluindo até mesmo os afastados, Rosa era a única que não podia ser considerada, a rigor, católica apostólica romana. Interessara-se pelo espiritismo ainda na Itália. Ao mínimo pretexto, ao mínimo sintoma de alguma enfermidade de quem quer que fosse, sentenciava, inevitavelmente, que havia um espírito mau logo ao lado, o que, naturalmente, incomodava as pessoas. O espiritismo era ainda desconhecido e temível em Ouriçanga, e assim havia uma tendência generalizada em se tratar Rosa com uma certa reserva, muito mais porque chegava a amedrontar as crianças com os casos de aparições e possessões que costumava narrar com grande empenho dramático. Normalmente, só se dirigia aos adultos, mas suas histórias exerciam sobre nós, mais que temor, um fascínio irresistível, e não podíamos deixar de ouvi-la atentamente, ainda que soubéssemos que aqueles fatos acabariam por resultar em noites maldormidas, cheias de sobressaltos. O clima dos relatos era ainda realçado pela sua voz rouca e grave, uma voz de contralto, sem falar no seu aspecto físico: ela descuidara-se desde o início da viuvez, envelhecera muito, parecia ter muito mais idade do que possuía, e nunca achou jeito de tirar o luto. Tinha muitos pressentimentos, o que não era incomum na família, mas interpretava-os à sua maneira, como obra e graça da multidão de espíritos que perambulava por aquela dimensão extra de vida em que ela acreditava piamente; um mundo entremeado ao nosso e que, segundo ela, não podia, de modo algum, ser pior que aquele em que vivíamos, o que lhe permitia o conforto de eventualmente desejar a própria morte, por sentir-se muito envelhecida e cansada. Claro que aquilo não passava de um subterfúgio, pois no fundo Rosa era mesmo muito apegada à vida e dotada de uma grande reserva ainda de energia. Falava sempre com exaltação de seus netos, dezessete ao todo, que começavam, também eles, a casar-se e a ter filhos, dando a ela a satisfação de ver que, à semelhança de minha avó, também a sua descendência era abençoada e começava a tornar-se numerosa. A verdade é que não se tratava, como às vezes chegava a querer demonstrar, do melhor dos mundos possíveis aquele de suas crenças, e sim de um segundo mundo possível em que haveria de se repetir a felicidade de casar-se, ter uma propriedade de bom tamanho e produtiva, de ter filhos, netos e bisnetos e ter muitos parentes a quem contar com prazer histórias de fantasmas e de espíritos noturnos; um mundo em que essa satisfação toda pudesse reproduzir-se, como num espelho destinado a refletir as escalas da existência. E isto porque Rosa Rovelli Rovelli nunca faltou com seu entusiasmo para com os fatos de seu núcleo familiar, a vida de sua casa, as virtudes dos filhos, o esplendor de suas plantações, o vigor de seus animais e a prodigalidade com que se reproduziam; tudo isto em tal grau que não seria descabido imaginar que, existindo de fato aquele outro mundo espiritual que preconizava com veemência, não haveria de desejá-lo senão como cópia fiel deste outro, onde pudesse reviver integralmente a sua própria existência. Era pelo menos o que deixava transparecer. Foi assim que, com o passar do tempo, podendo entender melhor aquilo que grande parte da família tinha como o universo de suas fantasias, eu comecei a achar que o seu mundo espiritual estava fundado essencialmente no enorme apego que ela possuía às suas coisas e à sua gente; era aquela a sua melhor maneira talvez de enfrentar o fenômeno da morte próxima, e de não tê-la (como era comum suceder) como a perda, pura e simples, dos bens materiais e espirituais que arduamente havia conquistado. "É tudo igual." Lembro-me, com efeito, de tê-la ouvido referir-se assim, mais de uma vez, àquela possibilidade que todo homem tinha de existir de novo, ainda que as condições dessa outra existência nada tivessem a ver com o mundo da matéria. Tratava-se de uma concepção que não se casava, a rigor, com o plano do verdadeiro espiritismo, a não ser quanto ao fato de que Rosa acreditava ser aquele, eventualmente, um estágio intermediário à inevitável reencarnação, à volta à primitiva condição humana. Não me lembro de tê-la ouvido alguma vez referir-se ao carma de cada um, nem mesmo a algo a respeito do destino final do Homem, ou sobre o Céu, o Inferno ou o Purgatório, embora ela se nomeasse também católica, apostólica, romana, não vendo entre uma fé e outra nenhum conflito. E, a imaginar-se, como ela imaginava, a vida após a morte como a reprodução integral da existência anterior, haveria então de repetir-se ali também o seu desejo de uma nova vida semelhante, renovando-se, desse modo, a necessidade de uma mesma concepção a respeito de uma existência posterior, iniciando-se assim uma sucessão perene de universos repetíveis, que seria a compensação, o consolo e prêmio de almas menos ambiciosas como a dela e que conseguiam amar a própria vida não obstante suas vicissitudes, desejando revivê-la indefinidamente. No entanto, apesar do fervor com que falava daquele seu mundo espiritual, Rosa não conseguiu, ou nem tentou, estranhamente, passar tal herança aos filhos. Tampouco tentou converter os outros parentes. Era, pode-se dizer, uma espírita solitária, se é que podia ser considerada espírita no real sentido dessa palavra. Só muitos anos depois da chegada da família ao Ibipiú é que essa crença teve em Ouriçanga verdadeiros adeptos, que lá por 1930 construíram o seu primeiro "centro", um barracão de alvenaria, pintado de amarelo, e em cuja fachada foi escrito em letras verdes: C. E. Fé, Esperança e Caridade. Foi a primeira manifestação concreta ali daquilo que os seus seguidores, brandindo os exemplares precursores de *O Livro dos Espíritos*, chamaram de "espiritismo moderno". Eram duas famílias aparentadas entre si, que vieram para Ouriçanga com o dinheiro suficiente para cometer uma outra proeza pioneira: montaram ali a primeira máquina de beneficiamento de café. Como não podia deixar de ser, causaram horror com suas primeiras reuniões, que, não obstante terem sido feitas dentro de suas próprias casas, a portas fechadas, foram ruidosas o suficiente para semear o pânico na vizinhança. Só a muito custo conseguiu-se aceitar a perenidade daquele estado de coisas, pois, apesar das pancadas que se ouviam, do quanto se murmurava e dos gritos eventuais, teve-se certeza, afinal, de que os espíritos continuariam baixando, como desde o primeiro dia, somente naquela casa para onde eram convocados. O longo tempo e a infinidade de vezes em que os fenômenos se repetiram acabaram por demonstrar que as almas do outro mundo não escapariam para as ruas da cidade, como se temeu no começo, e que limitariam suas manifestações às paredes daquela casa cujas portas e janelas eram trancadas, sem exceção, todas as terças e sextas, tão logo anoitecia. Passado o pasmo que causaram nos primeiros tempos, os Fiorelli — assim se chamavam — começaram a fazer considerável dinheiro com o beneficiamento do café e conquistaram sólida reputação comercial como compradores e revendedores do produto. Mas o seu progresso não foi somente financeiro. Eles foram tenazes também quanto à propagação de seu "novo espiritismo", sendo que uns dez anos depois tinham um razoável número de seguidores, pessoas que "se desenvolviam", e puderam erguer a sede de suas atividades religiosas.

Tendo tido contato com o professor Carlisi e conhecido através dele alguns rudimentos do espiritismo, fica claro para mim que a crença de Rosa Rovelli Rovelli a esse respeito era mesmo uma questão pessoal. Ela foi, de fato, uma espírita solitária e singular. Quando veio da Itália com o seu ramo familiar, os Fiorelli ainda não haviam chegado a Ouriçanga. Ninguém na época sabia muito bem o que vinha a ser essa religião, ou mesmo se se tratava de uma religião. Quando foi erguido o Centro Espírita Fé, Esperança e Caridade, Rosa chegou a frequentá-lo esporadicamente, mas sem grande entusiasmo.

O certo é que, acerca do espiritismo ou do que chamou de espiritismo, ela esteve sempre longe de ser proselitista. Contava seus casos apenas pelo prazer de contá-los e de mostrar que possuía o privilegiado dom de parlamentar com entidades de um mundo pleno de mistérios e possibilidades. Todos os anos, uma ou duas semanas antes das Festas, ela visitava minha avó, trazendo sempre, além de algum presente simples, um novo repertório de casos de visitantes noturnos, muitas vezes parentes próximos há muito falecidos, com os quais dialogava e dos quais obtinha frequentes graças e recebia recados de outros parentes e amigos também desaparecidos. Vinha sempre numa charrete, guiando ela mesma o cavalo, invariavelmente de preto, lenço atado à cabeça com um nó atrás da nuca e os inseparáveis e enormes brincos de ouro, uma herança imemorial, único luxo a que se permitia. Era pequenina, e a cada ano foi-me parecendo mais e mais pequenina, como se estivesse pouco a pouco minguando (uma imagem que eu fazia, sem atinar com o fato de que eu é que estava crescendo). A energia com que contava suas histórias, no entanto, nunca arrefeceu; antes, pareceu ganhar renovado entusiasmo em seus últimos dias.

Claro que na casa de Giovanni Rovelli havia também os pressentimentos, a atenção, sempre, para com as inevitáveis manifestações do sexto sentido, dos avisos, notadamente por parte das mulheres. Mas isto era muito diferente, garantia a minha avó, constantemente atenta àquilo que devia considerar como desvios da verdadeira fé. Ela chegou a recomendar expressamente às pessoas da casa que jamais comentassem com Rosa o fato de o tio Beppe ter anunciado a própria morte. "É para que ela não faça nenhuma interpretação errada", chegou a justificar, segundo minha mãe. Uma vez, ainda não sei se com propriedade ou não, a velha Elisa, que primava por estabelecer, com toda simplicidade, diferenças fundamentais entre coisas e fatos aparentemente semelhantes, disse, com a grande síntese de que era capaz: "Alma é alma. Espírito é uma coisa bem diferente." Éramos católicos apostólicos romanos, afinal.

Se de um lado Rosa jamais chegou a fazer proselitismo, de outro recebeu a recompensa de nunca ter sido contestada em suas afirmações. O mais que se fazia era ouvir com ceticismo e a costumeira reserva os seus inesgotáveis relatos, que, fora o diálogo com os mortos, davam conta ainda de móveis que em sua casa estalavam misteriosamente, cadeiras que saíam do lugar onde haviam sido colocadas, talheres que se remexiam nervosamente em gavetas fechadas. Raramente o seu mundo de espíritos entrecruzou-se com o universo de pressentimentos, de avisos e de premonições de Elisa Avigliano. Uma das poucas vezes em que isso aconteceu foi quando o meu avô acabou de construir, em 1932, o núcleo inicial da casa de alvenaria que substituiu a de madeira que já estava ali quando ele comprou a fazenda. Era dezembro, e a família mudara-se naqueles dias para a casa nova. Rosa, nem bem tinha chegado, foi dizendo: "Eu já sabia como tinha ficado bonita a casa; sabia que era amarela e que tinha portas e janelas azuis. Sabia até que vocês já haviam feito a mudança. Tive um sonho muito bonito, em tudo igual a isto que acaba de acontecer. Eu vinha vindo, e de longe pude ver que a casa estava pronta. Era um dia de muito sol. E vi você, Lisa, na janela do quarto da frente, e você abanou a mão, e quando cheguei mais perto vi até essa roupa que você está usando. Foi mesmo um sonho muito bonito. Acordei bem no momento em que estava subindo a escada do terraço, você vindo ao meu encontro; assim, como aconteceu agora."

Minha avó não fez nenhum comentário sobre isso, a não ser dois dias depois, quando tia Rosa partiu de volta para casa. "Não sei por que não lhe falei nada", disse Elisa Avigliano à minha mãe. "Alguma coisa dentro de mim não me deixou dizer nada." Minha avó contou então que dormira muito pouco na primeira noite na casa nova; havia estranhado. Só se acalmou de madrugada, e pôde ter um sono mais tranquilo. Foi quando sonhou que ouviu os cachorros latirem, e que se levantou, abriu a janela e viu que era dia, pleno dia, com muito sol e um céu sem nuvens. A charrete de tia Rosa vinha vindo lentamente, tendo já transposto a porteira mais próxima. Elisa Avigliano ficou feliz com sua chegada, uma satisfação clara, que não se verificava assim tão plenamente na vigília. Acenou da janela e apressou-se em ir recebê-la. Encontraram-se quando Rosa Rovelli Rovelli subia a escada para o terraço. Minha avó então acordou, e era ainda madrugada.

O Evangelho Segundo Judas
Fragmentos

[(...) Entrai pela porta estreita, *Ele disse*, porque larga é a porta e espaçoso o caminho que conduz à perdição, e numerosos são os que por aí se dirigem; estreita, porém, é a porta e apertado o caminho da vida e raros são os que o encontram; guardai-vos dos falsos profetas; eles vêm a vós disfarçados de ovelhas, mas por dentro são lobos arrebatadores; pelos frutos os conhecereis; colhem-se, porventura, uvas dos espinhos e figos dos abrolhos? Toda árvore boa dá bons frutos, toda árvore má dá maus frutos, uma árvore boa não pode dar maus frutos, nem uma árvore má, bons frutos.

Como Coélet, Ele também disse: sem motivo, estendem a rede contra mim, abrem para mim uma cova: caia sobre eles um desastre imprevisto; sejam apanhados na rede que estenderam e caiam eles dentro da cova. *Com efeito, o Rabi percorria apenas a Galileia, não podendo entrar na Judeia porque os dali o queriam matar. Ora, ante a proximidade da Festa dos Tabernáculos, os seus irmãos, que não acreditavam nele, lhe haviam dito que partisse, que fosse para a Judeia, para que ali vissem as obras que realizava; e o provocaram dizendo que ninguém agia às ocultas quando queria ser publicamente reconhecido:* já que fazes tais coisas, manifesta-te ao mundo. *Mas ele lhes respondeu que o seu tempo não havia chegado; o deles sim é que estava sempre preparado. Disse que o mundo não os podia odiar, mas odiava a Ele porque viera para dar o testemunho das coisas que eram más. E permaneceu, portanto, na Galileia. Mas, quando os irmãos subiram para a festa, ele também subiu; não publicamente, mas às ocultas. Começara a dizer aos discípulos que era necessário que fosse a Jerusalém, sofresse muito, fosse rejeitado pelos anciãos, pelos sumos sa-*

cerdotes, pelos escribas, e fosse morto e ressuscitasse no terceiro dia. Pedro, porém, chamando-o de lado, procurou interpor-se a tal determinação, mas ele o repreendeu severamente: arreda-te de mim, Satanás; tu me serves de pedra de tropeço porque não pensas as coisas do Senhor, e sim as coisas dos homens.

(...)]

A CASA

Tia Otília resistiu o quanto pôde à solidão e à carga de trabalho e preocupações que a casa lhe impunha. Cerca de dez anos depois da morte de minha avó, porém, sentiu que já não tinha forças para tanto. Mudou-se então para a casa que meu avô possuíra no limite entre Ouriçanga e a fazenda, e que ela recebera como parte de sua herança. A rua Engenheiro Lundstrom, a rua principal, tinha na época sete quarteirões, e a casa ficava na sua extremidade superior, onde começava a estrada que, através de uma longa e suave curva, levava ao cemitério, providencialmente oculto por uma grande massa de árvores de muitas espécies. Ali onde findava a rua e começava a estrada, terminava então para mim o mundo compreensível e iniciava o do mistério e da solidão. Muitos anos mais tarde, a cidade começaria a avançar também naquela direção. Ali, exatamente, no primeiro terreno da parte nova, onde havia estado o meridiano entre dois mundos tão distintos, eu construiria minha própria casa, bem ao lado da casa em que Otília Rovelli continuaria a pronunciar suas frases recorrentes e a zelar cotidianamente pelo acervo de suas lembranças.

O FIO DE ARIADNE

Querida Adriana, esta temporada em Ouriçanga tem sido especialmente produtiva e gratificante. Tenho conseguido o necessário equilíbrio entre a tarefa de escrever e o desempenho físico propriamente dito. Acordo bem cedo, tomo o café e trabalho até a hora do almoço, tentando dar a melhor ordem possível à minha papelada, agora com um ímpeto redobrado, pois tenho consciência de que, do ponto de vista pessoal, o romance — ouso, pois, chamá-lo assim — é algo muito mais grave do que eu estava imaginando (o conteúdo, quero dizer), confundindo-se quase que inteiramente com minha própria vida. Quando resolvi ir até as últimas consequências, relatando o que aconteceu conosco no final de tudo, é que senti que os demais fatos se amarravam, justificando-se mutuamente, surgindo afinal a coerência que eu tanto havia buscado. Era óbvio o que eu tinha que fazer para chegar a isto, mas eu estava simplesmente me recusando a ver que havia um fio central logo à mão: a história dos acontecimentos posteriores à morte de Raul: o fio que daria um sentido ao restante da história, e me forneceria a chave que abriria para mim a porta de saída desta espécie de labirinto e fecharia o livro; ou seja, o Fio de Ariadne.

À tarde, saio para o quintal, para estes três mil metros quadrados de vegetação, e sinto como é bom estar aqui neste preciso momento e lidar, ainda que apenas como passatempo, como exercício, com esta terra que nos deu tanto e que tem para mim um forte cheiro de infância.

Judite continua sendo a caseira exemplar de sempre, principalmente quanto ao senso de oportunidade: não vem para este lado da casa senão quando paro de bater à máquina; e nesse momento, uma da tarde, o almoço está infalivelmente pronto. Aí então ela sabe que pode expandir-se, e liga o seu rádio e se desloca com ele por toda a casa. De quando em quando, se lembra de algo que tenha acontecido na cidade, e me conta; assim, sentindo-se, parece, um elo indispensável entre mim e o mundo para além do muro da frente.

Quanto ao fato de o romance "confundir-se com nossa própria vida", posso já lhe dizer (se é que isto a preocupa; o que não creio): não é difícil desfazerem-se as pistas, e impossibilitar assim as indesejáveis identificações. O que faço agora é apenas a "montagem" desses papéis todos — a estrutura —; mais tarde, quando se tratar do texto do romance propriamente dito, é que virão as necessárias transfigurações, os artifícios inevitáveis; aí então você poderá avaliar o quanto ficou irreconhecível.

Tenho relido as cartas que escrevi a Raul e constatado que jamais consegui expor a ele com a necessária clareza minhas ideias sobre religião, e sobre até que ponto ia meu envolvimento com o catolicismo ou com os evangelhos. Raul me exasperava, você sabe, e eu, na ânsia de deixar claro o que pensava, acabava fazendo justamente o contrário, perdendo-me neste emaranhado em que costumam confundir-se minhas razões e minhas emoções. Mas é tudo sensação. Não tenho mais certeza de nada. O fato é que naquela época eu lutava para organizar o meu pensamento, achando que ele devesse necessariamente ter uma ordem. Hoje já não penso assim, e tento acatar minha natureza confusa. Jamais consegui, por exemplo, mostrar a Raul, claramente, em que se constituía a superioridade do Evangelho de Lucas sobre os demais. Mas que importância tinha isso? Eu podia ter-lhe dito apenas que se tratava de meu texto predileto, e pronto, e mandá-lo às favas. Ele sempre achou excessivamente piedosas as minhas leituras, e isto me incomodava muito. Mas tenho agora uma tendência a imaginar que ele agia assim simplesmente para me provocar, tentando, contraditoriamente, beneficiar-me de alguma forma, o que talvez seja um tanto complicado de explicar. O que ele conseguiu fazer foi dar a sua pequena contribuição para que eu me afundasse ainda mais neste atoleiro em que ainda estou, e do qual sairei — espero — com este romance que escrevo para, entre tantas outras coisas, exorcizá-lo. Imagino às vezes que Raul, com aquele seu cativante satanismo, tinha a intuição de tudo o que haveria de acontecer conosco, isto que parece ter nos ensinado tanto sobre nós mesmos. Creio que ele sempre soube que, ao tentar escrever a biografia imaginária de Judas Iscariotes, eu estava enveredando por uma pista em certo sentido falsa. Daí ter subestimado inicialmente o meu projeto, atormentando-me com sua incredulidade. O fato de ter-me devolvido as cartas da maneira como devolveu, postumamente, num estado e numa ordem impecáveis, foi um grande sinal a esse respeito. Percebi imediatamente que se tratava também de um dos possíveis fios do romance: uma funda cicatriz, como às vezes me parece: um corte de que começo a convalescer. E penso que Raul tinha noção de tudo isso; sabia que as cartas acabariam por invadir o livro. Ah, esse demônio chamado Raul Kreisker que tanto amamos sem o termos percebido a tempo, sem termos tido assim chance de demonstrá-lo. Minha impressão é a de que, a rigor, ele não viveu para si, mas não me peça, minha priminha, que lhe explique isso porque eu não saberia explicar. É também apenas um sentimento que tenho. Uma vez escrevi a ele sobre algo que eu julgava uma descoberta pessoal: que a religião não devia ser monopólio apenas dos que acreditavam em Deus, ou naquele Deus em que a maioria das pessoas acreditava. Havia uma citação de Lucas que eu anotara e que depois transcrevera numa de minhas cartas: "O Reino de Deus está dentro de vós." Eu disse então a Raul que eu via uma grande beleza naquilo. Ele me acusara de ter-me reconvertido, chamando a isto de minha "segunda queda". Por isso eu lhe respondera: "Não houve queda nenhuma. Estive sempre de pé e no mesmo lugar." E lhe dissera também: "Apesar de ameaçado pelo seu escárnio, seu animal incrédulo, continuarei a ver beleza nesta verdade tão simples. Não há fronteira para esse 'Reino' cristão; nem mesmo o limite entre a vida e a morte pode ser uma barreira contra ele."

Querida Adriana, posso retomar a carta de 20 de novembro de 75, e nela reler a parábola que reproduzi com a ingênua intenção de comovê-lo: "O Reino é semelhante a um grão de mostarda." O assunto me ocorrera porque havia sido tema do primeiro discurso da série que Rajneesh pronunciara em Poona, no verão anterior, algo que eu lera logo ao chegar a Iowa City, e que me havia falado diretamente ao coração. Dizia o Bhagwan: "Somente quando você estiver silencioso, sem vacilações no pensamento, sem nenhum movimento de seu ser, é que poderá ouvir Jesus, entendê-lo, conhecê-lo verdadeiramente." Dizia também que, se alguém pretendesse dissecar a parábola do grão de mostarda, não a compreenderia. E agora, ao reler mais uma vez a carta, o pronunciamento de Rajneesh me comove duplamente: pela sua propriedade e sua beleza em si, mas também pelo fato de, em certo momento, esta imagem ter-se interposto entre mim e Raul: "É impossível ver-se a árvore na semente, mas é possível semeá-la na terra. Isto é o que faz um homem de fé, dizendo: está certo, é apenas uma semente, mas com certeza se transformará numa árvore; eu a plantarei no campo, encontrarei solo adequado para ela, e a protegerei, estarei esperando; amarei, terei esperança e sonharei." O que eu talvez mais queira hoje, ou necessite, é ser neste sentido um homem de fé, priminha. Eu preciso e quero ter fé.

Querida Adriana, jamais, no restante de meus dias, poderei me lembrar desta parábola sem me lembrar de Raul Nepomuceno Kreisker. Esta manhã foi uma das poucas nestes últimos tempos em que não pude de fato trabalhar. Havia algo que me perturbava, e este algo referia-se certamente a Raul, como se ele estivesse presente; mas eu não podia precisar o que era: um sentimento estranho de desamparo, essa sensação de perda de que você fala com frequência, e que também me sobrevém de vez em quando. Eu estava tentando trabalhar um pequeno comentário sobre Lucas, e concluí que não conseguiria fazer nada sem antes me dirigir a você e dizer tudo quanto acabo de dizer; isso que temos feito, invariavelmente, quando ocorre a sensação de que ele nos está observando de algum lugar, como você diz, esse sentimento perturbador e contraditoriamente reconfortante de que a morte como a imaginamos talvez não exista. Há segredos que estamos ainda muito longe de desvendar acerca dessa circunstância tão abrangente chamada morte.

Acho que agora poderei retomar o texto sobre Lucas. Mais tarde irei ao correio botar esta carta, e, como conheço a maneira com que você trata seus papéis, fica comigo uma cópia, e a sensação de que também isto que eu lhe disse é parte desta história que, pouco a pouco, se vai escrevendo como que por si, inapelavelmente, assim como se eu, mais que seu autor, estivesse sendo o veículo de algo sobre o qual é exigido este registro.

Afetuosamente,

Francisco
Ouriçanga, 24.11.77

O EVANGELHO DE FRANCISCO
O diário; anotações

Constato que o texto sobre Lucas não é mais que uma insignificante anotação, uma vez que o venho reduzindo pouco a pouco, à medida que me interesso sempre mais pelo Evangelho de João, não apenas pelas suas qualidades literárias, à altura, talvez, de Lucas, mas pelos seus mistérios, e pelo papel nele reservado a Judas, e por estar ali possivelmente a chave que pode explicar o seu destino. Fica claro, eventualmente, a sensação de que João obstinou-se em marcá-lo com o estigma da predestinação: Judas teria tido parte desde o início com o demônio e estivera longo tempo marcado para entregar de uma forma abjeta o seu Mestre.

A tradição católica sustenta que foi João pessoalmente quem escreveu o último evangelho, evocando, entre outros testemunhos, o de Santo Ireneu, por volta de 180: "Depois, João, discípulo do Senhor, o mesmo que repousou a cabeça em seu peito, publicou também um evangelho." A Igreja leva em conta ainda um outro fato: como explicar o silêncio do quarto evangelho quanto aos nomes dos dois filhos de Zebedeu (João e Tiago), tão importantes nos demais textos, senão justamente porque teria sido escrito por um deles? Mas há quem sustente que o texto tenha sido escrito em parte por João e em parte por seus discípulos de Éfeso. Existe, porém, o consenso de que a sua redação foi tardia, tendo transcorrido cerca de setenta anos desde a morte do Rabi. E o que sempre me estranhou foi o fato de que, mesmo depois de tanto tempo, alguém ainda se dispusesse obstinadamente à tarefa de agravar o papel de Judas. Imagino às vezes que isto possa ter envolvido um mistério mais cotidiano que aquele que se costuma vislumbrar; um conflito de relações, talvez, um antagonismo entre João e outro jovem de mesma idade; um zelota chamado Judas, que, da mesma forma que o evangelista, teria sido também destacado para sair a pregar, a fazer curas e ressuscitar os mortos, mas que havia sido incumbido da tarefa adicional de gerir a caixa comum, uma delegação de seu Mestre, uma deferência que João coloca como causa de corrupção.

13

A CASA

Era uma casa de esquina, muito alta, solidamente construída, com plati-
bandas, portas de duas folhas terminadas em bandeiras de vidros colori-
dos, um terraço que dava para a rua Engenheiro Lundstrom, um grande
quintal cheio de árvores frutíferas: a manga espada que minha mãe plan-
tara, a cherimólia que havia sido minha contribuição, os dois cajueiros
de Fabrício, a parreira de uva rosada que meu pai podava com diligência
todos os anos — no exato momento, no dia da primeira mudança de lua
em agosto, como em uma cerimônia —, e que produzia abundantemente lá pelos dias das Festas; a jabuticabeira sabará que já estava ali quando
chegamos, ao deixarmos a casa de meu avô, obra de mãos anônimas, e
cuja generosidade chegamos a testemunhar até duas vezes por ano, nas
duas cargas que aquela árvore prodigiosa podia oferecer nos períodos
em que as chuvas se prolongavam para além de março, e que eu sempre imaginei que tivesse sido plantada por um velhinho que ali morara
com sua família, antes da crise dos anos cinquenta, precedendo-nos, um
daqueles pioneiros tenazes dos tempos de meu avô, e que se chamava
Nicoletto, tocava flauta, dessas flautas de lata que eram vendidas a preço muito barato nas lojas de armarinhos, e se tornou notável também
pelo quanto blasfemava ao mínimo pretexto, e me impressionava por
ser a única pessoa, entre as que eu conhecia, a desafiar em altos brados
e publicamente a ira de Deus. Sempre que me lembro daquele quintal e
me lembro da jabuticabeira, sou levado, inevitavelmente, a me lembrar
também de Nicoletto e ter quase certeza, a intuitiva certeza de ter sido

ele quem plantou a velha árvore, a mais nobre entre as que ali haviam sido plantadas, e que tanto prazer nos deu. E continuo, ainda nos dias de hoje, sem saber por que sou levado a atribuir-lhe tal obra, apenas pensando vagamente às vezes que seria justo conferir àquela planta, simbolicamente, a condição de árvore do bem, uma espécie de contrapartida da imagem de algoz do Senhor que costumei ver em Nicoletto, receando, com alguma angústia, pela pena implacável que no dia do Juízo haveria de ser-lhe imposta. O fato é que, torturado por uma artrite generalizada, que a poder de dores dilacerantes o impedia de exercitar-se, de pôr para fora a grande energia que ainda guardava dentro de si, não obstante a idade, Nicoletto devia viver em permanente revolta por não poder participar como desejava daquele mundo de possibilidades ao seu redor. Talvez apenas por isso blasfemasse tanto, para escândalo de todos; é por isso também que me habituei em certo tempo a reconhecer nele a figura do velho homem que ilustrava a lição *A Morte e o Lenhador*, que havia no *Infância*, terceiro grau primário, do professor Henrique Ricchetti, onde se contava a história de um ancião, um lenhador alquebrado pelos anos, que se dizia cansado de viver, e que reclamava, olhando para o alto, contra Deus e o destino, por pouparem-lhe enquanto tantas crianças, tantos jovens morriam tendo ainda tanta vida pela frente, tendo ainda tanto vigor. E queixava-se continuamente o lenhador, "oh, morte, por que não vens", repetindo por qualquer motivo e dramaticamente, como bom ator que era, aquela que devia considerar a sua melhor frase; e tanto a repetiu que um dia, o que era inevitável, a morte lhe apareceu, bem no momento em que juntava gravetos num pequeno feixe. Era aquela figura clássica, com a indefectível túnica e o alfanje, a expressar-se no estilo terso e anacrônico do professor Ricchetti: "Chamaste-me? Aqui estou." Tivesse isto acontecido, por uma fantasia, também ao velho Nicoletto, imagino que ele teria, com sua presença de espírito, respondido da mesma maneira que o lenhador respondeu, porque também ele devia imaginar consigo que, não obstante tanta adversidade, aquele era o melhor dos mundos possíveis, talvez o único. E assim Nicoletto diria, repetindo o lenhador: "Chamei-te, sim; mas apenas para que me ajudasses a colocar às costas este feixe de lenha." E desde a primeira vez que li aquela lição liguei-a imediatamente ao velho tocador de flauta, ao blasfemador que meu avô costumava visitar regularmente. Em minhas fantasias tão pródigas, localizei a cena a poucos metros da jabuticabeira, e aquele lugar passou a ter para mim a distinção de um sítio admirável, como aquele lugar preciso da estrada de Damasco em que uma luz vinda do céu fez o apóstolo Paulo, cego em sua ira, cair por terra, ante o clamor de Deus: "Saulo, Saulo, por que me persegues?" Tratava-se daquele processo próprio da infância, em que um ato corriqueiro na ordem das coisas podia, dependendo da situação, ascender à condição de um fenômeno devastador. Assim, em minha imaginação, por duas vezes — na estrada de Damasco e à sombra daquela jabuticabeira — os desígnios de Deus haviam-se manifestado com gravidade. E se entrasse hoje novamente naquele quintal talvez até me chocasse porque o tenho sacralizado de forma gradativa em minha memória, e sei que ele foi, nestes anos, severamente devastado e já não guarda as imagens cheias de magia de um tempo irremediavelmente extinto. Há, pelo que tive conhecimento através de Maria Otília, apenas o chão onde um dia existiu a jabuticabeira sabará e onde a morte esteve frente a frente com o lenhador ou com Nicoletto. Disse minha irmã que o atual proprietário mandou abater, uma por uma, todas as nossas árvores, incompreensivelmente, insensivelmente, como se não fossem coisas vivas, como se não tivesse cada uma sua história. Mas, passado o espanto inicial, a decepção, Maria Otília comoveu-se. O lugar parece ter ficado definitivamente impregnado de nossa presença. Há como que reverberações ainda de nossa vida, da passagem por ali de Luísa Rovelli, sempre atenta à ordem e à limpeza de tudo; da passagem de meu pai, e o clec-clec de sua tesoura de podar; da presença de Fabrício; da presença daquele outro que fui, num período do qual não me lembro senão como uma história apensa, uma vida aparentemente feliz que parece que não vivi: um transe, nada mais que um transe, um sopro de brisa; e da presença de Benito, com sua codaque, autor da maioria dos flagrantes que compõem, no álbum de Luísa, aquele capítulo de nossa vida que, enquanto vivi, me pareceu tão longo; da presença de Agostinho e Daniel, de quem, não sei por que, tenho falado tão pouco, não obstante tantas lembranças que me têm vindo a respeito deles; da presença de Maria Elisa, suspirante, lendo e relendo revistas de amor e de moda ou entregando-se ao arrebatamento de romances como o *Amar Foi Minha Ruína*; de Maria Otília, que cultivou ali o seu canteiro de prímulas e pervincas; da presença, afinal, do Tejo, nosso cachorro fox paulistinha, que morreu naquele tempo e foi enterrado junto ao abacateiro. Tudo ali então me parecia ter sido feito para ser eterno; a própria infância se assemelhava à eternidade, um mundo com suas próprias leis, protegido por um muro alto, indevassável. Havia o terraço lateral e comprido, posto de observação da rua Engenheiro Lundstrom, onde, apoiado no parapeito, eu via muito caminhão de mudança passar. Era a crise, eu ouvia dizer que era a crise, para mim então uma espécie de estigma. A mesma coisa estava acontecendo nas cidades ao redor. Dei-me conta, então, do fato óbvio de que as crises desse tipo geram sempre a necessidade de um grande deslocamento de pessoas, mas há sempre aquelas que resistem, por terem mais esperanças, talvez, ou mais apego ao lugar; e podem resistir porque as outras criam coragem e vão embora e assim como que diminuem as demandas, tornando suficiente o pouco que resta. A família de Nicoletto esteve entre as que se retiraram; foram para o que ainda se chamava sertão: a Alta Araraquarense; para uma cidade nascente chamada Meridiano. Não deixaram ali nenhum parente, sendo que as relações de amizade pereceram ante a distância. Nada mais se soube deles.

Se tomo o álbum de Luísa, no qual foi observada sempre a ordem cronológica das fotografias, posso dizer que este foi o período compreendido entre a foto em que estou ao lado da tabuleta do cinema [(Benito quem bateu a chapa) lá estou eu, olhando a câmera, da altura dos meus sete anos; voltado para a eternidade que se estenderia para além daquela imagem (o seu futuro)] e a foto da turma do quarto ano primário de 1954: um período que me pareceu mesmo extremamente longo e que hoje não vejo senão como um átimo, um momento brevíssimo que me custa às vezes crer que eu tenha verdadeiramente vivido, como se aquela não tivesse sido a minha infância, onde me prepararam para ser, com certeza, outro, mas a infância de uma outra pessoa, que apesar da familiaridade com que a vejo no álbum me parece apenas um ser com o qual cruzei em certo período idílico de minha existência.

Na casa de esquina, o meu pai resistiu. Ele e minha mãe ocupavam o quarto maior. Andando pelo corredor, havia mais dois quartos amplos. O primeiro foi inicialmente ocupado pelas minhas duas irmãs, mas quando elas se casaram o cômodo ficou reservado aos hóspedes, que se resumiram quase sempre numa só pessoa, o tio Afonso, e isto depois de ele aposentar-se e dissipar inteiramente o produto da venda do quinto de terras que lhe coubera na divisão do espólio de meu avô. Ele passava cerca de três meses todo ano em nossa casa. "Três meses de conspiração", eu ouvia meu pai dizer, meio brincando, meio a sério, mas sem mostrar-se contrafeito. Minha mãe e meu tio continuavam muito ligados, conversavam muito; não raro, através de uma linguagem apenas insinuada que eu pouco entendia, mesmo prestando uma atenção enorme. Acho que ela havia desenvolvido um certo sentimento maternal com relação a ele, por ser o irmão mais novo e continuar solteiro. Dava-lhe conselhos e desenvolvia uma campanha permanente para que se mudasse definitivamente para Ouriçanga, não podendo compreender por que insistia em viver em São Paulo, enfrentando as adversidades naturais de uma cidade tão grande, tão cara e tão cheia de riscos.

O último quarto, que, com os casamentos de Benito, Daniel e Agostinho, eu passei a dividir apenas com Fabrício, foi o primeiro espaço que eu tentei ordenar por conta própria, e talvez por isso é que, nos primeiros tempos, o meu relacionamento com meu irmão esteve sempre longe de ser pacífico. Disputávamos todo espaço disponível nos móveis para armazenar as bugigangas que conseguíamos juntar com prodigalidade, para desespero de minha mãe; e eram gibis, álbuns de figurinhas, pedras catadas à beira dos córregos e uma infinidade de coisas de menor valor ainda, mas que eram o nosso tesouro, expressões materializadas de nossos sonhos, de nossas paixões e fantasias, primeiro acervo verdadeiramente de nossa propriedade. Anos depois, quando Fabrício saiu de casa para estudar, pude dispor do quarto todo, mas isso, naturalmente, já não importava. Durante as férias, nós o dividíamos com camaradagem. Quando saí também, para estudar no Colégio Agostiniano, aquele território de disputas ficou a maior parte do tempo inabitado. No entanto, minha mãe continuou fazendo limpezas diárias, trocando periodicamente a roupa de cama. Tudo como se ainda estivéssemos em casa. Era certamente a melhor maneira que havia encontrado para abrandar a nossa ausência. Luísa Rovelli desfrutava de um tipo muito peculiar de fantasia. "Filho criado, trabalho dobrado." Eu a ouvi repetir muitas vezes este lugar-comum, mas nunca o tomei em seu verdadeiro significado. Era solidão o que ela mais sentia, e é claro que intimamente desejou que permanecêssemos todos eternamente lá, que a casa continuasse sempre cheia de gente, que se repetisse o que ocorrera em casa de meu avô. Mas os acontecimentos tomariam os inevitáveis rumos. Ela ressentia-se disto, principalmente com relação a Fabrício, talvez pelo quanto havia sido débil a sua saúde. Ele havia tido pneumonia duas vezes, vivia com as amídalas inflamadas, sempre com um lenço embebido em álcool à volta do pescoço, essas coisas. Mas, desmentindo o que a infância dele havia feito supor, a sua saúde melhorou muito a partir da adolescência, e acho que por uma reação natural do organismo, já que os remédios prescritos pelo doutor Nepomuceno jamais surtiram o esperado efeito. Lá pelos catorze anos, Fabrício já estava tomado por um raro vigor. E não foi só quanto à parte física. Estudou muito, tornou-se excelente aluno — imbatível em matemática —, decidiu que faria geologia, e traçou planos de formar-se com boas notas, conseguir um bom trabalho e correr o país, acabando por cumprir tudo quanto havia proposto a si mesmo, favorecido pela especialidade que escolheu, a prospecção petrolífera, que o levou aos quatro cantos do Brasil.

Tive comigo, durante muito tempo, que Luísa Rovelli preocupara-se muito mais com Fabrício do que comigo, mesmo depois da recuperação física dele. Cheguei, há alguns anos, num exercício em que misturava realidade e fantasia, a registrar em meu diário o fato de que ela o havia sempre preferido, tendo a virtude admirável de não ficar escondendo essa verdade, o que era comum que pessoas como ela fizessem; e naquele exercício eu ainda dizia que por isso ela merecera todo o meu respeito, além do que, aquilo não me incomodava, e me permitia, de certa forma, ser um pouco mais livre que meu irmão. Na realidade, eu estava, possivelmente, idealizando uma situação em que pudesse desfrutar dessa liberdade, para, com efeito, poder dizer o que aquele meu antigo personagem dizia, com outras palavras: "Se querem saber, não fui o mais amado, mas fui o mais livre." No entanto, é difícil saber a quem ela verdadeiramente preferiu, se é que preferiu alguém. O mais certo é que nos amou de maneiras diferentes. O desvelo às vezes exacerbado que dedicou a Fabrício teve a ver, inicialmente, com a sua saúde e, depois, com o fato de ele ter deixado a casa para estabelecer-se sempre em lugares distantes, numa profissão que minha mãe julgava perigosa. Chamou-o em todo o tempo de Fabrizio, usando a forma italiana, à semelhança de minha avó (ainda que ele tivesse sido registrado com a grafia portuguesa desse nome) e essa forma tinha uma sonoridade que a outra, a real, não tinha, se pronunciada com propriedade: "Fabritzio", com a necessária inflexão requerida pela letra z, que, para ser dita da forma correta, devia ser precedida de uma mínima, de uma quase imperceptível pausa, quase um nada, e era isto que na outra língua fazia o nome soar com uma certa doçura, o que, segundo os meus mecanismos interiores mais suscetíveis, parecia uma deferência, algo que o identificava a elas mais do que eu. Claro que eu não tinha plena consciência desse processo, mas o resultado dele eu conhecia muito bem, pois abatia-se sobre mim na forma de um pequenino, sim, pequenino (pois, de resto, sabia que me amavam muito), mas incômodo sentimento de rejeição, como se assim, por não ter um nome pronunciável com tal artifício, eu ficasse numa posição ligeiramente secundária, algo assim. Mas eu guardei o tempo todo, durante a infância, essa pequenina frustração somente para mim. Apenas uma vez, pelo que me lembro, cheguei a falar a Luísa Rovelli de um certo sentimento que eu tinha a respeito de meu nome: não que não me agradasse, mas que talvez tivesse preferido outro que talvez me tivesse sido mais próprio. Minha mãe lembrou-me então mais uma vez da razão da escolha, da devoção que tinha por Francisco de Assis, "tão pequeno e tão grande ao mesmo tempo", segundo ela, o mais cristão talvez entre todos os cristãos, e dissertou também novamente sobre fatos da vida dele, a inevitável mescla de história e de lenda que o envolvera; e ainda assim, ou talvez até mesmo por isso, achei mais uma vez não merecer tal nome.

Enquanto essas coisas aconteciam, meu pai, enfiado no pequeno escritório do fim do corredor — na verdade o quarto aposento da casa —, acalentava sonhos de ampliar o patrimônio familiar. Ao contrário de seguir para a frente, na direção da Alta Araraquarense, como a grande maioria das pessoas estava fazendo, ele pensou o tempo todo em mudar-se para São Paulo — se conseguisse o dinheiro necessário — e estabelecer-se no comércio: uma mercearia bem montada, num bairro de classe média, para começar. Mas o dinheiro jamais apareceria, não tinha de onde aparecer, e meu pai jamais sairia de Ouriçanga, sentindo-se também ele, talvez, condenado eternamente à vida do campo: era do quinto de terras recebido por minha mãe que continuava a sair nosso sustento e o desfrute de uma vida sem grandes luxos, mas ainda farta, da qual não podíamos nos queixar diante da grave situação existente, assim como mamãe nos fazia lembrar a cada dia, instando-nos a que agradecêssemos a Deus por termos relativamente tanto. E, mesmo que meu pai tivesse tido o dinheiro necessário àquilo que Luísa Rovelli classificava de aventura, não acredito que tivesse deixado Ouriçanga. Queria apenas pensar num horizonte a mais, só pensar; acalentar um sonho com tranquilidade; sem sustos, por saber que jamais se realizaria.

O EVANGELHO SEGUNDO JUDAS
Fragmentos

[(...) Ele falava sobre a morte e sobre a vida; dizia que, se o grão de trigo que caísse na terra não morresse, ficaria só; mas, se morresse, produziria frutos. Quem muito ama a própria vida acaba por perdê-la, mas quem despreza a vida que passa neste mundo a conservará para a eternidade. Disse que se

alguém o quisesse servir que o seguisse. *Onde estivesse, aí estaria também o seu servo. Ao eterno Ele chamava de Pai por ser a origem de todas as coisas. O Pai era o Princípio, era o Verbo ou Sabedoria. Se alguém o servisse, o Pai o honraria.* Minha alma está conturbada, *disse.* Que direi? Pai, salva-me desta hora? Mas foi precisamente para esta hora que eu vim. *Foi assim que anunciou a sua morte pela primeira vez. Já sabia Ele então que eu seria o seu servo na última hora?*

Eu nunca lhe pedi nada em particular, nenhuma vantagem, porque seria impróprio. Ao Cristo, que estava nele, haveria eu de pedir algum bem? Isto seria, do mesmo modo, impróprio. Eis que dissera: permanecei em mim e eu permanecerei em vós; eu sou a videira e vós os ramos; eu estou em meu Pai e vós em mim e eu em vós. *Também dissera:* eu e o Pai somos um. *E eu julguei o tempo todo que o compreendera, e o segui e o obedeci até o último dia, pois assim como eu estava nele, Ele estava em mim. E eu, afinal, disse-me a mim mesmo que seu sacrifício seria o meu sacrifício.*

Nunca lhe pedi nada, mas Tiago e João, filhos de Zebedeu, que não compreendiam o que ele dizia, aproximaram-se dele e pediram: concede-nos que nos sentemos na tua glória, um à tua direita e outro à tua esquerda. *Ele respondeu:* não sabeis o que pedis; podeis vós beber do cálice que eu vou beber?, ou ser batizados no batismo em que fui batizado? *Disseram eles:* podemos. *Tornou o Rabi:* bebereis pois do cálice que devo beber e sereis batizados com o batismo com que fui batizado; porém, o assentar-se à minha direita ou à minha esquerda não me compete concedê-lo; e isto havereis de compreender por vós mesmos. *Ao terem conhecimento da pretensão dos filhos de Zebedeu, os outros discípulos indigaram-se contra Tiago e João. Então, o Rabi chamou-nos a todos e disse-nos:* vós sabeis que aqueles que são reconhecidos como chefes das nações dominam sobre seus povos e delegam poder a uns poucos sobre muitos; entre vós, porém, não deve ser assim; todo o que quiser tornar-se grande entre vós, seja o vosso servo; e todo o que entre vós quiser ser o primeiro, seja servo de todos; porque o Filho do Homem não veio para ser servido, mas para servir e dar a sua vida pela redenção de todos.

(...)]

A CASA

Nas férias seguintes à formatura de Fabrício, já não o vi. Durante muito tempo ele só deu sinais de vida na forma de telegramas ou breves cartas. Alegava excesso de trabalho, compromissos inadiáveis. Quando anunciou que iria para a Amazônia, num campo perto de Alvarães, mamãe disse, lembrando-se do tio Afonso e de Santarém: "Mais um que vai para lá. É estranho. Isto não pode ser apenas coincidência." Movida pelo seu cultivado sexto sentido, começou a tricotar a blusa cinza. "É para Fabrício", disse. "O próximo inverno vai ser rigoroso." A malha tinha uma tessitura que me pareceu intrincada, desenhos complicados. Como na Amazônia praticamente não havia inverno, ele só haveria de usar a blusa quando deixasse Alvarães.

Fabrício — ele devia ter lá seus motivos — parece ter feito questão, penso, de ficar tão longo tempo afastado de casa. Foi mais de um ano de ausência, sem uma visita rápida sequer. Nem mesmo achou jeito de passar o Natal conosco naquele ano, algo trágico para minha mãe. Nas férias de verão eu dei-me conta de que ela não terminara a blusa cinza. Percebendo minha estranheza, justificou-se: "O ponto é muito difícil." Mais tarde, eu a surpreenderia desfazendo, carreira após carreira, todo o trabalho feito na véspera: "Errei outra vez", disse, um tanto embaraçada. "Ando muito distraída, muito cansada." Desfiou um longo rosário de lamentações. Falou de Fabrício com amargura. Concluí que demoraria muito ainda para que a blusa ficasse pronta. Foi por essa época que sua saúde começou a agravar-se. O que havia tido início como um forte resfriado complicou-se transformando-se numa enfermidade crônica para a qual jamais haveria um remédio eficaz.

O Evangelho de Luísa

Na esquina oposta à nossa, numa casa também construída nos primeiros tempos, morava ainda uma família chegada ali quando Olof

Rude Lundstrom mal havia terminado de traçar as coordenadas da nova cidade, gente de ilibada reputação, como se dizia, gente cristã de boa origem como as outras vindas na mesma época; pessoas de bons princípios, das quais não seria de se esperar o que fatalmente acabou por acontecer. O filho mais velho, de um total de sete, já se havia casado, tido filhos, e, pela simples razão de ser o mais velho, permanecera na casa, ao lado da mãe, que enviuvara pouco antes do nascimento do caçula. E o filho mais velho, compenetrado de sua condição de primogênito e do papel exemplar inerente a ela, primou em ser o modelo dos demais. Foi o tempo todo trabalhador, virtude básica, norteando-se pelo rigor moral, pela parcimônia, pela temperança. Isto para que, se não fosse possível desfrutarem de algum luxo, tivessem pelo menos a disponibilidade mínima de recursos que enquadrasse a família entre aquelas a respeito das quais não se poderia dizer que tinham vindo ali para fracassar, este inaceitável opróbrio. Assim, venceram as crises periódicas que vitimaram o lugar, e não precisaram deixar a cidade naquele seu pior momento, quando os que bateram em retirada tiveram apenas o direito de escolher entre dois destinos igualmente incertos: a Alta Araraquarense e o norte do Paraná, que foi para onde os cafezais continuaram avançando. Pois esse mesmo filho exemplar de uma família exemplar enviuvou por esse tempo. Como tivesse quatro filhos e não vislumbrasse assim a possibilidade de um novo casamento, não teve outra alternativa que a de frequentar secretamente, como muitos faziam, com a mesma justificativa, a casa de uma certa chácara de Três Divisas, uma das melhores da região, se não a melhor, rivalizando até mesmo com as mais célebres do Triângulo. Viviam lá cerca de vinte mulheres, algumas muito jovens. E o filho exemplar podia ter continuado assim a viver a sua vida sem conflitos, indo e vindo ao tal lugar, obtendo o necessário equilíbrio emocional, mas o fato é que teve a desventura de apaixonar-se, cometendo o único ato invulgar de sua vida: trouxe uma daquelas mulheres para morar consigo, ao lado da mãe septuagenária e dependente, já sem forças para se opor a tal disparate. Mas, se não contou com objeção na própria casa, antes honrada, conforme o consenso geral, teve de enfrentar a desaprovação das outras pessoas, das outras mulheres, às quais cabia dar o tom moral generalizado da vida. O filho antes exemplar continuou a ser tratado cortesmente, bem como a sua mulher foi tratada cortesmente, mas com uma ligeira frieza, aquela mínima e bem dosada frieza necessária a que se sentissem indesejáveis. Não foi levada em conta, é claro, a paixão que podia envolver aquela história de duas pessoas antes assoladas pela solidão. E "ela", como a ela de preferência se referiam as outras mulheres, evitando sempre que possível pronunciar seu nome, resistiu bravamente, no início, à pressão coletiva, tendo como prêmio, pela primeira vez, a estabilidade econômica e emocional que tanto almejara, essa história tão comum a mulheres assim. Não tardou, porém, a concluir pela irreversibilidade dos fatos. Não se sabe em que circunstâncias se deu a decisão dentro daquela casa, nem mesmo quem tomou a decisão, quem primeiro sucumbiu: se "ela" ou se o filho antes exemplar ou ambos. Mas que importa? Um dia ela embarcou no único carro de aluguel então existente na cidade, num início de tarde de um dia escaldante de verão, num daqueles momentos em que as ruas chegavam a ficar desertas por causa do sol inclemente. Mas nem por isso as pessoas deixaram de testemunhar, dos terraços e das janelas semiabertas, a partida. E "ela", segundo se soube de fontes seguras, não voltou para o lugar de origem. Pediu para ser deixada no ponto de ônibus, em Três Divisas, de onde partiu para um destino que até hoje se ignora. No entanto, o tratamento a que fora submetida não havia sido unânime, embora a única exceção não tivesse servido para provocar a esperada fenda naquela muralha de decoro e de circunspecção. De nossa casa era possível ver-se o movimento na casa do outro lado da rua. "Ela" tratou de ser prestimosa, desde o início, para atender ao que dela julgava ser esperado; no que se enganava. Moveu-se em azáfamas por todos os cômodos, que logo ganharam, ninguém pôde negar, um ar renovado, uma nova vida, o que teria sido impossível se tivesse dependido da mãe setuagenária, já exaurida em suas energias. Esmerou-se. Testemunhando aquela clara satisfação em mover-se no reino que a pretensa esposa perfeita acalentara certamente em sonhos, avaliando a distância aquele esforço incomum, Luísa Rovelli procedeu, de início, com alguma reserva, premida apenas, é possível, pelo que se dizia por toda vizinhança e pelo que era esperado de todos, aquele acordo tácito de não se abrir as portas de nosso mundo supostamente imaculado. Porém acabou por comover-se, e ao fim do primeiro mês não pôde resistir: atravessou a rua e foi oferecer, como era costume entre as boas famílias, os seus préstimos à nova vizinha, iniciando o inevitável intercâmbio de receitas, sugestões, empréstimos de gêneros alimentícios, delicadezas variadas, com a história culminando naquele dia em que, sob o sol escaldante de janeiro, "ela" tomou o carro de aluguel para nunca mais voltar, sem que o filho antes exemplar tivesse tido a gentileza ao menos — ou a coragem — de abrir-lhe a porta, de despedir-se dela na calçada, de expor-se pela última vez à execração pública, permanecendo culposamente dentro de casa. Antes da cena, pouco antes de sair para a calçada com os seus pertences — uma mala e uma frasqueira — ela veio até nossa casa, equilibrando-se sobre o que devia ser o seu melhor par de sapatos; veio para complementar os rituais de uso iniciados menos de um ano antes: para agradecer a minha mãe, para dizer que havia tido muito prazer em conhecê-la, e rogar, como era fatal que se fizesse em tais ocasiões, embora quase nunca com a mesma propriedade, que minha mãe a desculpasse por qualquer coisa. "Desculpe qualquer coisa", foi o que disse ao partir.

O Evangelho Segundo Judas
Fragmentos

[(...) Para tudo há que haver o justo tempo, e a Lázaro de Betânia deu, por isso, uma nova vida. Estava muito enfermo o irmão de Marta e Maria. Ambas mandaram dizer ao Rabi: aquele a quem amas está doente. *Ora,*

o Mestre amava Maria, amava Marta, amava Lázaro, mas respondeu que a doença de que Lázaro padecia não era mortal, e ficou ainda dois dias onde se encontrava, até que disse: vamos outra vez à Judeia, *mas houve quem o fizesse lembrar:* Rabi, há pouco te quiseram apedrejar, e voltas para lá? *Ele não se importou; apenas disse:* nosso amigo Lázaro dorme; é preciso despertá-lo. *Houve, então, quem dissesse:* Senhor, se ele dorme, há de sarar. *O Rabi em verdade falara da vida e da morte, mas ninguém conseguia entender a vida e a morte no sentido que o Rabi dava a esses dois estados quando se referia a ressurreição. Lázaro de fato morrera, o sangue deixara de fluir-lhe nas veias, mas há um outro estado de morte; a morte em vida: a morte que existe se não reconhecemos a vida plena do Espírito, que é a luz verdadeira que ilumina todo homem que vem a este mundo.*

À chegada do Rabi, já havia quatro dias que Lázaro morrera. Marta saiu-lhe ao encontro: se estivesses aqui, meu irmão não teria morrido. *Ele pôs-se a chorar.* Vede como Ele o amava, *disseram alguns. Ele teve, então, um estremecimento:* Lázaro apenas dorme, *disse mais uma vez. Virou-se para o sepulcro, e chamou:* Lázaro, levanta e anda. *O morto movimentou-se, ergueu-se ainda envolto em faixas, o rosto coberto por um sudário, e caminhou na direção do Amigo e o abraçou. Muitos dos judeus ali presentes passaram dali em diante a crer no Mestre, mas alguns foram dar conta aos fariseus do que acontecera. Estes e os chefes dos sacerdotes, reunidos em conselho, perguntavam-se o que haveriam de fazer, uma vez que Ele realizava muitos sinais:* se o deixarmos assim, todos crerão nele, e os romanos virão e destruirão o templo e a nação. *Mas um deles, chamado Caifás, lhes disse:* nada entendeis; não compreendeis que é de vosso interesse que só um homem morra pelo povo? *Não disse isto por si mesmo, mas sendo sumo sacerdote naquele ano, profetizou que o Rabi iria morrer pela nação. A partir desse dia, resolveram definitivamente matá-lo.*

(...)

Escutai esta parábola, *disse Ele enquanto caminhava nas proximidades do Templo:* um homem plantou uma vinha, arrendou-a a uns vinhateiros e partiu para outro país; chegado o tempo da colheita, enviou um de seus servos aos arrendatários para que recebesse o seu quinhão; os vinhateiros recusaram-se a pagá-lo, e como o servo insistisse em receber agrediram-no severamente; o proprietário logo enviou outro servo, que também nada recebeu, tendo sido igualmente ultrajado; foi enviado um terceiro servo, que recebeu o mesmo tratamento; o proprietário resolveu então enviar seu próprio filho: é sangue de meu sangue, refletiu; haverão de respeitá-lo; os vinhateiros, porém, confabularam entre si: este é o herdeiro; matemo-lo, e nos apossemos para sempre desta propriedade; e conduziram o jovem para fora da vinha e o mataram. Que lhes fará, pois, o dono da vinha?, *perguntou o Rabi aos circundantes. Responderam-lhe:* por certo destruirá os infames e passará a vinha a outros arrendatários que lhe paguem o justo valor no devido tempo. *Disse-lhes então o Mestre:* vós não lestes o que dizem as Escrituras?: a pedra que os construtores rejeitaram tornou-se a pedra angular. *Encontravam-se no meio do povo alguns sacerdotes e fariseus, que entenderam que a vinha mencionada podia ser o reino das coisas de Deus, e que o Rabi estava referindo-se a eles, embora não tivessem certeza. Destacaram, dali em diante, espiões disfarçados de homens de bem para armar-lhe ciladas e surpreendê-lo em algum deslize acerca da Lei, a fim de o entregarem às autoridades para que fosse justiçado segundo a severidade das normas antigas.*

(...)

A árvore da vida do Paraíso era a videira. O Messias é como a videira. É necessário sempre nos lembrarmos dos vinhateiros homicidas. A vinha é o Reino de Deus. Eu sou a videira e este é meu sangue, *dissera Ele ao levantar o cálice da oblação.* Tomai e bebei todos, eis o sangue da nova aliança ·que nos redime. *O sangue da videira é o vinho. Pouco antes, Ele também dissera:* eu sou a videira verdadeira, e meu Pai é o agricultor; permanecei em mim e eu permanecerei em vós; o ramo não pode dar fruto por si mesmo se não permanecer na videira. Assim também vós não podeis tampouco dar fruto se não permanecerdes em mim. Eu sou a videira; vós, os ramos. Se permanecerdes em mim, e as minhas palavras permanecerem em vós, pedireis o que quiserdes e tudo vos será concedido. Buscai e achareis; batei e vos será aberto. (...)*]*

14

ÁLBUM DE RETRATOS

"A FLOR DO LODO; era este o filme. Hoje, às vinte horas. O espectro de Ray Milland. Benito, meu irmão mais velho, é quem havia batido a chapa. Estou certo de que ele não tinha mesmo consciência de que com aquele gesto estava capturando o momento em que várias correntes do tempo se cruzaram. A sombra de meu pai, o juiz implacável de nossos atos, me vendo, e vendo ao mesmo tempo o meu irmão me vendo, e vendo também a máquina, dominando a cena e os seus bastidores; e olhando a objetiva e, através dela, o futuro: a eternidade que se estenderia para além daquela foto: aqui onde me encontro, e onde, de certo modo, posso ainda ser visto por ele; pelo menos é o que sinto toda vez que revejo a foto; e surdamente clamo pelo cordeiro de Deus."

Este o meu retrato fragmentário, se o sintetizo mentalmente, tendo relido o texto feito há quase um ano. E não resisto ao ímpeto de dizer a mim mesmo, em voz alta, para que não me esqueça jamais: eis a pedra angular. E aquela foto não cessou ainda de lançar sobre mim suas mensagens. Eis a pedra angular. A descoberta da velha chapa batida por Benito me fornece, além desta lição fundamental, uma outra a respeito de um outro caráter da fotografia: o que cada foto pode representar para nós é algo que vai mudando ou se acentuando com o tempo, porque nós mudamos, e, pouco a pouco, vai mudando também a nossa maneira de ver cada fotografia, um movimento constante em direção a um ponto misterioso do futuro, com suas prováveis conclusões. E é assim que começo por dizer que, muitos anos depois, numa tarde do verão de 1963, nós (meu primo Remo, eu e alguém cujo nome prefiro não dizer, por motivos que logo se esclarecerão, e que aqui sou levado, num impulso, a chamar de Franz Kromer, me servindo do nome daquele algoz implacável do pequeno Sinclair, que só Max Demian consegue vencer definitivamente, com uma arma não revelada, na grandiosa parábola de Hesse; sendo que me sirvo desse expediente a serviço também de um maior entendimento dos fatos, ainda que isto possa parecer impróprio, possa parecer estranho; perguntando-me: por que não fazê-lo?), nós nos apoiamos numa caminhonete ali estacionada, e nos fizemos fotografar por um fotógrafo profissional de Três Divisas, que por ali transitava pressurosamente, ganhando os seus trocados porque era a ocasião adequada para isso, porque era uma data especial e havia uma festa comunitária, e muitos gostariam de ter uma lembrança daquele dia, como nós: Ouriçanga tornara-se cidade, deixara a condição que tanto nos humilhava de ser apenas um distrito submetido a um poder estranho a nós, a Três Divisas, a uma cidade pela qual não tínhamos, basicamente talvez por esse motivo, o menor apreço. E ali estamos, nós três. Durante muito tempo eu não gostei daquela foto. Eu não havia "saído" bem nela. Pelo menos foi o que eu tive comigo durante muito tempo. Podia tê-la eliminado, jogado fora, ou simplesmente não tê-la colocado no álbum de minha mãe, livrando-o daquela contribuição, mas eu tinha já naquela época uma noção, ainda que rudimentar e não muito consciente, do valor de uma imagem assim, de como uma foto, mesmo que indesejável, poderia privilegiar o futuro, dando-lhe elementos de recordações e condição para que nossa vida anterior fosse reobservada e reavaliada. Então, eu a conservei; mais que isso, eu a coloquei no álbum de Luísa, como era costume fazermos em casa, cada um contribuindo com sua parte no enriquecimento daquele tesouro cujo valor crescia à medida que o tempo passava e lhe dava mais substância. Se eu tivesse sabido tudo o que ocorreria mais tarde, talvez não tivesse colocado aquela foto no álbum que certas imagens, segundo um sentimento meu, vinham, pouco a pouco, sacralizando, transformando-o gradativamente numa espécie de objeto de culto, não seria exagero dizer: estavam ali meu pai e minha mãe,

310

logo após o casamento, serenos, como se a vida que haviam passado a viver estivesse sendo exatamente como haviam esperado; estava ali *nonna* Giuditta, impassível, no começo do século, olhando, com condescendência, o mundo à sua volta; minha avó Elisa e o meu avô Giovanni, numa "estação" memorável que fizeram em Araxá; minha mãe muito jovem, adolescente ainda, com seu olharzinho de ingênua serenidade, possivelmente confiante no futuro, sem saber nada a respeito dos males que afligiriam grande parte de sua vida; meu bisavô Antônio esforçando-se por afetar um ar severo; meu pai e meu tio Beppe junto a uma fonte, no campo; meus avós com todos os filhos ainda solteiros, numa foto Graziani tecnicamente perfeita; Maria Elisa, minha irmã mais velha, numa foto dos começos dos anos cinquenta, para a qual posou apenas para poder mandar ao namorado o melhor de sua imagem, aquele mesmo namorado que vinha de sua cidade, a pouco mais de vinte quilômetros, até Ouriçanga, todos os fins de semana, e com o qual, como se não bastasse a assiduidade, trocaria mais de setecentas cartas em pouco mais de dois anos; minha avó Elisa ao lado da tão estimada "Ramona", mais que uma querida máquina, uma espécie de animal de estimação, dócil e resignado; e ainda outros parentes, os meus outros irmãos, e os amigos da família, e ex-namorados e namoradas de minhas irmãs e de meus irmãos, e eu, em meio à infância, no período áureo da família, quando estávamos todos ainda sob um mesmo teto; eu, com privilégios, como o de ter mais fotos que todos por ser o caçula; e ainda as fotos que mostram grupos numerosos, quando fizemos comemorações ou quando um ou outro parente e suas famílias nos deram o prazer de suas visitas; e, incidentalmente, os nossos animais de estimação: nossos cachorros, nossos gatos, as aves anônimas; de tal maneira que, ao folhear o álbum, hoje, eu posso dizer, por exemplo: este foi o dia em que nos reunimos e fomos fazer piquenique no areal que margeava o rio que cruzava a Fazenda Sant'Anna, que por alguns anos pertenceu à família; este foi o dia em que meus avós festejaram cinquenta anos de casados; esta foi a primeira foto que Maria Elisa mandou para o namorado; aqui estou eu no dia de minha primeira comunhão ("minha vida era então uma página

ainda quase em branco"); este é o quarto ano primário de 1954; este é
Fabrício logo depois da formatura, pouco antes de sair de nossa casa e
deixar minha mãe desolada; e, folheando o álbum, eu posso enfim dizer:
esta é a vida que vivemos; e, dependendo de meu estado de espírito: este
é um mundo que se extinguia, este é o mundo afortunado (assim é porque eventualmente assim me parece) que acabaríamos logo por perder.
E torno a dizer que, se soubesse tudo o que haveria de ocorrer, eu talvez
não tivesse colocado no álbum de Luísa aquela foto do verão de 1963. E,
porque não sabia absolutamente nada do que aconteceria pouco depois,
é que tenho ainda a foto, e hoje posso folhear o álbum, chegar a determinada página e dizer também: ali estamos nós (meu primo Remo, eu e
Franz Kromer — não tenho como chamá-lo senão por este velho nome)
no dia em que Ouriçanga emancipou-se oficialmente de Três Divisas e
teve o direito elementar de se tornar cidade e de figurar nos mapas. É
por isso que, em meio àquele universo familiar que eu julgava incorruptível, pacífico, ordenado e límpido, com linhas retas e caminhos que pareciam conduzir diretamente ao futuro, eu posso rever hoje a imagem de
Kromer e constatar que cometíamos enganos quando julgávamos o
mundo à nossa volta. Ainda hoje, posso retirar aquela foto de suas cantoneiras, empunhá-la, isolando-a do contexto do álbum, e constatar que
já no tempo em que Kromer se imiscuiu no nosso universo de "belas
imagens" tínhamos perdido de vez a pretensa inocência. E ali estamos
nós já moços: enquanto olho diretamente para a câmera, tentando aparentemente vislumbrar o futuro através da pequenina lente [mas não
pensando em nada, talvez (não posso me lembrar), a não ser no instrumento de recordações em que aquela foto haveria de se transformar];
enquanto olho a câmera, Remo, meu primo, com os braços cruzados,
olha para um lugar impreciso, ligeiramente à esquerda do fotógrafo, o
que sempre se constituiu para mim num enigma. Ao lado dele, no extre-
mo oposto de onde estou, Kromer parece querer imprimir alguma complexidade em seu olhar, algum mistério, algo como aquilo que Remo
conseguiu transmitir espontaneamente porque vivia naquele momento
a realidade de sua própria natureza, deixando um testemunho cristalino

de sua personalidade afável e ao mesmo tempo retraída, indecifrável, enquanto Kromer, com sua evidente pretensão, conseguiu legar à posteridade apenas uma marca inequívoca: a dissimulação. E me lembro agora (creio que a propósito do que logo direi) do que disse Barthes, limpidamente, com rigorosa propriedade: "Diante da objetiva, somos ao mesmo tempo aqueles que nós nos julgamos, aqueles que nós gostaríamos que nos julgassem, aqueles que os fotógrafos julgam que somos e aqueles de quem os fotógrafos se servem, eventualmente, para exibir a sua arte." Se pensarmos assim, veremos como é intrincada a teia de ilações que potencialmente podemos tirar de uma simples fotografia se aprendemos a levar em conta as linhas que se cruzam, feitas dos fios engendrados pelas intenções e dos fios originários da realidade dos fatos: o que pretendemos ser, o que pensam que somos, o que querem que sejamos e o que efetivamente somos [ou no que nos transformamos (ou nos transformam)].

Kromer, evidentemente, não havia mostrado até então o seu verdadeiro caráter. Não de todo, pelo menos. Não havia mostrado senão os primeiros traços de seu espírito, e o que me ocorre de mais remoto é um conflituoso incidente acontecido muito antes daquela foto, e de cujos detalhes sinto sempre muita dificuldade em me lembrar (talvez porque não queira me lembrar; talvez porque isto ainda me incomode): eu devia ter uns oito anos, se tanto, e havíamos partido num grupo de quatro ou cinco para uma daquelas excursões que fazíamos com frequência pelos arredores de Ouriçanga, com variados propósitos, para colher frutas, para nadar em alguma lagoa, coisas assim; e já voltávamos, e a cena de que posso me lembrar mais nitidamente é aquela em que percebi afinal que eu e Kromer nos havíamos atrasado com relação aos demais, ele me entretendo com alguma conversação de que não me recordo, expediente encontrado para provocar decerto aquele distanciamento, com a malícia que ele já podia ter, sendo quase três anos mais velho, o que representava muito então dada a nossa idade; lembro-me também de que olhei o caminho que tínhamos pela frente, um longo trato de estrada rural, na verdade um carreador, e lá adiante os outros, eu mal ouvindo o rumor de suas vozes, e depois o susto que me causou a sugestão de Kromer, estranha para mim, no início, incompreensível, de que nos detivéssemos um pouco ali à margem da estrada, num espaço aberto entre arbustos, à sombra, como ele disse, porque fazia muito calor, porque ele tinha algo para me dizer reservadamente, algo muito importante, eu sem atinar com o que pudesse haver da parte dele de tão secreto que não pudesse ser dito diante dos outros, perguntando-lhe justamente isto, já temendo que tipo de assunto pudesse ser, pedindo que me dissesse logo porque estava ficando tarde e tínhamos de regressar, eu já vitimado por um princípio de angústia, obtendo apenas respostas evasivas, eu tentando deixar aquele lugar, sentindo-me ao mesmo tempo, misteriosamente, sob o seu domínio, querendo ouvir o que teria para dizer, não importando o que fosse; mas acabei decidindo seguir em frente porque devia fazê-lo, e aquilo era o mais certo, quando então ele me segurou resolutamente pelo braço, mostrando assim a sua superioridade física, abrindo, de certa forma, o jogo, mas logo temendo, possivelmente, as consequências de um estado meu de pânico, dizendo por isso, com a voz pretensamente mansa, que eu me acalmasse e ficasse tranquilo, que nada de mau haveria de acontecer e, expondo-se um pouco mais, ousando, dizendo que eu não seria forçado a fazer nada do que não quisesse verdadeiramente fazer, e eu me esforçando para acalmar-me, receando em contrapartida que o meu pânico acabasse por mostrar a ele uma fragilidade ainda maior. Fui premiado, então, pelo meu esforço, por minha crença de que aquela era a maneira mais eficiente de livrar-me de Kromer, de não submeter-me a ele; consegui, pois, acalmar-me, voltar à respiração normal; também ele pareceu ter-se dominado, perdendo a lividez de um momento antes, aquilo que me parecera uma iminência de fúria. Na verdade, o que lhe deve ter ocorrido é que conseguira finalmente o domínio da situação, a submissão de sua presa, tanto que, com o cinismo que seria, para mim, por todo o sempre, a sua marca maior, só comparável à dissimulação de que era também capaz, iniciou o seu intento, com a tranquilidade de quem parecia tê-lo planejado com antecedência, de sã consciência, como se dizia, com descaramento, talvez fosse mais próprio

314

dizer, algo incomum para a sua idade, pois, embora fosse mais velho uns três anos, era ainda uma criança, de quem não é comum esperar-se os requintes de iniquidade a que os processos usuais de corrupção costumam levar a maioria das pessoas adultas. E tornou a tocar o meu braço, de uma outra maneira dessa vez, afetando uma gentileza que não me convenceu, dizendo, com palavras mansas, algo para mim aterrorizante: que nos despíssemos, eu procurando mostrar que não podia entender o seu propósito, ao mesmo tempo perplexo, incapaz de qualquer ação, ele imaginando com isto a minha aceitação, novamente lívido, desatando a fivela de seu cinto e os botões da calça, eu já percebendo os sinais de sua excitação, um certo volume que podia perceber por baixo do tecido da calça ainda não totalmente aberta, ele me dizendo que aquilo era tão comum, perguntando-me se eu não sabia que era tão comum, que, mais dia, menos dia, todos faziam, que era assim mesmo, como efetivamente devia ser e eu ainda não sabia, como se fosse parte da vida de cada um, uma necessária etapa a ser vencida em nossa formação, um rito de passagem, o que depois não me pareceria tão desprovido de senso, pelo menos naquele contexto em que vivíamos, sensibilizados pelo contato constante com a natureza, pela convivência cerrada, com o desejo sempre à flor da pele, com a energia que sentíamos transbordar de nós, longe, a maior parte do tempo, da vigilância familiar. É tão comum, ele repetia com uma pretensa afetividade, num momento em que eu já sentia em mim, mesclada àquele terror que já parecia atenuar-se um pouco, uma ponta de sensualidade, esse paradoxo que costuma ocorrer bem no momento em que sentimentos opostos acabam por se tocar, e senti o calor da mão de Kromer em meu braço, senti afinal o seu cheiro, e as duas sensações me provocaram um arrepio, assim como aquilo que eu imaginaria depois que seria a passagem para o transe, como se, de repente, também eu tivesse sido possuído por um espírito maligno; e aquela espécie de entidade que parecia ter-se incorporado em mim não tinha o poder de julgar aquele ato porque não queria julgá-lo. Senti, pois, um inesperado prazer: alguém me desejava a ponto de arriscar-se daquele jeito. Não tive domínio, não quis momentaneamente ter nenhum poder sobre a minha vontade; não podia mover-me um passo, trêmulo, a boca amarga e seca pela emoção, não dizendo nada, olhando-o apenas, talvez com um ar perplexo, denotando estar vencido. Kromer acabara de desatar os botões da calça, mas antes de abaixar a roupa acabou por convencer-me a fazer o mesmo, e eu comecei por desabotoar a camisa, e ele repetiu meu gesto. Tirei a camisa, e ele tomou-me a mão e dirigiu-a para que o tocasse, eu com o desejo mesclado pelo temor de ainda não saber o que ocorreria afinal, recusando-me debilmente ao que quer fosse. Ele então propôs, para que eu não tivesse o mínimo receio, que eu decidisse tudo o que haveríamos de fazer, que eu tomasse a direção de nossos atos, e, como mesmo assim eu permanecesse imóvel, ele tocou-me o ombro num gesto para que eu me sentasse sobre a relva, mas eu não me movi daquela posição, pois continuava receoso e começava a sentir uma prévia sensação de culpa por ter tido aquele tipo de desejo, e a sensação avolumou-se, e eu continuei imóvel. Ele tornou a forçar o meu ombro para que eu me sentasse, dessa vez com mais energia. Notei que começava a alterar-se novamente, estava lívido outra vez, com uma tensão evidente, como se dali a pouco fosse perder o controle de seus atos. Percebi que estava trêmulo, que havia algo aparentado do ódio em seu olhar, e que haveria de me tratar com uma crescente dureza, eu ainda sem saber exatamente a maneira como ele pretendia consumar aquele ato, imaginando apenas as diversas formas que ouvira dizer, e cada uma dessas formas me aterrorizou igualmente, o que aplacou de vez o meu interesse. E, logo depois, tornou-se claro para mim que, dadas as circunstâncias, e sendo ele quem era, haveria de submeter-me a uma situação de iniquidade. Tive certeza disso quando passou a me tratar ainda com mais energia, deixando claro que usaria de sua força se necessário, e este foi o fato básico de minha salvação, pois assustei-me definitivamente, como se a minha própria vida estivesse em risco. Não me lembro do que lhe disse. Imagino que lhe devo ter dito que haveria de queixar-me, ameaçando-o com uma possível denúncia caso não me liberasse daquele constrangimento. Me recordo que Kromer imobilizou-se repentinamente ante minha atitude, surpreso, como se não tivesse previsto de forma alguma aquele desfecho. Deixei-o ali, imóvel. Afastei-me com pressa, olhando continuamente para trás, atando os botões da camisa, chegando a correr um pequeno trecho, vendo Kromer afinal recompondo-se, sumindo de meus olhos, à medida que eu avançava pelo caminho. Cheguei em casa aturdido, cruzei o terraço, entrei pela porta da frente com a sensação de que estava finalmente salvo, que renascera para a minha própria vida, aquela vida que eu deveria trilhar para sempre, com a sensação de que me havia perdido numa selva escura, tendo-me afastado inadvertidamente, por momentos, do caminho da retidão. Ainda que não tivesse sido eu o autor daquele quase delito, sentia o peso da culpa de ter estado na iminência de ceder, de ter sentido desejo. E ter cedido à pressão daquele novo Franz Kromer — reencarnado, desgraçadamente, na figura de meu vizinho — teria sido para mim o mesmo que ter transposto para sempre, numa viagem sem retorno, a soleira da porta de minha casa, que separava nitidamente, na minha imaginação, dois mundos opostos, irreconciliáveis, tal como aquela fronteira apontada no livro de Hesse, que eu leria anos depois, vislumbrada pelo pequeno Sinclair diante das ameaças de seu algoz: a casa paterna, o mundo perfeitamente conhecido, reto, em que as palavras fundamentais eram pai e mãe, desvelo e integridade, continência, parcimônia, exemplo e dedicação, e, tangenciando-o, tocando-o perigosamente às vezes, o outro universo, com seus caminhos sinuosos e toda a classe de valores opostos aos que eu parecia estar destinado eternamente viver; assim, da maneira como as pessoas de minha casa procuravam apresentar-me a única via possível de minha redenção, sem que eu pudesse atinar com os alicerces de contradição daquele nosso mundo separado, com os seus deslizes, com o abismo que constantemente o ameaçava, e que estava tão próximo de nossas cenas de convívio. Era aquele, com efeito, o chamado mundo das pessoas de bem, dividido em dois hemisférios de bondade e maldade igualmente desumanas.

E digo mais uma vez que, se soubesse o que haveria de ocorrer mais tarde (fatos mais graves, possivelmente, que este que acabo de relatar), talvez eu não tivesse colocado aquela foto do verão de 1963 no álbum de

Luísa. E aquele incidente da infância ocorrido tantos anos antes podia ter-se diluído entre tantos outros da mesma forma comuns de acontecer, acabando por ser esquecido ou lembrado apenas incidentalmente como uma entre as muitas lições que tivéramos de aprender por conta própria porque diziam respeito àquela categoria de assuntos que jamais podiam ser tratados ou sequer mencionados no âmbito de nossa casa. Mas não foi o que aconteceu, e isso porque a história de Kromer se cruzaria com a minha outras vezes, e porque numa tarde do verão de 1963 tiraríamos a foto junto à caminhonete, e a foto iria para o álbum de Luísa, ficando ali como uma espécie de mancha; e um dia eu a reveria ou tentaria revê-la com olhos de ver finalmente, desatando o fio de uma meada.

15

O Diário de Francisco

Kromer deve ter avaliado depois a interdição que pesava sobre aquele assunto em minha casa, tendo certo para si que eu jamais mencionaria a quem quer que fosse o que ocorrera, e que aquilo ficaria apenas entre nós. E ter de forçosamente partilhar com ele tal segredo acabou por constituir-se para mim num vínculo incômodo, o que para ele, em contrapartida, deve ter servido naqueles dias como um instrumento através do qual desfrutaria do prazer de ter algum domínio sobre mim, podendo talvez dizer-se: estou aqui, e posso encará-lo com o meu olhar mais cínico, e ele nada poderá fazer contra mim, nem poderá desfazer-se desta aliança que por minha exclusiva vontade estabeleci. Penso isto sempre que me revisto do papel daquele que fui na época, quando não podia naturalmente atinar com a verdadeira natureza de minha ligação com Kromer. Já no dia seguinte, de manhã, o revi e tornei a me angustiar, pois dei-me conta de que não me livraria tão cedo de sua presença, que o continuaria vendo todos os dias, já que morava ali na mesma rua, a uns trinta passos de casa, e o veria no grupo escolar, uma vez que frequentava o mesmo período, pertencendo a uma turma três anos à frente da minha. Não precisou portanto ameaçar-me para que tudo ficasse em segredo, e, quando cruzamos pela primeira vez naqueles dias, sorriu-me um sorriso em que só pude ver a marca do sarcasmo, mas podia ser que ele já tivesse superado o impasse recente e que o mesmo não lhe tivesse deixado nenhuma marca. Nem sei se hoje pode ainda lembrar o que ocorreu. É possível que, tendo em vista o hábito de viver naquele seu mundo, no seu hemisfério, do outro lado do abismo, e o fato de que não possuía a pretensão de ser reto, nem a necessidade de ter limpa a consciência, Franz Kromer não tenha dado tanta importância ao nosso incidente, classificando-o em sua memória entre outros fatos semelhantes que deviam ter ocorrido, sepultados da mesma forma na memória de outras possíveis vítimas ou quase vítimas de seus intentos. É o que posso também pensar, tendo em conta a maneira desenvolta com que ele havia procedido no caminho rural, o que denotava um hábito. Mas, na infância, as escalas do tempo são outras, um semestre escolar parecia uma longa etapa de nossas vidas. Assim, em pouco tempo, segundo as escalas de hoje, eu me acostumei àquele segredo, superei-o, deixei de pensar nele, e também em pouco tempo o fato de Kromer existir e morar na mesma rua, tão próximo, deixou de ser motivo de infortúnio, restando apenas o sentimento de que ele de fato pertencia a uma outra categoria de pessoas, gente de uma outra origem — não pelo fato, é claro, de não serem imigrantes —, com maneira diversa de ver as coisas. Antes mesmo do incidente eu tivera já a informação de que tipo de gente se constituía a família Kromer, segundo a maneira de ver das pessoas pretensamente de bem, e não isentas de hipocrisia. Ele trazia o estigma de ser filho ilegítimo. O pai abandonara a primeira mulher pouco antes de estabelecer-se em Ouriçanga como comprador e revendedor de cereais, com o que chegou a obter razoável fortuna para os padrões locais, apesar das sucessivas crises econômicas, uma vez que a sua atividade não dependia necessariamente de como andassem as condições do tempo, se era excessiva ou não a produção, da mesma forma que tampouco dependia do suor de seu rosto, mas da sagacidade que a experiência de tantos anos lhe dera e que lhe permitia tirar vantagem das regras aparentemente simples derivadas desse instrumento dos oportunistas chamado lei da oferta e da procura. Em poucas palavras, o pai de Kromer enriqueceu-se basicamente à custa do trabalho das pessoas pretensamente de bem, não tendo no entanto procedido a nenhuma ação singular, cumprindo apenas o seu papel, à semelhança dos Fiorelli, que se haviam estabelecido ali cerca de vinte anos antes, com a diferença de que estes agiram em todo o tempo com a correção que era possível nesse tipo de relação, beneficiando-se da mesma forma das oportunidades de mercado, mas dentro de padrões aceitáveis, com o mínimo de comedimento necessário a que aquela prática não se confrontasse com a outra, tão oposta, de mentores da nova religião que ali haviam introduzido nos anos trinta, trazendo para Ouriçanga os exemplares pioneiros do *Livro dos Espíritos*. Apesar de manejarem o mesmo instrumento dos oportunistas, eu aprendi a vê-los com alguma simpatia, o que não ocorreu, evidentemente, com relação ao velho Kromer. Ele chegou à cidade num momento em que as sucessivas crises do café haviam aberto campo para as plantas de estação, para os cereais, de cuja comercialização ele acabaria, por circunstâncias que não cabe aqui mencionar, senhor absoluto. Chegou já com algum dinheiro, e pôde assim comprar a casa da rua Engenheiro Lundstrom, onde moraria até sua morte. Não fez segredo de seu estado civil, mas alegou aos seus primeiros amigos algo que se revelaria depois absolutamente falso: que a mulher com quem se casara o traíra com alguém das relações de sua família, um amigo, o que tornara a situação doméstica insustentável, e que ele preferira, a qualquer confronto, deixar o campo livre aos dois amantes, pois mereciam-se, haviam sido feitos da mesma matéria e da mesma natureza moral. Claro que deve ter dito tais coisas reservadamente, e que os que o ouviram inicialmente passaram às suas mulheres as informações também reservadamente, e que estas as passaram reservadamente a outras mulheres, assim como costuma acontecer. De qualquer maneira, era estranho que ele expusesse dessa forma uma situação que a qualquer outro homem teria passado por ultrajante. Mas ele revelaria depois um senso de oportunidade tal que seria justo supor que a sua sinceridade incomum tivesse tido alguma razão de ordem prática. Tão logo se instalou na casa da rua Lundstrom, anunciou que precisaria de uma mulher — "de meia-idade, uma senhora", especificou — para o trato da casa, mas entre as que se candidataram escolheu a mais jovem, que em pouco menos de um ano já estaria morando ali mesmo, partilhando em todos os sentidos do convívio do velho Kromer, pois nesse curto período engravidou e teve um filho, cuja paternidade ele não procurou negar, ainda que o pudesse ter feito com argumentos plausíveis, levando em conta a vida que a moça tivera antes de sua chegada à cidade. Assim nasceu Franz. Cerca de dez anos mais tarde, o velho Kromer, tendo amealhado a pequena fortuna que chegou a possuir, foi procurado pelos dois filhos de sua primeira mulher, um rapaz e uma moça, a quem ele conseguiu convencer a que abdicassem de seus direitos em cartório (nunca se soube dos detalhes de tal arranjo), em troca de uma quantia que o consenso público julgou por demais modesta, o que foi feito em benefício de Franz, o filho dileto, e que parecia ter saído à sua imagem e semelhança.

É sensato imaginar que tais antecedentes tenham marcado com uma certa gravidade o nosso Kromer, e o tenham destinado àquele mundo em que, segundo eu podia ver, ele se movimentava com desenvoltura. Mas talvez eu não estivesse considerando desta maneira os fatos, caso não tivesse acontecido o que aconteceu num determinado dia, à margem do caminho rural. Aquele remoto incidente, no entanto, não nos impediria de nos aproximarmos, poucos anos depois, porque eu havia logo superado aquela crise, e porque não se tratava de fato tão extraordinário assim para que devesse ser remoído por muito tempo. E só voltaria a me ocupar daquilo apenas porque tentei escrever o romance sobre Judas, e ao tentá-lo me deparei com material de minha vida, e porque também pensei que excluir o incidente talvez fosse o meio mais eficiente de valorizá-lo. Não poderia distingui-lo desta forma, elegendo-o para o esquecimento.

Nos aproximamos anos mais tarde porque foi inexorável que nos aproximássemos. Fomos contemporâneos no Colégio Agostiniano, ele uma turma à frente da minha, e também no Instituto de Educação Dante Pugliese, em Jaboticabal, quando eu já o havia alcançado, e estudávamos na mesma turma a que também pertenciam minha prima Adriana e Raul Kreisker. Fomos ainda contemporâneos em Ribeirão Preto, onde eu terminei o colegial, tendo Kromer abandonado os estudos por essa época.

A rigor, não chegamos a ser amigos. Tratávamo-nos com a cortesia natural de conterrâneos; eu lhe emprestava eventualmente meus cadernos, pois ele estava longe de ser um aluno aplicado, sempre entre os últimos da classe, procurando o tempo todo afetar ares da displicência, para deixar claro talvez que de fato aquele não era mesmo o seu mundo. Não parecia preocupar-se absolutamente com qual pudesse ser sua verdadeira vocação. Acalentava sonhos de riqueza, alardeando, ao mínimo pretexto, este fato como o único verdadeiramente digno de ser levado em conta por alguém que tivesse a cabeça no lugar, um mínimo de bom senso. Contrariando a imagem que eu tinha de sua família e de sua casa, como um lugar onde o amor e a ternura jamais pudessem medrar, um terreno árido, assim eu pensava; contrariando tal suposição, deparei-me com um Kromer que lamentava a ausência de casa e o fato de estar, involuntariamente, fora de Ouriçanga, onde vislumbrava (e com razão, como se veria depois) os horizontes bastantes para os seus sonhos de prosperidade e de bem-estar. Por isso abandonou o colegial no início do terceiro ano, tendo convencido o pai afinal de que aquilo era o melhor que podia fazer, a atitude mais sensata diante do que imaginava para o seu futuro.

Adriana, Raul e eu havíamos já nos unido — para sempre, segundo me parecia —, e Kromer jamais teria, mesmo que o tivesse tentado, conseguido romper aquele quase fechamento que naturalmente nos impusemos. Não se tratava de alguém que àquela altura pudesse nos interessar, além do que, Raul, ainda que não tivesse nada de pessoal contra ele, costumava vê-lo com reservas e o tratava com frieza. ["Em virtude da extrema sensibilidade psíquica conferida pelo elemento água", diria bem mais tarde Madame Ivette em seu retrato astrológico, "o nativo de escorpião tem os seus sentidos interiores bastante desenvolvidos. Pressente os fatos bons e maus, e pode sentir agudamente a aura das criaturas, hostilizando-as ou harmonizando-se com elas sem nenhuma razão aparente. Antipatiza-se ou simpatiza-se prontamente com casas, ruas, cidades, móveis, ambientes. Costuma atribuir qualidades maléficas ou benéficas a roupas, sapatos, objetos em geral, não usando ou conservando nada que lhe pareça trazer má sorte". Ainda não acredito na fatalidade determinada pelas estrelas, e, deste modo, devo hoje dizer: assim era, coincidentemente, Raul Kreisker. Daí talvez não ter-se afinado nunca com Kromer, pelo contrário, deixando sempre claro, a mim e a Adriana, que não o via com bons olhos, que havia algo nele (não sabia dizer exatamente o quê) que o fazia receá-lo, temer o seu caráter, ainda que nunca tivesse tido motivo algum para isso.] Um dia, conversávamos, eu, Adriana e Raul, e me lembrei do incidente à margem da estrada rural, e relatei-o, sem constrangimento, apenas para mostrar uma das facetas de Kromer. "O que você está me dizendo não me surpreende", disse Raul. "Até imaginava que alguma coisa assim tivesse acontecido; claro que com outras pessoas; não necessariamente com você."

Se eu considerar as pessoas um pouco menos íntimas, formávamos então um grupo mais numeroso, do qual chegou a fazer parte uma garota chamada Evelyn, por quem julguei, em dado momento, ter-me apaixonado; atraído, mais que por qualquer outro apelo, por um certo mistério que parecia irradiar, pelo seu silêncio e ainda por sua aparente fragilidade. Evelyn despertava em mim um sentimento de proteção, algo que eu jamais sentira com aquela intensidade; e aquilo me parecia fazer bem porque me dava uma sensação estranha de poder, me excitava de uma forma que eu jamais havia experimentado. Mas, contraditoriamente, eu me sentia às vezes como se estivesse preso a ela por uma certa força secreta, como se a minha excitação, o apelo que ela exercia sobre mim, não viesse propriamente de seu físico e de sua maneira de ser, mas de algo que ela procurava ocultar-me. Era uma situação um tanto confusa que tinha a ver mais com as minhas fantasias do que com a realidade. Eu necessitava daquele mistério. Houve a certa altura quase que um encantamento com relação àquele personagem que eu insistia em ver em Evelyn, e não sei precisamente até hoje a razão mais íntima da quebra de tal encantamento; se a ruptura teve mesmo a ver com o que aconteceu certa noite em que a deixei em casa, depois do cinema. Eu me perdera inúmeras vezes em meus pensamentos a respeito de como haveríamos de nos relacionar sexualmente pela primeira vez, caso conseguíssemos vencer todas as interdições, e me excitava antevendo o que haveria de acontecer; me masturbava pensando nisso, mas naquela noite, em meio à obscuridade que havia sob o alfeneiro junto à entrada da casa de seu pai, fui surpreendido por uma Evelyn que eu jamais podia ter imaginado debaixo daquela fragilidade, daquele comedimento, daquela pele clara e limpa: não aquela a quem eu precisaria, para meu prazer, forçar a relacionar-se comigo, constrangendo-a, agindo mesmo com alguma violência, como em pensamento eu acalentara como a situação que mais me seduziria; mas uma Evelyn que havia pensado muito no mesmo assunto, é possível, mas a seu modo, e que me espantou com a maneira inopinada com que avançou em minha direção e me beijou de uma forma que me pareceu obscena e imprópria à imagem idealizada que dela eu fizera, motivo pelo qual custei um pouco a reagir; aquela mesma Evelyn que acabou por me dominar quando guiou minha mão para debaixo de sua roupa para que eu sentisse em meus dedos a sua umidade, o sinal concreto de sua excitação, e que depois permitiu que eu roçasse ali o meu sexo e depois o colocasse entre as suas pernas, movimentando-se com desenvoltura, de tal maneira que não consegui aguentar-me no propósito de prolongar aquele prazer, ainda que me esforçasse, entregando-me àquela embriaguez acentuada pela minha carência, consumando o meu gozo.

Ainda nos encontramos algumas vezes, mas, embora eu me excitasse sempre que a via, já não conseguia sonhar com aquele personagem que tentara criar para ela, à parte o outro que eu criara para mim, arrebatado e um tanto rude, que a submetia a meus caprichos. As cenas sob o alfeneiro se repetiram, mas resultaram sempre, depois do gozo, num sentimento inexplicável de frustração, uma pequenina angústia, um processo de cujos detalhes já não me lembro e que nos levou, em poucos meses, ao distanciamento. E é curioso que não fale de Evelyn aqui por isto que se passou conosco, mas porque estas coisas vêm a propósito de Franz Kromer. Ela foi sua garota, algum tempo depois, quando deixou de frequentar nosso grupo, e continuou afetando aquele arzinho de pureza que tanto me excitara no início, aquela fragilidade. Não me lembro de ter experimentado alguma sensação de ciúme a respeito de sua relação com ele, apesar de imaginar que estivesse ocorrendo o mesmo que ocorrera comigo: a manifestação da entidade oculta de Evelyn, e as mesmas cenas sob o alfeneiro.

Fiquei sempre com a sensação de que algo grave ocorrera comigo no pouco tempo em que me relacionara com ela. Alguma coisa mudara ou se acomodara em meu interior. Foi o que senti depois de passado aquele sentimento inicial de um quase remorso (não sei a palavra exata), que se abatia sobre mim todas as vezes em que me lembrava não da cena sob o alfeneiro, mas daquilo que me havia dado tanto prazer antes: imaginar a sujeição de Evelyn aos meus instintos; o prazer que eu tivera em pensar que, por ser frágil e dócil, seria mais prazeroso submetê-la à minha vontade, constrangê-la a tudo, um prazer ditado por uma certa voz maligna que eu sentia existir em mim, e que até então eu desconhecera; aquele tudo que incluía uma cena que fantasiei e que me excitou mais que qualquer outra; nela eu a beijava com violência, mordendo-lhe furiosamente os lábios, ouvindo seus gemidos, e depois colocava minhas mãos sobre seus ombros, resolutamente, e a forçava para que se abaixasse até a altura do meu sexo e o chupasse, eu sentindo a umidade e o calor de sua boca, gritando-lhe obscenidades e gritando para o alto: "Meu Deus, meu Deus, como isto é bom, que bela natureza nos deste", expondo-me assim à ira daquela entidade que tanto temera na infância, exibindo-lhe meu orgasmo, atirando-lhe na face o meu pecado, ao expelir aquela espécie de demônio que no dia seguinte voltaria a me possuir e a exigir a sujeição de uma garota doce e suave e limpa como Evelyn, por quem me masturbaria pensando em tais coisas, o que se repetiria, naqueles dias, até que ela própria, de corpo e alma, isenta de fantasias, me beijasse daquela forma que julguei obscena, invadindo com sua língua minha boca, dando expressão ao seu demônio particular, como então me pareceu, aquele mesmo demônio seu que tomaria minha mão e a colocaria sobre o seu sexo molhado e quebraria assim o encantamento que me estava vitimando.

Guardei sempre comigo o segredo do que ocorrera sob o alfeneiro. Nem mesmo a Adriana ou Raul eu cheguei a falar daquilo que se escondera sob a aparência casta de minha relação com Evelyn. Achei, não sei por que, que lhe devia e deveria para sempre uma lealdade irrestrita.

Também com Franz Kromer a ligação de Evelyn durou pouco, não tendo ela contado depois disso, no entanto, com a mesma discrição. Sabendo que ele se pavoneava aos quatro ventos por ter obtido praticamente todos os favores dela, e sabendo que o rompimento entre eles havia partido de uma decisão de Evelyn, fiquei imaginando se não havia sido aquela a vez de Kromer de conjurar um demônio, aplacando assim a entidade maligna interior de Evelyn, devolvendo-a ao recato que era comum esperar-se, naquele tempo e naquele lugar, de uma garota como ela. E o demônio de Franz Kromer, já tão antigo, quem o haveria de aplacar, se isto fosse possível? Não deixei de sentir, ao perguntar-me isto, que ele se fortalecera de alguma forma com o passar do tempo, e que assim transitava com uma desenvoltura ainda maior por aquele universo de valores que escolhera para si. Agigantara-se, me parecia; estranhamente. Aquele era enfim o caminho a que estava destinado; talvez não houvesse meio de desviar-se dele. Imaginei também que nem mesmo a ira manifesta de Deus o haveria de abater.

Menos de um ano depois, haveria uma nova coincidência. Desta vez a garota chamava-se Leila e morava na esquina diametralmente oposta à da república estudantil onde eu vivia. Tratou-se de uma relação até mais breve que a anterior, e nem sei por que cheguei a sair com ela algumas vezes, pois atraía-me pouco, pelo que me lembro. Era por demais expansiva e não possuía aquele mistério interior que eu antes imaginara em Evelyn, nem me inspirava os mesmos sentimentos contraditórios de proteção e de possessão, nem sugeria aquela possibilidade, tampouco, de ser subjugada, aquilo que antes me encantara em Evelyn, e que sua inesperada impetuosidade havia aplacado pelo menos temporariamente. E me lembro de Leila neste momento porque também ela foi garota de Kromer, logo em seguida.

Conversando, certa vez, com Raul sobre aquela história que nos fascinara tanto, a bela parábola em torno de um personagem pleno de mistério e de nobreza interior chamado Maximilian Demian, e que nos havia aberto uma perspectiva espiritual inteiramente nova, deixando uma marca definitiva em nossa formação, eu lhe falei da identidade que via entre o algoz de Sinclair e aquele a quem hoje dou o nome de Franz Kromer, preservando-me de possíveis mal-entendidos. Lembro-me do comentário de Raul, feito bem àquela sua maneira sintética, econômica e reservada de dizer as coisas: "Eles não são apenas parecidos. São na verdade a mesma pessoa, ou melhor, a mesma espécie de ser que insiste em marcar presença entre as chamadas pessoas virtuosas, e têm lá sua função a cumprir, pode estar certo. Parecem necessários. É preciso que cada um conviva com essa sombra. Você vai perceber um dia como isto é inevitável." Eu não entendi claramente o que Raul queria dizer com aquilo; senti apenas que no fundo, subconscientemente, eu o havia compreendido, e que se tratava de uma daquelas verdades que calam em nossa alma e não na nossa consciência imediata, e costumam ter um efeito muito mais duradouro. Pensei exatamente nisto naquele momento. Por isso nada lhe perguntei; não exigi que me explicasse aquele pequeno mistério; temi que perdesse sua força. E pensei também, ato contínuo (por alguma boa razão inconsciente, imagino), naquela estranha relação que eu vislumbrara entre Judas e João, a partir do evangelho deste, e me inquietei, senti um ligeiro mal-estar, uma irritação, por não conseguir discernir em qual das duas figuras estaria encarnado o arquétipo que muito mais tarde se revelaria na figura maligna de um rapaz a quem Hesse daria o nome de Franz Kromer.

E eu não havia dito nada, até então, a Raul sobre o incidente à margem da estrada rural: o assédio de nosso Kromer e de como eu imaginava que minha vida poderia ter sido um tanto diferente se eu tivesse cedido ao seu desejo. Foi em presença de Adriana que mais tarde lhe contei tal fato, dizendo-lhes que jamais havia-me ocorrido relatá-lo a quem quer que fosse; e então Raul me alertou quase que com estas mesmas palavras, creio, pois recordo-me vividamente de sua imagem ao proferir o seu incômodo pronunciamento: "Com o seu silêncio aparentemente involuntário, você acabou por superestimar um incidente que deveria, em sua verdadeira escala, ter-se constituído apenas num evento banal. Por que será?" Sentindo-me golpeado por aquela observação, roguei: "Se você sabe a resposta, se tem alguma ideia, me diga logo." E ele respondeu: "Não se pode ter certeza de nada. Penso apenas o que pode ter representado para a sua consciência aquele acontecimento, mas é só um palpite. Posso estar errado. Não vou lhe dizer nada, portanto, ainda que você insista. Eu sou irredutível, você sabe. De minha parte, não seria mesmo próprio lhe dizer tal coisa." Não havia mais que provocação no que ele me dizia. Foi o que senti. Raul me pareceu estar sendo claramente malévolo naquele momento. Mesmo sem dizer o que estava pensando, conseguia insinuar que havia naquele fato uma gravidade maior do que eu estava imaginando. E a maneira como se expressou, pausadamente, incisivamente, como que ligeiramente enraivecido, era um tanto acusatória, como se ele estivesse me condenando, como se o delito tivesse se consumado verdadeiramente, como se eu o tivesse de própria vontade provocado. Em vez de ressentir-me, fiquei meio desorientado, mas logo consegui raciocinar um pouco melhor e pensei comigo mesmo que ele não havia dito absolutamente nada daquilo que eu estava imaginando, mas que havia maliciosamente me induzido a pensar o que queria que eu pensasse, um joguinho meio satânico, e então fiquei muito irritado, disse-lhe que estava irritado e por que estava, e que estava também cansado daquela sua maneira de insinuar as coisas, e ele com um certo risinho de escárnio, como que dizendo "viu como você se irritou facilmente?, e olhe que eu não lhe disse nada", eu continuando a deduzir coisas sem que ele nada dissesse, me enfurecendo ainda mais. Mas aquilo não era incomum de acontecer, e também não era incomum que Adriana interferisse no diálogo, consciente sempre — parecia — de seu papel de agente moderador, eu logo imaginando que estivessem ambos contra mim, me irritando quase à exasperação, até que caísse em mim e reavaliasse tudo, dando-me conta mais uma vez de uma certa paranoia que eu de hábito desenvolvia, me sentindo culpado por ter sido — eu sim — rude com Raul. Ele nada dissera, afinal. E, se tivesse dito o que eu imaginara, talvez até tivesse razão. Então eu fiquei irritado comigo mesmo, o que também não era incomum acontecer.

Anos depois — já estávamos em São Paulo —, comentando com ele a outra desconcertante coincidência de Kromer ter estudado contemporaneamente nas mesmas três escolas que eu havia frequentado naquela época, Raul conseguiu me desestabilizar mais uma vez: "Pode não ter sido coincidência. O que é que lhe garante que foi tudo casual?" Não sei direito o que imaginei. Imaginei muitas coisas ao mesmo tempo, e estranhamente, tudo o que pensei me pareceu, a seguir, absurdo, pois não condizia com aquela fortaleza que, contraditoriamente, eu reconhecia em Kromer. E preferi imaginar que Raul estivesse me dizendo aquilo somente para me provocar, para que eu reagisse da forma como sempre reagia, exasperando-me intoleravelmente, para que eu pensasse no assunto, que o remoesse e tirasse minhas próprias conclusões. Mas prefiro ainda hoje pensar que foram coincidências, e acho que era o que Raul também pensava, mas, se o tivesse dito naquele momento, eu talvez tivesse perdido as possíveis lições do que acontecera e talvez não estivesse agora tratando mais uma vez do mesmo assunto, e Kromer não teria assim conquistado tanto espaço, e eu não haveria, paradoxalmente, de sentir o ímpeto de clamar neste preciso momento, sem atinar com a razão oculta deste meu ato. Eu te saúdo, Kromer, e reconheço a força que tens e que é também admirável, ainda que eu não saiba a serviço do que ou de quem ela esteja. Há uma parte de mim, infortunadamente, que te admira. Reconheço o poder que tens e que um dia quase mudou o meu destino.

ANOTAÇÕES DE DÉDALO

Não sei se o que tento exumar aqui poderá trazer-me alguma luz a respeito do enigma de Franz Kromer, ou sobre o endereço de suas obstinações e ainda sobre este quase fascínio que acabou despertando em mim por não ter vacilado jamais em seu caminho, seguindo diretamente ao seu destino, sem experimentar, aparentemente, nenhuma angústia, como que compenetrado do papel que, por uma manifestação da natureza, lhe fora reservado, como uma entidade necessária que deve nascer e renascer perenemente, este sentimento que tenho a seu respeito, procurando talvez cercá-lo de um mistério maior que aquele que verdadeiramente existe e assim justificar o fato de lhe dedicar tantas páginas neste emaranhado de acontecimentos e impressões que, mais que um diário, talvez fosse justo chamar de minha pretensa autobiografia precoce, mas que é meu romance contraditoriamente, mas que parece algo para consumo próprio, mas que comecei a escrever, sem querer reparar, temendo isto, na sua gravidade para mim, e que se desenvolveu à margem de minha tentativa de ordenar os meus papéis e achar a chave desta história sobre uma história irrealizada a respeito de Judas, filho de Simão Iscariotes; estas páginas reservadas que comecei a escrever apenas como um fio auxiliar destes projetos superpostos e que se transformaram inexoravelmente no fio condutor de que me sirvo nestes dias para criar coragem e descer ainda mais por este meu labirinto; eu, Dédalo, e o meu temor crescente de que o caos seja mesmo não um acidente, um subterfúgio, mas parte inalienável de minha natureza.

ÁLBUM DE RETRATOS

E sobre Leila restou uma pergunta que eventualmente ainda me faço: teria o nosso Franz imaginado que ela apaixonara-se por mim? Não; não posso crer, ou talvez esteja me recusando a crer nessa possibilidade aventada por Adriana Elisa, naquela época, pretendendo assim ter alguma explicação para o que aconteceu em seguida, fatos de que tive conhecimento em grande parte através de minha prima, que desfrutava de uma certa intimidade com ela. Apaixonou-se logo por Kromer, e quanto a ele acho que não seria justo dizer que lhe tivesse devotado um constante desprezo, como faziam supor as aparências, pois assim talvez pudesse correr o risco de que ela se distanciasse. Não se pode dizer, tampouco, que a tivesse em algum momento maltratado, mas é certo que desenvolveu uma estratégia em que alternava demonstrações de afeto e um calculado desinteresse. Mas isto apenas no início, pois com o passar do tempo, tendo certamente avaliado em toda a extensão o tipo de afeto que ela lhe dedicava, ampliou a escala de sua rudeza e do aparente desinteresse, sem descuidar-se, no entanto, das doses eventuais de desvelo que a mantivessem esperançosa de um melhor relaciona-mento, sujeitando-a assim àquele seu prazer em exasperá-la. Cuidava, pois, ciosamente, das condições indispensáveis a que, apesar de uma situação desesperante, ela jamais chegasse à decisão de um rompimento. Me pareceu claro em alguns momentos que, mais que pelo fato em si de subjugá-la daquela maneira, o que lhe dava verdadeiramente prazer era saber que aquele seu domínio sobre ela era do conhecimento públi-co, motivo de conversas nos intervalos das aulas. Essa possibilidade de tirar partido assim de uma situação angustiante durou quase um ano, desenvolvendo-se até a sua completa exaustão, quando já nem eram mais necessárias as doses ocasionais de afeto, tal o estado de subjugação a que Leila havia chegado. Então, Franz Kromer deixou-a definitiva-mente. Ela o amava, apesar de tudo, e custou a reerguer-se daquele desastre emocional.

É justamente desse período a foto do álbum de Luísa. Ali estamos nós: eu, Remo e Kromer, numa tarde do verão de 1963: eu olho a câ-mera, tentando vislumbrar o futuro através da pequenina lente; Remo, com os braços cruzados, olha para um lugar impreciso à esquerda do fotógrafo, deixando com sua imagem a marca de um pequeno enigma; ao lado dele, Franz Kromer lança ao futuro o seu esforço para imprimir no olhar alguma complexidade, aquilo, repito, que Remo conseguiu projetar até os dias de hoje com a espontaneidade de seu espírito afável, sua alma retraída e naturalmente misteriosa. Kromer só conseguiu legar à posteridade a marca da pretensão.

Quanto ao futuro daquela foto, um dos fatos principais foi a morte do pai de Franz e, três anos depois, da mãe, relativamente moça, com o que ele entrou de posse da casa da rua Lundstrom e de uma fazenda de café. Franz trabalhava ali com o pai, desde que abandonara os estudos. Não continuou com o negócio de compra e venda de cereais, mas geriu com eficiência a propriedade rural, erradicou parte do cafezal ali existente, diversificou as atividades de plantio, dedicou-se prioritariamente à pecuária de corte, soube comercializar com talento os seus produtos e pôde assim ampliar consideravelmente a extensão de suas terras. Depois de casar-se com a filha de um proprietário de Três Divisas, foi morar com ela na fazenda, tendo alugado por bom preço a casa de Ouriçanga. Também a moça, por exigência de Kromer, abandonara os estudos, embora acalentasse, ao que se sabia, sonhos pessoais que não podiam restringir-se às fronteiras daquele mundo ferreamente gerenciado por um companheiro obcecado em prosseguir a sua obra de acumulação, fato a que se deveu, certamente, o fechamento que Franz impôs a si mesmo, participando o mínimo possível da vida da cidade. Sabia-se no entanto que, no âmbito conjugal, ele desenvolvera um sentimento brutal de possessão, não surpreendendo ninguém a notícia, pouco mais de um ano depois, de que ela voltara para a casa dos pais. O que não se esperava era a resignação com que Kromer aparentemente aceitou a irreversibilidade da separação. Antes mesmo das decisões judiciais a esse respeito, Franz levou para morar consigo a filha de um de seus meeiros. Bonita, bem mais jovem que ele, mas dotada de uma instrução rudimentar, submeteu-se à servidão que lhe foi imposta por Kromer, com a resignação então comum às mulheres de sua classe social. Tiveram dois filhos: um menino que teve o nome do pai, e uma menina chamada Leila, por um desejo contraditório de nosso Franz.

335

O Evangelho de Francisco
Uma parábola

E uma noite sonhei que entrara na velha casa de nosso pai; isto, num tempo (o da vigília e o do sonho) em que ali não havia mais ninguém, pois ele morrera, expirara em meio ao sono; tivera, como se dizia, uma boa morte. Também Luísa havia morrido, alguns anos antes dele. Entrei e me surpreendi, pois havia em seu interior uma luz que nas vigílias do passado, em tempo algum, a casa jamais havia tido, assim porque era uma casa antiga e as casas antigas não haviam sido mesmo feitas para receber muita luz. No entanto, no sonho, a casa possuía uma luz interior própria.

Até hoje, não sei com que propósito eu entrara ali. É possível que apenas para que meu caro irmão *Fabrizio* — assim mesmo, com *z*, como minha mãe pronunciava com doçura o seu nome; distinguindo-o, me parecia —; apenas para que *Fabrizio* me surpreendesse no momento em que eu buscava a porta para retirar-me, e também apenas para que ele me perguntasse, num tom acusatório: "O que você ainda está fazendo aqui?", como se eu tivesse cometido algum delito, entrando só, sem que ninguém soubesse, ainda que em meio ao sono, na casa deserta de nosso pai. Era um sonho consciente, eu tinha consciência plena de que sonhava e que logo voltaria para a vigília. Por isso, procurei ficar atento a tudo.

Vigilante, algo implacável, ele viera surpreender-me, admoestar-me até mesmo naquele meu universo noturno e pessoal. Assustei-me, momentaneamente assolado pela culpa inexplicável, essa pedra angular, uma entre as poucas heranças inalienáveis que recebemos. Investiguei-me, ato contínuo, e concluí com serenidade que nada havia ali que eu pudesse, mesmo impensadamente, ter tentado arrastar comigo. Não havia sido para isso, eu tinha clara consciência, que entrara na casa de nosso pai. Não tendo o que temer, me acalmei e pude dizer esta verdade: "Foi Benito quem me entregou a chave. Ele sabe, portanto, que estou aqui. Tente saber dele por que me induziu a que entrasse de novo nesta casa."

A autoridade do irmão mais velho eu quis ressaltar, o que logo desarmou *Fabrízio*. Não tendo do que me acusar, também ele possivelmente aliviado, retirou-se sem dizer mais nada; retirou-se para o seu universo pessoal da vigília (ou para o universo particular de um outro sonho seu?). Lancei um último olhar para o interior da casa, e tive ciência naquele momento, mais uma vez, da luz particular que distinguia; e, ao deixá-la, passei cuidadosamente a chave pela fechadura. Percebi então algo de que jamais devo me esquecer: a chave não era a chave comum que pensava ter conhecido. Era um tanto pesada, grande, mais antiga do que imaginava que tivesse sido, desgastada em alguns pontos, com riscos por toda parte — seus ferimentos. E mais: tinha um desenho intrincado, era ornada de minúcias; assim, significativamente, como toda chave de fato antiga, e no entanto era apenas a chave de entrada da velha casa de meu pai.

O Evangelho segundo Judas
Fragmentos

[(...)

Seis dias antes da Páscoa, Ele foi pela última vez à casa de Lázaro, e uma multidão veio ao seu encontro, não só por ele, mas também por Lázaro — por ele o ter ressuscitado —, e os príncipes dos sacerdotes deliberaram matar também Lázaro, pois eram muitos os que começavam a seguir o Caminho por causa dele. Lázaro e o Rabi entretinham-se em suas conversações de amigos. Era Marta quem os servia. Tomando Maria um frasco de alabastro cheio de bálsamo puro de nardo, de grande valor, começou a ungir os pés do Rabi. A casa encheu-se do perfume. Procurei interpor-me àquele desperdício, pois julguei que seria melhor que se vendesse o bálsamo e se consignasse aos pobres os proventos, com o que os demais discípulos concordaram. Mas o Rabi viu naquilo outra razão: deixai-a; por que a aborreceis?; ela praticou uma boa ação para comigo. *Marta, que continuava a servi-los, perguntou-lhe se não se importava que Maria não a ajudasse nas tarefas, e obteve a resposta:*

Marta, Marta, tu te preocupas com muitas coisas; porém, pouca coisa é necessária; Maria escolheu a melhor parte, que não lhe deve ser retirada. *E ele passou a falar então do Caminho, de uma entrega irrestrita na busca do Reino, e também de um amor irrestrito. Acomodara as vestes entre os joelhos, para que não tocassem o chão. Maria entoou então o salmo:* os teus pés, como são belos nas sandálias; *e desatou as sandálias dele e continuou a ungir seus pés, enquanto o Rabi dizia:* onde quer que venha a ser proclamada a Boa Nova, também o que ela fez será lembrado em sua memória. *Maria estava com um dos pés dele ainda deposto sobre seus joelhos; continuou a umedecê-lo com o perfume, e pronunciou afinal o salmo de sua salvação:* o insensato expande suas paixões todas; a pessoa sábia as reprime e acalma. *Tendo derramado o frasco inteiro, enxugou lhe os pés com seus cabelos, e os beijou.*

(...)]

16

O Diário de Francisco

Tinha razão o tio Afonso quando dizia, referindo-se à sua coleção de cartões-postais: "aos que viajam, nunca é preciso pedir que mandem notícias; quem viaja sente sempre a necessidade de fazer-se lembrado pelos que ficam". Reavaliando os fatos relacionados a este comentário à primeira vista simples, sei hoje que o assunto pode ter, eventualmente, inesperados desdobramentos, e assim sou levado a dizer, quanto àqueles que viajam, que o fundamental talvez não seja a necessidade — pelo menos em certos casos — de exaltar-se ou sentir-se invejado, mesmo que se trate de uma viagem aventurosa a algum lugar remoto ou exótico. O encadeamento muitas vezes inevitável, incontrolável, dessas pequeninas, econômicas e eloquentes mensagens chegadas no verso dos cartões-postais pode encerrar, dependendo das circunstâncias, mistérios maiores do que é normal supormos. É preciso, mais que nunca, estar atento, nos dias que correm, a esses fenômenos que, sem pensarmos muito bem, classificamos logo de corriqueiros, sem prestar-lhes a devida atenção. E digo isso porque no quarto onde o tio Afonso costumava passar longas temporadas todos os anos, como hóspede de meus pais, ou, para ser mais exato, como hóspede de minha mãe; no quarto dele, pois — "o quarto do tio Afonso", assim era chamado —, havia uma cômoda que pertencera à minha avó Elisa, e numa das gavetas dessa cômoda havia uma caixa de papelão contendo cartas e cartões-postais — estes em maior número — rigorosamente ordenados segundo as datas em que haviam sido escritos, de março a setembro de 1937, e sobre os quais meu tio não fazia nenhum segredo, sendo que assim eles podiam fornecer, a quem se interessasse, as pistas do roteiro de um exaltado viajante. E, nesse ponto, começam a me ocorrer perguntas simples que jamais me ocorreram: por que o tio Afonso preferia manter ali aquele acervo e não em seu apartamento em São Paulo; por que ele o teria retirado dali somente depois da morte de minha mãe? Ele ainda o conserva consigo?

A única advertência de meu tio, quando éramos crianças, foi sempre a de que tivéssemos as mãos muito limpas, e não desfizéssemos a ordem das mensagens, sendo desse modo sempre fácil refazer o roteiro que incluía o Havre, Paris, Dijon, Lyon, Marselha, Gênova, Milão, Verona, Veneza, Florença, Luca, Castelnuovo, Pisa, Roma, Bari, Brindisi e um tal número de outras localidades médias e pequenas que seria tediosa uma lista completa; louvadas, todas, sem exceção, pelo romantismo de alguém que já não vive e que peregrinou em busca (há aqui um grande espaço para a cogitação) da realização de algum sonho indeclarável. A partir de Roma, ele se desvia do roteiro comum à grande maioria dos turistas. Outro sinal de estranheza: a viagem torna-se mais lenta, como se o visitante estivesse querendo prolongar a expectativa sobre o seu destino final; temendo a ruptura de algum encantamento, é possível. Cartas e cartões-postais chegam, por fim, de um porto do mar Jônio que as pessoas que bem conhecemos não costumam visitar. Que haveriam de fazer ali? Quem, dentre as pessoas de nossas relações, se disporia a sair do Brasil para visitar uma escola de cartografia ou as instalações portuárias de um lugar tão remoto? Pois era isso, que eu me lembre, salvo algum engano, o que Gallipoli tinha de mais importante, na época, para mostrar, segundo o *Guida Bonetti* de 1935, que o meu tio conservava na mesma gaveta das cartas e cartões-postais. No entanto, o amigo dele se deslocara até lá e testemunhara algo de particular, algo que o *Guida Bonetti* não mencionava. Num postal em preto e branco podia-se ver, sobre uma suave colina, uma pequena área murada, pontilhada de indistintas formas brancas, entre as quais se elevavam velhos ciprestes e pinheiros mediterrâneos. "O que se pode vislumbrar, mesmo estando ainda na cidade, é algo superior que transcende a simples paisagem." É o que estava no verso do cartão. "Visto em seu conjunto, o promontório de Gallipoli descortina, já de longe, perspectivas que superam as coisas físicas, e convida o espírito a imergir em si mesmo e a reencontrar-se, de posse já da possível chave de seus mistérios." Uma carta posterior dava conta de que o recinto murado havia servido para dar atmosfera "a uma das mais profundas meditações poéticas sobre o destino do homem": "I Cipressi sul Mare", de um obscuro poeta do fim do século passado, Lucrezio di Taurisano, muito pouco conhecido até mesmo na Itália. A correspondência de meu tio revelava ainda tratar-se "I Cipressi" de "um monólogo do eu", fundado em motivos do passado afetivo do poeta, vislumbrado em confrontação com o mar e "a luz particularíssima, inigualável" de Gallipoli, sua terra natal; assim, como o próprio autor teria definido o texto. E teria sido através da força desses versos que o cemitério de Gallipoli se transformara num sítio ilustre e venerável, pelo menos para as poucas pessoas que chegaram a cultuar verdadeiramente Lucrezio, motivadas ainda pela presença ali do próprio poeta, sepultado à sombra de um daqueles velhos ciprestes e sob uma daquelas indistintas formas brancas que o cartão de 1937 mostrava. Dali se avistava, em toda a sua grandeza mitológica, o mar turquesa do golfo de Taranto.

Logo depois da morte de minha mãe eu pude refazer pela última vez aquele roteiro. Estávamos dando um destino aos objetos pessoais de Luísa Rovelli, minhas irmãs remexendo gavetas, dando ordem aos seus documentos, o meu pai em estado de choque, sem poder atinar com o que fazer dali em diante, Benito se encarregando das providências legais comuns numa situação como aquela, a casa envolvida por uma atmosfera pesada de consternação, tendo-se tornado, de repente, sombria, quase inóspita. Ao fim de uma semana, a vida pareceu retornar à casa lentamente. Meu tio, refeito em parte daquele desastre, criou ânimo para voltar a São Paulo, e antes que ele partisse tive disposição afinal para reexaminar aquele tesouro que ele logo colocaria em sua bagagem. Tive muitas perguntas a lhe fazer, mas nada perguntei. Não havia clima para isso. Afonso Rovelli estava verdadeiramente abalado com a morte de minha mãe. Depois, foi espaçando as suas visitas à casa da rua Lundstrom, e nas poucas vezes em que o reencontrei ali foi sempre muito rapidamente, e não lhe fiz pergunta alguma, tendo desenvolvido um pudor inexplicável a respeito daquele assunto, daquela amizade que se iniciara na adolescência, no internato onde o meu tio estudara até rebentar a Revolução de 32. E havia também a possibilidade de que, se eu esmiuçasse aquela história, talvez viesse a quebrar o seu encanto. Isso deve parecer tolice diante do que nos pode ensinar a verdade dos fatos, mas era um sentimento que eu tinha, com algo me dizendo que eu não devia transpor aquele limite. E não me arrependo. Fico sempre gratificado quando restabeleço para mim os mistérios dessa história de um tempo tão nostálgico. E há o prazer também de, eventualmente, poder abandonar-me às suposições. Esta jamais será uma história acabada.

O que se sabe agora de Lucrezio di Taurisano? Além das revelações do nosso caro viajante, o que sabia o meu velho tio sobre aquele obscuro menestrel? "Il nostro menestrello", chegaram a chamá-lo em vida os seus orgulhosos conterrâneos, segundo o amigo de meu tio. Tudo o que pude saber sobre o poeta estava contido tão somente nas cartas e cartões-postais. E nada ficamos sabendo porque nada tentamos saber. E nem sei também por que me coloco assim ao lado de meu velho tio para dizer no plural esta frase. Na verdade quem não tentou saber mais nada foi somente ele, a quem teria sido justo interessar-se a tempo por outros detalhes do personagem. Estranhamente, Afonso Rovelli limitou-se mesmo — pelo menos é o que suponho — às informações contidas nas mensagens postais, pois nunca nos disse nada além do que aqui está dito. E suponho também que se tratou de uma atitude deliberada. O que penso é que talvez ele tenha preferido o mistério à possível verdade oculta. E também sobre o destino do amigo nada mais disse além disto que aqui está nestas duas (ou três?) histórias superpostas e incompletas: a do próprio Lucrezio di Taurisano e a da longa peregrinação de seu ardente admirador até a colina de Gallipoli, onde com certeza, ainda hoje, dentro da pequena área murada, elevam-se indistintas formas brancas, mescladas de velhos ciprestes e pinheiros mediterrâneos. A terceira pode muito bem ser esta, ou melhor, a que talvez se esconda atrás destas impressões a respeito do desvelo com que meu tio se encarregou da tarefa de preservar os despojos literários de um amigo de juventude, uma história que fala, mais que tudo, de como eram solidárias as pessoas em outros tempos. E a chegada ao sítio ilustre e venerável poderia ter sido o ponto culminante da aventura, não fosse, é claro, a morte do visitante, a seguir, num pequeno hotel de Nápoles, quando já estava empreendendo o longo regresso, pela outra costa. "Um acidente muito comum naquela época", fez questão de explicar mais de uma vez o meu tio, fornecendo a informação adicional de que eram muito precárias então as instalações de gás, mesmo na Europa. "Ele tinha ainda um belo futuro pela frente", disse também mais de uma vez; "um belo futuro", sem contudo esclarecer no que haveria de ter-se constituído tal futuro. Por mais suspeitas que se possa ter, havia o firme testemunho familiar, segundo tio Afonso, de que fora mesmo um acidente. Ele próprio afirmou, em todas as vezes que tocamos no assunto, estar firmemente convencido disto. É bem possível que seja mesmo esta a verdade, quero crer. E aqui sou tentado a repetir que a chegada àquele sítio excepcional poderia ter sido o momento supremo da peregrinação, não fosse a morte prematura do visitante dois dias depois dos últimos devaneios à vista do mar turquesa do golfo de Taranto.

O EVANGELHO SEGUNDO JUDAS
Fragmentos

[(...)

Ele disse que a vida sob o mando da carne não era vida propriamente, pois é segundo a carne que morremos, enquanto o Espírito permanece; o Espírito é a vida eterna do homem no Pai, que é o Verbo, que se fez carne e habitou em nós. Somos os ramos da videira. Quando Ele veio e foi batizado por João no Rio Jordão estávamos todos mortos em nossos erros, vivendo conforme a índole deste mundo, mas o Cristo nos vivificou para a vida eterna do Espírito. Na carne tudo perece; na carne está o reino da morte.

(...)

Sei agora que a Lei é espiritual, e que, no entanto, somos carnais, vendidos como escravos aos delitos. Segundo a carne, não consigo entender o que faço, pois não faço o que quero; faço o que detesto. Ora, se faço o que não quero, na verdade, não sou eu quem pratica a ação, mas o pecado que me habita. Eu sei que o bem está em mim, mas não sou capaz de praticá-lo. Encontro, pois, a cada dia esta lei: quando eu quero fazer o bem, é o mal que se me apresenta. Comprazo-me na lei do Espírito segundo o Homem Interior, mas percebo uma outra lei em meus membros, que peleja contra a lei de minha razão, e que me acorrenta à lei do pecado que existe em meus membros.

(...)

O Deus que fez o mundo e tudo o quenele há é o Senhor do céu e da terra, e não habita em templos feitos por mãos humanas. Nem é servido pelos homens, como se necessitasse de alguma coisa, porque é Ele quem dá a todos a vida, a respiração e todas as coisas. Ele não está longe de cada um de nós uma vez que é nele que temos a vida, o movimento. Nós todos pertencemos à sua estirpe tanto quanto o ramo pertence à videira. Não se deve pensar que a divindade é feita de ouro ou de prata lavrada por arte dos homens.

(...)"]

O DIÁRIO DE FRANCISCO

Estive ontem com Belisa e Júlia; jantamos juntos e, claro, falamos de nossos projetos: Júlia escreve uma novela em que toca o arquétipo de Caim; Belisa está iniciando algo (um romance, talvez) com base num achado familiar: um álbum de recortes que uma moça de dezessete anos estava montando, e que foi interrompido com sua morte, num acidente de automóvel, no verão de 1937, deixando para trás um vestígio cristalino de seu espírito romântico [lembrei-me do amigo de meu tio; das cartas e cartões-postais que enviara (pelas datas, ele e a moça haviam sido contemporâneos em São Paulo no final da adolescência; talvez até se conhecessem; deviam ter quase a mesma idade e pertenciam à mesma classe social e estavam ambos mortos), e falei a Belisa a respeito do assunto]. Falamos também do bloqueio de que somos vítimas, eventualmente, diante de uma folha de papel em branco, essa sensação momentânea de impotência em que perdemos, por assim dizer, o fio de nosso discurso interior. Ficamos, os três, cogitando qual seria a melhor atitude diante de um impasse desse tipo: abandonar o trabalho, para retomá-lo mais tarde? insistir em continuar escrevendo, mesmo que o resultado seja inaceitável? pôr-se de joelhos e implorar à Providência alguma luz?, como sugeriu Júlia, meio brincando, meio a sério, lá pelo seu terceiro uísque. Curiosamente, me vejo hoje diante desse velho impasse, como se ontem, ao introduzir o assunto em nossa conversação, eu estivesse prevendo o que ocorreria menos de doze horas depois. Acabo de reler mais uma vez a história de Kromer, que achei necessário tratar aqui porque revi a fotografia tirada no verão de 1963 e me lembrei do antigo incidente, num outro verão perdido de minha infância e me lembrei da conversa que tivera com Raul a respeito disso e me lembrei de Leila Kaleb e de sua subjugação e do destino desse Kromer que se imiscuiu uma vez no álbum de Luísa e que acabou por impor sua presença no inventário de nossa adolescência porque, de resto, não tocar em seu nome teria sido uma omissão voluntária, algo que acabaria certamente por elevá-lo a uma condição de importância maior que esta que conquistou por ter-me mostrado um dia a outra face daquele mundo de linhas aparentemente retas restrito à soleira da porta de nossa velha casa da rua Lundstrom. Talvez tenha sido o trecho mais difícil de ser tratado. Nem sei quantas vezes o reescrevi para que o seu conteúdo se tornasse o mais fiel possível; e, ainda assim, quanto mistério continua a se esconder por trás dessa história feita de tantas coisas comuns de acontecer. E, ao reler mais uma vez o texto, percebo que, embora a história desse meu pretenso corruptor tenha chegado, nestes meus papéis, até dias recentes, a história de Raul, de Adriana e a minha própria história foram interrompidas quando estávamos ainda em Ribeirão Preto, no momento em que Kromer se comprazia em subjugar Leila Kaleb. Por isso, tento estabelecer a ligação entre aquele período e este outro de que tratei nas últimas cartas a Raul, e que continuo tratando nestes fragmentos a que dei o nome de *O Fio de Ariadne*, num tributo ao livro de Vladimir Ilitch Saiunav, que tantas luzes tem me proporcionado a respeito dessa parte imponderável da natureza e de nossas existências que parece, apenas parece, segundo ele, fugir às leis físicas mais elementares. Vejo, pois, que há uma lacuna a ser preenchida, e no entanto não encontro em minha memória nenhum acontecimento que me fale em essência dessa parte de nossas vidas, e que me ajude a atar eficientemente esse fio rompido do passado. Há apenas o grande fato de nossa momentânea separação, motivada por variados interesses pessoais, o que pode ser assim resumido: Raul abandonou o primeiro ano de química, em Ribeirão Preto, e foi para Minas estudar geologia; Adriana, refeita de um sonho brevíssimo de ser desenhista de modas, algo que não chegou a formular com consistência, foi para Curitiba, onde estudou engenharia civil, evento inimaginável que me estranha até hoje, fato que me soa um tanto inverossímil quando o menciono aqui, e isto, chego a pensar, por causa da fragilidade dela, e um pouco também por um preconceito meu ao imaginar ainda essa profissão como tipicamente masculina; e eu vim para São Paulo fazer jornalismo. Trocamos então poucas cartas e nos reencontramos em Ouriçanga, nas férias escolares ou em feriados prolongados. Tratou-se de um período que agora não me parece mesmo memorável, em que não estive apenas distante de ambos, mas também, coincidentemente, de meu velho e caro mito: Judas Iscariotes. Houve uma espécie de trégua. Me afastei até mesmo dos textos evangélicos, com a sensação de que vencera uma etapa fundamental de minha vida, tendo defrontado, vencido e deixado para trás os temas de minha adolescência, como imaginava que muitos tivessem feito, como se fosse possível deixar para trás tanta inquietação, tantas perguntas sem respostas, como se nunca mais fosse defrontar-me com aquela antiga sensação de desamparo e de solidão ("Isso é contigo", lhe haviam dito os sacerdotes) que se abatera sobre mim tantas vezes. E eu imaginava então, da mesma forma, que as minhas relações com Raul (e, num outro sentido, também com Adriana) haviam acabado de ter o seu grande momento e que havíamos esgotado as possibilidades de confrontarmos nossas diferenças. Aquela mútua descoberta nos tempos passados em Jaboticabal e depois em Ribeirão Preto haveria, eu imaginava, de restar em minhas lembranças como um momento em que minha alma engrandecera-se de algum modo, pois eu obtivera o interesse, a lealdade e a solidariedade de um ser chamado Raul Nepomuceno Kreisker, que então abrira, eu acreditava, pela primeira vez o seu coração. E, assim, era estranho que eu imaginasse que as nossas relações devessem sucumbir ante a distância e o tempo impreciso a que estava condenada a nossa separação. Imaginava que em nossos embates havíamos acabado por exorcizar nossos arcanos pessoais, sem dar-me conta de que, na verdade, havíamos estado sempre na superfície dos fatos, como é comum acontecer ao comum das pessoas, essa aparente profundidade de certas conversações mais pessoais misturadas com teorias; no fim de tudo, acabamos ficando meio assim como ficamos ao lermos certos artigos psicanalíticos de revistas, que nos satisfazem num primeiro momento, mas que logo em seguida nos deixam com a mesma velha fome de sempre.

Sim, acho que seria justo dizer que se tratou de um período de trégua determinado por uma dessas vozes interiores de que sempre falo. Podíamos ter trocado mais cartas, podíamos ter tido uma convivência mais cerrada nas férias em Ouriçanga, mas isso não aconteceu, exceto com relação a Adriana, com quem tive, inevitavelmente, um contato maior pelas naturais injunções familiares. Foi um tempo em que mantivemos sob controle os nossos sonhos e nos dedicamos ao lado mais prosaico da vida, que fala de escolhas racionais, de profissões, de ascensão social ou simplesmente de sobrevivência física, e que quase nunca tem a ver com os termos do prazer e das paixões. Mas a verdade é que havíamos colocado nossas polêmicas apenas de quarentena. Só as retomaríamos cerca de cinco anos mais tarde, aqui nesta cidade onde é comum que a esmagadora maioria das pessoas que conhecemos venha a reencontrar-se. E aqui neste ponto, se penso em prosseguir a história de nossas inquietações, posso dizer que há em minha memória um longo lapso de tempo, notável talvez apenas pelo desinteresse manifestado por Raul a respeito de meu "engajamento" (santo Deus, que outra expressão usar se não esta?):

sem almejar nenhum grande papel, eu me entregara, desde o último ano em Jaboticabal, de corpo e alma à sedução evangélica de certos textos; não que eu tivesse sido doutrinado por alguns deles, mas encontrara em seu conteúdo uma necessária ressonância espiritual. Quando eu já me familiarizara com a terminologia imprescindível ao verdadeiro militante, e já não tinha pudor em gritar publicamente as palavras de ordem do momento, e já me dispunha a percorrer as ruas, mesmo à noite e madrugadas adentro, gravando em muros e paredes e calçadas a chave do que nos parecia a redenção de todos; nesse tempo, pois, me lembro de que Raul chegou a fazer um comentário a esse respeito, em uma breve carta datada de Ouro Preto. Não tenho comigo lamentavelmente suas cartas desse período; não imaginava que viesse a deplorar tanto a perda dessa parte de minha correspondência, e assim posso me lembrar um tanto vagamente do que ele disse frente ao sectarismo então de minhas leituras: "Muito mais do que eu, você sabe bem que Marx não pode ser acusado de tendências pequeno-burguesas, e no entanto ele declamava trechos de Shakespeare de memória, amava Shelley, Heine e Byron, e achava que Balzac, apesar de pessoalmente reacionário, era um grande romancista. E amava também Goethe. Ele considerava que essas conquistas espirituais pairavam acima das questões meramente revolucionárias." Não posso me lembrar senão vagamente do que lhe respondi, algo talvez como: "Você tem toda razão; eu acho a mesma coisa; só que neste momento tenho minhas tarefas e minhas leituras específicas; é preciso que concentremos todo o nosso esforço neste momento na luta para minar pelas bases o poder da burguesia; a questão da liberdade é fundamental também para a arte, meu caro Raul"; deve ter sido algo assim prosaico, pelo que me lembro. No entanto, aqui em São Paulo, eu logo teria o inevitável contato com o teatro político, e Brecht foi uma grande descoberta, e um dos fatos básicos de meu reencaminhamento em direção à literatura.

Entrei para o teatro da universidade no verão de 1968. Por uma decisão democrática, e depois de intermináveis discussões, decidimos que não havia nada mais próprio para aquele momento e aquele lugar que *A Vida de*

Galileu. Lembro-me do impacto que o texto me causou, mas não posso me lembrar de uma fala sequer, à exceção do momento em que Andréa Sarti diz: "Desgraçado o país que tem heróis." Ao que Galileu Galilei responde com aguda propriedade: "Desgraçado o país que necessita de heróis." E isso me soa agora como um estigma daqueles tempos plenos de medo e de esperanças infundadas e que eu ainda não sei julgar o quanto foram bons, pelo aprendizado que ali tivemos, ou quanto foram desastrosos, imaginando que ainda não avaliamos bem as suas consequências nefastas sobre nossas consciências. Nunca estive tão distante, de corpo e alma, de minha família e de Ouriçanga e de minhas heranças espirituais, de meus objetos pessoais mais caros, de meus livros e de meus papéis (aquele pequeno acervo inicial que deixei, significativamente, encaixotado e guardado em um lugar entre o teto e o forro da casa de meu pai). Não sei se cheguei a imaginar que pudesse me livrar de minhas raízes. Ou, antes, não sei se pensei que pudesse adaptar-me a qualquer outra condição cultural e a qualquer clima. Sonhava em viver um bom tempo, ou para sempre, na Europa, mas vejo hoje que não tinha uma ideia precisa do que isso haveria de representar em minha vida. A Europa era um mito, e os mitos não podem ser compreendidos assim tão facilmente. Neste ponto, Fabrício até que foi mais afortunado, penso; teve sempre os pés na terra, um espírito eminentemente prático, não era dado a devaneios, tinha sonhos mais condizentes com a realidade familiar e, à semelhança do velho Nanni, era encantado com o seu próprio país, queria conhecê-lo o mais que pudesse, para depois assentar-se em algum canto com sua profissão e ali estabelecer raízes, não importando o lugar, contanto que fosse aqui mesmo.

Comecei a trabalhar logo que saí da universidade. Mas os tempos tornavam-se ainda mais ásperos e a nova ordem parecia ter vindo para ficar por muito mais tempo do que havíamos podido imaginar. Eu já fora detido três vezes fazendo cobertura de manifestações. No entanto, mais que isso, havia um desencanto, uma desesperança, sentimentos que eu jamais experimentara. Não resisti à tentação de ir-me embora, assim como se esta fosse uma das condições básicas de minha libertação.

Londres, escolhida meio ao acaso, tornou-se um divisor de águas, não por ela em si, lógico, mas pelo longo distanciamento que tive daquele universo anterior que eu julgava conhecer e que na verdade conhecia muito pouco, assoberbado por meus conflitos pessoais. Trabalhei como lavador de pratos, como garçom de restaurantes populares, como professor de português. Sem querer saber nada a respeito dos fundamentos daquele bem-estar civil que sentia pela primeira vez, respirei o esperado ar de liberdade, sentindo a sensação de que podia começar uma vida nova — uma outra vida, como se isso fosse possível —, ficar ali para sempre, sem grandes aspirações, mas sem grandes sobressaltos, sem as periódicas crises de antes. Mas não era o mundo que eu intimamente desejava, e isso eu constataria quase um ano mais tarde, na forma de um desejo ardente de conhecer finalmente a Itália, como havia planejado desde o início; mais precisamente a colina de Casático, a Via del Fornaccio, número um, o começo de tudo: o regresso àquilo que me parecia o nosso gênese, o endereço familiar mais antigo de que tinha notícia. E se volto muitas páginas atrás, neste mesmo diário, posso reencontrar-me com aquele momento:

"(...) Ao fim de um ano de ausência, senti — o que hoje pode parecer desconcertantemente óbvio — que, por mais que me distanciasse, jamais me livraria de minhas periódicas perturbações de espírito, aquela confusão mental que me vitimava, me trazia tanto desconforto, e que mesmo hoje não sei explicar muito bem, nem pretendo explicar, não posso querer explicar. O distanciamento geográfico nada representava diante daquele tédio aparentemente injustificável; ao contrário, o único caminho para o seu possível abrandamento seria o de mergulhar incondicionalmente no meu próprio passado, e defrontar-me ali com meus mistérios. E essa coisa óbvia que não se pensa quando se tem vinte e poucos anos, eu pensei naquela ocasião apenas porque, quando passei pela Itália, caiu-me nas mãos a história de Svevo a respeito de Zeno Cosini e da viagem dele ao próprio passado, a conselho do doutor S., seu médico, que o estimula a iniciar essa tarefa com uma 'análise histórica' de sua propensão ao fumo, de que tanto queria ver-se livre. 'Escreva. Escreva', lhe diz o doutor S., 'e verá como chegará a ver-se por inteiro'. (...)"

ANOTAÇÕES DE DÉDALO

Ao rever, no diário, a observação de Raul a respeito de meu engajamento, e a resposta que lhe dei, fico pensando: como posso reproduzir aqui algo tão singelo? Mas penso também: que posso fazer se éramos de fato singelos, se tínhamos essa maneira tão simples de ver as coisas?; não seria honesto mudar assim a realidade, procurando tornar complexo o nosso pensamento porque definitivamente ele não era complexo, não haveria jamais de ser complexo. É esta a nossa história; que fazer? E é justamente aqui, nas anotações e ainda nos diários, que eu travo a grande luta contra a consciência estranha, contra o meu herói, contra o alter ego, lembrando-me sempre da conversa que tive a esse respeito com Stella Gusmão, no carro em movimento, varando uma tarde paulistana em que fizemos revisões de textos e falamos da enorme dificuldade que sempre temos de usar a nossa verdadeira voz. "Estou farta de minha heroína", ela disse, se não me engano. "Quero dar um salto agora." Que salto seria este? Conseguir afinal falar por si mesma e de si mesma, atendo-se estritamente à verdade? Mas eu lhe perguntei então se não estaria na sufocação da heroína o fim da relação com a literatura e o começo de uma outra coisa, algo mais próprio para uma sessão de psicanálise do que para o prazer de contar livremente uma história semelhante, apenas semelhante à nossa. E é estranho como a consciência estranha nos cobra a fantasia, como neste momento em que julga singela a minha conversação com Raul, e também como ontem, quando reli a parte final da história de Kromer e fui acometido pelo paradoxo de julgá-la inverossímil ainda que tivesse sido calcada estritamente na verdade.

E vejo, em seguida, mais um fragmento do *Evangelho de Judas* e penso em como é brusca a passagem de um fio para o outro, da mesma forma como havia achado brusca a passagem com relação ao fragmento evangélico anterior. E penso em pedras, pedras de tropeço "Sim", digo para mim mesmo, "parecem pedras atravessadas em meu caminho. É Judas continuando a interpor-se na minha história, exigindo um lugar. Que razão tenho eu para deixá-lo à margem logo agora? Por que remover estas pedras? Apenas para fingir que não fazem parte da paisagem?" Lembro-me das inúmeras vezes em que falei a Flávio Yzaar a respeito destes impasses: de como eventualmente eu temia pela impropriedade de estar me apossando assim desta mescla de escrituras que escolhi, frase por frase; mas ao acaso, justamente em benefício da coerência: meu paradoxo. E são pedras e estão aí e volta e meia penso na legitimidade ou não de mantê-las neste meu tortuoso caminho. E, ao dizer isto, neste preciso momento: "mantê-las neste meu tortuoso caminho", elas me parecem inesperadamente próprias, parte inalienável desta rede de acontecimentos que há dois anos tento ordenar.

O EVANGELHO SEGUNDO JUDAS
Fragmentos

[(...)

Não fiz mais que cumprir a Escritura que dizia: aquele que come o pão comigo levantou contra mim o seu calcanhar. *Todos nós andávamos errantes como ovelhas tresmalhadas. Ele veio, então, para iniciar o Caminho. Fiz, pois, aquilo que tinha que fazer. Até quando vos lançareis sobre um homem, todos juntos, para derrubá-lo como se fosse uma parede inclinada, um muro prestes a ruir? Tudo fiz para observar a Palavra, mantendo-me firme em meus passos; meus pés não tropeçaram no Seu rastro. Obedeci-O.*

Havia, na terra de Hus, um homem chamado Jó, que dizia estas coisas: meus pés calcaram suas pegadas, segui o seu caminho sem me desviar; não me afastei do mandamento de seus lábios, e guardei no peito as palavras de sua boca, mas Ele decide; quem poderá dissuadi-lo? Ele me habita eternamente. Tudo o que Ele quer, Ele o faz Executará a sua sentença a meu respeito, como tantos outros de seus decretos. *Por isso estou consternado em sua presença, e estremeço ao pensá-lo. Mas se venço a Carne, o Espírito me excede, liberta o nó de minha garganta e caminha comigo, deita na relva a meu lado. Ele é um conhecimento que ultrapassa toda sabedoria e todas as razões da terra.*

(...)

Eis que se aproximavam dele os publicanos e os pecadores porque queriam ouvi-lo, e os fariseus e os escribas começaram a murmurar que ele recebia os pecadores e comia com eles. E ele então perguntou se haveria alguém entre os presentes que, tendo cem ovelhas, e em se perdendo uma delas, não deixaria as outras noventa e nove e sairia em busca da que se havia perdido. E, tendo-a encontrado, não a pusesse aos ombros com júbilo, e retornando à casa não convocaria os amigos e os vizinhos, proclamando: alegrai-vos comigo porque encontrei a ovelha perdida. *Disse, o Rabi, então, que igualmente haveria mais júbilo no céu por um pecador convertido que por noventa e nove justos que não precisassem de conversão.(...)]*

A CASA

Por causa da correspondência de meu tio, pensei em conhecer Gallipoli; cheguei mesmo a empreender parte da viagem. Ainda em Roma, num hotel simples mas confortável da Via Sicilia, tracei linhas no meu mapa, na indefectível *Carta Stradale Hallwag*. Fui assinalando Foggia, Cerignola, Barletta, Bari, Brindisi e outras cidades de que me lembrava do roteiro percorrido pelo amigo de meu tio. Eu tinha um passe ferroviário e podia fazer qualquer combinação sem nenhum gasto extra, tinha um tempo indefinido para ficar ainda na Itália, mas que estranha, que secreta motivação, além da mera curiosidade, estaria me levando naquele momento a pensar em desviar-me do roteiro comum aos nossos turistas mais comuns, como o outro já fizera mais de trinta anos antes. Mas, naquele momento, eu pensava apenas: por que, tendo tempo para isso, não me desviar das rotas ordinárias para ter o privilégio de testemunhar aquela particularidade tão exaltada de Gallipoli? Tinha ainda muito vívidas as imagens que se haviam formado em minha imaginação, na adolescência, a respeito da pequena área murada, pontilhada de indistintas formas brancas, e dos ciprestes e dos pinheiros do venerado promontório. E o que não dizer do céu, do mar turquesa do golfo de Taranto e da "luz particularíssima, inigualável" da cidade. Mas claro que devia ser mais que isso. "O que se pode vislumbrar, mesmo estando ainda na cidade, é algo superior, que transcende a paisagem." Lembrava-me com exatidão de certas frases enviadas em setembro de 1937, no capítulo derradeiro da "aventura"; e eu devia sentir, à minha vez, intimamente, que havia algo também transcendendo aquele texto ordenado e escrito em preciosa caligrafia. Há muitas maneiras de lidarmos com a paixão e o chamado irresistível dos mistérios. Eu partira de Veneza duas semanas antes, e acabava de notar que já fizera, incidentalmente, a primeira parte do trajeto, se bem que com algumas inexatidões: estivera, de fato, em Florença, Luca, mas em Castelnuovo me desviara para peregrinar, pela segunda vez naqueles meses, até à casa ancestral de Casático, à Via del Fornaccio, número um, para rever meus primos, e sentir de novo a atmosfera que tanto me impressionara anteriormente, rever a antiga águia estense do pórtico, os objetos, tocá-los, rever os documentos, as fotos e tudo o mais que Giuliana Rovelli continuava a cuidar com desvelo. Me comovera mais uma vez, ouvira novas histórias, fizera anotações, levantando um material variado, não só a respeito da família, mas também da aldeia e de amigos próximos à família, como a história do amor impossível entre Cornélia Capursi e Piero Frascatti. Vi algumas fotos que não havia visto na vez precedente, até mesmo um surpreendente daguerreótipo de *nonna* Giuditta ainda jovem, sem ter noção possivelmente de como era breve a vida, sem por isso temer o desgaste de sua imagem, como temeria nos anos finais de sua existência, quando concordaria em abrir apenas uma exceção em seu obstinado esforço por manter-se viva, fazendo uma derradeira pose para a posteridade, olhando com condescendência o mundo à sua volta. Na foto de Casático, foi estranho vê-la mais jovem que eu, quase uma menina, súdita ainda de Sua Alteza Real Francisco IV, num país fracionado e enfraquecido pelas disputas regionais, pela dominação estrangeira, pelas ambições dos pequenos potentados. Quando vi aquela imagem tão rica de informações sobre uma época ao mesmo tempo heroica e infeliz, o que mais me impressionou foram os olhos, voltados ligeiramente para a direita do fotógrafo e que testemunhavam assim uma pequenina fração daquele país em vésperas de seu maior transe.

Ainda em Roma, cheguei a achar que não fora por acaso que eu retomara o roteiro do amigo de meu tio, mas por algum mistério com o qual talvez desejasse me defrontar ou necessitasse defrontar, mas não insisti nesse ponto. Não tentei compreender as razões ocultas daquele fato, com o temor impreciso de quebrar algum encantamento. Devia, na verdade, para maior proveito pessoal, obedecer à intuição, ao impulso de seguir viagem, abandonar-me à atração que estavam então exercendo sobre mim as imagens poéticas que envolveram Lucrezio di Taurisano. Procurara livros seus nas livrarias mais importantes da cidade, e nada havia encontrado Ninguém ouvira sequer falar em seu nome. Mesmo no índice da biblioteca da universidade não havia nenhum título seu, e eu decidi interromper a busca, temendo inconscientemente, é possível, deparar-me com o fato de que ele jamais tivesse existido. Não havia sido, de qualquer maneira, a existência de um poeta chamado Lucrezio di Taurisano que, a rigor, me ligara a Gallipoli, e sim a presença ali, por alguns dias, mais de trinta anos antes, de alguém que me forneceria do lugar (mais especificamente, de uma área murada, com ciprestes e pinheiros) uma visão poética e exaltada desse grande mistério que é o destino final de todos nós.

Havia chegado a me entusiasmar ante a iminência de conhecer aquele "sítio venerável e ilustre". No entanto, não pude seguir viagem além de Brindisi. A proximidade de Gallipoli acabou por me perturbar, e eu experimentei naquele momento uma alarmante sensação de desamparo e de solidão. Dei-me conta de que a história parecia repetir-se. Da mesma maneira que o outro, eu me havia utilizado das mesmas pequeninas e eloquentes mensagens, que poderiam, no futuro, recompor os passos de minha viagem. A Raul (a quem afinal eu estava contando, pouco a pouco, a história daquele amigo de meu tio) eu fornecera, particularmente, os elementos fundamentais do roteiro. Eu havia entremeado às mensagens as considerações a respeito do improvável Lucrezio di Taurisano e de sua "profunda meditação poética sobre o destino do homem". Temi então que a história toda se desfizesse com a constatação afinal de que Lucrezio jamais tivesse existido, e ainda sua meditação e o culto de seus conterrâneos, restando apenas a obra não assumida do amigo de meu tio. Temi também que o promontório pudesse perder assim a sua atmosfera particularíssima. Haveria ali, de fato, uma área murada e tudo o mais? Haveria o promontório? Mas eu temi muitas coisas mais. Ainda no hotel de Brindisi, fui tomado por um receio primitivo de que tudo estivesse escrito. Imaginei que, depois de Gallipoli, eu pudesse sentir o ímpeto de prosseguir até Nápoles, com intenção de regressar pela costa, do outro lado do mar. Temi que aquele amigo de meu tio tivesse estado o tempo todo peregrinando, na verdade, em direção a um certo hotel da cidade chamado Plaza-Rivoli. Lembrei-me da observação de Afonso Rovelli a respeito da antiga precariedade, "mesmo na Europa", das instalações de gás.

Voltei a Roma.

O Diário de Francisco

Continuei morando em São Paulo, mas comecei a frequentar com mais assiduidade a casa de meu pai, como se estivesse me preparando para um possível regresso ao meu mundo de antes. Adriana e Raul já estavam por aqui. Ela, trabalhando no projeto de uma barragem a ser construída no interior do Estado, e ele, entregue ao anonimato de um cargo burocrático em uma empresa de mineração. Foi como se eu tivesse retomado o antigo caminho, no ponto exato em que o interrompera, entregando-me de novo à minha sorte, à vida que me fora destinada. Para Raul, o tempo parecia não ter passado, e não só fisicamente; me impressionei com a sua aparente estabilidade emocional. Continuava estritamente o mesmo, dando-me a impressão de que não tivera uma formação, mas que nascera integralmente daquele jeito, da maneira como haveria certamente de morrer, sem mudar nada, cético e irredutível, não deixando transparecer nunca seus sentimentos, a não ser aquele ar de tédio e de desinteresse para com qualquer ideia nova, cercado dos mesmíssimos livros, de seus fetiches, dos velhos despojos pessoais; os pequenos troféus desportivos, entre eles; marcas de uma contradição sua. Encontrei-o apenas um pouco mais reservado ainda que antes, quase um nada, perceptível apenas porque se tratava de Raul. Adriana o vira com uma frequência bem menor durante a minha ausência, mais por uma disposição evidente de Raul em isolar-se temporariamente, como se desejasse uma trégua, do que por qualquer outro motivo. Depois de minha volta, ela tornou a procurá-lo com assiduidade, como eu esperava. Não sei bem por que, eu esperava por isso. Voltamos, claro, às nossas antigas polêmicas, embora não com o ardor de antes, como se nossas energias tivessem arrefecido um pouco; e o mito de Judas pareceu ter renascido de uma forma nova. Não como aquele ser que eu costumava imaginar, perdido na longa noite da História, mas como uma entidade quase familiar que tivesse anteriormente vivido entre nós, um certo amigo insistente que não tínhamos podido evitar em seu esforço por privar conosco, mas que acabamos por aceitar porque nos acostumamos com ele, conhecendo-o a ponto de lhe atribuirmos algumas virtudes e de sentirmos por ele até uma pequenina afeição. Foi naquele momento que, meio enternecido por reencontrar Judas Iscariotes, por senti-lo tão próximo, que comecei a pensar que ele ainda poderia vir a ser o centro de gravidade de um romance, mas um romance que o abordasse de uma perspectiva diferente; a partir de alguma fantasia, talvez, que o trouxesse para a vida cotidiana, com um destino que se confundisse com o meu e com o destino de outros personagens da vida real. Pensei pela primeira vez na história de alguém que tentasse inutilmente escrever um romance sobre Judas. Mas que não tivesse nada a ver comigo, logo reagi. Foi o ponto de partida dos fragmentos a que daria, muito tempo depois, o título de *Anotações de Dédalo*.

E há neste momento algo que sinto como que na obrigação de registrar, espécie de tributo a certas pessoas que conhecíamos, e que eram como nós, quase como nós; diferentes apenas, talvez, quanto à sua relação com isto que chamamos de instinto de sobrevivência. Por isso, transcrevo aqui uma anotação feita naqueles dias:

"Como é bom estar de volta. Sinto como se tivesse retomado o antigo caminho, entregando-me de novo à vida que me foi de fato destinada. Não sei se mudei nesse tempo todo; acho que não. O meu interior, sinto, continua quase o mesmo. A maneira de ver o mundo à volta é que talvez tenha mudado. Sinto que há agora uma tendência em mim em valorizá-lo; não porque ele tenha melhorado, isso não, pois ocorreu exatamente o contrário, mas pelo fato de ser o único que eu conheço um pouco, o único em que me é possível viver. Raul continua o mesmo, cético e irredutível, alguém para o qual este mundo continua inaceitável ainda que seja o melhor dos mundos possíveis. Encontrei-o apenas um pouco mais reservado que antes. Adriana, por sua vez, está um pouquinho mais magra, mas calma como sempre, contando-me, num mesmo tom pausado e lento, desde fatos familiares engraçados até as eventuais desgraças ocorridas com pessoas de nossas relações durante a minha ausência. De onde terá vindo esse autocontrole, essa docilidade imperturbável (confundida com frieza, às vezes, por quem não a conhece direito)?, caso raro, se não único, em toda a família.

E foi assim, como se se tratasse de uma coisa que não a surpreendera, que tinha fatalmente que ter acontecido, mais dia, menos dia, que ela me contou, logo que cheguei, sobre a morte de Hernâni. Eu o conheci num congresso de estudantes, em 1967, e o revi umas três ou quatro vezes, até que no ano seguinte foi detido e ficou seis meses na prisão porque a Polícia Federal achava que ele fazia parte dos quadros do PC do B. Ao ser libertado, não retornou à universidade. Deixou São Paulo dizendo que ia morar, por uns tempos, em casa de um tio, em Campo Grande. Só em 1971 é que se ficou sabendo que estava no Araguaia. Fiquei surpreso porque o Hernâni era de uma família de alta classe média carioca, vestia-se do bom e do melhor, morava num apartamento só para si, dava muita festinha, era burguesíssimo para os nossos padrões, e a sua repentina adesão ao movimento estudantil parecera, aos que o conheciam mais de perto, uma excentricidade, um fato episódico. Havia quem receasse que pudesse ser um delator. Eu não o conheci direito. Conheci um pouco melhor uma das namoradas que teve, chamada Cleonice, e que fez parte do grupo de teatro da universidade. A notícia da morte de Hernâni foi um tanto vaga, no início; não se tinha certeza absoluta do fato. A certeza só veio através de uma publicação clandestina sobre a guerrilha. Havia ali, entre as imagens de outros mortos, uma foto sua. Se repasso o livreto que Adriana guardou para mim, e que contém uma parte da história dos combates e pequenas biografias, o que mais me impressiona é a fotografia de Hernâni, em que aparenta ter dezessete ou dezoito anos. Quando o revejo, ele parece o personagem de uma história mais longa; devia estar pensando com amplidão no futuro, pensando no personagem que haveria de ser, com todos os sonhos a que tinha então direito, e não o personagem que estava destinado a viver, e por tão pouco.

O livreto reproduz, em seu apêndice, vários documentos pessoais dos guerrilheiros, entre os quais uma carta que Hernâni mandou a Cleonice (mencionada ali sob pseudônimo), onde diz, entre outras coisas: 'Tenho pensado sempre em como será bom quando nos reencontrarmos. Você me contará tudo o que vai pela sua cabeça, o que deixou de me contar nas cartas, para não alongá-las; essas miudezas da vida da gente e que são também tão importantes. Você me contará todos os seus planos, vamos falar muito sobre isso. Eu me vangloriarei um pouco, direi tudo o que fiz aqui. Eu seria hipócrita se lhe dissesse que não me sinto orgulhoso de estar lutando, envaidecido mesmo com a imagem que os que ficaram possam estar fazendo de nós. Todo homem deve envaidecer-se do que faz quando o que faz é bem-feito e ele gosta do que faz; então por que nós não podemos nos orgulhar de nossa luta, ainda que ela seja um grão de areia entre os fatos que haverão de acontecer. A vida aqui é dura, e parece pior a cada momento, mas é estranho: é com prazer que eu vejo as dificuldades crescerem, porque, à medida que crescem, vou testando minha capacidade em suportá-las e superá-las, e assim vou mostrando a mim mesmo do que sou capaz. Você não imagina, Cleo, como a gente desconhece a própria resistência moral, que, em certas situações, é muito mais importante que a resistência física. Somos bem mais fortes do que pensamos, e é bom constatar isso. Eu não era nada antes. Pode parecer absurdo, mas sou mais feliz agora porque não há espaço em minha vida para a angústia ou para o antigo tédio. Cleo, eu não tenho mais medo de nada. O fenômeno da morte tem perdido pouco a pouco a sua importância. Foi aqui que aprendi a amar verdadeiramente vocês todos, a partir deste distanciamento e da vida dura que levamos. Continue visitando o papai e a mamãe, e diga a eles isso que lhe estou dizendo. Sei que o que digo vai confortar a dona Leonor. O que mais lamento mesmo, minha pequena Cleo, é ter subestimado suas leituras. Lamento profundamente não ter lido a trilogia do Sartre de que você tanto falava. Lamento mesmo. Devia ter arranjado tempo para ler. Imagino que teríamos nos entendido melhor, eu a teria compreendido mais, não teria sido tão radical e cego, e não teríamos brigado tanto, pois ambos estávamos possivelmente com a razão, e talvez eu tivesse conhecido melhor a verdadeira Cleo. Eu juro que, quando voltar, essa será a minha primeira leitura. Li muito pouco romance em minha vida, e sei que isso é uma tremenda falha. Tem um companheiro aqui cujo nome de guerra é Vando, que trouxe com ele o *Dom Quixote*, numa edição argentina. É engraçado: ele foi o único a trazer um romance para cá; o resto é tudo teoria. É o lazer dele. Sempre que tenho oportunidade, dou uma olhada no livro, e, enquanto o leio, cresce diante de mim não a figura de Dom Alonso Quijano, mas a de Sancho Pança. É estranho, mas me encanta o fato de ele querer acreditar — sim, querer — nos sonhos de seu amo e nas promessas impossíveis que ele lhe faz. Sem isso, a sua vida não seria nada. Ele parece ter a intuição disso, e tal intuição o faz aceitar o delírio do outro e assumir de certo modo a sua fantasia. Não sei por que — não me pergunte — isso me parece muito, mas muito bonito mesmo.'

(...)".

17

O fio de Ariadne

"Há alguém aqui que me diz que foi um seu amigo muito próximo, faz muito tempo, na cidade em que o senhor nasceu", havia dito o professor Carlisi, através de Efraim. Embora Adriana continuasse a acreditar que aquele amigo só podia ser Raul, eu já começava a perder as esperanças de que ele "reaparecesse", que o professor Carlisi captasse sua imagem; e não adiantaria eu insistir para que fizesse isso porque as coisas ali só aconteciam espontaneamente, como uma decorrência natural dos fenômenos, um fato puxando o outro, numa ordem que eu não podia ter a pretensão de entender. E só acontecendo espontaneamente é que as "visões" do professor podiam atingir a condição de um verdadeiro espetáculo, com o clima de lirismo que eu sentira quando da aparição, naquela sala, do espectro de Nanni Rovelli. Já me colocava na posição de um espectador solitário e privilegiado de uma obra teatral sem precedentes, sem repetições. Me comovia pensar na maneira como se verificava o fenômeno, como o professor Carlisi armava a cena, captava as imagens e as transformava num monólogo às vezes carregado de poesia (era o que eu sentia, pelo menos). Só isto já teria sido suficiente para que eu continuasse frequentando a casa dele. Mas sua capacidade em me surpreender estava ainda além do que eu podia imaginar. Passadas duas semanas desde aquele primeiro anúncio a respeito da presença de um antigo companheiro de infância, num momento em que eu já não esperava que aquela "visão" pudesse repetir-se, encontrei um Carlisi particularmente bem-disposto, o que de hábito me causava grandes expectativas. Ele colocou as mãos espalmadas sobre a mesa e entrou logo em transe, e me surpreendeu ao repetir o que dissera cerca de quinze dias antes: "Há alguém aqui que me diz que foi um seu amigo muito próximo." Senti o costumeiro arrepio, o calafrio de sempre. Imaginando quem pudesse ser, fiquei ansioso, tenso; e, temendo que aquela visão se desvanecesse, me apressei em perguntar o nome dele. "Por favor, me diga. Isto é muito importante. É a razão fundamental de eu ter vindo tantas vezes aqui. Por favor me diga." Acho que devo ter falado num tom de exagerada súplica, uma vez que não conseguia aceitar de maneira alguma que aquele espírito, ou o que quer que fosse, não se identificasse. Seria intolerável. Surpreendentemente, Efraim respondeu de pronto: "É algo assim como Buia, embora isto não seja a rigor um nome. Ele insiste, porém que o senhor o chamava assim, e insiste também em que o visitou em espírito recentemente durante a enfermidade pela qual o senhor padeceu muito." Cheguei a me decepcionar um pouco, pois pensei que jamais decifraria aquele enigma que Efraim me lançava mais uma vez. O nome anunciado não me dizia nada, sequer era um nome, não parecia um nome. Era, quando muito, o apelido de alguém que eu imaginava jamais ter conhecido. De resto, eu não havia sofrido recentemente nenhuma enfermidade. Pelo menos quanto à saúde física, eu havia estado muito bem naqueles últimos meses. "Ele está de camisa branca de manga comprida", continuou Efraim, "e de calça de casimira cinza. É jovem e parece muito tranquilo. Faz um gesto com o braço levantado, o dedo apontando para alguma coisa no horizonte, e assim, como num sonho, posso ver as imagens que ele quer que eu veja. Há uma casa no campo, com muitas árvores ao fundo, uma construção de madeira ao lado, um celeiro e outras construções espalhadas ao redor. Há também um curral, uma horta abandonada, há animais domésticos por todos os lados". Efraim ia descrevendo a paisagem monocordiamente, não parecendo na verdade que Carlisi tivesse em transe, mas no limiar do sono, algo um pouco diferente que da outra vez, falando com ritmo, sem pausas, de maneira que, embora eu quisesse, não acharia jeito de interrompê-lo para fazer-lhe alguma pergunta. De repente, ele mudou o foco da narrativa, voltando-se para uma espécie de esmiuçamento daquela paisagem; e pareceu também ter assumido, na primeira pessoa, o discurso do visitante ("nosso visitante", como a ele se referira Efraim, pouco antes). No entanto, havia algo muito estranho: ainda que Carlisi tivesse inequivocadamente assumido a fala do outro, eu senti com muita clareza que se tratava de uma certa voz interior minha, como se aquela fosse na verdade uma representação de uma passagem minha por aquela paisagem rural. O professor então bocejou, respirou profundamente, e pareceu ter imergido ainda mais no transe. Fez uma pequenina pausa e continuou com um ritmo até um pouco mais lento: "Regressei, regressei, regressei. Esta é a velha casa de sempre, o ponto de retorno, a casa que se acreditava que fosse eterna. Esta é a casa; sim, esta é a casa que, como a cidadela das Escrituras, foi edificada num monte, numa colina, e foi fortificada para não cair, nem permanecer oculta. Objetos velhos, reconhecíveis e imprestáveis, espalhados, deterioram-se gravemente, mas ainda dificultam a passagem para o terraço, e dão um aspecto de desordem e abandono. Um gato sobre a balaustrada vigia, como que desinteressado, a paisagem que conhece tão bem. Um trapo esfarrapado, atado certa vez a um arbusto por alguém que ali costumava brincar, agita-se ao vento. Há alguém que me possa receber? Uma videira foi plantada fora da herdade, e, como não tem viço, será extirpada pela raiz, e perecerá. Quem espera atrás da porta? Sai fumaça da chaminé. Estão preparando o jantar. Como me é familiar esse momento e esse lugar. No interior da casa, todos estão silenciosos, como que ocupados com seus próprios assuntos; assuntos que em parte esqueci e em parte não conheci jamais. No que posso agora lhes servir? Que sou para eles, ainda que seja filho daquele mesmo pai, filho do velho proprietário rural? Não me atrevo a chamar à porta; fico aqui em meu lugar, retraído; tento escutar se murmuram alguma coisa, se pressentem a minha presença, mas não ouço nada, salvo uma suave pancada de relógio que parece chegar a mim desde os dias da infância."

O discurso continha algumas impropriedades, pois aquela não era de fato a casa de meu pai, mas reconheci nela a velha casa de meu avô, pai de minha mãe, também meu pai, por que não?, onde eu passara parte da minha infância. No entanto, não obstante as incorreções, o pronunciamento tinha um estilo e era pleno de sugestivas alegorias a respeito de um período ao qual eu havia devotado, durante bom tempo, um quase completo desinteresse, tendo começado a revalorizá-lo em dias recentes, quando iniciara as minhas conversações com Otília Rovelli.

O nome, ou melhor, o apelido pelo qual aquele estranho amigo se identificara, não me dizia mesmo nada; não me disse de imediato nada, pelo menos; mas o estilo, este sim, trazia a marca inconfundível de Raul, ainda que tivesse ao mesmo tempo parecido um discurso meu incorporado por Carlisi, algo sobre minha pessoa, sobre uma visão minha, esta aparente contradição. Tratava-se, na verdade, de uma parábola que eu só agora começo incipientemente a compreender.

O EVANGELHO SEGUNDO JUDAS
Fragmentos

[(...)

Disse mais; disse que um homem tinha dois filhos, e o mais jovem pediu ao pai que lhe desse a sua parte da herança, e o pai dividiu os seus bens entre os dois irmãos. Tendo juntado todos os seus pertences, o mais jovem partiu para um lugar distante e ali dissipou tudo o que possuía, levando uma vida de devassidão. Sobreveio ao lugar uma grande fome e ele começou a passar privações, e foi empregar-se com um homem que o encarregou de cuidar dos porcos. E ele então pensou na casa paterna e no convívio que perdera: Quantos empregados de meu pai têm pão com fartura, enquanto eu estou quase a morrer de fome. *Decidiu então que regressaria e que diria ao pai:* Pequei contra o céu e contra ti; já não sou digno de ser teu filho. Deixa-me viver em qualquer canto de tua casa; mesmo a condição do mais humilde de teus empregados me servirá. *E partiu e foi ao encontro do velho pai. Este o viu já de longe, encheu-se de compaixão, correu ao seu encontro e o abraçou e o cobriu de beijos. E ele disse com efeito o que guardara em seu coração:* Pequei contra o céu e contra ti; já não mereço ser teu filho. *Mas o pai não o julgou; antes, mandou que seus servos se apressassem e trouxessem a melhor túnica para o filho, que lhe pusessem um anel no dedo e sandálias nos pés, e que apanhassem o novilho cevado:* Comamos e festejemos. *O filho mais velho, que estivera no campo, ouviu, ao se aproximar, que havia música e dança, e estranhou, mas um servo lhe disse:* Teu irmão voltou, e teu pai festeja porque o recuperou com saúde. *O irmão mais velho indignou-se, não quis entrar. O pai, sabendo que estava ali, saiu e suplicou-lhe que entrasse, e ele lhe disse:* Sabes bem há quanto tempo te sirvo e observo a ordem da casa e não transgrido um só dos teus mandamentos. Nem por isso me deste um cabrito sequer para que eu me banqueteasse com meus amigos; no entanto, para esse que devorou seus bens com meretrizes, tu matas o novilho cevado. *Mas disse o pai:* Filho, estiveste sempre comigo, e tudo o que é meu é teu. Era justo, porém, que houvesse festa porque teu irmão estava morto, e reviveu; estava perdido, e foi reencontrado.

Todos os presentes entenderam a parábola quanto à sua evidência, mas não o seu outro sentido, que versava sobre a ressurreição. Para o pai, foi como se seu filho, antes morto para seus olhos e para a vida plena, tivesse iniciado uma nova existência. (...)]

O Diário de Francisco

Lembro-me novamente da grande identificação que Raul sentiu por Max Demian, a quem Sinclair definia como frio, um tanto orgulhoso, demasiadamente seguro de si (pelo menos à primeira vista), com seus olhos de adulto, não obstante ser tão jovem, a expressão melancólica, "sulcada de relâmpagos de ironia, o que não se costuma encontrar nas crianças". Foi durante o Clássico, acho que no segundo ano: eu li o livro (todo mundo lia; havia ali um universo espiritual que até então havíamos desconhecido totalmente), e foi logo depois de Raul que o li pela primeira vez, avisado pelo seu entusiasmo de que se tratava de algo excepcional, nunca visto. Por isso, sempre que me lembro daquela história, me lembro do quanto conversamos a esse respeito, e a imagem que me vem de Demian é sempre a de um rosto transfigurado no de Raul. Não me lembro de outra coisa que tenha provocado a mesma fissura naquela sua capa de pessimismo e desalento. Ele foi então e sempre seria circunspecto, aplicado, solitário, sobriamente generoso para com aqueles que dele conseguiam se aproximar, cumpridor rigoroso dos deveres, disciplinado às últimas consequências, um tanto taciturno, como se estivesse sempre a ruminar algum desencanto, e, no entanto, bom desportista, capaz de igualar-se aos melhores do Instituto, causando-me sempre a mesma mescla de admiração e uma certa inveja, sentimento especialmente agravado naquele período (eu ainda tão perdido, sem saber muita coisa a respeito dos rumos que pretendia seguir no futuro imediato, tão desatento quanto a maioria de meus colegas). Era natural que Raul causasse, naqueles que não o conheciam verdadeiramente, uma certa estranheza e até ressentidas reações diante daquele fechamento e daquela austeridade que podiam eventualmente ter a aparência de orgulho e arrogância. Havia, pois, quem o julgasse deste modo. Era de fato invulgar que alguém pudesse marcar o seu comportamento pela parcimônia, pela temperança, pela dedicação irrestrita aos estudos, logo num momento em que a quase totalidade dos demais se entregava à explosão da idade e do vigor. E a respeito da energia, daquela impetuosidade que era comum esperar-se de todos, ele a demonstrava apenas nos momentos em que duravam as partidas de basquete, esporte ao qual se dedicava diligentemente, com o objetivo mínimo, parecia, de ser nele o melhor; como a necessária contrapartida de sua incomum circunspecção, como um recurso para estabelecer o seu equilíbrio emocional, algo perfeitamente consciente, apresentando sempre um desempenho exemplar, baseado nas doses necessárias de domínio físico, raciocínio rápido e o espírito de equipe requeridos, como ele próprio disse uma vez, por aquele esporte. Foi durante aqueles três anos um dos elementos indispensáveis da equipe do Instituto, e foi uma das estrelas dos Jogos Abertos do Interior de 1961. A essa contradição, se é que se tratou de contradição, a essa espécie de dicotomia de seu comportamento, eu me habituara desde os tempos do Grupo Escolar, mas foi no Instituto, tendo eu já uma certa familiaridade com sua maneira de ser, que houve uma atenuação do pequeno despeito que eu sentia acerca de sua aparente autossuficiência, o que, geralmente, costuma revelar, hoje eu sei, insegurança mais que afetação. E nos aproximamos, no início, basicamente porque éramos conterrâneos, os únicos ali, além de Adriana e de Kromer; depois porque, surpreendentemente, as nossas diferenças pareceram então encaixar-se umas às outras, oposições que traziam afinal a concórdia, a harmonia oculta, diferenças que eram como que complementos umas das outras, as duas faces de uma mesma moeda; e o que, de início, poderia parecer, como costuma acontecer em tais casos, razão de conflitos insolúveis acabou se transformando em matéria de aprendizagem mútua. É curioso como, logo no começo, eu tive alguma consciência daquilo que o convívio com Raul poderia render-me de útil e de esclarecedor. Penso que o mesmo deve ter ocorrido com ele, ao mesmo tempo. Ele foi então, como haveria de ser para sempre, comigo e com Adriana, o elemento que forneceria o tom, acho que posso dizer, das nossas relações e a medida de seu aprofundamento.

Tenho consciência de que venho procurando em vão expressar aqui o meu juízo a respeito de Raul; venho me esforçando deliberadamente por fazê-lo; quero saber de mim mesmo que ideia afinal eu tenho a respeito de Judas Kreisker e de sua passagem por nossas vidas; mas, à medida que o formulo, o meu juízo vai pouco a pouco mudando, e nunca estou absolutamente certo de nada quando falo dele. Pode ser que mais tarde, antes mesmo de terminar este registro, eu tenha mudado mais uma vez de opinião. Afinal, creio ter herdado de Raul essa ideia de que as verdades são sempre as mesmas, mas estão em constante movimento, transformam-se com o fluir do tempo, porque tudo está em permanente mudança, o mundo deixando de ser o mesmo a cada minuto que passa; um rio é ele mesmo, e, no entanto, a sua face, a sua essência, que é a água, muda constantemente, e assim vou procurando soltar o meu pensamento, procurando divagar, apenas divagar a respeito de coisas aparentemente desconexas, abandonando-me às livres associações, para obter esse mínimo de incoerência que só a inadvertência nos permite ter, tentando assim chegar o mais próximo possível da verdade destes fatos superpostos que foram pouco a pouco nos mudando, sem que pudéssemos nos acostumar com as mudanças, sem termos tido tempo para isso, acontecendo muitas vezes de nos sentirmos estranhos a nós mesmos, em certo sentido, como se fôssemos uma outra pessoa e não aquela que estava vivendo esta vida, a ponto de não nos lembrarmos de nosso passado senão como de uma história paralela, a aventura de alguém que havia sido destinado a uma outra configuração humana que nada tem a ver com a nossa, com este ser em que nós nos transformamos e que, ao vermos circunstancialmente no espelho, nos parece a figura de alguém que conhecemos apenas vagamente: como é estranho que eu seja esse que aí está, nesse universo de inversões atrás do vidro; esse aí, com suas fraquezas, sua culpa e seus medos; meu Deus, como isso é estranho; como é estranho que eu seja esse ser insatisfeito do outro lado — como é estranho pensar no que efetivamente somos —; como é estranho viver. Sou levado a pensar agora, a suspeitar, não sei por que, não me peçam que explique, pois se trata de um sentimento vago; uma sensação, melhor; uma sensação de que é esse ser que costumo ver circunstancialmente e com um certo desalento através do espelho, esse ser ao contrário que me parece uma outra pessoa; esse ser, precisamente, é que talvez tenha sido o que um dia chegou a identificar-se com um outro ser chamado Raul Nepomuceno Kreisker; mas não aquele que andava por aí, e que polemizava ao mínimo pretexto e que nós amamos apesar do aparente fechamento; não esse, e sim aquele que ele próprio costumava eventualmente ver, decerto também com desalento, à minha semelhança, do outro lado do vidro, com suas fraquezas, sua culpa e os seus medos inconfessáveis, considerando, quem sabe?, também ele:

como isso tudo é estranho, como é estranho que eu seja esse ser insatisfeito do outro lado; meu Deus, como é estranho viver.

Paro diante de mais um enigma pessoal, sinto um ligeiro, um primitivo temor de seguir em frente, algo aparentemente injustificável e que não sei explicar; paro de escrever, vou até a cozinha, volto com uma xícara cheia de café, tomo o primeiro gole, e me animo a seguir em frente porque me veio uma ideia — uma ideia também um tanto vaga, como têm sido vagas todas as ideias que tenho tido nos últimos tempos, nesta que costumo chamar de "a minha *era* da incerteza", pois é mesmo longa, será longa, creio, sentindo-me bem no meio do caminho, na minha selva escura, sem saber se isto é bom, se isto é ruim, sem saber a que me levarão as minhas vacilações, as minhas dúvidas —; porque me veio a ideia de que os enigmas, as perguntas, as questões aparentemente insolúveis têm sido para mim de mais valia que as respostas, que os fatos de minha vida que, com algum esforço, posso entender, pois não me estimulam. E, voltando ao universo dos reflexos, imaginá-lo, pensar que ele é o único lugar onde nós podemos eventualmente nos identificar com certas pessoas, pensar que nele eu pude encontrar um dia Raul, imaginar esse mundo paralelo em que nos vemos muitas vezes com desconcerto, com alguma decepção, com alguma angústia até; isto, esta pequenina descoberta, poder imaginá-la, com seus efeitos bons e maus, me causa neste preciso momento um inesperado alívio, contraditoriamente; dá a sensação de que posso estar na pista de algo que um dia me explicará qual terá sido o sentido básico de nossas relações. E sinto, ato contínuo, que lá no fundo de minha alma, lá onde jamais há espaço para isso que chamamos de razão, no espaço mais íntimo e primitivo de meu ser, mais um elo foi atado a esta corrente de pensamentos, cogitações, considerações e tudo o mais que me tenho empenhado em estender por estas laudas, esse fio que tenho a pretensão de que me conduza um dia a um estado de graça, ou o que eu imagino que seja o estado de graça, essa sensação que deveria ser comum e que não é, em que não haverá nenhuma culpa, em que não haverá desejo inoportuno ou a mínima ansiedade que me possam perturbar

— pois Deus, se é que existe, não julga, e sim nos deu a pesada carga de sermos juízes de nós mesmos, nos privando para sempre do paraíso de sua autoridade; sim, o estado de graça em que não precisarei julgar os meus atos, pois não estarei imaginando ter cometido nenhum delito; um estado em que eu possa sentar-me no quintal de minha casa, aqui em Ouriçanga, sob as árvores, e ficar silencioso, sem vacilar em meus pensamentos, sem um só movimento de meu ser, como quem plantou adequadamente sua semente em bom solo, e a está velando, esperando que germine, tendo esperança, aguardando que o grão morra para adquirir a verdadeira vida, esperando que se verifique afinal esse milagre em que eu me liberte da sedução enganadora do tempo, um estado de consciência que possibilite isto a que, dependendo de quem o sinta, costuma ser dado o nome de êxtase; e que assim eu perceba algo que possa justificar a razão de estarmos aqui. Como é estranho viver. E a frase volta a ocupar o seu espaço, remetendo-me novamente ao espelho, como se eu tivesse entrado em um círculo vicioso, neste momento em que tomo mais um gole de café para me estimular a seguir em frente, registrando o mais fielmente possível o que me vem ao pensamento, com o que, espero, terei mais tarde uma parte, pelo menos, do roteiro do que ocorreu nesta espécie de limbo em que ainda não sei qual terá sido em verdade a essência desse fenômeno de influências sísmicas que foi a passagem de Raul Kreisker por nossas vidas. E, à medida que vou vencendo as etapas deste roteiro, vou, misteriosamente, me desfazendo dessa sensação de perda, esse vazio que pareceu, em certos momentos, impreenchível; esse abismo de que chegamos a nos aproximar com a morte de Raul.

E penso: ele talvez estivesse na verdade em busca de sua fé, a fé possível para ele, o seu "Reino", o seu evangelho. Fé, isto que um dia pretendemos desprezar sem suspeitar quanta ambiguidade e quanta significação podia haver numa palavra tão pequena e que para ser pronunciada necessitava apenas de um pequenino sopro, mas um sopro lá de dentro, bem dentro, significativamente: fé.

E me lembro agora do que ele me disse uma vez, com uma propriedade superior à que posso conseguir agora, sobre o que julgava como a inferioridade da expressão racional, frente à grandeza da alma, cuja existência criadora a razão perturba e, muitas vezes, até destrói. Hoje eu sei ou pelo menos tenho que aceitar segundo minhas convicções, segundo minha fé pessoal, que a alma e a força criadora da alma é que estão em harmonia com a natureza, e não a razão. Geradora de símbolos e de mitos, só a alma é capaz de assimilar os enigmas que a razão procura de hábito conjurar. "A razão destrói o mundo dos mitos", disse uma vez Raul Nepomuceno Kreisker, se me lembro exatamente de suas palavras. "O espírito julga, enquanto a alma vive", sentenciou, de uma forma que naquele momento me pareceu arrogante porque não pude entender a afirmação e me sentira intelectualmente inferiorizado. E, no entanto, é a partir desta sentença que posso, anos depois, reconstituir o que ele disse. É por aí que eu talvez devesse começar a minha tentativa de compreender a sua abjeção pela aparente clareza com que é comum pretender-se explicar certos fatos da vida. A partir dessa mesma sentença, posso me lembrar também de uma outra, cuja verdade eu só haveria de aceitar a partir do longo exercício de minhas fantasias, dos meus exercícios literários: "Só os símbolos que a alma inventa é que nos permitem chegar ao fundo de cada verdade, e não os secos conceitos da ciência." De onde ele teria tirado isto tão prematuramente? Ah, o Lúcifer Kreisker e suas leituras secretas, suas armas, embora sempre pontificasse: "Estive pensando..."; isto que naquele tempo eu não podia imaginar como mentira. Lúcifer.

Estávamos no último ano do Clássico e eu já fora seduzido pelas teses igualitárias e os seus acessórios, que grassavam então no movimento estudantil, verdades muito simples às quais me entreguei com uma disponibilidade evangélica, encontrando ali, posso até dizer, a minha religião, com suas escrituras incontestáveis porque nos pareciam absolutamente cristalinas as suas mensagens. E delas jamais me afastaria, embora mais tarde me parecessem um tanto insuficientes, carecendo de um complemento espiritual que eu acabaria por encontrar expresso no papel daquele pai que recebe de volta, festivamente, o filho que o abandonara e dissipara toda a sua herança, a grande parábola de Lucas.

Era a propósito de minha adesão, meu "engajamento", que conversávamos, mas o que Raul me disse sobre a alma e sobre a razão não disse como censura. Nunca chegou a me censurar verdadeiramente; isso não. Não se opunha jamais às minhas ideias. Chegou apenas a me alertar, por estar me entregando tão incondicionalmente ao movimento que eu encontraria ainda mais radicalizado, no ano seguinte, em Ribeirão Preto. A experiência da Comuna Popular de Tatchai, descrita num volume de pouco mais de cem páginas, por Charles Bettelheim, me causou uma intensa vibração, e eu juntei aquele livreto, não seria impróprio dizer, àquela espécie de testamento que nos permitia ver com entusiasmo o porvir. A epopeia das ligas camponesas do Nordeste nos trouxera a certeza de que o país haveria de se transformar radicalmente nos anos seguintes. Não podíamos, nem de longe, imaginar as tragédias que teríamos pela frente. Mas era bom ter a crença juvenil que tínhamos. Inflamado por aquelas "boas novas", é claro que eu não podia suportar como antes o ceticismo de Raul, que eu passei a considerar como alguma coisa própria de um espírito ranzinza e envelhecido antes do tempo, o que me fez distanciar-me um pouco dele em certo período. Mas o fato é que eu não podia então aceitar que suas ideias não se confrontassem necessariamente com as minhas, me parecessem antagônicas, reacionárias; e, no entanto, elas diziam respeito a uma outra classe de preocupações, e bem que poderiam ter sido já naquela época um complemento para aquele mundo idealizado e racional que eu organizara em minha cabeça; "para sempre", como imaginava. E ele dizia, com efeito, que a doutrinação e o racionalismo eram verdadeiras doenças de nosso tempo; que se estava deixando de prestar atenção nos mitos da alma; que o lado mítico do homem estava sendo perigosamente abafado; que era salutar tratar daquilo que a razão não podia compreender e jamais compreenderia. Isto, sem querer contestar-me, absolutamente. Mas eu não achava que o que ele dizia pudesse ter alguma importância naquele mundo que haveria de mudar para o avesso muito em breve, segundo eu pensava.

Levanto-me mais uma vez, vou até a cozinha apanhar outra xícara de café, passo pelo meu cão refestelado na sala, alheio a qualquer comoção possível, com o seu universo de mitos talvez intacto; penso, pois, nisto, e contraditoriamente não o admiro (nem me preocupo com a possível impropriedade disto que digo) e nem me importo com o fato de que o que estou fazendo nesta manhã chuvosa de janeiro não tenha para ele a menor importância, ainda que a sua postura, se este é o termo, é que talvez esteja certa, frente à consumação dos séculos, quando tudo será nivelado pelo nada: eu passarei, ele passará, passará o que neste momento escrevo, passará esta casa e Ouriçanga com ela, e no fim tudo poderá ficar do mesmo jeito que antes, ou quase, quem sabe?, quando a terra *estava vazia e vaga, e as trevas cobriam o abismo, e um vento de Deus pairava sobre as águas.* Mesmo assim, arrolo o meu cão neste inventário de fatos e coisas e sentimentos e suposições e tudo o mais, tendo o ímpeto inexplicável de fazê-lo, como se tudo tivesse a sua relativa importância; e, na volta, com a minha xícara de café deixando pequeninas nesgas de vapor no ar e o seu aroma de bom café, me sobrevém um outro ímpeto: vou até o meu arquivo com o preciso objetivo de apanhar uma carta recente de Adriana Elisa, isto porque me lembrei, intempestivamente, do que me escreveu a respeito de astrologia [(ela continua a mesma) algo sobre um assunto ao qual continuo dando a relativa importância de antes], e que, ao reavivar-se em minha memória, adquire inesperado interesse, me motiva a apanhar a carta, tocado em meu universo de mitos, e a sentar-me aqui novamente e a transcrever certo trecho relativo a Raul: "Escorpião, querido primo, é um setor zodiacal que sofre as mais contraditórias influências. Pertencendo à água, cuja natureza é móvel, ele tem uma constância rítmica estável. Possuindo polaridade feminina, é dominado por um planeta poderosamente masculino. Sendo, ainda, um signo de água, tem como regente Marte, que pertence ao elemento fogo. Trata-se de um quadro que resulta numa extrema inquietação e que oferece o ambiente necessário ao caminho que conduz aos quatro signos finais, últimas etapas da evolução de Adham Kadmon, o homem arquetípico. Escorpião faz parte da cruz mística do mundo, composta por ele e pelos demais signos de ritmo estável: Touro, Leão e Aquário. São os signos cujas figuras servem de símbolo para os quatro evangelhos, marcam o meio das estações, e representam o período de equilíbrio e absorção que existe entre o começo e o fim de todas as coisas. Por mais longo que seja o seu caminho evolutivo, os nativos de Escorpião terão um dia que se desligar de si mesmos e se integrar na humanidade, pois em suas mãos está a chave dos mistérios representados na esfinge, e em seus ombros repousa o peso da Cruz do Mundo. Isto lhe diz alguma coisa, Fran? E o que me diz disto: na hora do nascimento dele, Mercúrio estava passando pelo signo de Escorpião, o que propicia uma inteligência perspicaz, instintiva e profunda. A curiosidade de tais pessoas se volta em particular para os assuntos secretos e proibidos. E mais: essa posição de Mercúrio dota as pessoas do poder de decifrar os segredos íntimos dos que as cercam e de conhecer os seus pontos fracos. No momento em que ele nasceu, Vênus estava passando pelo signo de Virgem, o que resulta numa natureza contida e reservada no terreno amoroso. Vênus, neste caso, faz com que os nativos de Escorpião temam iludir-se ao ceder aos seus impulsos afetivos. Manifestações amorosas muito efusivas vão contra a maneira deles de ser. Preferem observar longa e cuidadosamente as pessoas que lhes interessam, antes de darem vazão à ternura que possam ter dentro de si. E quanto à posição da Lua, apesar da grande amizade que eles possam ter pelos que os cercam, têm grande dificuldade em estabelecer vínculos, pois prezam muito a liberdade pessoal. Costumam ser independentes e autossuficientes, preferindo, geralmente, a solidão. (...)"

Coloco de lado a carta que li e reli tantas vezes, e tento imaginar de novo o motivo que teria levado Adriana a me dizer tais coisas; a dispor-se, o que raramente faz, a escrever-me, para isto, uma carta; o motivo preciso, quero dizer, pois, num sentido geral, penso que o fato tenha relação com aquele algo que estou quase certo de que aconteceu com eles na minha ausência; este fato de que ainda não mereço tomar conhecimento, segundo o juízo dela, segundo penso.

O fio de Ariadne

Era mesmo uma impressão muito vívida, como se eu estivesse de fato em presença dele. No entanto, ainda quis que Efraim me dissesse o verdadeiro nome de Buia. Ele expressou-se com benevolência: "Ah, o senhor insiste em querer nomes." Fez um breve silêncio, como se estivesse a repetir a minha pergunta ao visitante, sem contudo pronunciar nenhuma palavra ou fazer algum gesto, com os olhos fechados e as mãos espalmadas sobre a mesa: "Não, meu caro senhor Francisco", disse afinal, "ele não lhe dará tal informação, e insiste em que o senhor está sendo vítima de sua má memória, e que o apelido é suficiente para que o senhor se lembre dele. E diz mais: Buia deveria ser para o senhor uma designação particularmente evocativa. Se o senhor não sabe a quem ela se refere, isso é com o senhor. Ele não deseja ser mais explícito. Disse ainda que o senhor deverá ter em breve uma grata surpresa, e que não deve descuidar assim daqueles que compartilharam de sua vida. Isso não é bom". Decidi, então, confiar em que haveria de recobrar em minha memória aquele nome. Na mesma noite, logo depois da sessão, liguei para minha prima e pedi que viesse até em casa, e rememorei diante dela, em voz alta, tudo o que acabara de acontecer. Mergulhamos então num emaranhado de cogitações e de evocações, tentando reconstituir (aos pedaços, unindo os fragmentos de que nos lembrávamos, sem seguir nenhum critério) a parte de nossa infância e adolescência relacionada com a propriedade de nosso avô, que Efraim conseguira descrever de uma maneira dramática, poderosa, com um fecho literário que ressoava insistentemente em minha cabeça: "Não me atrevo a chamar à porta. Fico aqui em meu lugar, retraído; tento escutar se murmuram alguma coisa, mas não ouço nada, salvo uma suave pancada de relógio que parece chegar a mim desde os dias da infância." Foi esta imagem lírica e perturbadora que me fez recobrar afinal certas frações perdidas de minha vida. Lembrei-me de frases, lembrei-me de pessoas e de nomes, de lugares e situações (enquanto Adriana corria ao dicionário), como num giro labiríntico de minha memória, tentando achar aqui e ali — indo e vindo no tempo —, achar o caminho que me levaria à decifração da palavra enigmática ["Bugrinho. Bugrismo", Adriana foi dizendo enquanto corria o indicador de alto a baixo na página aberta do dicionário. "Búgula. **Buído.** Não tem Buia." (falava com excitação; estava ansiosa desde o momento em que eu revelara o que havia acontecido na casa do professor.)]. Eu, enquanto isso, continuei me esforçando por varrer com o pensamento a parte de minha vida passada em Ouriçanga, até que acabei por localizar, inevitavelmente, a foto do quarto ano primário de 1954. Fui ao armário, apanhei o álbum de Luísa, e lá estávamos nós perfilados, um grupo então coeso ("impávido, varonil", lembrei-me logo daqueles termos anacrônicos mas que nos eram familiares e que tentávamos aceitar com docilidade, com o ingênuo desprendimento de que éramos então capazes). É bem possível que tivéssemos apenas acabado de cantar o hino apropriado para aquele dia. "Mal soou na serra ao longe, nosso grito varonil." E lá em cima, no último degrau, na segunda fila da esquerda para a direita, ainda estava um rosto semelhante aos outros, mas que ostentava uma inequívoca limpidez, aquela fria limpidez que Raul haveria de ostentar por toda a vida. Ali estava Raul Nepomuceno Kreisker. Senti uma certa amargura em pensar que ele, como todos nós, como é natural acontecer a todo ser humano, até mesmo ele tinha sonhos; devia estar sonhando com seu futuro naquele preciso momento, e tinha o direito de realizá-lo pois o merecia, todos merecem, pois sua vida era ainda uma página quase em branco, e também ele não havia certamente tido que clamar uma única vez pelo cordeiro de Deus. Lá estava ele, imerso na tremenda complexidade da infância, sem ter prestado ainda atenção aos mistérios que mais tarde o assoberbariam e lhe tomariam tanto tempo. Lá estava ele, aquele mesmo de quem ele certamente não haveria de se lembrar, sempre que empunhasse a sua cópia da foto, a não ser como o personagem de uma história apensa, um outro eu, de maneira alguma destinado ao que efetivamente aconteceu no outro lado daquela foto, no seu futuro [o que penso ser comum acontecer ao comum das pessoas: quase sempre não somos nada, não podemos querer ser nada e no entanto temos em nós todos os sonhos do mundo (ah, "janelas de meu quarto...")]. Lá estava aquele que decerto ele próprio veria tantos anos depois, sem se reconhecer muito bem, e sobre quem haveria de dizer: como é estranho que eu seja esse que aí está, a me olhar tolamente; esta mesma sensação que tenho eventualmente quando me vejo no espelho. E é no universo dos espelhos, onde habita essa espécie de contrapartida nossa, nesse universo que talvez seja o mesmo que existe para além (à frente) das fotos, residência desses seres que hipoteticamente deveríamos ter sido mas que não somos, incidentalmente, esses que pensamos e quisemos ou sonhamos ser um dia e não fomos; no universo, portanto, desses seres das fotos e de um dos lados do espelho é que eu sinto identificar-me com Raul Nepomuceno Kreisker; e o processo dessa constatação talvez tenha tido início no dia em que pela primeira vez vi *com olhos de ver* aquela memorável fotografia. Vi Raul e o seu destino inverificável estampado no rosto; o Raul projetado para o futuro, apenas projetado. Foi aí então que comecei a me identificar verdadeiramente com ele; não aquele que andava por aí e polemizava e era cético e tinha prazer, parecia, em ser cético, como se isso pudesse ser uma vantagem, uma satisfação evidenciada por aqueles "relâmpagos" de arrogância que se podia eventualmente vislumbrar nele; identifiquei-me, antes, com aquele que ele próprio devia ver com desalento ao olhar-se no espelho, à minha semelhança, repetindo: "Meu Deus, como é estranho viver."

E lembrei-me de outras coisas, de outros fatos; tentei esmiuçar em minha memória aquele período fundamental de nossas vidas; lembrei-me até mesmo da aula de califasia relatada no *Infância* (falar bonito — como entendi —, expressar-se bem, era o que califasia queria dizer, segundo aprendemos então), lembrei-me do título da lição (*Uma Surpresa*), exemplo acabado de clareza e disciplina vocabular, exemplo de ascética limpeza que um homem chamado Henrique Ricchetti conseguira expressar em seu livro, de uma maneira eficiente, embora anacrônica, e com rara propriedade — este contrassenso. Foi em grande parte por intermédio dele que nós recebemos as noções básicas a respeito do valor da disciplina, do patriotismo, do bairrismo, do senso prático, dos valores heroicos, da higiene, da religiosidade e tudo o mais, através de lições de ingênua beleza, mas claras e objetivas. Foi através delas que nós recebemos, sem nos darmos conta, parte dessa herança moral da qual lutaríamos para nos livrar, muitos anos depois; desesperadamente, em alguns casos; e sem sucesso, muitas vezes. À parte a aula descrita no livro, lembrei-me também daquela aula de califasia que tivemos no mundo real, cópia da outra, a vida imitando a arte, e que o professor Lauro organizou para nos estimular ainda mais no aprendizado da língua ("As palavras", dizia ele, "amam e casam-se"). Vieram-me em seguida as imagens do dia em que fizemos um exercício sobre termos indígenas incorporados ao português, aquelas palavras no geral sonoras; e lembrei-me, inevitavelmente, do trabalho, como sempre criterioso, claro, límpido, que Raul fizera sobre o tema ["Bubão. Bubo. Bubônica." (Tendo voltado algumas páginas do dicionário, Adriana estava prestes a iluminar-se.) "Bubonídeo. Bubonocele. Bubuia."]. Bubuia. Meu Deus, afinal eu me lembrava. Bubuia. Assim começava o trabalho que Raul leu logo no início da aula: "Bubuia. Se vocês pensam que isto não é português, ledo engano. Está no dicionário. É a contribuição do índio, enriquecendo o idioma que falamos (...)."Aquele primor de correção (assim me parecia ainda), de clareza, e o manifesto ali contido de preocupação com o destino dos índios tiveram, como sempre acontecia com Raul, um dez, que o professor Lauro distinguiu, anotando ao lado: "Com louvor", o que se constituía numa repetição do êxito obtido por Lamartine, o personagem da lição de Henrique Ricchetti. Só que, diversamente de Lamartine, que surpreendera o professor com seu belo trabalho, pois até então havia sido, entre todos da classe, "o mais gazeador", de Raul Kreisker, com sua disciplina e sua aplicação, era esperado o melhor ("Bubuia", continuou Adriana, "do tupi *be'bui*, flutuante, coisa leve e flutuante"). Bubuia. Foi este o apelido logo imposto por alguém, algum gazeador, como Lamartine, simplificado logo, para Buia, e que Raul carregou (sem dar aparentemente muita importância a isso) pelo menos durante aquele período até o final do curso primário. E era um apelido que lhe assentava bem, pois, não obstante a sua dedicação aos estudos, a maneira correta e prestimosa com que dava conta de suas tarefas escolares, era comum o professor Lauro surpreendê-lo olhando fixamente para a frente, mas ausente, sem prestar a mínima atenção à aula, demorando, às vezes, a dar-se conta de que o estavam chamando. Preferia já naquela época, possivelmente, aprender por seus próprios meios, em casa, aferrado aos cadernos e livros, e não nas aulas. Bubuia. Buia. O nome soou-me na memória como um som então poético, ecoando através do tempo, e eu o ouvi comovido como uma suave e evocativa pancada de relógio chegando a mim desde os dias remotos da infância.

O Diário de Francisco

Embora eu continue acreditando nos prodígios operados pelo professor Carlisi da mesma forma que acreditava quando o procurei pela primeira vez, tenho sentido ultimamente a necessidade de lançar mão de um pequeno artifício que me facilite esta tarefa de recompor o que se passou comigo em sua casa: tenho constatado que me é mais fácil tratar da presença de Raul naquela sala obscura como um fato e não como a projeção de meu pensamento e de minha memória captados e elaborados inconscientemente pelo professor. Adriana tem me desafiado, dizendo que este pode ser o primeiro passo no sentido de minha conversão ("conversão", este, precisamente, o termo que ela tem empregado, sempre que tratamos do assunto; isto é, quase que diariamente, agora que aconteceu aquilo que tanto esperávamos; "conversão", um termo tão impreciso quanto incômodo, inadequado para expressar essa revolução interior que costuma acontecer com certas pessoas, num estado limite, mudando de forma radical os seus destinos). Mas a verdade é que não tenho vacilado, absolutamente, em minhas convicções, e sou levado a pensar neste momento no que disse P. D. Ouspensky, em *O Ocultismo e o Amor*, refletindo com propriedade o verdadeiro espírito da questão· "Um dos grandes segredos da vida reside no fato de que estamos cercados por um outro tipo de existência, da qual fazemos parte sem que dela tenhamos necessariamente consciência." O que acontece é que há diferentes maneiras de se imaginar o teor dessa outra dimensão da vida. Eu a tenho para mim como o mundo onde se misturam minhas projeções mentais e as minhas fantasias, onde residem também os seres de além do espelho e os seres das fotografias, estes que, no momento do clique, estávamos imaginando que haveríamos de ser. Algo assim. Minha prima acha isto muito confuso, sem pé nem cabeça, e diz que penso assim porque necessito, para meu conforto, pensar assim, para ter um meio de não aceitar a verdade do mundo espiritual, e insiste em ver em meu procedimento e em minhas ideias sinais de que virei brevemente a mudar minha maneira de encarar estas coisas. No entanto, essa sua suposição parece relacionar-se mais com o seu desejo de que isso aconteça do que com suas verdadeiras convicções; e eu lhe digo sempre que, ainda que isso aconteça (a minha conversão, como ela quer), os ensinamentos que eu poderei obter através desta viagem pelo país de minha memória talvez não venham a ser substancialmente diferentes. Isto é o mais importante; e o que me basta. Adriana diz também que, desde o início, eu procurei criar mecanismos de defesa contra as minhas possíveis crenças, minha fé, usando de artifícios teóricos para não ter que reconhecer algo que temo e não desejo, o que também de forma alguma é verdade; além do que, a maneira de se encarar os fenômenos não muda sua essência. Então, de que adianta preocupar-me com isso? Se um dia a realidade me parecer outra, estou certo de que direi, em seguida: eu creio; e continuarei a registrar o que julgo pertinente no caso, com o mesmo propósito de fidelidade de sempre. Mas, ainda que isto possa ser ambíguo, me é muito mais fácil falar da presença verdadeira de Raul nas sessões. E é natural que Adriana me considere incoerente quando lhe digo que continuo o mesmo, pensando exatamente as mesmas coisas. O fato é que, se penso no que aconteceu naquele fim de tarde, a lembrança que me vem é a de que estivemos frente a frente. Foi ele quem esteve ali, parece, com seu espírito ou sua alma, seus fluidos, sei lá, para relatar — "regressei, regressei, regressei"; era quase música o que disse — a sua "visão", que para mim passa por ser uma versão algo modificada da parábola do filho pródigo, interrompida pelas pancadas de um relógio, esta maneira que seria tão própria de Raul dizer as coisas. Não foi difícil entender o que ele quisera mostrar-me. O que seu monólogo me sugeria, eu já vinha pensando com alguma insistência: mesclar o meu romance com as histórias de família, com os assuntos que eu deixara de tratar anteriormente; ou esmiuçar certos temas que haviam ficado, me parecia, na primeira camada, na casca. As minhas conversações com tia Otília já apontavam para esse caminho, só que a poderosa sugestão de Raul acabou por não me deixar dúvidas quanto ao fato de não haver outra sustentação possível para a nossa aventura espiritual sem o arcabouço do lendário familiar. Lembrei-me naquela mesma noite do prefácio do *Demian*, que Raul lera uma vez em voz alta, como se fosse poesia. Antes de deitar-me, eu o reli para me lembrar de um belo momento de mais de dez anos antes e para me comover com a verdade simples, talvez óbvia, mas soberana e própria, de que "a vida de todo ser humano é um caminho em direção a si mesmo, a tentativa de um caminho, o seguir de um simples rastro, pois homem algum chegou a ser completamente ele mesmo, mas todos aspiram a ser; alguns obscuramente; outros, com mais clareza, cada qual como pode". Pensei, visualizei em meu pensamento a velha propriedade rural como ela era nos tempos de meu avô, esplêndida e plena de vida, pensei no destino singularíssimo e obscuro de cada uma das pessoas da casa, pontos únicos nos quais os fenômenos do nosso universo haviam se cruzado daquela forma uma única vez, e nunca mais se repetiriam. Cada um, a seu tempo, havia sido uma majestosa fonte de pensamentos únicos e palavras e obras atinentes aos fatos do amor e da morte, os temas essenciais. Regressei, regressei. Regressei àquela casa nos dias seguintes, embora continuasse fisicamente distante de Ouriçanga, pois sentava-me aqui, neste mesmo lugar, e procurava dar uma ordem, um sentido ao que antes era apenas desorientação em minhas lembranças, apoiando-me sempre que necessário em alguma fantasia, abandonando-me às livres associações, recebendo como dádiva o novilho cevado da memória, recebendo de volta esta parte minha que estava morta e que tornou a viver.

O Evangelho segundo Judas
Fragmentos

[(...)

E entrou em Jericó e havia ali um homem chamado Zaqueu, que era rico e chefe dos publicanos. Pois este mesmo Zaqueu procurava ver o Rabi, e não conseguia por causa da multidão, visto que era de baixa estatura. Correu então à frente, e subiu num sicômoro para vê-lo, pois ia passar por ali. Ao notá-lo no alto da árvore, o Rabi lhe disse que descesse depressa, pois queria hospedar-se em sua casa aquele dia. Zaqueu desceu prontamente e o recebeu com júbilo. Porém, murmurava-se pelo fato de o Rabi ter-se hospedado na casa de um pecador. Zaqueu, enquanto isso, dizia ao Rabi que estava disposto a dar metade de seus bens aos pobres, e que, se tivesse defraudado alguém, lhe restituiria o quádruplo. Ao que o Rabi observou que a salvação acabara de entrar naquela casa, dizendo também que o Filho do Homem viera procurar e salvar o que estava perdido.

(...)

Tudo de antemão Ele sabia. Ao chegar o primeiro dia dos ázimos, enviou dois dos nossos à cidade: Ide; logo encontrareis um homem levando uma bilha; segui-o até a casa onde ele entrar, e ao dono da casa direis: o Mestre quer saber onde está a sala em que ele celebrará a Páscoa; e ele vos mostrará, no andar superior, uma sala ampla provida de almofadas. Preparai-a para nós. *Os discípulos partiram, e na cidade encontraram tudo como Ele lhes dissera, e com júbilo prepararam a festa.*

(...)

Tomando os doze à parte, falou de novo sobre o que aconteceria em breve com ele: que subiria à cidade e que o Filho do Homem seria entregue aos sacerdotes, aos escribas e aos anciãos, que o condenariam à morte e o entregariam aos gentios e o escarneceriam e cuspiriam, açoitariam e lhe tirariam a vida; mas, no terceiro dia, haveria de ressuscitar. Ninguém, no entanto, compreendeu o que dizia porque não acreditavam que aquilo tudo haveria de acontecer. Era um discurso obscuro. Mas Ele já tinha em seu coração o projeto de entregar-se ao seu destino, bem como o projeto de convocar-me para o seu sacrifício e o meu sacrifício.

Eis o que o Mestre disse: minha alma está conturbada; que direi?, Senhor, salva-me desta hora?; mas para esta hora é que eu vim. *Reconheci-me nele, pois antes também dissera:* ainda um pouco, e o mundo já não me verá; vós, porém, me tornareis a ver porque eu vivo e vós vivereis; então conhecereis que estou em meu Pai, e vós em mim e eu em vós. *Ele está, pois, em mim como sempre esteve.*

(...)]

O FIO DE ARIADNE

Restou a ser desvendado apenas o enigma de minha enfermidade, durante a qual o espírito de Raul teria me visitado. Eu não tivera nada desde a morte dele, sequer alguma gripe ou resfriado forte. Mas isso logo seria esclarecido. Efraim voltaria, em outra sessão, a mencionar o fato, com as mesmas palavras da primeira vez: "Ele o visitou durante a enfermidade que fez o senhor padecer muito." A rigor, ele não dissera que eu havia estado doente, e sim que eu padecera durante alguma enfermidade, o que necessariamente não queria dizer que fosse minha. Passando a limpo o que ocorrera, naqueles últimos tempos, com meus familiares e amigos mais chegados, não foi difícil me lembrar de que tia Otília havia enfrentado um problema de saúde de alguma gravidade, um distúrbio circulatório que, se não tivesse sido cuidado prontamente, poderia tê-la levado à morte, e o fato consternara a família. A enfermidade ocorrera enquanto ela revivia para mim, mais intensamente, a tipuana de suas lembranças, mostrando-me documentos, cartas e fotografias, tendo entendido plenamente o propósito pelo qual eu a interrogava com constância.

18

O fio de Ariadne

A inconformação de Adriana me surpreendera, ultrapassara o que era normal esperar-se numa situação como aquela, e o prolongamento de tal situação e a sua exacerbação me levaram a imaginar que sua ligação com Raul devia ter tido uma natureza diferente da que eu testemunhara. Essa suposição me desagradava, me causava desconforto, me angustiava eventualmente e me fazia ao mesmo tempo mais e mais necessitado da presença dela, uma mescla de sentimentos contraditórios que eu não conseguia entender. Meses depois, ela ainda falava compulsivamente dele, um estado que me pareceu um tanto mórbido, dando a impressão às vezes que ela cultivava aquela situação, como se tivesse encontrado um novo sentido para a sua vida. Tentei lembrar-me de alguma coisa que justificasse tanta fantasia, e fui premiado com um precioso dado de minha memória: "Adriana, a Bela"; lembrei-me afinal do atributo que Raul Kreisker usara algumas vezes em certo período, e que, pelo que me constava, só mencionara a mim, sem jamais tê-lo usado na presença dela. Eu havia guardado durante todo o tempo, e com secreta satisfação, aquele pequenino segredo, embora Raul não me tivesse pedido que procedesse assim. Apenas eu, que julgava conhecê-lo mais que ninguém, é que imaginei por minha própria conta que ele desejasse que aquilo permanecesse entre nós. Era algo muito tênue, mas esse insignificante elemento de fidelidade deu-me então o conforto de imaginar que ficávamos assim, sob esse aspecto, em trincheiras opostas, como me atrevo a ver hoje o fato: de um lado, Adriana Elisa; de outro, eu e Raul, ligados pela solidariedade que a manutenção daquele segredo nos impunha. Mas penso melhor e fico com a sensação de que se tratava de uma interpretação um tanto vaga, talvez uma tentativa minha já de justificar o que acabou por acontecer comigo e minha prima. Penso também que talvez se tratasse daquele sentimento comum de solidariedade masculina, a contrapartida, quem sabe?, da proximidade física que as moças podiam desfrutar — tocavam-se impudicamente, andavam de mãos dadas, beijavam-se no rosto, abraçavam-se com desimpedimento —, o que, naturalmente, era interditado aos homens pelo senso comum. Guardei, no entanto, o nosso pequeno segredo para sempre, pois mesmo depois da morte de Raul eu nada disse a Adriana, mantendo a antiga aliança. "Adriana, a Bela." Fui então levado a pensar em que classe de acontecimentos poderia estar enquadrado aquele algo que se passara sem meu conhecimento. E me estranhei por jamais ter atinado com sua verdadeira conotação, e que, diante da realidade que vivíamos, só podia ser expressa por uma palavra: desejo. O fato é que, sobre as evidências desse tipo, havia, como era natural acontecer, um véu de inadvertida dissimulação, fazendo com que nós não apenas deixássemos de expressar os chamados sentimentos inconfessáveis, mas ainda os sepultássemos dentro de nós, que os esquecêssemos ou que deles não nos déssemos conta, às vezes, dependendo de sua gravidade, porque não queríamos, inconscientemente, nos dar conta deles. Lembro-me do atributo mas não me lembro do jeito de Raul ao pronunciá-lo, e não sei se brincava, se dissimulava também ele a sua verdadeira conotação.

"Adriana, a Bela." Custei a aceitar aquele deslize, a falta que ambos haviam cometido ao me ocultarem aquela parte de suas relações cujo teor eu não me atrevia a imaginar. No entanto, tivesse eu tido conhecimento imediato de tudo, os acontecimentos posteriores teriam tomado certamente um rumo bem diverso, e talvez eu nem estivesse aqui neste momento, repetindo a intervalos o nome de Adriana, invocando-o como um recurso para reviver com mais exatidão tudo o que se passou, e ser fiel ao que efetivamente aconteceu, contendo a tendência que sempre temos em tais casos de melhorar os fatos, procurando a todo custo livrar-me de meu herói, este que teima o tempo todo em falar em meu nome, essa sombra, ou alter ego, sei lá que nome dar, essa entidade que sempre acaba por subverter minha consciência, não permitindo que eu seja verdadeiramente eu mesmo, este paradoxo de que se queixou um dia Stella Gusmão no carro em movimento, numa tarde paulistana que por este motivo tornou-se memorável. "Estou farta de minha heroína", ela dissera. "Estou cansada de ser uma ventríloqua de mim mesma. Quero dar um salto agora." Mas podia ser um salto para fora da literatura, aquele de que ela tanto necessitava. Concordamos neste ponto, e concordamos também que era algo de que necessitávamos pessoalmente, mas que não desejávamos, e que era esta estranha contradição que nos ligava ao outro mundo, ao mundo daqueles seres desconhecidos (também imaginários?) para os quais estávamos constantemente escrevendo; aqueles seres abstratos a quem chamávamos de leitores.

Ouso pensar também que, tivesse eu tido conhecimento imediato de tudo, talvez Raul estivesse ainda entre nós, andando por aí, polemizando ao mínimo pretexto. Penso ainda que, embora tenha acontecido o pior, resta o consolo de que houve, se eu pensar bem, uma certa grandeza da parte de ambos ao cometerem aquela necessária deslealdade, pois, se os conheci verdadeiramente, ela lhes deve ter custado muito, e é certo que foi cometida para que nossos laços não corressem o risco de serem rompidos. E, se imagino isso, o que não pensar do propósito deles de sacrificar seus prováveis sentimentos, de evitar seu aprofundamento, para que fossem preservados assim os sentimentos comuns a todos nós. Quero crer que tenha sido isso o que aconteceu. Pensei também que era possível que Adriana ainda estivesse esperando o momento adequado para dizer-me tudo quanto devia ser dito, e que não havia estado propriamente a me esconder nada, mas cuidando para que houvesse o momento oportuno às suas revelações, quando eu já pudesse absorvê-las sem grandes sustos. "Adriana, a Bela." Foi uma sensação meio aparentada do ciúme, não exatamente isto, o que eu senti em seguida, mas por um breve momento, brevíssimo. Ainda naquela tarde, tendo memorizado algumas das circunstâncias em que Raul se referira a ela daquela forma, descobri em mim um resíduo muito antigo de sensualidade com relação à minha prima; um novo fio naquele enredo complexo que começava a se articular, formando uma teia que, se eu tivesse pensado bem, logo teria constatado que começara a ser tecida por Raul ainda em vida, e continuava a estender-se sobre nós depois de sua morte. Continuo hoje a ver ampliar-se diante de mim a complexidade dessa trama de paixões; sim, paixões; paixões, repito para mim mesmo essa palavra como se a tivesse descoberto neste momento; paixões e desejos secretos, aspirações, veleidades, caprichos, fantasias, anseios, apelos de toda espécie a mesclarem-se, formando o composto daquilo que nos parecia tão simples e a que dávamos o nome genérico e impreciso de amizade. Amizade. Meu Deus, como isto não é nada, não expressa quase nada, diante da complexidade daquelas relações e de suas ambiguidades. Sim, também ambiguidades, porque ainda hoje não ouso pensar em maior profundidade que resíduos de nossos sentimentos foram aqueles que me fizeram constatar finalmente que havia também um nascente prazer em pensar no possível teor das secretas relações de Adriana e Raul. Do desconforto inicial mal definido, da irritação por não compreender o que estava acontecendo com Adriana, eu passara, pois, àquela sensação meio parecida com o ciúme, algo a ver com essa mescla que é comum sentir-se em tais situações, composta de doses variadas de desejo, de rancor, de desamparo e outros sentimentos que somados não nos deixam avaliar adequadamente os fatos, circunstância em que acaba sempre por imperar a suposição e não a objetividade. Eu havia sido colocado à margem; era o que pensava; e podia ter começado daquele momento em diante a consumir-me indefinidamente em meu amor-próprio ferido, mas isto durou pouco, para minha própria surpresa — eu era dado, segundo o modelo familiar, a remoer indefinidamente infortúnios —, pois fui logo tomado por uma inesperada sensação de prazer, que teve como ponto de partida uma certa fantasia que comecei a tecer a respeito de uma determinada semente inoculada por Raul em minha prima, e que ali começara a germinar de forma generosa depois da morte dele, um legado seu, algo como um esplêndido grão de mostarda que crescia dentro dela, como uma nova planta, que a iluminava, que a tornava ainda mais bela, e que, à medida que crescia, se misturava, entrelaçava-se com a planta íntima de sua própria alma. E digo tudo isto e penso na possível falta de nexo entre tudo o que digo sobre a semente de mostarda, sobre sonho, sobre ciúme, sobre a planta íntima de minha prima, sobre espírito e sobre alma e tudo o mais e constato que este não era senão o caminho, ou também o caminho para que eu chegasse a dizer: percebi nisto uma nova e verdadeira luz, uma centelha póstuma do velho Judas Kreisker, o nosso demônio particular, aquele animal incrédulo, aquele serzinho pessimista que nos espicaçara tantas vezes, e nos espicaçava ainda, tendo, de certo modo, deixado sua herança, belo e sombrio, sempre a vislumbrar o que podia haver por trás do horizonte mais próximo. Repeti várias vezes para mim mesmo o nome dele naqueles dias, como que o invocando, como se ele fosse a entidade indispensável a presidir o que haveria de acontecer dali em diante. Pensei na semente, sem querer ou necessitar entendê-la, entregando-me simplesmente à poderosa sugestão que ela exercia sobre mim, como uma chama que se podia assimilar, incorporar, iluminando-nos a assimilar, a incorporar a beleza e a verdade; não necessariamente a entendê-las. Dava, pela primeira vez inequivocamente, voz à minha alma. Terá sido aquela a maneira que arranjei para vencer as interdições? Terá sido aquela apenas uma fantasia engendrada para tornar lícito o que haveria de ocorrer pouco depois? Que importa? A sensação era a de que minha prima iniciara de fato a longa gestação da pequena semente, agitando-se ao seu crescimento, vibrando interiormente, obstinando-se em sua ideia de que poderia viver, se se esforçasse, em contato permanente com esse universo, essa outra dimensão que eu desejava ardentemente que existisse e onde estaria vivendo Raul Nepomuceno Kreisker a sua nova vida. E era assim porque ela acreditava que fosse assim, e o que antes me parecera um estado vizinho do delírio tornou-se aos meus olhos o manifesto generoso de sua paixão. Vendo-a assim de uma maneira tão diversa, entregando-se ao culto de alguém cuja ausência ela não podia aceitar, sua imagem pareceu iluminar-se. Adriana, Adriana, Adriana. Pensei ardentemente no fruto que eu estava para colher. Desejei de todo o coração não estar enganado em minhas suposições (era tudo suposição, afinal). Temi, em certos momentos, estar equivocado, e isto me desassossegava então mais que tudo; temi constatar que eles não tivessem cometido nenhuma deslealdade. Passei, pois, a aguardar com impaciência o momento em que minha prima haveria de revelar-me aquele segredo já tão caro, e que ela soubera, e também Raul, ocultar-me com tanta propriedade, com tanta justeza. Não tinha senão que agradecer o fato de um dia ter sido excluído, de ter sido momentaneamente relegado a um segundo plano.

O Evangelho segundo Judas
Fragmentos

[(...)]

A mim me deram duas mortes. Nasci do acaso, mas obtive este destino que me deu o meu Mestre, e que a mim pretendia dar antes mesmo que disto eu soubesse, muito antes mesmo de dizer: aquele que come do meu pão levantou contra mim o calcanhar; porque é preciso que se cumpra a Escritura. *Pois Ele havia dito antes:* Não vos escolhi, eu, aos doze?; no entanto, um de vós me entregará. *A vida é, pois, também fatalidade, aquilo que o Pai sabe que vai acontecer. E quando Ele, pela boca dos profetas, diz assim será, é porque esta é a sua vontade e assim será feito. E assim pode ser feita a vida; feita das intenções de Deus. Tive, pois, uma vida, e ainda uma outra me foi destinada pelo Senhor. E, daquele que fui, escolhido pelo meu Mestre, não restam senão, como sinais de sua vida, estas coisas de que me lembro. O Rabi me escolhera para ser um dos doze, mas não quis depois que eu continuasse aquele caminho que eu estava seguindo, que eu seguia desde a casa de Simão, meu pai. Depois, lavou-me os pés, como fez com os demais, porque de outro modo, disse, não teríamos parte com ele. No entanto, deu-me o pão que colocou no molho, para meu êxtase, e disse-me que eu fizesse depressa o que eu tinha a fazer. Recebido o bocado, veio-me um calafrio. Deixei, pois, o conforto daquela sala antes de todos. Fui o primeiro a entregar-me à escuridão da noite; mas ia dizendo, para meu refrigério, os salmos de minha salvação:*

Senhor, tu me sondas e me conheces; conheces o meu sentar e o meu levantar, de longe penetras o meu pensamento; examinas o meu andar e o meu deitar; meus caminhos são todos familiares a ti; a minha palavra ainda não chegou à língua, e tu, Senhor, já a conheces inteira; Tu me envolves por inteiro, e sobre mim colocas a tua mão; é um saber maravilhoso, me ultrapassa, é alto demais, não posso atingi-lo; para onde ir longe de teu sopro?; para onde fugir longe de tua presença?; se subo aos céus, tu lá estás; se deito no Xeol, aí te encontro; se eu dissesse: ao menos a treva me cubra e a noite seja um cinto ao meu redor; mesmo a treva não é treva para Ti; tanto a noite como o dia podem iluminar.

(...)

Saí em seguida porque ele instou-me a que cumprisse logo minha tarefa, sem o quê, muita coisa esperada não se teria cumprido. O tempo; tudo teria que vir no devido tempo. Todas as coisas têm o seu tempo, e todas elas se passam debaixo do sol segundo o tempo que a cada uma foi prescrito. Disse-nos palavras de salvação: permanecei em mim e eu permanecerei em vós; o ramo não pode dar fruto por si mesmo se não permanecer na videira; assim também vós não podereis dar frutos se não permanecerdes em mim. *Era o Cristo quem falava tais coisas, mas nem todos sabiam, nem todos compreendiam o que o Rabi estava dizendo:* Eu sou a videira e vós os ramos; quem permancer em mim, esse dará muito fruto. *Como ramo da videira, entreguei-me à escuridão da noite e ao meu destino.*

(...)]

O Evangelho segundo João
Um fragmento

[(...) E Jesus lhe disse: Faze depressa o que tens a fazer. *Nenhum dos que estavam à mesa compreendeu por que lhe dissera isto. Como era Judas o encarregado da bolsa comum, alguns pensaram que Jesus lhe dissera que comprasse o necessário para a festa, ou que desse alguma coisa aos pobres. Tendo tomado o pedaço de pão, Judas saiu imediatamente. Era noite. Depois que ele saiu, Jesus*

disse: Agora o Filho do Homem foi glorificado e Deus foi glorificado nele. (...) Por pouco tempo ainda estarei convosco. *(...)]*

O EVANGELHO SEGUNDO JUDAS
Fragmentos

[(...)
Ouço calúnias de muitos; o terror me envolve. *Eis o salmo que me vale:* Eles conspiram contra mim; e eis que minha vida se consome em tristeza, meu vigor se enfraquece em miséria; pelos inimigos todos que tenho, já me tornei um escândalo; para meus vizinhos, abjeção; e terror, para meus amigos; os que me veem na rua fogem para longe de mim; caí no esquecimento dos corações, como um morto reduzido à condição de um vaso quebrado. *Só no Senhor a minha alma repousa; o Cristo é meu Senhor; dele vem minha salvação; só ele é minha rocha, minha fortaleza; jamais vacilarei; até quando vós vos lançareis sobre um homem, todos juntos, para derrubá-lo, como se fosse uma parede inclinada, um muro prestes a ruir?*
(...)
Estava no livro dos profetas: Ele foi o que tomou para si as nossas fraquezas, ele mesmo carregou as nossas dores, e nós o reputamos como um enfermo, um homem ferido por Deus e humilhado; no entanto, foi golpeado por nossas iniquidades, despedaçado por causa de nossos crimes; andávamos como ovelhas sem pastores, mas o Senhor fez cair sobre ele a iniquidade de todos nós. Foi maltratado, e, como um cordeiro que é conduzido ao matadouro, guardou silêncio; quem, entre seus contemporâneos, se preocupou por ele ter sido cortado da terra dos vivos, de ter sido ferido por causa da maldade de seu povo; deram-lhe sepultura entre os ímpios.
(...)]

O FIO DE ARIADNE

Sentia afinal um inequívoco e crescente prazer em imaginar como poderiam ter se consumado as relações secretas entre Adriana e Raul. Não podia nem queria compreender aquele processo interior que me levava em direção a algo que, pouco antes, poderia ter sido motivo de minha abjeção: desejar minha prima, a quem até então eu não tivera para mim a não ser como uma irmã mais nova, alguém com quem eu partilhara um período fundamental da infância, na casa de Nanni Rovelli, sob implacável vigilância. São do tempo em que ali convivemos as primeiras memórias que tenho de uma casa muito grande, com muitas crianças e um pomar tão extenso que abrangia praticamente as fronteiras do mundo por mim conhecido, imagens nebulosas que vão se aclarando com o tempo, delas emergindo a figura de Adriana, que haveria de parecer afinal ter vivido ali um personagem naquela espécie de montagem teatral da vida cotidiana, sob a direção incontestável de meus avós, e com um texto e uma interpretação que tinha como base aquilo que minha prima tinha que ser e não o que efetivamente era. Anos mais tarde, em Jaboticabal, ela mostrou ser uma outra pessoa, sem a resignação e o silêncio com que me habituara a vê-la antes, frágil, magra demais, consumindo-se secretamente naquele seu propósito de enclausurar dentro de si a sua verdadeira identidade. Só depois de entrar para o Instituto, distante de casa pela primeira vez, é que ela pôde dar início, ao que me pareceu, à sua verdadeira vida, tornando-se uma garota como as demais, deixando para trás a outra Adriana, de quem eu não esperava que fosse ler com tanto entusiasmo aquele *Chocolate pela Manhã* que nos fez sonhar, apenas sonhar, com um mundo aberto a todas as relações. Foi, no entanto, um processo gradativo, em meio ao qual cheguei a fazer dela uma imagem um tanto equivocada. Por causa da forte impressão que lhe causara o romance de Pamela Moore, eu a imaginei precipitadamente como uma espécie de reencarnação da Courtney Farrel do livro, desajustada, carente e insaciável. Mas eu logo constataria que as coisas não eram bem assim. Ela havia rompido o seu silêncio, apenas isto. Mas nem mesmo a reencarnação de Courtney Farrel ou aquela Adriana que irrompera para a vida, como logo me pareceu, que se revelara finalmente a si mesma e a mim, como se renascida em uma mesma existência, provocou alguma mudança fundamental nos sentimentos que eu aprendera a nutrir por ela. Amava-a e continuaria amando como a uma irmã um pouco mais nova, com as naturais interdições que se espera de uma relação desse tipo. E acho que posso dizer que continuamos numa espécie de limbo, esse estado de semiconsciência, esse lugar destinado aos pagãos involuntários. Tardaríamos ainda a ter o nosso batismo, a celebração a que julgamos afinal ter direito, muitos anos depois, a partir da decifração do enigma de Raul e da verdade que ele lançou sobre mim através da figura sereníssima de Endríade Piero Carlisi, na forma da parábola do filho pródigo subitamente interrompida; a partir, também, da decifração do que seria para mim este *Evangelho segundo Judas*, cuja pedra angular havia sido uma frase aparentemente retórica de Raul, e que, no entanto, pela maneira como fora dita, e, mais que isso, pelo momento em que ele a proferira, fizera-me estremecer. "Você está mesmo certo de que sabe quem foi Judas Iscariotes?" A indagação de Raul havia sido desferida justamente num momento em que eu me julgava de posse de uma tese redentora a respeito do meu apóstolo: sacrificara-se para que a palavra dos profetas fosse cumprida. Eu constataria depois a inviabilidade de tal tese e a inviabilidade de várias outras e ainda a inviabilidade de quantas viessem a cair sob meus olhos, uma vez que a sua aceitação dependia — esta a verdadeira descoberta —, mais do que do fato da traição em si, daquilo que sobre ele dispunha a consciência de cada um, assim como a "voz-de-Judas" que eu imaginei ouvir e que me levou à descoberta, nos próprios textos canônicos, de uma extravagante escritura; esses fragmentos aparentemente desconexos que me parecem agora ter sido colhidos ao acaso.

Não me atrevi, como cheguei a pensar em fazer no início, a usar nenhum evangelho apócrifo. Achei que enfraqueceria a imagem de

Judas se o fizesse. Não para ninguém. Achei que a enfraqueceria para mim mesmo. Não fui criado para isto, para rebelar-me deste modo, mas para andar na linha, não para cometer um tal tipo de transgressão. Quero estar tranquilo. Detesto, obviamente, cometer faltas, ainda que as cometa, para depois ter que punir-me a mim mesmo. Valho-me, assim, do fato de que há ali, nos próprios textos tidos como "inspirados", sérias contradições, duas mortes para Judas, perguntas sem resposta, um messias que a custo foi reconhecido por um pequeno número de seus contemporâneos. O Judas que aqui emerge é, pois, aquele que esses textos paradoxais sugerem — muitas vezes, veladamente —, e eu tenho procurado levar em conta o próprio personagem Jesus ao conclamar os discípulos a perscrutar as velhas *Escrituras*, a inquiri-las sem tréguas, até que seu verdadeiro conteúdo fosse revelado, a exemplo da exortação encontrada em Mateus: *Buscai e achareis, batei e vos será aberto*. Não foi mais que isto, decerto, o que coube a Judas fazer; o Judas que tive para comigo desde o início, apaixonado pelas antigas escrituras a ponto de ter de memória, como o seu Mestre, muitos trechos, norteando-se geralmente por eles, repetindo-os enquanto ia de um lado para o outro, pela Galileia, pela Samaria, pela Judeia, para cumprir o seu grandioso destino, tendo para consigo sempre a noção da onisciência de Deus: tendo tomado o pão que o Rabi lhe dera, ele sai imediatamente, entregando-se à escuridão da noite, rememorando em voz baixa o salmo: *Senhor, tu me sondas e me conheces. Meus caminhos todos são familiares a ti. A minha palavra ainda não chegou à língua, e tu, Senhor, já a conheces inteira.*

Também não fui criado para condenar a quem não conheço, ainda que condene. Penso ter sido criado para isto, exatamente, para dizer o que digo neste momento: não sei se procedi com propriedade, mas o que sei é que o meu caro Judas está um tanto aquietado agora. Até quando? Como posso saber? A minha alma nada me diz, e eu não me atrevo a indagá-la. Adiantaria? Não fui criado para acometer desta forma os meus fantasmas. Ou será que isto faz parte de minha natureza?

O Evangelho segundo Judas
Fragmentos

[(...)]

No momento em que o prendiam, disse o Rabi: todos os dias estive no meio de vós ensinando no templo, e não me prendestes; mas isto foi para que se cumprissem as Escrituras. *Então, abandonando-o, os discípulos fugiram. Um jovem o seguiu, e sua roupa era apenas um lençol enrolado no corpo. E foram agarrá-lo. Ele, porém, deixando o lençol, fugiu nu. E isto aconteceu para que se realizasse a escritura de Amós que dizia:* naquele dia, até o mais corajoso entre os heróis fugirá nu.

(...)

Cumpriu-se o que estava escrito e, no entanto, como Coélet, penso que há em tudo mais desencanto que esperança. Ah, vaidade das vaidades; que proveito tira o homem de todo o trabalho com que se afadiga debaixo do sol? Uma geração vai, outra vem, e a terra sempre permanece. O sol se levanta, o sol se deita, apressando-se, parece, a voltar ao seu posto, e é lá que ele de novo se levanta. Todos os rios correm para o mar, e o mar nunca se enche: embora cheguem ao fim de seu percurso, os rios continuam a correr. O que foi, será; o que se fez, se tornará a fazer: nada há de novo debaixo do sol. Mesmo que alguém afirmasse sobre algo: Isto é novo, eis que já sucedeu em outros tempos, muito antes de nós. Ninguém se lembra dos antepassados, tampouco os que nos sucederão se lembrarão de nós. Tudo é vaidade e correr atrás do vento. *Nem Salomão, em sua sabedoria e em seu fausto, pôde dizer em toda a plenitude:* Eu sou feliz.

(...)

E saibam afinal todos que o Homem não se justifica pelas regras da Lei, mas pelo Cristo. Pela Lei eu estava morto, mas vivo para o Eterno porque o Cristo está em mim. Ele o disse a todos: estou em meu Pai, e vós em mim e eu em vós. *Fui crucificado, pois, junto com Ele. Fomos todos crucificados com o Cristo. Já não sou eu quem vive, mas é o Cristo que vive em mim.*

Muitos se perguntavam como os mortos podiam ressuscitar, e em que corpo regressavam. Não se perguntavam, porém, como a semente readquiria vida depois de sepultada debaixo da terra. O fato é que não haviam compreendido a parábola do grão de mostarda. O que se semeia, segundo o Rabi, não readquire vida a não ser que morra. O que se semeia não é o corpo da planta que virá, mas um pequeno grão que, no devido tempo, ganha o corpo que lhe é próprio e ostenta o verdor de uma nova vida. Na semente, portanto, a planta continua viva; a semente contém em si o âmago da planta. Não é preciso, do mesmo modo, que a carne pereça para que uma vida nova possa acontecer. Está no livro da Sabedoria: Deus não criou a morte, mas a vida; nem se compraz em destruir os vivos, pois tudo Ele criou para sempre; a morte não vem de Deus, mas do erro e do julgamento.

(...)

Os fatos foram conhecidos de todos. Nenhum dos que declararam ter visto o Rabi depois da morte o reconheceu de pronto. Na manhã do primeiro dia da semana, Maria Madalena foi ao sepulcro e viu que a pedra que fechava a entrada fora removida e que o corpo dele já não estava ali. Ela pôs-se a chorar. Logo percebeu uma sombra, voltou-se para trás, e ali estava o Mestre, mas ela não o reconheceu. Ele lhe perguntou: Por que choras. *Queixou-se ela:* levaram o meu Senhor. *Supondo que se tratasse do jardineiro, perguntou-lhe:* se tu o levaste, dize-me onde o puseste e eu irei buscá-lo. *O estranho então bradou:* Maria! *Só então ela O reconheceu:* Mestre!, *exclamou. Naquele mesmo dia, Ele apareceu para dois discípulos que se dirigiam a Emaús, caminhou com eles sem que eles o reconhecessem; e depois os três sentaram-se à mesa de uma estalagem. E os discípulos somente o reconheceram quando Ele tomou o pão, abençoou-o, partiu-o e serviu-lhes.*

Apresentou-se também aos demais discípulos à margem do mar da Galileia, e da mesma forma estes não O reconheceram prontamente. Foi-lhes difícil reconhecê-lO porque de fato eles, tanto quanto Maria Madalena e os discípulos de Emaús, não acreditavam na ressurreição, e não acreditavam na ressurreição porque não a compreendiam ou a compreendiam apenas como um regresso do mundo dos mortos. Por isso não entenderam igualmente que o estranho que lhes aparecera era na verdade o Cristo — a videira —, manifestado em seus ramos, e não exatamente na pessoa do Rabi.

(...)]

A CASA

Depois que tudo aconteceu (aquilo que ainda direi sobre o que aconteceu conosco), procurei pensar nos primeiros tempos do limbo, em casa de Nanni Rovelli, sob a vigilância constante da velha Elisa, sob suas interdições, sob o código peninsular, sua tábua-de-Moisés. São desse período minhas memórias mais antigas, imagens difusas e fracionadas daquela casa tão grande aos meus olhos, com tantas crianças, de recém-nascidos até adolescentes: eu, meu irmão Fabrício, Agostinho e Daniel, os gêmeos tão distintos, um louro e comportado, o outro, irrequieto e moreno, *moro* na expressão de minha avó; Remo Elísio, meu primo, que tinha quase a minha idade, João Elísio, o irmão dele mais velho; Luna, a última a nascer e uma das poucas a não sofrer a imposição ancestral de se homenagear com nomes cruzados os membros da família, e ainda outros primos, num tempo em que Rosa Rovelli Rovelli, não obstante a idade avançada, possuía ainda o vigor suficiente para nos fascinar, para enriquecer o nosso universo de mitos com relatos sobre o "outro mundo", expressando-se com grande empenho dramático, trazendo sempre um repertório novo de casos sempre que nos visitava na fazenda, às vésperas do Natal, aterrorizando-nos e encantando ao mesmo tempo. Eram histórias que tinham lá sua parcela de verdade, mas que ela somava aos seus delírios certamente. Quem mais se amedrontava era Adriana Elisa, e no entanto conseguia dominar o seu temor para que lhe fosse possível submeter Rosa aos seus intermináveis interrogatórios a respeito daquela "existência" que talvez a fascinasse mais que às outras crianças da casa. Me lembro bem de sua estranheza a respeito de um fato ao qual ninguém havia prestado atenção: o de Rosa jamais fazer em seus relatos alusões às crianças, arrolando entre os seus personagens, ou seus caros espíritos, tão somente os adultos. Indagada a esse respeito, Rosa respondeu: "Na verdade, não existem crianças. Somos antigos combatentes de nós mesmos, sempre voltando a este mundo para sermos provados." Adriana era muito perspicaz para a sua idade, não obstante o retraimento que de hábito se impunha, e assim não pôde aceitar o enunciado de Rosa. Não lhe parecera que ele explicasse a questão, e deve ter ficado até mais confusa com o que nossa tia acrescentou: "O filho pode ser um espírito mais velho que o do próprio pai. A meninice não é mais que a preparação para o verdadeiro combate." E isto ficou gravado em minha memória infantil como um pronunciamento vindo das profundezas do Além, uma mensagem que ela trouxera até nós desde aquele universo apavorante em que costumava transitar com desenvoltura. Muito tempo depois, eu em plena adolescência, Rosa nos visitou na casa da rua Lundstrom. Era o aniversário de alguém de casa, de minha mãe, possivelmente, e eu me lembro de uma cena a que também Adriana estava presente. Ocorreu-me então indagar Rosa sobre o assunto mais uma vez. Imagino que já tivessem transcorrido pelo menos quatro anos, e no entanto Rosa se lembrava perfeitamente do que nos havia dito. "Vocês me fizeram esta pergunta um dia destes." Foi como se, diante de sua longa existência, o tempo passado desde a primeira indagação não representasse quase nada. E respondeu, pelo que pude me lembrar, com as mesmas palavras da vez anterior, como se as tivesse decorado a partir de algum manual. Mas nem daquela vez pude entender o seu significado, ainda que, contraditoriamente, a explicação me tivesse satisfeito de certa forma, pois pareceu ter aplacado minha curiosidade, como se, em minha subconsciência, eu tivesse afinal assimilado o mistério contido naquela formulação sobre a inexistência da infância no mundo espiritual.

O FIO DE ARIADNE
Do diário de Francisco

Tento de novo imaginar que rumo teriam tomado os acontecimentos caso Adriana e Raul não tivessem ocultado o verdadeiro teor de suas relações: eu talvez não estivesse aqui neste momento escrevendo; Raul haveria possivelmente de estar ainda entre nós; e assim eu não teria conhecido o professor Carlisi, nem teria parlamentado com essa entidade onisciente chamada Efraim; e não teria ouvido de Buia aquela poderosa mensagem, aquela parábola fundamental de minha existência, e nem aquela pancada de relógio que ouvi como se ressoasse de um remoto dia da infância, e que é bem provável que tenha mudado radicalmente o sentido de minha vida, porque até mesmo uma pequenina folha que cai, se alguém a percebe e a observa, esse átimo que dura a queda retarda em um átimo a vida do observador e pode eventualmente mudar o seu destino, porque daí em diante tudo poderá ser diferente, porque um átimo é também o tempo mais que suficiente para que uma bala percorra o seu caminho até o alvo e para que um corpo caia, e sendo assim é de se imaginar as repercussões sísmicas de um ato como esse de se ocultar de alguém uma pequena verdade por mais necessário que isso possa ser julgado; e é de se imaginar também o desastre ainda maior de se ter que omitir esse mesmo fato a alguém muito próximo e muito caro; e, neste caso, não só pelo fato e pela omissão em si, mas também pela enorme culpa que possam gerar. Um ato pode ser quase um nada nisto que chamamos de ordem prática das coisas, mas, superestimado, pode levar à omissão, e, dependendo do estado limite em que estivermos, nos derrotar para sempre. Conheço de perto um caso assim, este, feito de uma cadeia de cuidados e receios e atenção e desvelo que só costumamos devotar a quem verdadeiramente amamos.

Há um ano, vivíamos em um mundo radicalmente diferente porque era um mundo onde ainda vivia Raul Nepomuceno Kreisker, e por isso era bem outra a minha maneira de ver esse mesmo mundo, e não havia quase nada disto que tenho sobre esta mesa; estes pedaços de nossas vidas que pretendo juntar, assim que puder estabelecer a sua ordem ou arranjar uma maneira de aceitar o seu caos; e não havia também nenhuma ideia clara a respeito de como expressar a "voz-de-Judas". Venho agora reunindo todo o material possível, escrevendo alguns fragmentos novos, esforçando-me por aceitar a ambiguidade e a contradição e o mistério, e não mais para entender o que julgo não ser necessário entender, caminhando para o desfecho inevitável dos acontecimentos. Sei que brevemente terei para mim o fragmento que desencadeará tudo o mais, essa chave inicial de que necessito, a voz, o discurso com que pretendo tratar este nosso tema, para investigá-lo e encontrar possivelmente o sentido dessa desgraça ainda tão recente que fez o mundo em certo sentido piorar aos meus olhos. No entanto, se me perguntassem se eu gostaria de voltar atrás para mudar os fundamentos deste pedaço de minha vida, com a possibilidade mesmo de desfazer um enorme equívoco, eu talvez respondesse exatamente como costumava responder Nanni Rovelli, ainda que se queixasse com frequência dos negócios malfeitos ou dos bons negócios que, por alguma irreflexão, não haviam sido realizados; responderia com a mesma contundente expressão dialetal, rigorosamente da mesma maneira: MANIANCA: de jeito nenhum; absolutamente. Talvez também ele pensasse que sua vida pudesse ter sido outra, caso algum dos acontecimentos pregressos tivesse sido diferente; se ele tivesse comprado a Fazenda Carvalhosa, por exemplo, que foi vendida a bom preço e que ele não comprou apenas para não contrair uma dívida bancária que complementasse o valor pedido. Ele então talvez não estivesse ali naquela casa e talvez fosse uma pessoa um tanto diferente, tendo o destino da família se encaminhado numa outra direção, e talvez nós todos não fôssemos exatamente quem éramos, mas seres a viver uma vida bem diversa daquela que estávamos afinal vivendo, e isto era algo que ele não podia certamente conceber. Se a Carvalhosa tivesse sido comprada e se tudo o que o meu avô havia desejado para si e para os seus tivesse acontecido, é possível também que eu nem estivesse aqui agora escrevendo sobre ele e sobre a Carvalhosa e sobre Raul e tudo o mais. Teriam se cumprido os sonhos e as aspirações e não o destino, esse nome que se dá às coisas que efetivamente acontecem. Talvez fôssemos como esses seres projetados para além das fotografias (o seu futuro), aqueles que no momento do disparo pensávamos que haveríamos de ser. E eu não estaria aqui sucumbindo às vezes aos pequenos jogos de meu herói, esse de quem, à semelhança do que ocorria com Stella Gusmão, eu também eventualmente me canso, esse que teima sempre em tomar o meu lugar; eu não estaria aqui tampouco tentando atar um a um os fios rompidos de minha memória.

Não. Não quero voltar um minuto atrás. Aconteceu o que tinha de acontecer, não havendo quanto a isto outra maneira de expressar-me além de minha vaga retórica.

E torno a dizer que o que havia sido inicialmente apenas uma suposição a respeito do que pudesse ter acontecido, passou, em seu processo natural, em que se mesclavam os meus receios e os meus desejos, para o terreno de uma certeza íntima da qual não consegui mais me separar, porque foi bem naquele momento que comecei a desfrutar conscientemente do prazer de pensar nas possíveis maneiras com que a minha prima estivera na cama com Raul, quantas vezes e qual o grau de intimidade que haviam desfrutado, e já desejando impudicamente que tivessem chegado à exacerbação, ao total desimpedimento. Sim, senti um claro prazer em pensar nisso, em ser uma espécie de testemunha imaginária daquele ato de entrega cujos detalhes chegava a visualizar como se tudo tivesse de fato acontecido. E assim, num processo de detalhamento daquele ato, percebi crescer ainda mais em mim o prazer de imaginar que, para definir o que devia ter acontecido, só havia uma única e excitante palavra: TUDO. Sim, tudo. "Tudo", repeti muitas vezes para mim mesmo a palavra, com toda a sua carga de sensualidade. "Tudo", repeti em voz alta depois de ter-me deitado no divã do escritório, tendo fechado os olhos para poder imaginar melhor a cena. "Meu Deus, quanto desejo", eu me dizia, pensando como haveriam de ser longas as horas que ainda restavam para que Adriana chegasse, pois me dissera que chegaria às oito, que traria o disco que me prometera. Um pouco mais tarde, já um tanto torturado pela ansiedade, pensei em mais um mistério: o de Adriana jamais ter feito alguma observação a respeito de Raul; quanto ao seu aspecto físico, quero dizer. Nunca havia comentado se o achava bonito, se ele lhe parecia atraente, mesmo nos tempos do Clássico, em Jaboticabal, quando nos aproximamos, quando teria sido natural que ela se expressasse a esse respeito, já que conversávamos muito, sobre praticamente tudo, embora com as reservas naturais para aquela época, e bem no momento em que, no calor da idade, do fogo que nos queimava continuamente, falávamos sem descanso de nossas preferências, daquilo que mais nos seduzia. E pensava nisto, e voltava a pensar naquele ato que tanto me excitava, e voltava ao divã e tentava visualizar o mais nitidamente possível aquele tudo que certamente (porque eu assim desejava) havia acontecido; e contava as horas, os minutos, e pensava no prazer que poderíamos ter desfrutado se já naquela época tivéssemos tido consciência de todas as implicações de nosso envolvimento, e do quanto eram frágeis as razões para a nossa continência. Mas, se os fatos tivessem se passado assim, eu não estaria ali no divã cheio de desejo e não teria aprendido o que aprendi e nem me sentaria depois à minha mesa de trabalho para escrever coisas como o-seu-aspecto-físico, tudo, no calor-da-idade, desejo, do quanto eram frágeis as razões-para-a-nossa-continência. E, deste modo, se insistirem em me perguntar se eu quero voltar a um ano atrás, quando o mundo era bem diferente, ou mesmo voltar um minuto que seja no tempo, eu também responderei, sem nenhuma dúvida: MANIANCA, ainda que, ao escavar assim a minha memória, eu sinta crescer em mim a sensação de que havia um paraíso possível diante de nós e que o perdemos irremediavelmente.

Sei em quase todos os seus detalhes o que fatalmente deverá acontecer dentro de pouco tempo, quando estivermos frente a frente. "Adriana, a Bela." É o que pensarei diante de minha prima, proclamando, em seguida, esse atributo, fazendo afinal ecoar postumamente a expressão que Raul tantas vezes pronunciou. Estou certo de que ela entenderá de pronto o que eu quero dizer com isso. Assim porque eu não tenho nenhuma dúvida agora (uma certeza baseada puramente na intuição; essa intuição à qual eu aprendi a dar voz através do professor Carlisi; uma sensação muito forte para não ter base na realidade), não tenho nenhuma dúvida de que em todos estes dias Adriana passou por um processo semelhante; senti, percebi isto nas últimas vezes em que nos vimos, e que culminaram com um período de cinco dias de silêncio, em que não falamos nem por telefone, o que em outras condições teria sido absolutamente inexplicável. Ajudado pelo silêncio noturno, altas horas, tentei algumas vezes interferir em seus sonhos, concentrando-me, lembrando o procedimento do professor Carlisi com relação a Vicente Accardo, seu antigo hóspede, e também o que acontecera com Cornélia Capursi e Piero Frascatti, mas sem sucesso, embora numa das vezes eu tenha sentido o meu quarto esfriar momentaneamente, apesar de estarmos em pleno verão. Pode parecer coincidência, mas, depois da última tentativa, senti uma repentina paz, perdi minha ansiedade, dormi e sonhei várias vezes com ela. Sonhos castos, no entanto, nada do que seria justo esperar.

Sei, portanto, que, à semelhança do que ocorreu comigo, também ela deve ter remoído os mesmos fatos, deve ter pensado em substância, a seu modo, em tudo o que pensei a respeito de tudo. Da mesma maneira que me sinto preparado para aquele "tudo" que pensei, também ela deve estar preparada. Ligou ontem, pela última vez, para um diálogo breve. Disse-me que viria hoje, às oito, e me traria o disco prometido, uma peça de Brahms que eu perdera e procurara inutilmente pelas lojas da cidade e que ela afinal encontrara numa casa de discos usados: o sexteto para cordas em si bemol maior.

O Evangelho segundo Judas
Anotações

Nunca pude imaginar com clareza o conteúdo daquele *Evangelho de Judas* que os caimitas teriam manuseado com um fervor iconoclasta. Era improvável que o próprio apóstolo tivesse deixado aquela herança contraditória e maniqueísta mencionada por Santo Ireneu. Eu formulava apenas a hipótese de que os principais da seita tivessem possivelmente invocado o seu nome, cerca de um século depois de sua morte, para justificar um texto extravagante que pudesse estar a serviço de suas profanações, ainda que nada soubessem a respeito do pensamento de Judas. Apenas deviam ter deixado falar a "voz-de-Judas" que havia dentro deles, da mesma forma que eu procurara proceder com base na minha solidariedade para com o infortunado companheiro do Rabi, essa mesma solidariedade que podia, naquela circunstância, confundir-se muito bem com a palavra identificação. Eu já possuía àquela altura, portanto, uma certa consciência desse processo estranho. Sentia-me próximo já de um Judas dotado de alguma serenidade diante de sua missão. E imaginei (e o transcrevi em meu diário) que, se ele tivesse que ter escrito de próprio punho um evangelho, teria seguido a bela matriz de João, embora tenha sido este o evangelista a tratá-lo com mais dureza, sinal, para mim, de um suspeito antagonismo [cheguei a pensar também na harmonia dos contrários (mas sem muita convicção naquele momento, quanto àquele caso); no arco e nas cordas da lira: "As pessoas não compreendem como o divergente consigo mesmo concorda"]. Há ali uma atmosfera carregada de drama e de poesia, e um conteúdo controverso, e um poema inicial que vale por um livro inteiro; e um fim melancólico.

Há no texto de João, a informação de que Jesus se manifestou aos discípulos por três vezes após sua morte; a última, à margem do mar de Tiberíades. Eram ainda muito jovens, na maioria, e estavam ali Pedro, Tomé, Natanael, e João e Tiago, os filhos de Zebedeu, *e dois outros discípulos*. Saíram com o barco para pescar, mas nada apanharam durante toda a noite. Ao amanhecer, o Rabi apareceu e ficou de pé na praia, e eles não o reconheceram. Ele lhes perguntou se tinham algo para comer, e eles disseram que não. Lhes disse então que jogassem a rede para a direita do barco. Tendo seguido a sugestão, quase não tiveram forças para puxar a rede por causa da quantidade dos peixes. Então João reconheceu afinal o Rabi: *é o Senhor*, disse ele a Pedro Este apressou-se em vestir a roupa, pois estava nu. Aproximaram-se da terra e ao desembarcarem na praia viram que havia brasas acesas, e sobre elas pão e peixe. O Rabi convidou-os a comer. Tomou do pão e do peixe e os serviu. Depois de comerem profetizou sobre a morte trágica de Pedro, mas por meio de uma parábola, sem mencionar a palavra morte.

Onde haveria de estar Judas nesse momento? João nada diz a respeito de seu destino. Não menciona sua morte. Ao mergulhar o pão no molho, Jesus dissera: *O que comigo põe a mão no prato, esse me entregará.* Lembro--me bem o que Raul Kreisker chegou a perguntar-me ao lembrar-se dessa frase do Rabi: "Teria sido uma profecia ou um encargo?". Sem esperar que eu respondesse, sentenciou: "Acho que é encargo", expondo, em seguida, a tese com a qual logo concordei, pois já a havia formulado para mim mesmo: Judas teria sido o contrapeso de seu Mestre porque fora o único talvez entre os discípulos a entender dois temas angulares de Jesus: a alegoria da videira e o fenômeno da ressurreição.

19

O fio de Ariadne

O que haviam feito na cama (pois haviam estado na cama, eu já não tinha dúvida; não queria, não desejava mais ter dúvidas, para o meu crescente prazer); as maneiras que, somadas, haveriam de ter constituído aquele tudo que, ao ser imaginado, me fazia sentir como se estivesse febril, com o corpo latejando; o desprendimento com que haviam estado no quarto de Raul, no seu quarto tão cheio de mistérios, acessível a poucos, apenas aos seus eleitos; ali onde, poucos meses mais tarde, ele poria termo à vida, com a violência que não era de se esperar dele ("O mundo é para quem nasce para o conquistar"), deixando atrás de si um testemunho poético e trágico, como se tivesse sido derrotado em uma batalha de que não tivéramos conhecimento; e o desconcerto de constatarmos que era frágil, mais frágil do que podíamos em nossa imaginação supor, um pouco como aquele minotauro de Borges, que apenas se defendeu do ataque, segundo o testemunho de Teseu a Ariadne; até mais frágil se pensarmos que não resistiu à espera, preferindo autoimolar-se naquele quarto, em meio aos seus livros, seus quadros, as reminiscências de suas raras viagens, os pequenos troféus esportivos dos tempos de ginásio, "fragmentos de um roteiro em direção ao inferno", como se expressara certa vez, meio brincando, meio a sério, ambiguamente, à sua maneira habitual de expressar-se, sem explicar, recusando-se a fazê-lo, ainda que insistíssemos, por que havia dito aquilo; uma foto de Franz Kafka aos treze anos, denotando um certo ar de desamparo, recortada de um jornal e fixada numa das portas do armário; um Franz Kafka que olha para um ponto ligeiramente à esquerda do fotógrafo (quem teria estado ali naquele momento?), sem imaginar, certamente, que se tornaria um escritor (sua vida, uma página ainda quase em branco), sem ter tido possivelmente que clamar uma única vez pelo cordeiro de Deus (por que Raul o teria elegido para ser colocado ali, distinguindo-o, se nunca havia manifestado sua predileção por ele?; talvez se identificasse apenas com a pessoa cândida, um tanto misteriosa que aquela imagem deixava transparecer, alguém que aquela foto prenunciara e que, por esses incidentes comuns da vida de todos nós, se tornou um outro ser, alguém que um dia escreveria algo que Raul repetiria para mim em uma carta em que me lançava os costumeiros desafios com relação ao *Evangelho segundo Judas*: "Nós precisamos de livros que nos afetem como um desastre, que nos magoem profundamente, como a morte de alguém a quem amávamos como a nós mesmos. Devemos ler apenas aqueles livros que nos ferem e nos trespassam"; mas a foto, curiosamente, é a foto de alguém que não havia escrito uma linha sequer sobre estas coisas, e, entre tantas imagens de Kafka que Raul podia ter escolhido, escolheu justamente aquela de onde descortinava um futuro de múltiplos caminhos possíveis, não necessariamente aquele que foi afinal percorrido pelo menino Franz: a manifestação de uma sensibilidade rara e profética; e a resposta a isto, sob a forma da incompreensão, do desdém, do anonimato, e o martírio final de uma moléstia incurável. Também entre ele e Raul pode ter ocorrido a inquietante identificação que se dá entre os seres das fotografias, aqueles que hipoteticamente devíamos ter sido — felizes e empreendedores, de preferência —, e não pudemos ser, incidentalmente; esses que pensamos, quisemos, merecíamos ou sonhamos um dia ser, e não fomos); e eu tinha então certeza absoluta de que o amor de Adriana e Raul não teria invadido aquele santuário senão para uma cerimônia integral, sem limites. Era ali que havíamos estado tantas vezes, falando a respeito de tudo ou quase tudo, bebendo vinho, todo vinho a que julgávamos então ter direito, com raras presenças estranhas; ali onde falamos, interminavelmente, de Judas Iscariotes, do pretenso romance sobre Judas, e onde Raul formulou a hipótese espantosa da anticomunhão; ali onde, também, dependendo da ocasião e da celebração a que nos propúnhamos, Raul chegava a gracejar, o que era raríssimo nele, levantando com solenidade sua taça, repetindo as palavras do santo sacrifício: "*Veni Sanctificator.*" Não, não teriam estado ali na cama senão para uma entrega irrestrita, e com toda a liturgia que a sacramentasse, assim como num pacto de união, um rito que deixasse uma marca profunda, que nos ferisse a todos, um ato de transformação. Pensava mais uma vez nessa comunhão incondicional quando me vi diante de minha prima. Ela acabara de chegar, e tinha o disco de Brahms nas mãos. Depois de um silêncio aparentemente longo, mas que deve ter sido breve, em que nós nos subentendemos o tempo todo, subentendemos tudo, ela me entregou o disco, e eu disse "obrigado" e "puxa-como-me-fez-falta-esse-disco", assim, sem exagerar, porque não era o caso, não dizendo nada além disso, tentando me ater à real medida das coisas, sem necessitar demonstrar como eu achava significativo aquilo de ela ter procurado teimosamente o sexteto até encontrá-lo; eu sabia que não precisava demonstrar nada porque estava tudo subentendido, ela sabendo exatamente o que eu estava sentindo, eu sabendo claramente que ela sabia, e ela, que eu sabia que ela sabia; assim, numa comunhão infinita de nossos pensamentos e intenções. Foi um diálogo de frases curtas (não havia muito o que dizer um para o outro, as palavras podiam sair inexatas e mudar o estrito sentido do que estávamos pensando), com pausas mais longas que o habitual, pois estávamos surpreendentemente calmos, sem a mínima ansiedade, e parecia haver um desejo natural de tornar mais longos aqueles momentos que sentíamos que seriam decisivos, e que possuíam um significado que transcendia claramente àquela situação, e que seriam momentos únicos, irrepetíveis, deliberadamente irrepetíveis. Claro que não nos tocamos de imediato. Havia o consenso de que não devíamos nos tocar antes que Adriana me revelasse o que devia ser revelado, justamente para que, no final, tudo tivesse o justo sentido. Tomamos vinho, é claro, com parcimônia, com temperança, em pequenos goles que nos mantivessem o tempo todo naquele leve torpor que só o vinho causa, sem que o álcool pudesse afetar a lucidez necessária a que desfrutássemos integralmente aquela situação. Com efeito, ela estivera na cama com ele, no seu quarto pleno de reminiscências, naquela espécie de templo onde ele praticara o seu autossacrifício. E ali em meu quarto, que era também o meu escritório, para onde eu levara os despojos que me haviam cabido e que, por instruções suas, Emma Kreisker me entregara: as cartas que eu lhe escrevera; um pequeno canivete marca Cometa que ele possuíra desde a infância; cerca de trinta livros escolhidos (nem um de literatura; sequer *Demian*, o nosso clássico; onde teria ido parar?), que mostravam o ponto para onde ele dirigira suas paixões, incluindo títulos de Steiner, naturalmente, Schuré, Fulcanelli, Annie Besant, *O Evangelho Esotérico de São João* e algo sobre o qual ele não havia feito nenhum comentário: *A Vida das Formigas*, de Maurice Maeterlinck; ali para onde eu levara também o recorte com a foto de Kafka quando criança, que não me havia sido legado por Raul, mas que pedi a Emma Kreisker, e que (com jeito, para que não fosse danificado) eu retirei da porta do armário do quarto dele, e, procurando repetir seu gesto, coloquei num lugar correspondente, sobre uma das portas de meu armário, para não me esquecer nunca de que o que precisávamos na verdade era de livros que nos afetassem como um desastre, que nos magoassem profundamente, como a morte de alguém a quem amávamos como a nós mesmos; ali, portanto, no meu santuário, onde eu mantinha os meus despojos mais caros, meus quadros preferidos, meus livros, minhas cartas, meus fetiches e tudo o mais; ali, minha prima me revelou que a entrega fora uma entrega sem restrições, como ambos jamais haviam feito com alguém, e disse em seguida que nada era mesmo perfeito, pois lamentava-se que aquela não tivesse sido a primeira vez para ela, e que jamais imaginara que a castidade pudesse um dia ter algum valor; e que ele estivera o tempo todo tranquilo, sem aparentar ansiedade, como se tivesse estado pronto durante muito tempo para aquele ato. Tocou-a pela primeira vez com cuidado, mas com determinação: "Não me surpreendi — disse Adriana —, pois estava prevendo exatamente como as coisas iriam acontecer, uma forte intuição, sei lá. Ele aproximou-se muito lentamente, e foi tudo tão natural. É curioso: aquela foi a primeira vez que eu senti um claro prazer em deixar-me ser possuída sem nenhuma reserva, para o que quer que fosse; eu tinha uma certa resistência quanto a isso, talvez uma antiga ideia ainda embutida de pecado, embora conscientemente eu achasse que as relações amorosas não devessem pressupor barreiras morais desse tipo. Até então, um certo fantasma feminino me havia ditado o que ele próprio, o fantasma, devia chamar de limites da dignidade, aquilo que uma mulher deve ou não fazer com um homem."

Acontecera cerca de duas semanas antes de eu voltar de viagem, bem no momento em que eu estava escrevendo a ele as últimas cartas, que me seriam devolvidas junto com as cartas mais antigas, o que eu entenderia como um sinal de que ele considerava aquele um caminho, pois ao reler os textos que eu lhe enviara tive as primeiras ideias a respeito da série de fragmentos que mais tarde eu lhe dedicaria e à qual eu daria o título de *Prairie Lights*.

Acontecera, portanto, no verão de 1975. Eu não toquei Adriana, não a interrompi até que esgotasse tudo quanto achava que me devesse dizer: disse-me que jamais pretendera ocultar-me o fato. Jamais. Esperara apenas o momento adequado à inevitável revelação. Assim, exatamente como eu imaginara que tivesse acontecido. E não fora um consenso, uma decisão que ambos tivessem tomado. Separadamente, cada um à sua maneira, e por motivos próprios haviam estado à espera do melhor momento a que eu tivesse ciência de tudo. Raul não viveu o bastante para isso. Certamente, se ainda estivesse vivo, haveria de me procurar nos dias seguintes, intuindo que Adriana tivesse estado comigo na cama, para me dizer também ele: foi precisamente assim: ajudou-a a desfazer-se da malha de algodão, uma malha estampada com motivos rupestres (Por que a menção de detalhes tão prosaicos? Se isso havia tido a intenção de me excitar, cumpriu o objetivo, pois me lembrei das várias vezes em que a vira com a blusa, o desenho dos animaizinhos ondulando sobre seus seios pequenos; aquilo me deu um travo, me pegou). Ele puxou a blusa para cima, Adriana com os braços apontados para o alto, e atirou a blusa sobre o tapete; Adriana com os seios nus, sentada na borda da cama, e ele sentando-se ao lado dela, tirando os sapatos, despindo-se lentamente, interrompendo de quando em quando para beijar-lhe o pescoço, para roçar ali a barba incipiente, despindo-se sem pudor, sem nenhum constrangimento, surpreendentemente, como se se tratasse de um ato cotidiano; despindo-se por inteiro, sentando-se novamente ao lado dela na borda da cama, voltando a beijar-lhe o pescoço e o ombro e o pescoço novamente, subindo um pouco para morder levemente a ponta da orelha, causando-lhe arrepios, e depois inclinando-se para roçar com os lábios os seios dela, notando ali a evidência de sua excitação, roçando os lábios nas pontas intumescidas, para a direita e para a esquerda, e tocando-as com a língua, com cuidado, com concentração, meticulosamente, ambos em silêncio, sem grandes arroubos, sem a necessidade tão comum que existe da performance, de afetar-se um prazer maior que o verdadeiro, esse jogo que costuma ser comum; ela tomando a cabeça dele entre as mãos, trazendo-a de encontro ao peito, ambos já ofegantes, e ele, a sugar então os bicos dos seios e a movimentar a língua ao redor deles, deslocando-se em seguida para o vale entre os seios, conduzindo-a em seguida para que se deitasse de costas, ajudando-a a tirar o restante das roupas, colocando-se de frente entre as coxas dela, ajoelhado, sentado sobre os calcanhares, curvando-se então para roçar de novo o rosto nos seios e retomar o caminho, e passando pelo umbigo, indo em frente, e ela erguendo os joelhos, afastando as pernas, abrindo-se, ele mergulhando o rosto no delicado bosque de pelos negro-avermelhados, ligeiramente avermelhados, quase um nada, sinal revelador, no entanto, de um dado ancestral, um bisavô que os documentos antigos testemunhavam ter sido ruivo, *rossiccio*; ele perdendo-se momentaneamente no bosque discretamente perfumado, o gosto familiar pela alfazema, sentindo a consistência do bosque, indo de um lado a outro, chegando às virilhas, lambendo-as de alto a baixo, retomando depois a linha de descida, ela se abrindo ainda mais à investida dele, ele correndo a língua afinal pelos pequenos lábios dela, a palidez rósea de seus lábios; ele sentindo as contrações de prazer no momento em que tocou, com a ponta da língua, o centro da questão, a pedra angular, sentindo, experimentando o gosto de sua umidade, ouvindo sua respiração já descompassada, os débeis gemidos, e isto até que ela lhe tomasse novamente a cabeça entre as mãos e o conduzisse para cima, e ele se deitasse sobre ela e ela estendesse as pernas e ele entrasse, beijando-a finalmente na boca, movimentando-se em ritmo mais acelerado, até as vigorosas estocadas finais e a consumação do gozo; e, depois, o breve momento em que apenas se acariciaram deitados de lado, até que viesse então a vez dela de explorá-lo, retribuindo, repetindo à sua maneira o prazer que havia tido, com o mesmo meticuloso interesse, como também para conhecê-lo inteiramente, experimentá-lo. "Tudo", eu imaginara. "Tudo", disse Adriana sobre o que ocorrera numa noite de um sábado do verão de 1975, sem ter esgotado ainda o que me haveria de dizer, pois foi então a vez de Raul repetir tudo de novo, desde o início, exatamente, como naquele momento, quase um ano depois, eu também estava fazendo, seguindo o primeiro roteiro, tendo refeito por duas vezes o caminho que Raul percorrera, conduzindo-a para que erguesse ou descesse as pernas, para que as abrisse ou fechasse, para que melhor se acomodasse à minha investida ou para que virasse o corpo, deitando-se de frente ou de costas, e eu depois voltando a penetrá-la, repetindo "Adriana, a Bela", celebrando, naquela segunda cerimônia, entre tantas outras coisas, também a memória dele, porque, de resto, era a ele que devíamos o que estava acontecendo; ele, que devia ter estado consciente de tudo o que haveria de ocorrer conosco — eu acreditava piamente nisto —; e então nos viramos, abraçados, eu com meu pau dentro dela, ela estirada sobre o meu corpo, erguendo-se em seguida, desalojando momentaneamente o meu pau, desalojando-o apenas para reiniciar, à sua vez, o mesmo caminho, percorrê-lo ainda uma vez, como acontecera quase um ano antes, a começar pelo meu pescoço, pelas mordidas em minha orelha, descendo até o peito, roçando os meus mamilos, primeiro com os lábios, depois com a língua, fazendo círculos em torno deles, sugando-os, voltando à linha central de meu corpo e retomando a descida, já sentada sobre suas pernas dobradas, alojadas entre as minhas, continuando até encontrar o meu bosque, perdendo-se momentaneamente nele, o meu bosque negro-avermelhado, ligeiramente avermelhado, quase um nada, a mesma marca ancestral, e indo às virilhas, lambendo-as de alto a baixo, retornando ao meio do bosque, chegando à base do meu sexo, lambendo-o desde aí até o alto, envolvendo-o afinal, eu sentindo o calor e a umidade do interior de sua boca, a língua depois roçando a parte posterior da extremidade, a costura, o ponto nevrálgico, a pedra angular, o centro da questão, como há pouco eu fizera também com ela, procurando penetrá-la com a língua; e depois eu ficaria novamente sobre ela, inverteríamos as posições e repetiríamos o que no início havíamos feito, como Raul também fizera, como ainda faríamos de novo naquela noite, com breves períodos de repouso, até que, já bem tarde, depois da ducha, do complemento de nosso batismo, voltássemos ainda nus para a cama, com sanduíches, com nossas taças de vinho, com garrafas ao alcance da mão, tendo colocado na vitrola o disco que Adriana trouxera, e que era também uma das peças prediletas de Raul — ele quem a descobrira — e que, também bebendo vinho e comendo sanduíches, ainda que castamente, havíamos os três ouvido tantas vezes juntos: o sexteto para cordas em si bemol maior de Brahms. Lembrei-me, inevitavelmente, das vezes em que Raul levantara sua taça para dizer, gracejando provocativamente: *"Veni Sanctificator."* Fiz Adriana recordar-se do fato, e pudemos então, depois de tanto tempo, rir pela primeira vez irrestritamente; rimos porque, ao pensar no gesto profano de Raul, não resisti ao impulso de complementá-lo; e assim levantei minha taça, segurando-a bem alto com ambas as mãos, e disse: "Este cálice é o novo testamento de meu sangue. Toda vez que o beberdes, fazei-o em memória de mim."

ANOTAÇÕES DE DÉDALO

Querida Belisa, eu estava em Ribeirão Preto, ontem, quando você ligou, e, em vez de telefonar de volta, prefiro usar este meio arcaico de comunicação de que me tenho servido exclusivamente todos estes dias, e que nos obriga a ater-nos de uma maneira um pouco mais rigorosa à essência dos fatos. Tenho passado, nos últimos anos, minhas férias aqui em Ouriçanga, como num lento e definitivo regresso às origens, atendendo a uma inapelável necessidade de reatar os antigos laços, e como que para recuperar o que perdi com a longa ausência. É curioso como sempre encarei a vida que passei fora como uma fase provisória; nunca pensei em São Paulo como a minha cidade, embora tenha vivido aí a maior parte de meu tempo. Agora, ao passar em Ouriçanga um período bem mais longo que umas férias, com uma disponibilidade muito maior para acomodar-me, para ter alguma disciplina e para poder sentir o tempo e as estações fluírem, sinto que tenho com isto a mesma ligação que tinha na adolescência. Não sei, há um clima, uma sensação de que estou na iminência de ter um *insight*, uma luz a respeito de como começar afinal o romance, o fio que deve abri-lo; e passei a ter essa intuição depois de ter escrito, esta manhã, o último fragmento do que me parece a espinha dorsal do livro; não a coisa mais importante, talvez, mas aquilo que dará um sentido a tudo o mais, o ponto de convergência, aquilo que mostrará que a desordem de minha memória e de meus papéis é uma desordem apenas aparente.

A morte do nosso Raul, você sabe, me abalou muito, mas foi uma desgraça que me forneceu luzes inesperadas. Não vejo como ignorar este fato tremendo no que escreverei daqui para a frente. A base de tudo, claro, continuará sendo, sempre, a minha formação sentimental, mas Raul, a sua morte, o seu exemplo representam um ponto de culminância, um evento transformador que me está fazendo rever com outros olhos o meu projeto. Mas o fato é que, caoticamente ou não, continuo a trabalhar com regularidade e disciplina, tratando também desses fatos básicos que se passavam aqui mesmo, tratando daquilo que me transformou no que de verdade hoje sou e não o que imaginava que seria. Fico dentro de casa a manhã inteira, resistindo obstinadamente a sair para o jardim ou para o pomar e mexer nas plantas. Estranhamente, estou aqui outra vez, no ponto de partida de tudo o que aconteceu, num dos extremos do que foi a velha propriedade rural do meu avô, bem no limite entre

423

a fazenda e a área urbana de Ouriçanga, onde havia a velha plantação de café sumatra. A cidade já avançou um pouco além da antiga divisa da propriedade, mas daqui eu ainda posso ver grande extensão dela; várias das datas em que foi dividida nas sucessivas partilhas. Posso ver até mesmo a velha sede, meio oculta entre mangueiras centenárias. Por um outro artifício disso que chamam de destino, Otília Rovelli vive bem aqui ao lado, numa casa construída nos tempos em que Olof Lundstrom deu ordem geométrica à cidade. Ela continua ciosa de sua memória, e, dependendo da disposição que possa perceber em seus interlocutores e da importância que possam dar a esse seu patrimônio, ela consegue chegar ainda à filigrana e provar seu talento incomum em visualizar molecularmente o passado, como naqueles tempos em que sua exemplar paciência lhe permitia dissertar sobre incidentes os mais comezinhos por horas a fio, fazendo da minúcia o verdadeiro encanto da matéria a que se havia proposto tratar. Ainda mantém intacta a paixão proustiana pelo detalhe, pelo viés das coisas, e vê certamente com satisfação que o enriquecimento desse tesouro oral terá sua continuidade em Lisetta, que puxou a ela, segundo o consenso familiar, feita à sua imagem e semelhança, e dotada da mesma paixão pelos elementos mínimos que, neste caso, passam por dar integridade e essência aos fatos — e verossimilhança, quando necessário —, sendo capaz de contar um longo repertório de casos sobre *nonna* Giuditta, por exemplo, a quem não conheceu senão por essas mesmas histórias que lhe foram passadas por tia Otília, sendo capaz ainda de relatar minuciosamente, com todos os elementos de tempo e de espaço, as circunstâncias em que ouviu, na adolescência, tais histórias. Por isso, talvez (inconscientemente, por certo), é que Lisetta passe tão longos períodos, todos os anos, como sempre fez, ao lado de tia Otília, pois o tempo da narrativa pode, eventualmente, aproximar-se do tempo do fato ocorrido, e assim é de imaginar-se o tempo necessário a que possa ouvir tudo o que julgue que deva ser ouvido. Às vezes, logo depois do almoço, passo em frente à casa de tia Otília, e é comum encontrá-la e a Lisetta, no terraço, imersas em suas conversações, nesses avanços e recuos ditados pela memória que vai e que volta ao passado, passando pelo tempo de uma e de outra geração, detendo-se Lisetta aqui, tia Otília ali, ambas resgatando detalhes corriqueiros, à parte os fenômenos familiares verdadeiramente transformadores, juntando-os quando devem ser juntados; ampliando, às vezes, suas escalas, caso te nham sido resgatados com eficiência, pois podem, em certas circunstân- cias, revelar, por terem sido testemunhados por duas pessoas distintas, as duas faces de uma mesma moeda, garantindo, uma e outra face, o direito de passarem à posteridade; e eu, se consigo ser hábil e discreto a ponto de não interromper o fluxo desses fios do tempo e da vida pregressa da família; e, mais que isso, se consigo com minhas expressões de interes- se estimulá-las, posso transformar-me num espectador privilegiado, e presenciar esses momentos em que as várias correntes do passado costu- mam se cruzar, fornecendo inesperadas luzes sobre enigmas e mistérios familiares. Mas, às vezes, eu simplesmente as cumprimento, e sento-me num banco sob uma tipuana que há no outro lado da rua, e posso ver, a distância, Otília e Lisetta em suas intermináveis escavações. Mesmo na hora mais escaldante, o terraço é um local fresco, e nesses momentos do dia em que são poucos os que se dispõem a enfrentar o mormaço, estan- do portanto a rua deserta, ambas bordam, tia Otília balançando-se na cadeira que pertenceu à velha Elisa, e conversam sem cessar, alheias ao presente enfadonho — assim lhes deve parecer —, e se transformam, aos meus olhos, no centro da paisagem; ali, exatamente, onde as correntes do tempo se cruzam por virtude delas, daquilo que se dizem, o que não posso ouvir senão na forma do murmúrio ininteligível de suas vozes, a de tia Otília um pouco mais grave, da maneira abrandada que chegam até a mim. Depois, posso voltar para casa, para este lugar precisamen- te, e lembrar-me do que me disseram no outro dia quando estive com elas no terraço, e registrar o que sinto ímpeto de registrar, lamentando, invariavelmente, não estar à altura da complexidade daquele aconteci- mento, tentando, apenas tentando, compor um universo coerente, para colocá-las nele de uma maneira própria e proveitosa, um mundo em que eu, por minha vez, possa também me colocar, a um só tempo, dentro do terraço e fora dele, no banco, vendo-as ali unidas, tomadas por aquela espécie de entidade que é para elas o passado, exumando as duas faces das moedas. Não darão muita importância, aparentemente, ao fato de eu estar lá do outro lado, onde é comum que eu me sente para ler o jornal, geralmente no início da tarde. Mas pode ser que, me vendo sob a tipuana, possam lembrar-se de algum fato a meu respeito, e que o resgatem, cada uma cuidando de uma das faces da moeda; e é possível também que me falem depois sobre isso, e que eu anote em seguida o que me disseram, como tantas outras coisas que tenho ouvido ou observado nestes dias; e assim, mais uma camada de tempo se sobreporá a tantas outras; mas é possível também que, com o calor e a umidade da estação, tendo a tipuana adquirido um viço incomum, elas se ocupem na verdade dela e de quando, como e por quem ela foi plantada numa remota manhã, abstraindo da paisagem a minha figura, simplesmente, como se eu ali não estivesse com o meu jornal, pensando o que estivesse pensando sobre uma determinada notícia lida pouco antes, ou pensando nelas, no que pudessem estar escavando naquele momento, e que talvez pudesse ser até mesmo algo sobre mim, sobre minha infância, no tempo do plantio da tipuana, e que me contassem depois a respeito do que tivessem lembrado: esse túnel sem fim do tempo, em que podemos ser eventualmente colocados, sem que saibamos; personagens, até parece, de uma outra dimensão; sem que saibamos, mesmo porque é raro darmos importância a certas coisas porque eventualmente há certas coisas que parecem mesmo não ter a mínima importância.

FRAGMENTO DE UMA CARTA

Cara Belisa, eu estava em Ribeirão Preto, há dois dias, quando você me telefonou. Pretendi, ontem, lhe escrever uma carta, mas acabei derivando para uma outra coisa, um texto um tanto longo e excessivamente pessoal e que tem a ver com o romance, e não com o que eu gostaria de lhe falar neste momento e que diz respeito, de qualquer maneira, à ideia que venho desenvolvendo sobre ele. Como você está cansada de saber, o início de tudo foi minha tentativa de escrever uma biografia em parte imaginária e em parte verdadeira de Judas Iscariotes, até que sobreveio a morte de Raul, e o rumo do projeto mudou mais uma vez. (...)

O FIO DE ARIADNE

"Não houve mais nada além daquela noite", disse também Adriana. "Mas ele continuou a me procurar, com as mesmas reservas de antes, como se nada tivesse acontecido. Não me pareceu estar angustiado, mas sereno, como nunca havia estado antes. Conversamos sobre generalidades. Havia ficado claro que aquilo que acontecera entre nós não se repetiria; que não era algo que devesse se repetir, e isso sem que tivéssemos deliberado alguma decisão nesse sentido. E há algo que você também não sabe: ele esteve em casa na véspera do desastre; veio logo de manhã, para não me dizer quase nada de significativo, querendo apenas saber como eu me sentia; se eu estava mesmo bem, e me perguntar, em seguida, se eu mudaria de alguma forma a minha vida se tivesse a chance de um dia viver de novo. Disse-lhe, prontamente, que não. Com muito custo, mamãe conseguiu convencê-lo a almoçar conosco. Foi embora logo depois. Não sei, é estranho, mas acho que não me surpreendi com a notícia da morte, no dia seguinte."

ANOTAÇÕES DE DÉDALO

Quando terminei a última nota sobre Judas, não senti senão um vazio interior no antigo lugar ocupado por ele, como se me faltasse algo. E fiquei vagando o olhar pelo meu "santuário", com suas fotos, quadros, seus livros, o retrato de meu pai quando jovem, o armário contendo, entre tantas outras coisas, o álbum de Luísa; a foto de Kafka na porta do armário, o arquivo e sobre o arquivo o que parece ser uma pedra qualquer, mas que se trata de um fragmento de meteorito que ganhei e que riscara com seu brilho uma noite remotíssima de Ouriçanga, antes que eu existisse, que Ouriçanga existisse; antes, possivelmente, que existisse qualquer evangelho ou que qualquer palavra tivesse sido escrita ou mesmo proferida, como me asseverara um dia meu irmão Fabrício, num tempo em que já estava estudando geologia e recolhera a pedra e estudara as camadas que haviam aderido milenarmente à sua volta e fizera um trabalho sobre isso como tarefa do segundo ano da Escola de Minas e depois me presenteara com o fragmento, dissertando professoralmente a respeito dele, orgulhoso, e com razão, de seu saber. Olhei a pedra mais uma vez, lá em cima do arquivo, e a vi afinal como uma senha imemorial, e pensei numa possível mensagem a mim transmitida por meu irmão através dela: milhares e milhares de anos depois aquele pequeno fragmento me fazia proferir este lugar-comum: "Como não somos nada", disse comigo. E olhei meus objetos de trabalho sobre a mesa: lápis, canetas, borracha, tesoura, corretivos, desordenados e mortos, como restos de uma batalha que eu não fui capaz de dizer se havia ganho ou perdido e que durara exatamente dois anos e meio e cujas lições eu ainda não podia avaliar direito. Muitos anos haveriam de se passar — eu imaginava — para que isso fosse possível.

"É preciso, ainda que isto seja difícil para alguns, acreditar que haja algo além da fronteira de nossos sentidos", me dissera o professor Endríade Piero Carlisi na última vez em que eu estivera em sua casa (apenas por cortesia, para agradecer-lhe por tudo, para dizer-lhe que o admirava muito, para dizer que eu continuava a acreditar à minha maneira em seu poder, mas que aquilo não diminuía em nada, absolutamente, a sua importância). "Há muitas maneiras de se ter fé", ele admitiu com benevolência.

Ali, em meio à solidão do "santuário", depois de ter concluído a última nota sobre Judas, senti afinal ter vencido, momentaneamente ao menos, a minha atávica ansiedade; o que tinha a ver decerto com o fato de eu achar que havia de algum modo decifrado para mim o mistério de meu apóstolo, do meu Judas. Me perdi, então, em recordações que se estendiam até os tempos em que eu e Adriana nos aproximamos de

Raul, e imaginei que se tivéssemos intuído, já naquela época, tudo o que mais tarde haveria de acontecer conosco, talvez tivéssemos vivido ali a excelência de nossas vidas. Mas a vida é assim; que se há de fazer. Como resistir também a este lugar-comum tão familiar. E, percorrendo em pensamento os fatos que se atavam àquele fio que nos enredara, lembrei-me de novo do relato do professor Carlisi sobre como interferira mentalmente no sonho de Vicente Accardo, seu hóspede, assegurando-me que aquele tipo de intervenção não era monopólio apenas dos médiuns, mas algo inerente à natureza humana, um recurso, no geral, pouco explorado porque pouco conhecido das pessoas. E lembrei-me também de como Piero Frascatti interferira na sessão em que Cornélia Capursi tentava parlamentar com entidades do "outro mundo". "Sou um teu prisioneiro", ele lhe dissera em sua mensagem involuntária. Eu estava sozinho em casa e já passava das onze horas. Havia muito silêncio; apenas de vez em quando uma pequena brisa movimentava as plantas do jardim. Pensei: "Por que não tentar também eu a experiência, já que creio que isso seja fisicamente possível? Peguei então um lápis e o empunhei sobre uma folha de papel em branco. Não sei, achava que aquele vazio que eu estava sentindo me tornava receptivo a possíveis mensagens. Procurei não pensar em nada, para deixar minha mente aberta a uma possível comunicação. Fiquei completamente imóvel por alguns instantes; suspirei profundamente. Me veio, então, a sensação de que me havia tornado mais leve, não sentindo quase o contato com a cadeira em que estava sentado; o braço sobre o tampo da escrivaninha pareceu estar ligeiramente levantado quase um nada, uma sensação apenas, talvez; eu não sentia o lápis entre os dedos. Minha mão então começou, como que involuntariamente, a se movimentar, e escreveu: "Você tem certeza de que sabe mesmo quem foi Judas Iscariotes?" Estava trêmulo quando terminei a frase, um tanto assustado, ainda que a letra fosse minha, ainda que tivesse a ideia clara de como e por que aquele fenômeno se verificara. Acabei por me dominar, e lamentei sinceramente não se tratar do insondável, do sobrenatural, para assim poder crer na presença ali de Raul Kreisker ou da entidade em que ele se transformara. "Você tem mesmo certeza?". Ali estava de novo a pergunta. Respondi para mim mesmo: escrevi no papel com minha letra: "Não, nunca o saberei. Nada é certo. Talvez seja o mais bem guardado segredo da humanidade. Sepultaram-no com o corpo de Judas. Ninguém pode responder a si mesmo tal pergunta." Minha mão não escreveu mais nada naquela noite. Tentei concentrar-me novamente, e nada consegui. Ainda com a mão empunhando o lápis sobre o papel, pronunciei, como se fosse o verso de alguma poesia, em voz alta, a frase de Rudolf Steiner, sem atinar se vinha mesmo a propósito, só por prazer, de um ímpeto: "Podemos aprofundar sempre o mistério daquilo que ocorreu na Palestina. Por trás dele existe o infinito."

UM ROMANCE DE DÉDALO

Penso que encontrei o caminho, a cena, o tema de que necessitava para começar a dar uma ordem final aos meus papéis, a porta por onde devo entrar. Mas penso: que importância poderá ter para qualquer outra pessoa a história desta pretensa viagem para dentro de mim mesmo? Dependendo da pessoa, talvez nenhuma ou certamente nenhuma. No entanto, ainda que tivesse absoluta certeza disto, eu assim mesmo a escreveria porque neste momento isto talvez independa de minha vontade: necessito escrevê-la, e penso que devo escrevê-la porque acho que talvez possa assim ver-me por inteiro e penso também que será elucidativo, daqui a trinta ou quarenta anos, se eu ainda estiver vivo, fazer comparações entre aquele que serei e este que penso que haverei de ser, o personagem que constantemente crio para o meu futuro, e que na verdade jamais existe, pois não há nunca uma real identidade entre o nosso destino e as nossas aspirações; apenas vagas semelhanças, se tanto. E mais: lembrando-me de Otília Rovelli em suas lentas escavações, imagino que isto tudo venha a causar algum interesse em alguém das gerações futuras de nossa família, e esta é já em si, como eu disse uma outra vez, razão para que eu me sente aqui e registre o que me vem à cabeça. Como teria sido gratificante para mim ter em mãos um documento semelhante de meu avô ou do pai dele ou de seu avô, revelando como se vivia e o que se pensava e como se amava em seu tempo, que classe de sentimentos dominava a casa ancestral da colina de Casático, na Via del Fornaccio, número um, nosso endereço conhecido mais remoto, parecendo que tudo começou ali, todas as coisas, sendo esta a imagem que eu tinha na infância, como se naquele lugar tivesse se iniciado a nossa memória coletiva, um tempo verdadeiramente remoto, merecedor da expressão fundamental: "no princípio", muito pouco depois de ter sido criado o céu e a terra, com um impreciso objetivo de Deus, para que entre o céu e a terra acontecessem até as coisas mais simples, essas que dizem respeito às particularidades que marcam e distinguem o caminho de cada homem ou suas tentativas de empreender um caminho, viagens únicas, irrepetíveis; obscuramente ou com alguma cintilância, cada qual da forma que lhe é possível. E, deste meu caminho ou desta viagem, o que posso recuperar de mais antigo neste momento a respeito do que pessoalmente presenciei é a paisagem que cercou os fatos que a partir de agora eu pretendo colocar em sua ordem final, para tentar depois compreendê-los através da ótica da paixão, que teima sempre em dar valor e consistência às frações mínimas, e aparentemente sem a menor importância, de nossas vidas. É pois um garoto o que atravessa essa paisagem, com seu corpo limpo, sua roupa limpa e bem passada, sua alma limpa, com uma capacidade enorme em distrair-se e ao mesmo tempo em captar, contraditoriamente, a verdadeira essência das coisas, cruzando na paisagem com personagens que não podiam nem de longe suspeitar que um dia, muitos anos depois, seriam personagens, essa estranha maneira de se viver a vida mesmo depois da morte, de renascer, de se viver mais de uma vez, de permanecer de certa forma no mundo; esses personagens que não podiam saber que seriam convocados para repetir muito mais tarde cenas de suas próprias vidas. E o garoto tinha uma maneira particular de ver e ouvir distraidamente o que via e ouvia; de conferir, quem sabe?, um peso real a cada coisa e a cada fato. Por isso, basicamente, aqueles personagens seriam chamados a reviver, e ele próprio, o garoto, haveria de retomar antigos caminhos e frequentar antigos lugares e sentir de novo o espírito que animava aquela enorme paisagem de sua infância, acostumando-se novamente com seu passado, transitando por ele de um lado ao outro, começando um dia por dizer algo a respeito de um momento em que ele já havia perdido uma grande parte daquela sua capacidade de distrair-se, daquela sua maneira espontânea, como a de toda criança, de captar a essência das coisas; começando, portanto, por dizer: a vida é assim, uma coisa puxa a outra, nada acontece por acaso, pois me lembro bem que, dois ou três dias depois da morte de meu pai, nós nos sentamos à volta da mesma mesa em que, desde a infância, nos havíamos reunido milhares de vezes, só que daquela vez para dividirmos entre nós os objetos da casa, com o pesar de que haveriam de ser daquela maneira dispersos porque prenunciavam a dispersão também das pessoas. Aquilo que parecia ter sido feito para ser eterno — a coesão familiar, sobretudo — chegava finalmente às vésperas de seu termo, e eu dava-me conta mais uma vez da verdade incontestável dos Salmos de que o homem era *semelhante a um sopro de brisa*, uma entidade breve, e que os seus dias eram *como uma sombra que passava*, nada mais que isso. (...)

São Paulo/Vista Alegre do Alto
1986/1988

Este livro foi composto na tipologia Adobe Caslon Pro,
em corpo 11,5/16,1 impresso em papel offwhite
no Sistema Cameron da Divisão Gráfica
da Distribuidora Record.